KB083094

근대계몽기 신문 텍스트의 연행성 연구

연행 텍스트와 근대계몽기 신문 공간의 지각구조

양세라(梁世羅, Yang SeiRa)
연세대학교 국어국문학과, 동대학원 졸업(문학박사). 한국희곡, 동시대 연극아카이브, 공동체 소통도구로서 연극과 희곡문학의 역할에 대해 연구하고 있다. 주요 논문으로 「민간극단의 공연기록 관리 현황과 공연기록 관리 방향 모색」, 「공동체의 소통도구로서 연극의 역할에 대한 연구」, 「연극문화 공간 대학로를 텍스트로 독해하기」 등이 있다.

근대계몽기 신문 텍스트의 연행성 연구
연행 텍스트와 근대계몽기 신문 공간의 지각구조

초판인쇄 2020년 2월 3일 **초판발행** 2020년 2월 10일
지은이 양세라 **펴낸이** 박성모 **펴낸곳** 소명출판 **출판등록** 제13-522호
주소 서울시 서초구 서초중앙로6길 15, 1층
전화 02-585-7840 **팩스** 02-585-7848 **전자우편** somyungbooks@daum.net **홈페이지** www.somyong.co.kr

값 26,000원   ⓒ양세라, 2020
ISBN 979-11-5905-503-4 93810

근대계몽기 신문 텍스트의
연행성 연구

연행 텍스트와 근대계몽기 신문 공간의 지각구조

A study on the performativity newspaper-text between 1894 and 1910
: On the relationship between newspaper space perception structure and
performance-text

양세라

소명출판

책머리에

이 책은 근대계몽기 신문을 근대적 사회 공간으로 보고 이 공간에서 생산된 신문의 다양한 텍스트가 보여주는 현상에 대해 기술했던 박사논문을 수정·보완한 것이다. 1894년 이후 1910년대 근대계몽기 신문을 통해 구성·생산된 텍스트는 상당수 문학연구 대상으로 인식되었다. 그 결과, 이 시기 신문에서 생산된 지식과 경험에 대한 글쓰기는 확정된 문학성의 틀에서 벗어나 있지만, 소설을 대표로 하는 근대문학을 형성하는 과도기적 문학 양식으로 오랫동안 주목받았다. 근대계몽기는 한국 근대문학의 기원적인 시기로 이해되었고, 해당 시기 신문은 1900년대 인식의 틀, 인식론적 배치 등을 재조명하는 적잖은 관련 연구들이 있다. 그런데 이 시기 신문은 연희演戲 장소, 연희 공간을 사회적 장소로 도구적으로 혹은 조작적으로 재현하고, 이를 매개로 다양한 텍스트를 생산하여 지식과 행위가 작용하는 공간의 면모를 보여준다. 신문 텍스트에 공공연하게 재현된 연희 장소, 그리고 공공 영역에서 소통하는 당대인들의 경험 감각과 구체적 삶을 재현하는 방식과 수단은 단순하지 않다.

이 책은 근대계몽기 신문 공간에 반복적으로 재현된 연희가 텍스트 구성에 조작적이거나 도구적으로 작동하여 텍스트가 유기적으로 구성·생산된 현상에 관심을 둔다. 그 이유는 근대계몽기 신문에서 계몽의 대상인 연희와 연희 장소들이 자주 거론되고 재현되는 텍스트의 생산과 반복을 통해 근대적 공간인 신문이 어떤 구조를 가지고 어떤 방식으로 구성되는지를 살펴볼 수 있기 때문이다. 근대계몽기 신문은 흥청거리는 연행적 감각을 나열하고 연희의 연행적 언술을 중요한 언어 형식으로 하는 계몽 담론을 구성한 공간이었다. 이 공간에는 계몽적 지식이나 정보와 사회비판 등 글쓰기가 반복적인 연행성에 의해 배열되고 구성되는 일련의 방식이 작동하고 있다. 따라서 이러한 특징을 보이는 신문 텍스트에서 단순히 연희나 연행성이 재현된 것이 아니라, 연희와 연희를 매개로 텍스트 구성과 생산 도구가 된 현상을 주목해 볼 수 있다. 근대계몽기 신문 텍스트의 이러한 현상에 대해서는 셰크너가 연행을 하나의 인식의 틀로 보았던 관점을 수용하여 이해해 보았다. 그래서 '퍼포먼스가 여러 번에 걸쳐 행위되기 시작하면, 무엇인가를 의미하기 시작하는 소통 형식이 되는 가능성'처럼 동일한 방식으로 근대계몽기 신문 공간에서 연행 텍스트의 생산 방식과 역할이 의미하는 바를 주목했다.[1]

근대계몽기 신문이 연희를 근대문화의 풍속으로 재현하면서도 텍스트의 구조와 언어 형식으로 연행성을 구조화하고 배치하는 방식은 신문이 근대적 공간을 구성하는 기계로 작동한 과정을 보여준다. 이러한 지각구조를 배경으로 이 책에서는 근대계몽기의 연극성이 근대를 구성하는 기호의 실체이며, 연행 행위가 신문에서 텍스트의 언어로 구성된 현상을 주목해 본다. 이 책에서 기술한 근대계몽기 신문의 다양한 글쓰기는 일관된 개념으로 영역을 구분하기 어렵다. 그래서 이들 다양한 글쓰기를 텍스트로 지칭한다. 대표적으로, 문학 이전 시대의 글쓰기가 생성·구성되는 과정을 반영한 텍스트를 지칭하는 '연극소설'의 경우 표제어를 그대로 사용하였다. 연극소설을 포함한 근대계몽기 신문의 연행

---

1 Richard, Shechner, *in Between Theater and Anthropolgy*, Philadelphia : University of Pennsylvania Press, 1985. p.35.

텍스트들은 당대 연희를 수행하거나 상징하는 연희의 아이콘(도상) ―
가면극, 무당굿, 기생 등― 을 신체로 하는 인물로 재현되거나 이들을
화자로 하여 연희적이고 구술적인 연행언어를 생산했다. 이 책은 근대
계몽기 신문의 연행 텍스트를 기술하는 데 많은 부분을 할애했다. 여기
에 주목해 보면, 이 시기 신문의 연행 텍스트가 다양한 경험 감각으로
세계를 구성하는 언어와 공간 감각이 존재한 현상과 마주할 수 있다.

근대계몽기 신문은 근대적 공론장으로 기능하기 위해 당대인들이 경
험한 공론 공간, 소통 공간에서 극적 감각을 매개로 구성된 텍스트가 존
재한다. 그러한 맥락에서 근대계몽기 신문에 게재된 텍스트의 연행성은
무의지적이며 단순한 시대의 반영물로서 기록된 것이 아니다. 이를테
면, 근대화를 상징하는 공론 공간인 신문이라는 대상이 이해되고 수용
되기 위해서 공론장에 대한 당대인들의 경험 감각이 존재하는 공간이다.
그러므로 근대계몽기 신문의 텍스트들이 지닌 연행성은 이 시대 신문에
반영된 시대 정서와 시대 감각을 보여준다. 그런 의미에서 이 시대 신문
은 어떤 감각, 지각 방식이 등장하기 위해서 전시대 공간에 대한 기억과
경험을 통해 구성된 공간, 장field이다.

당대 연희 공간의 감각을 공유한 이 시기 신문과 신문 텍스트의 연행
적 현상은 당시 극마당의 감각을 더불어 파악할 수 있는 텍스트다. 당시
신문에 계몽의 대상으로 연희와 희대戲臺, 무동연희장, 협률사, 장안사
등 연회 공연장과 연회 공간이 빈번하게 등장하는 것은 역설적인 존재
의미가 있다. 당시 신문 텍스트에 재현된 연회나 연회 장소, 그리고 텍
스트 구성의 매개로 연행성이 소통도구가 되는 방식에는 당대 사람들의
지각구조가 전제되었다. 신문에서 산재한 서사 양식뿐만 아니라, '계몽'

이라는 근대적 이념을 생산하기 위해 시가의 가창 방식, 판소리, 기타 연희의 연행 방식 등이 신문 공간에서 다양한 텍스트로 결합하고 의미를 생산하는 매개 역할을 하는 과정에서 이러한 지각 구조와 지각 방식을 파악해 볼 수 있기 때문이다. 그리고 근대계몽기 신문에서 당대 연희 현장과 연희 행위를 반복적으로 인용하며 텍스트를 구성하는 현상은 경험 감각으로서 연희의 지각 방식에 의해 신문을 사회적 공간으로 인식하도록 하는 전략을 읽을 수 있다. 이를 기반으로 이 책에서는 이 시기 신문의 다양한 텍스트에서 '연희'와 '연희 공간'을 조선의 현실이자 사회라는 공간-기계 담론의 틀로 구성한 현상을 기술하려 한다. 이 과정에서 자칫 신문의 연행 텍스트 목록을 작성하는 것에 그칠 수 있으며, 혹은 연희와 연희 공간을 매개한 계몽 담론을 동어반복하게 될 수 있다. 그러므로 이 책은 근대계몽기 신문이 연희 공간, 연행 공간, 공론장 등 공공장소에서 발생하는 소통과 대화의 지각 방식으로 구성된 사회적 공간으로서 큰 범주의 텍스트로 이해했다. 그리고 이 사회적 공간 텍스트를 구성하고 다른 측면에서는 생산된 연행 텍스트에 대해 기술하였다. 근대계몽기 신문의 연행 텍스트를 하나의 형태로 범주화할 수 있는 이유는 근대적 영역을 구성하는 사회적 실천으로서 공간 인식과 실천 행위로서 연행 텍스트의 의미가 있기 때문이다.

1894년 이후 1910년대 실존 공간이면서 근대적인 대상으로 비판받았던 연희와 연희 공간은 관객이 응집하는 사회군집적인 특성이 드러나는 장소다. 그런 맥락에서 신문은 사회성과 공공성의 의미가 교차하는 의미 있는 공간을 구성하는 과정에서 사회적인 역학관계를 매개하는 소통방식으로 극적 연행 행위를 신문의 지각구조로 매개했다. 공중公衆을 향한 신문 텍스트가 공공을 향한 언술 형식으로, 의미를 전달하는 수행 과정 즉, 전이현상transformative power of performance으로 영향력을 발휘하는 매개 형식을 연회 장소에서 얻은 것이다. 이런 측면에서 근대계몽기 신문 텍스트가 내포하는 연행성은 담론을 수행하는 형식으로 대체되고 확장된 사회문화적인 언어의 기능을 했다는 점에서 주목해 볼 수 있다.

이상으로, 이 책은 근대계몽기 신문에서 당대 생활세계에서 경험된 감각과 대상들을 포함·반영하여 한 사회의 지각 공간을 구성하는 과정을 살펴보고 그 현상을 존재방식에 기준하여 기술해보았다. 그리고 이를 통해 일부 계몽 담론에 선행하는 생활세계, 지각된 세계의 실체가 신문 텍스트에 존재하는 것에 주목했다.[2] 당시 계몽 담론에서 연회와 연회 공간을 연극이라는 개념어 속으로 편입하면서 '연극'을 '개량'할 대상으로 사유하는 데 익숙했던 방식을 재고할 계기를 만날 수 있다. 그리고 역설적으로 '연극개량' 담론 역시 연행적 감각으로 구성되면서, 근대계몽기 신문에서 재현된 공간으로서 연회와 연회장이 계몽의 대상에 그친 것이 아닌 입체적 현실 이해의 계기도 될 수 있을 것이다. 공유되는 상징과 규범의 체계라는 의미에서 문화는 사람들의 실천과 소통을 통해 생성되며 재확인·변형되는 것이다. 그런 의미에서 근대계몽기 신문의 연행성은 문화의 이런 역동성과 가변성을 전달하는 방식이자 기계였다. 근대계몽기 신문에는 당대 사회구성원들 사이에서 경험과 새로운 가치가 복원되고 재현되는 방식을 실천한 현상이 다양한 신문 텍스트로 존

---

2 메를로-퐁티, 류의근 역, 『지각의 현상학』, 문학과지성사, 2002; 이남인, 『후설과 메를로-퐁티 지각의 현상학』, 한길사, 2013, 43쪽 참고.

재한다. 이 책에서 소설이나 연극 혹은 연극소설은 근대문학과 다른 의미의 텍스트이다.

저자는 이 책에서 근대계몽기 신문에서 반복적인 방식으로, 그리고 독자의 목소리를 대변하는 방식이나 공론장을 재현하는 방식으로, 그리고 때로는 익숙한 서사물이 근대적 '소설'이라는 외피를 두를 때, 연행성을 매개로 한 텍스트를 통해 공론장으로 존재한 방식을 기술해 보고자 했다. 이 시기 신문은 근대성을 구성하는 산실이었고 근대사회의 실험실이었다. 이 연구가 근대계몽기 신문에서 연행성 즉, 당대 연희의 흔적이 추상적이고 일반화된 문학사적 접근을 구체적이며 경험적으로 연구할 수 있는 하나의 맥락을 제공하였기를 바란다.

이 책은 근대계몽기 매체와 신문 자료를 연구했던 선행학자들에게 많은 도움을 받았다. 이 연구를 진행할 수 있도록 지지해 주신 김영민 교수님과 이상란 교수님께 감사드린다. 그리고 이 책에서 살펴본 수많은 국한문 자료들을 이해하는 데 도움을 준 선배, 김형태 선생님께도 감사와 애정의 인사를 전한다.

2020년 1월
저자 양세라

차례

제1장

극마당으로 재현된
근대계몽기 신문 공간

1. 개요

　근대계몽기 신문은 연희演戲 공간을 풍자하고 조롱받아 마땅한 계몽대상으로 재현하였다. 당대 연희 공간에 대한 비판은 근대적인 극장 공간의 필요를 위한 근거가 되었고, 이 당위는 연희 공간 비판을 반복적으로 언급하는 과정 속에서 공고해졌다. 그런 반면, 근대계몽기 신문은 당대 연희 공간에서 공공연히 생성되는 능동적인 사회적 소통의 측면을 인식하고 전략적으로 도구화한 측면을 다양한 텍스트에 반영하였다. 이 책에서는 신문을 근대계몽기 공간으로 이해하고, 이 시기 공간의 내용물, 즉 신문 텍스트 안에 내재하는 사회적 소통 형식과 실천 형식으로서 연행성을 조명해 보려 한다. 이를 위해 근대적 공간으로서 신문이 소통의 실천 형식을 당대 연행성(연극성)으로 구성한 패러다임과 이 현상을 반영한 텍

스트의 반복적인 생산과 존재가 일정한 통사적 구조를 형성하여 근대계
몽기 신문 공간에서 사회적 담론을 형성하는 방식을 살펴보았다.

근대계몽기 신문 텍스트의 연행성을 기술하기 전에 첫 장에서는 당시
신문이 근대적 세계관을 구성하는 계열화 즉 재배치 과정을 드러내는
장소였던 점을 먼저 주목한다. 근대계몽기 신문은 '연행성'을 매개로 구
성된 텍스트를 일정한 방식으로 생산하였다. 그리고 이 텍스트들은 일
정한 인식의 틀을 구성하는 것과 같은 지각구조를 지녔다. 본 서에서 사
용하는 연행성은 근대계몽기 신문과 신문 텍스트의 인식 또는 경험의
주체로서 지각구조와 메커니즘을 파악하고 기술하는 데 중요하다. 여기
에서 연행성은 언어철학자 오스틴이 "언어가 대상을 묘사하고 호명할
뿐 아니라 변화를 초래하는 행위를 실행"시킨다는 수행적 실천개념과도
관련이 있다.[1] 근대계몽기 신문 텍스트의 연행성은 당대 신문을 공적 영
역으로 인식하도록 하는 데 중요한 매개 역할을 했다. 이때, 신문 텍스트
의 언어와 구조는 연행성을 매개로 존재한다.[2] 특히 '연극개량'을 논한
계몽 담론의 경우에도 '근대성'이라는 시대정신은 당대 세계에 익숙한
연희 경험 감각에 의해 텍스트로 구성되었다. 이처럼 근대계몽기 신문
텍스트에 지각구조를 보여주는 '연행성'은 전이현상과 그 영향력이라는
수행적 기능을 보여준다. 이런 현상을 근거로 근대계몽기 신문은 근대
적 인간과 사회를 연행성을 통해 구성하는 큰 공간 텍스트로 읽어볼 수

---

1   연극의 수행성 개념에 대해서는 다음의 연구들을 참고하였다. 김방옥 「퍼포먼스 론」,
『한국연극학』 13-1, 한국연극학회, 1999, 263~308쪽; 김형기, 「서양연극 및 공연이론
-'연극성' 개념의 변형과 확장」, 『한국연극학』 23, 한국연극학회, 2004, 169~295쪽;
이경미, 「현대 공연예술의 수행성과 그 의미-사건으로서의 '몸'과 '공간'」, 『한국연극
학』 31, 한국연극학회, 2007, 135~167쪽; 이미원, 『연극과 인류학』, 연극과인간, 2005.
2   John Austine, *How to do Things with Words*, Cambridge : Havard UP, 1975.

있다. 근대계몽기 신문은 마치 '연행 행위 과정 중에서 비로소 의미가 스스로 생성'[3]되는 것처럼, 연행의 상호소통이 가능할 것 같은 특정 장소이자 공간이었다. 이상은 첫 장에서 근대계몽기 사회의 정서와 지각 방식, 경험 감각 등을 전달하고 확산하는 연희 장소의 경험과 연행성의 감각이 존재하는 신문 공간에 대하여 기술한 내용의 개요에 해당한다.

2장 '근대계몽기 공론장 신문의 의사소통 모델과 연행적 텍스트의 배치'에서는 연희 혹은 연행성을 매개로 하는 '연극개량론' 논설 분석을 통해 신문 공간의 글쓰기 전략을 살펴본다. 이를 근거로 근대를 지향하는 신문의 필진과 구한말 대한제국을 구성하는 근대인의 현실적인 소통관계를 연행성을 매개로 한 글쓰기의 관계 안에서 파악해 보았다. 이 장에서는 당대 연희와 연행 양식을 연극 개념으로 규명하고 공리론적인 관점에서 배치하는 데 앞장선 『황성신문』의 논설, 더불어 같은 관점에서 당대 연행성을 보았지만, 연행성을 의사소통 형식으로 텍스트에 적용한 『대한매일신보』를 통해 당대 극적 관례나 극적 경험을 신문 공간에 수용하는 방식과 과정을 기술했다. 특히 '시사평론'류 글쓰기가 '논설'류 글쓰기와 다른 차원에서 연행성을 도구화하는 방법의 차이를 살펴보고, 신문에서 텍스트가 변증법적 상호작용을 통해 근대 공간을 실천하는 현상을 기술해 보았다. 근대계몽기 신문에서 생산된 텍스트는 근대적 사회에서 이루어지는 공간적 실천이다. 이 공간적 실천은 일종의 소통 과정이며, 또한 소통 방식과 도구로 신문 공간을 구성하는 텍스트로 확인할 수 있다. 이 과정에서 눈에 띄는 공간실천 상호작용 방식이 연행성이다. 그

---

3   Erika, Fisher-Lichte, trans. Jain, Saskya Iris, *The transformative power of performance : a new aesthetics*, New York : Routledge, 2008, pp.9~23.

런데 신문의 논설이 인식대상으로 연행성을 실천하는 것과 다른 방식으로 시사평론은 연행성을 실천한다. 가장 큰 차이는 시사평론이 글을 쓰는 주체 중심이 아닌, 독자들이 체험한 방식, 혹은 이 담론들에 의하면 체험을 매개로 한 텍스트로 구성·생산되는 점이다. 그 결과 텍스트는 독자들, 연희장과 극장의 사용자들인 연희자, 연행자, 관객에 의해 기술되는 공간으로 전유된다.

감각 경험으로서 연행성을 대중적인 방식으로 활용한 텍스트 생산은 이 시기 신문 공간에서 일종의 연속성과 체계화를 지향한다. 그런 맥락에서『매일신보』, 근대계몽기에 존재한 사회 공간과 당대인들의 지각 방식을 구체적으로 구성한 텍스트를 게재한『제국신문』,『대한민보』텍스트에서 독자들, 신문의 사용자들의 연행 감각이 기술된 텍스트를 볼 수 있다.[4] 이처럼 근대적 지식과 계몽적 의미 생산을 전하기 위해 연행성이 공공적 의사소통 형식으로 응용된 사례는, 주로 사회면 성격에 가까운 신문의 지면들에 등장하거나, '독자투고'란에서 빈번하게 확인된다. 구체적으로는『황성신문』의 '시사일국'이나 '박장대소',『대한민보』의 '풍림', '인뢰'란 등이 이에 해당한다. 이를 근거로 신문 공간과 독자가 맺는 실천적 관계에 대한 개념을 확인해 볼 수 있다.

---

4 이상은 이 연구의 연구대상이다. 이 말은 근대계몽기 담론과 텍스트 생산의 토대이며, 근대계몽기 사회문화와 문학적 지형의 변화를 알리는 지표들이라는 의미이다. 한편, 많은 텍스트들이 산재해 있던 이 시기 신문 속에서 연행텍 스트의 유형을 발견하기 위해 이 자료들을 충실하게 정리한 자료집의 도움을 받았음을 밝힌다. 안광희,『한국 근대연극사 자료집(1898~1922)』1, 도서출판 역락, 2001; 단국대 공연예술연구소 편,『근대 한국 공연예술사 자료집 1(개화기~1910)』, 단국대 출판부, 1984; 김영희,『전통공연예술 관련 기사 자료집』1, 보고사, 2006; 강명관·고미숙,『근대계몽기 시가 자료집』, 성균관대 출판부, 2000; 김영민·구장률·이유미,『근대계몽기 단형 서사문학 자료전집』(상·하), 소명출판, 2003.

이상의 신문 텍스트를 근거로 계몽 담론 속에서 인식의 대상이 된 연희와 연행성이 실재로는 신문이라는 근대적인 공간에서 인식 또는 경험의 주체로 존재한 현상에 대해 기술할 수 있다. 여기에 해당하는 연행 텍스트들은 연희자의 신체를 재현하는 텍스트이기도 하지만, 단형의 방식으로 생산된 텍스트의 경우 연희자의 연행에 의해 의미를 전달할 수 있는 구조의 텍스트라는 점에서 신문의 조각난 신체로 파악할 수 있다. 신문 공간에서 조각난 신체처럼 구성된 이 연행 텍스트는 서술자, 서술 형식에서 판소리나 타령 등 가창歌唱의 서술성과 연행성을 언어 형식이나 구조로 활용하였다. 이 텍스트들의 감각 주체는 적극적으로 세태를 비판하는 홍동지나 박첨지, 꼭두각시 등의 산대극 연희 배역으로, 마치 도상(아이콘)처럼 텍스트에 존재하거나 서술적 화자로 기능한다. 때로 당시 신문은 적극적으로 신문에서 연행적 신체를 삽화로 대체하거나 보완하기도 했다. 예를 들면, 『대한민보』의 '인뢰'란을 대표하는 삽화는 산대가면과 유사하다. 이 경우처럼 독자투고 형식을 활용하여 세태를 비판하는 공공적 대화를 시도하는 텍스트에서는 당대 연행성을 상징하는 기호와 도상을 더 적극적으로 응용하였다. 이 과정에서 산대극의 극적 인물로 서술과 발화 형식이 구조화된 텍스트의 언술 형식은 그 친숙한 연행성으로 독자들과 대화의 경제성, 공공성을 성취할 수 있다. 이러한 연행 텍스트는 신문이라는 근대 공간의 내용물로 사회적 실천이 코드화되는 과정을 보여준다. 결국 이 현상에 대한 기술은 신문이 계몽적인 근대 인식의 배치와 상충하는 경험 감각이 존재하고 근대적 주체의 지각구조를 확인할 수 있는 공간이 작동하는 방식을 보여줄 것이다.

신문은 연희를 수행하는 연희자를 재현하기도 하지만, 연희자는 텍스트의 주체로 서술자 혹은 발화자로 서사 혹은 서술로 연행을 주도하는 텍스트의 발화자로 자주 확인된다. 이 시기 신문 텍스트 발화자는 연희의 연행 주체들인 경우가 많다. 예를 들어, 자주 등장하는 '금방울'같은 무당, 「골계 절영신화」의 말뚝이, 「병인간친회록」의 병신류형 인간, 인형극의 홍동지, 〈담바고타령〉을 노래하는 연행자들은 연행적 텍스트를 구성하는 신체다. 이 신체는 신문 텍스트 가운데 연희를 수행하는 연행자의 목소리, 가창, 연주, 춤사위 등을 재현한다. 그리고 신문 텍스트에서 서술적 화자의 언어 형식, 반복적인 혹은 일정한 리듬을 형성하는 텍스트의 통사구조 등으로, 연희 감각을 구성하는 주체 혹은 객체로 텍스트에 존재한다. 이 텍스트는 당대 사회 공간인 연희무대(혹은 사회현실)에서 공공 공간의 현장성을 통해 경험할 수 있는 감각에 대한 것이다. 이들은 엄격한 방식은 아니지만, 당대 신문에서 근대적인 주체들이 사회적 공간에서 맺는 현실적이고 실천적인 관계, 상호작용하는 과정에서 확인할 수 있다.

이 책에서는 공동체의 연희문화에서 생성된 연행성 혹은 연극미학적 향유의 메커니즘이 근대계몽기라는 새로운 세대의 경험과 사실, 가치, 의미를 전달하는 도구이며, 신문은 근대적 경험 주체의 지각 공간임을 확인할 수 있다. 이후 3장과 4장에서는 새로운 세대에 인식을 수행하는 과정에서 신문의 연행적 서사 텍스트가 이 시대의 사회적 언술 형식이자 연희의 텍스트화가 가능한 구조를 살펴보았다. 신문 텍스트의 구조는 신문의 메커니즘을 반영하였다. 가령, 당시 기자記者라는 이름으로 계몽 담론을 생산한 이들은 텍스트에서 이성적이며 반성적이고 객관적인 관찰자이자 기록자로 텍스트에 존재하였다. 그래서 본문에서는 이들이 신문의 텍스트에서 연희 장소의 목격자로, 당대 세계(현실과 사회)에 존재하면서 연희 현장에 대한 경험을 기록하고 경험 감각을 재현하는 행위를 하는 구조의 텍스트를 분석해 보았다. 이를 통해 텍스트의 서술자이기도 한 신문의 필진들이 연희 현장의 기록자에서 매개자로서 신문 텍스트에 연행의 지각구조를 구성하는 데 기여한 것을 살펴보았다. 대표적으로 김교제의 역할을 중심으로 살펴보았다. 다수의 연행적 서사 텍스트는 앞서 살펴본 단편적인 연행 텍스트보다 상황적 혹은 극적 구조가 존재하는 텍스트다. 이 텍스트 역시 신문에 자주 등장하는 병자, 병신들이 등장하여 극적 상황을 구성한다. 이 텍스트에서 질병이나 신체적 장애를 가진 존재들의 대화를 통해 근대조선의 현실과 이를 타개하기 위한 계몽적 인식, 제도 변화에 대한 주장이 가면극 인물의 등·퇴장구조와 유사한 방식으로 구성되었다.

5장에서는 『구마검』을 통해 연행성이 도구화되어 근대화된 세계에서 존재하는 당대 사람들의 지각 방식으로 구성된 텍스트인 '연극소설'의 기능을 살펴보았다. 『구마검』은 근대계몽기 신문을 통해 당대 사회의 고유한 인식의 틀을 보여주는, 문학 이전 시대의 신체로서 신문 텍스트가 존재한 방식을 보여준다. 메를로 퐁티의 말을 빌려 설명하자면, 근대계몽기 신문의 텍스트는 '지금 경험하고 있는 신체'로 구성되고 생산된 현상을 반영하였다. 『구마검』은 당대 연행성과 소설이 이종적으로 결합한 텍스트로, 문학 이전 시대의 '신체' 즉, 근대계몽기 신문 텍스트가 존재하는 방식이다. 구마검은 질병을 치유하여 건강한 삶을 지속하고 연장하기 위한 공동체의 통과의례로서 무당굿 연희(극)에 대한 경험적 지각 방식을 토대로 구성된 연행 텍스트다. 5장은 무당굿 연희와 소설이 결합된 텍스트를 분석하여 근대계몽기 신문 텍스트의 연행성을 통해 이 공간의 실존 경험과 감각을 근거로 구성된 다층적 텍스트인 '연극소설'을 파악해 보았다. 이를 근거로 다수 연속 게재된 연행 텍스트와 '연극소설' 텍스트를 단순히 사유의 대상으로 파악하는 것이 아니라, 당대 주체로서 세계를 경험하고 이해하는 감각과 지각 방식이 반영된 수행 과정의 결과물이라는 관점에서 이해해 보았다.

근대계몽기 신문에서 이처럼 극적 관례로서 연극을 환기하고 극적 형식으로 소통의 구조와 말하기를 시도하는 텍스트가 존재하는 것은 경험과 체험으로서 대중과 소통하는 인류학적인 방식으로 소통한 사회적 공간에 대한 흔적이다. 이상은 연극개량 담론이나 여타 다양한 연행 텍스트에서 연희와 연극, 극장을 계몽적인 사유대상으로 엄격하게 개념화한 근대계몽기 신문을 인식하는 방식에서 벗어나보고자 시작한 작업이었다. 저자는 신문의 연행 텍스트의 유형을 기술하면서 그 형태에 내재된 사회적 실천을 특징짓는 공간의 코드로 구성된 연행성에 대한 개념을 변증법적으로 기술하려고 고심했다. 바라건대, 당시 사회와 현실의 고유한 신체와 지각 방식을 이해할 수 있는 전략적 공간 배치라는 점에서 근대계몽기 신문의 연행성을 유희적 감각으로 헤아려 볼 수 있기를 바란다.

2. 연구사 검토와 문제제기

　근대계몽기에 신문은 다양한 소통방식과 조선 말 개화기의 문화와 풍속이 계몽이라는 시대적 인식의 틀에 의해 재구성된 텍스트를 양산했다. 계몽 텍스트의 전시장 같던 신문은 계몽 담론 구성과 배치에 있어 동어반복의 방식에 머물지 않았다. 계몽 담론을 생산하는 과정을 보면, 친숙한 서사 형식이나 공적인 발화 형식의 반복은 일종의 전략처럼 파악되었다. 근대계몽기 신문에서 생산된 텍스트 가운데 구술적이며 연행적인 속성은 당대 연희자의 신체나 그 일부를 통해 경험할 수 있는 감각 형식으로 언어와 극적 구조를 확인할 수 있다. 이들 텍스트는 서사나 시적 운율 등이 연행의 메커니즘으로 작동한다. 이 시기 계몽 담론이 신문 텍스트를 매개로 메시지를 전달할 수 있는 것은 문자언어보다는 사회적으로 경험이 가능한 공간 감각인 연행성을 통하는 것이 보다 기능적이었을 것으로 파악된다. 그러나 신문 텍스트의 연행성은 먼저 글쓰기의 수사적 특징이라는 측면에서 이해되었던 것으로 보인다. 물론, 한편에서는 이 글쓰기 유형을 문학적으로 유형화하는 것이 아니라 담론과 이야기를 구성하는 '사회적 언술체' 형식이라는 구조적 시각으로 설명되기도 했다. 김주현은 특히 이 시기 극 텍스트의 맥락을 기능적 차원에서 규명하면서, 계몽 담론의 유형을 구분하고 구성 원리를 분석했다.[5] 그런데 이 '사회적 언술체'는 근대계몽 대중에게 익숙한 구술적인 구조와 연

5　김주현, 「개화기 토론체 양식 연구」, 서울대 석사논문, 1989.

행 감각, 그리고 익숙한 언어표현(한글음성)이라는 점에서 근대적 대중
독자에 대한 인식과 함께 구성된 글쓰기 형식이다. '사회적 언술체'가
신문이라는 근대적 영역에서 생산되고 존재하는 것은 인쇄된 활자보다
효과적으로 메시지가 작동할 수 있었던 것은 구술적인 연행 감각의 경
험에 익숙한 독자 때문에 가능했을 것이다. 김주현의 연구는 신문 텍스
트가 '사회적 언술체'로 구성된 구조적 이해를 돕는다. 그러나 이 텍스
트들이 시기 신문에서 담론으로 작동되는 방식이나 과정에 대한 이해와
설명이 부연될 필요가 있다.

이 시기 신문 텍스트를 대표하는 유형은 단연 단형 서사물이다. 단형
서사물 가운데 '사회적 언술체'로 대화를 구성하며 당대를 재현하는 대
화 텍스트 유형을 확인해 볼 수 있다. 특히 이 유형 가운데 일방적 발화
가 아닌, 대화의 상황을 재현한 텍스트들은 특별한 존재감을 지녔다. 이
텍스트들은 근대계몽기라는 사회적 공간에서 소통하는 공적 방식과 구
조를 재현하기 때문이다. 이러한 재현을 보여주는 토론체나 문답 양식
이 지닌 극적 진술방식은 '대화체' 텍스트로 구분되어 '극적 비서사성'
을 지닌 양식으로 설명되기도 했다.[6]

이처럼 근대계몽기 신문 텍스트가 지닌 연행성은 과도기적 문학 장
르로 규정되기도 했다. 사회적 언술체나 상호 텍스트성이 아닌, 근대계

---

6 1970년대에 주로 시작된 문학 연구자들에 의해 근대계몽기 텍스트의 극적 특징이 거론
　되면서 1980년대부터 이 텍스트를 극 텍스트로 규정한 논의가 진행되었다. 토론체나 문
　답체의 극적 진술방식에 대한 연구 가운데, 김원중은『한국 근대희곡문학 연구』에서
　「소경과 안즘방이 문답」텍스트를 근거로 대화체의 구체적 자질에 대해 분석하였다. 그
　는 이들을 판소리의 분창 양식인 창극이 이루어지던 시기에 이를 반영한 문학 형태라고
　보았다. 또한 이들이 작품 외적 세계에 대한 비판이나 풍자를 전달하는 방식이 전통연
　극, 판소리 및 창극의 형태와 연관성에 대해 언급했다. 김원중,『한국 근대희곡문학 연
　구』, 정음사, 1986, 22쪽.

몽기를 과도기적 문학 양식의 시기로 파악한 연구는 판소리의 창극화 과정이 반영된 텍스트가 존재하며, 이 양식을 과감하게 '신희곡'이라고 규정하였다.[7] 김원중은 1905년 이후 근대계몽기 현실 위에서 그리고 연극사적 배경에서 탄생한 극적 진술방식이 나타난 텍스트를 '신희곡'으로 규정했다. 이 연구는 이두현이 동양의 희곡전통과 연극전통에 대해 규정한 것에 입각하여 신희곡을 파악하고 있다. 그래서 우리 희곡이 가곡이나 설화를 중심으로 하는 동양적인 개념에서 acting을 중심으로 하는 서구적인 개념으로 이행하는 과정에서 나타난 과도기적 형태라고 본 것이다.[8] 안확도 근대계몽기 극 텍스트의 연행성을 우언이나 골계 해학을 주된 표현 양식으로 하는 '희작戲作' 쓰기의 구조가 응용된 것으로 전통적 글쓰기 문화와 관련성을 언급하기도 했다. 문예적 글쓰기로 인식한 희곡의 전통을 선비들의 글쓰기 관습인 '희작'에서 찾아내어, 극적이며 연행적인 글쓰기 개념화를 시도한 것이다. 특히 한문 글쓰기와 상대적으로 비제도권적 소통 형식인 연행성을 텍스트의 문학성 형성에 영향을 미친 것으로 보았다.[9] 구체적으로 춘향전이 하층사회의 연행기호

---

7 신희곡은 김상선이 먼저 '한국희곡이 전통적인 구비희곡에서 서구식 개념의 희곡이 수용되는 과도기'에 나타난 것으로 설명하였다. 신희곡, 『근대 한국문학 개설』, 중앙출판인쇄주식회사, 1981, 200~201쪽.

8 김원중도 안확과 유사한 방식으로 당시 신문 텍스트의 연행성을 규정하고 있다. "신희곡의 대사가 아직까지는 완전한 산문체가 아니고 율문적인 성격을 지니고 있는 것은 판소리나 창극이 과科보다는 백白이나 곡曲을 중시하고 있는 것과 같은 관점에서 이해될 수 있다." 김원중, 앞의 책, 22쪽.

9 이 사실은 본론에서 근대계몽기 신문에 게재된 연행 텍스트가 '언문풍월'과 같은 독특한 한문체와 국한문체로 생산될 수 있었던 표현 형식으로 나타난 것을 통해 확인할 수 있다. 이처럼 문인들의 전통적인 글쓰기 관습이 극 텍스트 형성에 영향을 준 사실에 대해서는 임형택의 연구 역시 안확과 의견을 같이 하는 것으로 보인다. 임형택은 조선 후기 시대 전개된 문학의 다양한 움직임 가운데 두드러진 현상의 하나로 '희작戲作화 경향'을 발견하였다. 임형택은 문체적 측면에서 희작화의 경로는 과문의 학습으로부터 유래

를 '희작의 문법적 구조'로 활용하였으며, 이 익숙한 서사와 그 구조가 점차적으로 국민 전체에 흥미를 야기하여 상하의 환영을 받은 텍스트가 되었다고 설명했다. 근대계몽기 판소리계 소설이 희곡 혹은 극적 글쓰기로 인식될 수 있는 이유는 서사구조의 익숙함과 보편적인 서사의 반복과 중첩을 특징으로 하는 연행성 때문이라는 논지였다.

동물이나 초목에 인격을 부여하고 생명을 주어 해학적인 우언(寓言)을 위주로 한 바 별주부(일명 토끼전)와 두껍전(일명 홍동지전) 등은 옛 동화를 근세적 형식으로 완성하고, 혹은 골계의 웃음과 초연하고 깔끔한 취미를 띠어 사회의 한 면을 묘사한바 춘향전 등에서는 율문을 시도하여 희작시의 체를 이루었다.[10]

김원중의 경우 「소경과 안즘방이 문답」 텍스트를 구체적으로 분석하여, 판소리의 분창 양식인 창극이 이루어지던 시기에 이를 반영한 문학 형태라고 주장한다. 그가 신희곡으로 인식한 이 텍스트는 당대 극적 구조나 언어적 특징을 통해 드라마 텍스트의 특징이 존재한 것으로 본 것이다. 김원중이 이 단형서사가 작품 외적세계에 대한 비판이나 풍자를 전달하는 방식이 전통연극, 판소리 및 창극의 형태와 밀접한 관련이 있

한다고 전한다. 그래서 반사회성으로서 그리고 제도적인 차원에서 전고典故를 활용하여 유희적 글쓰기가 유발되면서 희작이 가능해진 것으로 설명한다. 이렇게 연희적 감각은 언어 텍스트를 구성하는 구체적인 수단으로서 공간의 기능을 했다. 임형택, 「이조말 지식인의 분화와 문학의 희작화 경향—김립 연구 서설」, 『전환기의 동아시아문학』, 창작과비평사, 1985, 24~29쪽 참조.

10 이 글은 최원식·정해렴 편역의 『안자산 국학론 선집』(현대실학사, 1996, 130쪽)에 실린 『조선문학사』(한일서점, 1922) 제32절 희곡(『학지광』 6, 1915) 부분을 재인용했다.

다고 논하는 부분은 극적 수행 형식, 연행성이 어떻게 텍스트화되었는가라는 문제로 구체화되어야 한다. 그는 「소경과 안즘방이 문답」을 '신희곡'의 구체적 대상으로 보고, 가면극이나 전통연극에서 음악 반주와 춤으로 구현되는 연행성이 '과科'와 '백白'의 방식으로 구성된 것으로 보았다. 그래서 판소리의 분창화와 민속극의 재담 형식을 전승한 연행 형식으로 신문에 게재된 대화체 텍스트 일군의 작품들을 신희곡 유형으로 구분하였다.[11] 이처럼 이 시기 신문 텍스트의 연행성은 안확의 경우처럼 근대계몽기 연행성이 텍스트와 결합한 관계를 보여준 문학의 실존 형식으로 인식되기도 했다. 근대계몽기 신문에서 서술자(필자)의 적극적 개입보다 사회적 공간에서 대화적 상황을 통해 메시지를 전달하는 연행적 텍스트를 규명하고 설명하려는 연구는 많이 진행되었다. 이 연구들은 극적이고 연행적인 기호로서 '대화'에 주목하여 이 양식을 근대문학의 기준에서 설명하였다. 그러나 한 사회의 사회적 언술 형식이 확대되고 재구성되는 과정에 존재했던 이 텍스트를 이해하는 데 근대문학적 틀은 충분히 반성적으로 살펴보아야 한다. 대화체 혹은 사회적 언술체로서 설명된 텍스트들은 형식상 율격을 지니고 잦은 대화의 표현 형식으로 구성된 상호 텍스트적 성질 또한 복잡하다. 이들이 근대계몽기 신문이라는 매체에서 반복적으로 생산된 현상을 근대문학 양식으로 배치하고 설명하는 연구가 많다는 사실이 오히려 이 텍스트와 생산 구조 그리고 생산 공간인 신문을 이해하는 데 더 많은 어려움을 준 것일지도 모른다.[12]

---

11 근대계몽기에 나타난 대화체 문학을 희곡의 관점에서 파악한 논의는 김상선의 『한국 근대희곡론』(집문당, 1985) 외에도 다수 있다. 김원중, 『한국 근대 희곡문학 연구』, 정음사, 1986; 권순종, 『한국희곡의 지속과 변화』, 중문출판사, 1993; 이정순, 「한국 근대희곡의 형성 과정 연구」, 부산대 박사논문, 1999.

그런 점에서 근대 매체인 신문의 메커니즘을 이해하고 서사 양식 생산이 상호관계에 있다고 본 김영민의 연구는 이 시기 문학이 구성되는 현상과 현장을 이해하는 방향을 전환시켰다. 특히 신문의 사회적 언술 형식이 신문기자 혹은 편집인이 신문 텍스트의 구조와 언어 형식과 상호 관련성을 살피며 이 영역을 구성한 과정에 주목했다.[13] 『한국 근대소설사』 I에서 주로 『대한매일신보』에 게재된 텍스트를 분석의 예로 들어 '小說(소설/쇼설)'이 지닌 극적 구성의 특징에 대해 언급한 사실에 주목해 볼 필요가 있다. 그는 '小說(소설/쇼설)' 텍스트가 '만남-대화와 토론-헤어짐'의 구성의 틀을 지닌 유사구조와 이 구조의 반복 현상에 대해 언급했다. 그리고 이 서사 텍스트에서 인물들이 헤어지는 장면에서 노래를 부르는 구조가 극적 등·퇴장이나 장면 연출을 재현한 것과 같은 구성 방식에 주목했다. 김영민이 주목한 이 현상은 사건의 유기적 배열에 의한 텍스트 구성보다는 인물의 행위와 대사를 시간의 순서의 흐름에 따라 재현하는 극적 구조의 특징인 셈이다. 그러나 이후 소설 텍스트에서 서사구성 장치에 대한 논의가 이어지지 못했고, 그것은 서술자의 매개없이 대화가 묘사된 현상을 이 시기 등장한 신소설의 '최초 장치'로 규정되어버렸다.[14] 대화체를 신소설의 장치로 이해하는 것은 기본적으로 소설사를 기술하기 위한 전략적 배치에서 파악 가능한 것이다. 소설

---

12 이재선, 「한말의 신문소설」, 『춘추문고』, 한국일보사, 1975, 46쪽; 이재선, 『한국 개화기소설 연구』, 일조각, 1972, 61쪽; 이재선, 「개화기 서사문학의 세 유형」, 『한국어문논총』, 형설출판사, 1976. 근대계몽기 텍스트의 연극성을 고려하여 「거부오해」와 함께 풍자적 '희문소설戱文小說'이라는 드라마 텍스트의 개념을 역사적으로 구성했다.

13 근대계몽기 매체 연구가 곧 이 시기 문학을 구성한 요체임을 규명한 이 연구는 이 시기 문학형성 과정에 대한 인식의 분기점을 제공한다. 김영민, 『한국 근대소설의 형성 과정』, 소명출판, 2005, 56~58쪽 참조.

14 권보드래, 『한국 근대소설의 기원』, 소명출판, 2000, 169~170쪽 참고.

과 연희를 풍속으로 바라본 계몽 담론에 담긴 인식과 유사하며, 여기에는 근대문학과 신문 텍스트를 동일하게 보는 태도가 존재한다.[15] 권보드래는『한국 근대소설의 기원』서문에서 이 시대 신문잡지의 다양한 게재 지면에서 생산된 대화체 텍스트와 이들이 실린 현상을 '만만찮은 세력'이라고 언급은 하였으나, 스스로 역동적인 텍스트라고 규정한 글쓰기 보다는 1900년대 이른바 근대계몽기 신문과 이 텍스트가 구성하는 인식의 틀에 주목하였다. 신문의 계몽 담론이 구성한 인식 일반 틀과 대화체 텍스트에 내재된 '경험' 방식 사이의 관계와 대화성을 보지 않은 것일까, 배제한 것인가 의문이다.

근대적 인식을 논리로 이 시기 신문 텍스트를 설명한 연구에 대한 의문을 뒤로 하고, 이 책은 근대계몽기 신문이 매체로서 소통 형식을 모색하면서 연희의 수행 형식을 텍스트로 구성한 현상을 주목해 본다.[16] 여기에서 근대계몽기 신문 텍스트가 당대 공론장 공간 역할을 자임하고 수행한 것을 의식하며, 이 공간에서 존재한 연행적 텍스트는 사회미학

---

15 이처럼 전통적인 문의 개념 밖에 놓인 '小說(소설/쇼설)' 텍스트의 향유와 소비방식은 일방적으로 글쓰기 차원에서 '대화체'를 극적 속성으로 위장한 수사적 차원에서 이해하거나, 소설의 하위 장르로 분류하여 볼 수 없다. 따라서 근대계몽기 서사 텍스트의 일부를 '희문소설(이재선, 홍일식, 조남현)'이나, '대화체소설(송민호)', '토론체소설(김중하)'로 구분하여 규정한 이 연구들이 사용한 소설이라는 용어는 근대문학의 한 장르를 지칭하는 개념으로 일반화하여 이해하기보다 근대계몽기 서사 양식을 연구대상으로 지칭하는 용어로 이해할 필요가 있다.

16 이에 대해서는 고미숙과 고은지의 연구를 통해 이해해 볼 수 있다.『18세기에서 20세기 초 한국시가사의 구도』(소명출판, 1999)는 근대계몽기 신문이 모색한 구체적 수행 형식을 재구하여 기술하였는데, 여기에서 가창가사 텍스트로 범주화한 이들은 실제로 이 시기 신문 텍스트의 구조와 수사를 구축했다. 이들 역시 '사회적 언술체'로서 기능하며, 이 텍스트들은 가사가 연행성을 통해 수용·향유되는 전제 안에서 존재한다. 근대계몽기 신문에 게재된 가창가사가 연행의 수행 형식으로서 신문에 게재된 유형과 현상에 대한 자세한 규명은 다음 연구에서 자세하게 확인할 수 있다. 고은지,「계몽가사의 문학적 형상화 방식과 그 의미－양식적 원리와 표현기법을 중심으로」, 고려대 박사논문, 2004.

적 구체적 실체이며, 신문의 신체라고 할 수 있다.[17] 근대계몽기 신문 텍스트에 존재하는 연행적 감각은 의무적 표현 형식[18]으로 보일 정도로 반복적이며, 지속적으로 등장한다. 잘 알려진 대로 근대계몽기 신문은 공적 영역으로 이야기(소설/쇼셜) 텍스트가 구술적으로 소비·향유하는 것에 익숙한 독자와 소통하는 공간이다. 때문에 근대계몽기 신문에 게재된 소설/쇼셜의 서사가 '율격'과 재담才談 유형의 '대화'로 구성되었다. 이 텍스트의 경우 소설보다 상대적으로 당대의 지각 경험을 확인할 수 있는 실제 경험 감각으로 구성되었다. 이 연행성은 해당 사회문화의 공동체가 향유한 연극 관습 안에서 경험된 지각 형식이다. 문자 매체의 전달력이 한정적이었던 시대에 연행과 연행자의 몸으로 사회공동체의 역사를 기억하고 전승하는 익숙한 방식은 신문 매체가 참조하고 인용한

---

17 이 텍스트의 특징을 장르상 교술과 극의 혼합이 이루어진 것으로 규정하였다. 가사의 연극성은 당대 연행의 수행 형식들로 표현된 형식에서 찾을 수 있다. 이에 대한 관련 연구는 다음과 같다. 먼저, 대화체 가사의 극적 발화방식에 대해서는 김형태의 『대화체 가사의 유형과 역사적 전개』(소명출판, 2009)가 있다. 김형태는 대화체 가사가 문학적으로 대화체를 통해 현장성을 확보함으로써 보다 많은 수용자들에게 현실적 공감을 불러일으키고 향유될 수 있었던 근거였다고 말한다. 즉 가사의 향유가 부르고 듣는 방식에서 보고 즐기는 방식으로 이행하면서 파생된 극적 효과라고 보았다. 고은지(앞의 글)는 가사의 문학적 형상화 방식이 대중적으로 연행되던 판소리의 가창 방식을 따르면서 대화체 양식의 극적 원리가 되었다고 보았다. 이 연구들이 근대계몽기 텍스트 연구에서 주목하고 있는 요소들은 작가 중심의 문학적인 표현기법보다는 바로 수용자의 향유 형식이었다. 이점이 근대계몽기 텍스트의 양식적 특징을 설명하는 것이다.

18 대화체 양식은 근대계몽기에 자주 신문 매체를 통해 탄생하면서 수용자와 소통을 위한 표현 형식이 모색되는 가운데 탄생한 것으로 보인다. 근대계몽기 인물의 시세비판이 사실적으로 재현된 텍스트는 토론소설로 규정되며 소설의 하위 장르로 분류되었다(김중하, 「개화기 토론체소설 연구」, 『관악어문연구』 3-1, 서울대 국어국문학과, 1978). 김준오는 장르 혼합은 가장 특이하면서도 개화기 소설의 본질적 특성을 드러낸 것이며, 이 현상은 양식적으로 토론(체)소설에서 발견되는 특징으로 보았다. 그 이유는 토론소설에서 토론과 대화(또는 문답)의 방식이 작품 전체의 외적 구조가 되면서 서사적 요소가 약화되는 현상이 나타났기 때문이다. 김준오, 「개화기 소설의 장르적 문제」, 『한국문학론총』 8·9 합집, 한국문학회, 1986; 『전광용박사회갑기념논총』, 서울대 출판부, 1979, 125쪽.

언어 형식이 되는 조건이 된 것이다. 그리고 그 언어 형식은 공동체의 신념과 가치를 기억하고 저장하는 연행자의 신체와 몸짓을 기호로 하는 과정에서 파생된 것이다. 따라서 이후 근대계몽기 신문에 존재하는 서사 텍스트의 연행성을 제도적이고 관습적인 공공성과 상호 관계 속에서 파악하기 위해 신문의 지각구조를 구성한 과정으로 이해해 볼 수 있다.

3. 근대적 장소로서 신문의 공간성

19세기 초 근대계몽기 구한말, 대한제국 공간에는 극장이라는 새로운 사물이 등장하여 새로운 언어질서를 보여주는 기호가 된다. 그리고 신문을 통해 이 극장에 놀이, 연희, 희대, 산대 등으로 익숙했던 사물이 재배치되는 현상을 볼 수 있다. 근대적인 극장이란 사물이 당대 사회의 연극(연희) 기호로 배치되면서 극장은 사회 변화 과정을 매개하는 언어적 기능을 할 수 있다. 당시 신문은 근대계몽기 현실을 현재 이곳now-here으로 현재적이며 극적으로 재현했다. 이 과정에서 근대계몽기 연행의 현장, 극장 등 무대적 공간은 일상적인 삶을 대표하는 공간기호로 동일시되고 확장되는 현상을 보인다.

당시 신문에 자주 등장하는 '한반도는 연극장'이라는 알레고리는 '연극'을 현실의 메타포로 인식한 신문 텍스트의 대표적인 수사修辭로 이해되었다. 그러나 이 책에서는 이 수사를 신문이 세계를 인식하는 틀이자 신문 공간을 연극장 혹은 연회 공간으로 환기하는 장치로 본다. 당대 신문 텍스트에서 근대계몽기 '연회演戲'는 당대 인간 삶의 알레고리나 이미지가 아니라 당대 인간 삶의 그 자체로 혹은 재현의 행위 모델이었다. 신문의 연행 텍스트에서 극적 속성은 근대사회의 계몽적 가치, 의미가 작용하는 매개로 일종의 기계였다.[19] 신문 단행서사 텍스트에서 자주 발견되는 전통극의 익숙한 발화 방식과 통사적으로 인용되는 연행언술의 반복과 구조는 그런 맥락에서 의미가 있다. 그 텍스트에는 당대 연행 현장에서 연행을 주도하는 연희자, 연행자들이 연행적 텍스트에서 독자 혹은 서술자로 존재했다. 연행의 수행 주체가 신문 독자(물론 이 연구에서 필자는 이 또한 기획된 의미로 근대적인 대중으로서 독자에 대한 설정일 수도 있다는 의혹을 버리지 못했다)로 텍스트의 발화자로 연행적 신체를 드러낸 것이다. 이 텍스트의 양식성과 표현 형식의 특징은 특히 『매일신보』의 '도청도설'이라는 게재물에서 확인할 수 있다. 저자는 '도청도설'의 연속 게재 형식이 이 신문의 기획을 전달하는 방식으로 본다. 이 텍스트의 언술 형식과 서사에는 당대의 연회 환경을 구성하는 요소들과 다채로운 연회 언어를 발견할 수 있다. 가령, 기생의 연회 행위, 그들의 가창과 육성이라는 연행성으로 텍스트 화자(서술자)를 구성하는 방식이다. 이 텍스트들은 기생이라는 연희자(연행자)의 '화류 문답' 혹은 공연 현장을 재현한 '운동회 문답' 등으로 구분될 정도로 지속적으로 생산되었다. 이외에도 연회를 수행하는 행위 모델로 재담의 언술 형식이 부각되고 연회가 수행되는 방식으로 구성된 텍스트 유형이 존재한다. 가령 재담은 풍자적

---

19 공유된 몸과 공유된 공간을 통해 관객과 행위자(연행자 혹은 배우)가 새로운 리얼리티를 창출할 가능성을 얻는다는 진술은 Erika, Fisher-Lichte, 앞의 책, 3장에 자세히 기술된다.

으로 상황과 언어를 재현하는 방식인데 신문에서 텍스트 구성원리로 작용한 것이다. 근대계몽기 신문에 자주 '소설·소설' 텍스트의 개별 장르로 인식되기도 한 '풍자소설', '골계소설'의 경우 재담이라는 연희 행위를 모델로 한 대표적 연행 텍스트다.[20] 이 텍스트에서 연희를 수행하는 재담 행위를 동반하고, 이야기와 구체적 상황을 재현하는 언술 형식을 통사구조로 응용한 연행성을 발견할 수 있다. 이 텍스트들은 연희를 수행하는 연행 주체들의 행위 모델이 언어적, 통사구조로 구성되었다. 이 같은 특징은 신문이 연행 환경에 익숙한 즉 친숙한 공공 영역에 대한 경험이 있는 독자를 소환하는 장치로, 매우 훌륭한 공간 배치 방식이었다. 계몽 담론에서 내용상 대상으로 타자화되었던 당대 연행 주체와 극적 환경은 계몽과 사회 변화를 이끄는 주체적 형식이자 언어로 텍스트에 내재되었기 때문이다. 이 사실은 연행성이 근대계몽기 신문 텍스트의 시스템으로 작동할 수 있던 관계를 설명해 준다. 이처럼 근대계몽기 신문 독자는 연희공연자를 모델로 하여 재현되기도 했다. 그리고 연희자를 모델로 한 독자와 연희를 수행하는 연행을 매개로 한 언어로 구성된 독자투고 텍스트가 생산되었다. 이같은 독자투고 텍스트는 근대계몽기 신문이 세계가 곧 연극장이라는 은유와 환유를 반복하는 구체적 방식과 발화 주체를 반영했다는 점에서 의미를 찾아볼 수 있다.

---

20 여기에서 '소설·소설'로 병기하는 것은 당시 둘 모두 텍스트의 양식명으로 사용하는데, 이는 근대문학 이전시기 '소설·소설'로, 근대문학으로서 소설과 구분하기 위한 표기방식임을 밝힌다. 이처럼 양계초의 경우 동시대에 중국 희곡을 소설의 범주에 넣었고, 또한 '희극戱劇', '시가가곡詩歌歌曲'이라는 용어로 개별 작품을 일별하기도 했다. 이 둘은 극적 속성을 지닌 가창과 강창으로 수행되는 연행성을 포함한 용례로, 이 시기 극 텍스트에 대한 개념을 확인할 수 있다. 그러나 중국 역시 동시대 소설과 희곡을 구분하지 않고 인식하였으며, 이 두 개념이 분리되기 시작한 것은 근대적인 '신소설' 개념이 형성되면서부터다. 심형철, 「근대전환기 중국의 소설론 연구」, 서울대 박사논문, 1997, 202쪽 참고.

근대계몽기 신문 텍스트는 '연행성'을 계몽기 현실과 지식정보를 '축적·전승·전달'하기 위해 신문이라는 기관을 움직이도록 하는 신체의 일부처럼 활용했다.[21] 가령, 새로운 사회에 대한 호기심과 갈망은 공공장소에서 회합하던 관습을 통해 확장될 수 있었다. 이처럼 구한말 신문은 공공연히 공공 영역에서 공동체가 소통하는 일상적이고 제도적인 관례들을 거론하거나 재현했다. 실제로 최초의 신문들은 조선의 공적 언론 기능을 대신하며, 공론장의 정보기관으로 기능했다. 그리고 신문은 다양한 생산방식을 통해 공론장으로 역할을 하기 위해 대중 독자를 수용자로 확장하는 시도를 한 것으로 본다. 그런 맥락에서 신문이 자주 극장 공간이자 연희의 표현방식으로 언어화한 텍스트를 양산해 낸 현상을 주목해 볼 수 있다. 그리고 실제로 1900년대 초 각 신문들은 '무동 연희장' 외에도 분주하게 조선시대 제도적인 연극이었던 산대극, 산대놀이, 산두도감 연희장 개설 소식을 매일 전했다. 그만큼 당시 연희무대에 대한 신문 보도는 중요한 정보였다.

　　開雜遊戱 西江 開雜輩가 阿峴 等地에셔 舞童演戱場을 設ᄒ엿ᄂᆞ듸 觀光ᄒᆞᄂᆞ 人

21　근대계몽기 신문 텍스트에 살아 있는 행위와 감각의 언어 그리고 정서를 규정하기 위해 이 글에서는 셰크너의 '행위의 조각들'이라는 개념을 빌렸다. 셰크너는 텍스트와 퍼포먼스를 확장과 상호작용의 집합체로 파악했다(Richard Schechner, *Performane Studies : An introduction*, Newyork : Routledge, 2006). 그것은 퍼포먼스가 하나의 과정으로 시작된 행위의 단편들로, 결국 어떤 새로운 과정을 만들기 위한 리허설 과정 속에 사용되면서 의미를 생산하는 대화적인 소통방식을 의미하는 것이다. "재현되는 행위는, 몇몇 드라마와 제의들에서처럼 긴 시간 지속되거나, 어떤 제스처·춤 및 진언眞言에서처럼 짧은 시간 지속될 수도 있다."(리차드 셰크너, 이기우 역, 『퍼포먼스 이론』 I, 2001, 현대미학사, 17~18쪽) 이 책은 따라서 셰크너가 삶을 구성하는 텍스트가 변화하는 것을 읽어내기 위해 필요한 인식의 틀로 연행성을 설명한 개념을 차용하였음을 밝힌다.

이 雲集ᄒ얏거늘 警務廳에셔 巡檢을 派送ᄒ야 禁戢ᄒ즉 傍觀ᄒ든 兵丁이 破興됨을 憤痛히 녁이어 該巡檢을 無數亂打ᄒ야 幾至死境ᄒ지라 本廳에셔 其開雜輩 幾許名을 捉致ᄒ고 該演戲諸具를 收入ᄒ야 燒火ᄒ엿다더라[22]

새문밧 링동 근쳐 사람들이 산두도감 연회쟝을 쑴으려고 약간 제구ᄭ지 만들엇으되 관부에 허가를 엇지 못ᄒ야 쥬션중이라더니 직작일에 그 동리 사람들이 룡산 광더 줄타는 구경을 갓더니 구경군은 희소ᄒ고 맛츰 한셩판윤 리치연씨가 룡산으로 나왓는지라 산듸도감 허가ᄒ여주기를 쳥구ᄒ즉 리판윤의 말이 룡산으로 나와 놀터이면 허가ᄒ여주마 하는고 로 하로만 링동셔 놀고 그 후에부터 룡산셔 놀기로 쥰허가되여 방쟝긔구를 쥰비ᄒ다더라.[23]

이 사실은 자연스럽게 도시민들의 여가와 여론형성이 소비, 유통되는 방식이 반영된 공공성을 띤 자율적인 장소의 기능과 의사소통의 현상이기 때문이다. 특히 1899년의 아동무동연희장과 1900년의 용산무동연희장을 비롯한 원각사와 광무대 그리고 연흥사, 단성사 등 공연장이 한상韓商들의 집단 거주지였던 사실을 통해 이 장소가 사회의 공공성이 구성되고 작동할 것이라는 예상을 해 볼 수 있다.[24] 대표적으로, 당시 협률사라는 실내극장의 등장을 반복적으로 전하는 신문기사들은 새로운 극장문화를 계몽적으로 전달할 뿐만 아니라 공공의 수행 형식에 대

---

22 『황성신문』, 1899.4.3.
23 『제국신문』, 1900.4.9.
24 이에 대해서는 최원식의 논의를 참고해 볼 수 있다. 특히 이인직이나 근대극장인 원각사 초대 사장이 조선 요식업계의 대부인 안순환인 점 등으로 보아 공연장과 토착상업자본이 관련성을 언급하고 있다. 최원식, 「은세계 연구」, 『창작과비평』 48, 창작과비평, 1978, 284쪽 참고.

한 관례, 즉 극의 기능적 의미를 역설했다.[25] 그리고 무엇보다 관련 기사를 통해 협률사의 흥행 현상을 볼 수 있는데, 이 현상은 당시 협률사가 황실극으로 존재하면서 제도적으로 공연을 운영한 하위 국가기관이 존재했던 사실을 통해서도 유기적으로 이해해 보아야 한다. 협률사는 고종재위 시에 제도적 기반과 운영 주체 및 관리 상황, 정치권력과 국가재정의 변화 때문에 존폐의 기로에 섰고, 그리고 갑오개혁 이후 공연자 구성원이 변화하면서 이들에 대한 협률사의 통제력도 변화된 점을 살펴볼수 있다. 그 결과 협률사 혹은 협률사 소속 공연자들이 근대계몽기에 다수의 관객이 황실 공연물을 대중적 공연물로 받아들일 수 있을 정도로 대중적인 연희문화를 구성하는 주체로 성장했다. 이상의 내용들은 권도희의 연구를 통해 확인해 볼 수 있다. 권도희는 이 현상에 대해 협률사 설치 당시 대중문화의 구성이나 대중의 탄생 현상으로 보고, '의도된 일도 아니었고 예상치도 못했던 것이었다'고 말한다. 그리고 그의 지적대로 '협률사 흥행을 계기로 대중문화가 구성되기 시작되었던 점은 협률사가 단순히 극장이 아니라 근대의 대중문화를 탄생시켰던' 매개였음

---

25 여러 기록과 당시대를 살았던 문인들의 기록에서는 우리나라에 극장이 시설물로 등장한 것에 대해 증언하고 있다. 이제까지 1908년 이인직에 의해 개관된 '원각사'는 물론 그 전신인 1902년 조선황실이 경성 야주현에 세운 우리나라 최초의 공연장인 '협률사協律社'로 알려졌다. 그러나 잘 알려진 사실보다 최초의 극장은 한 세기 이전인 1895년 개화기 시대 인천의 '협률사協律舍'부터로 밝혀졌다. 이때 '협률사協律舍'는 당시 인천의 갑부 정치국이 세운 것으로, 그는 부산 출신으로 인천에 와서 큰돈을 벌어, 지금의 '애관극장' 터에 창고처럼 생긴 벽돌집을 지어 각종 공연무대로 사용하게 했다고 전한다. 우리나라 최초의 극장인 이곳에서는 날마다 〈박첨치〉, 〈흥부놀부전〉 같은 인형극에서부터 창극이나 신파연극과 당시까지 명맥이 유지되었던 남사당패의 공연이 있었던 것으로 있었다고 한다. 가설무대에서 관습적으로 연희를 즐기던 극장이 등장한 것이다. 극장 설립기록으로는 가장 오래된 극장으로 발견된 이 기록은 따라서 건물 실내에 있는 극장이기보다는 공연을 위한 전용 공간의 존재를 알려주는 사실에 그 의의가 있다.

을 주목해 볼 수 있다.[26]

당시 신문의 계몽 담론에서 당대 연희무대와 연희 형식을 구경거리 (제의적 경험)에서 극장(연극)이라는 근대적 계몽 공간으로 환원되는 경험 감각과 인지 과정의 공존은 전략적인 인식의 틀이 구성되는 방식을 보여준다. 근대계몽기 신문 공간에서 '연행, 연극, 극장, 연희, 무대'는 공공연히 계몽의 대상으로 배치되었다. 그런데 이 과정은 규칙적인 정합성을 드러내기 보다는 비정합적이었다. 그것은 근대계몽기 신문 텍스트에 재현된 연행성은 현실을 풍자적으로 재현하는 수사修辭일 뿐만 아니라 근대적 계몽성을 생성하면서 능동적으로 텍스트의 구성을 변용하고 생산하는 강력한 '전이轉移' 원리로 기능했기 때문이었다. 즉, 신문은 '계몽'이 자율적으로 전이되도록 하는 공론장의 연행-기계로 작동한 것이다. 연행자가 하는 행동이 관람자에게 영향을 미치고, 그리고 관람자가 이에 대해 하는 행동이 다시 연행 행위자와 다른 관람자에게 영향을 미치는 집단적 소통관계를 근대 공간의 감각 경험으로 신문은 수용한 것이다. 그리고 그 결과 연행성에 의한 텍스트의 구성과 배치와 생산이 이 공간에 전이된 것이다. 결국 계몽 담론은 연행자와 관람자의 상호작용에서 스스로 의미가 생성되도록 유도하는 전달 행위처럼 신문 공간에서 확장될 수 있었다.

실제로 당시 신문은 독자에게 익숙한 공공 영역, 공론장에서 수행되는 대화 모델을 수용하는 텍스트들을 생산하면서 역할을 찾았다. 가령, 산대와 같은 극문화 경험과 일상적 감각이 근대계몽기 신문 텍스트의 언어

---

26 권도희, 「대한제국기 황실극장의 대중극장으로의 전환 과정에 대한 연구—희대·협률사를 중심으로」, 『국악원논문집』 32, 국립국악원, 2015, 125쪽 참고.

와 계몽 담론을 구성하는 기호나 도구로 자주 생산된 현상이 대표적이다. 한반도가 연극장이라는 식의 매개적 언술은 현실을 자각하는 방식을 잘 보여준다. 그리고 동시에 이 자각구조는 당시 연극이 곧 세상의 거울이라는 근대적 세계관의 의미도 매개한다. 이처럼 제도적인 연희문화를 대표하는 산대와 같은 연희문화 경험이 1900년대 초 신문에서 공공성을 띤 언술 형식이 되어 텍스트를 구성하는 사례를 자주 목격할 수 있다. 조선왕조의 제도적 연극 형식인 산대山臺는 과시적 공공성을 매개한다. 근대신문 등장 초창기에 공공 공간의 존재와 존재방식에 대해서는 김기란의 연구를 참고해 볼 수 있다.[27] 김기란은 이 시기를 조선왕조의 과시적 공공성 즉, 통치권의 공적 과시가 존재했던 관례가 있던 제도에 주목했다. 구한말까지 연극(산대)이 이에 부합하는 공공성을 드러내는 기구이자 제도로 활용된 사실을 근거로, 산대의 연행성을 매개로 구성된 텍스트의 기능을 유추해 볼 수 있다. 여기에서 김기란이 규명한 '과시적 공공성'에 의한 공론장의 발화 방식이 근대적 공간인 신문에 반영된 의미를 찾아볼 수 있다. 공공성의 성격에 대해 정밀한 논의가 필요해 보이지만, 구한말 사회문화에서 공공성이 관습적으로 어떻게 구성되었는가를 파악한 이 연구는 당시 전환기 사회를 이해하는 데 매우 중요한 단초를 제공한다. 김기란에 의하면, 근대계몽기 신문에서 감지된 공공성은 공공적 인정과 같았다. 구한말에서 대한제국으로 전환하는 시대에 공공성은 어떤 존재의 공표 방식에 의한 것이 아니라, 공공을 대표하는 존재에 의한 것으로 변화했다는 점은 특히 주목할 부분이다.

---

27 김기란, 「조선시대 무대 공간의 연행론적 분석-산대를 중심으로」, 『한민족문화연구』 20, 한민족문화학회, 2007 참고.

당시 신문은 근대 의식으로 전환과 모색을 구성하는 장소였다. 그리고 실제 현실에서 공공의 소통을 경험하는 장소인 연희 공간의 연행언어가 사회적 언술 모델로 재현된 것이다. 따라서 신문의 연행 텍스트는 연희에서 공개적 조롱과 비판이 연행성을 매개로 소통되는 방식을 서사 텍스트가 연행성을 매개로 계몽의 주장과 결론으로 도달하는 구조의 틀로 수용한 것이다. 때로 연설처럼 공개적이며, 발화의 진행 단계가 극적 의례와 극적 행위 틀을 반영한 연행 텍스트의 언술 형식은 사회성을 강하게 보인다.[28] 이런 현상은 신문이 이전의 공론장에 대한 감각 경험으로 공간을 구성하고 공간을 재생산하는 방식과 중첩되기도 한다.

이제, 근대계몽기 신문에서 연희 공간을 풍자하고 조롱하며, 근대적인 극장 공간의 필요를 반복적으로 언급한 인식론적 전략을 이해해 볼 수 있다. 이 점에서 근대계몽기 신문은 보편적인 매체의 기능을 했다. 이 글은 신문이 당대 연행을 매체의 소통방법으로 재인식하고, 텍스트 형식으로 구성한 현상이자 장소였다는 점에 주목했다. 따라서 당시 신문 공간에서 글쓰기와 일군의 서사 텍스트가 구성되고 생산된 과정과 방식이 어떻게 담론의 소통도구가 되어 인식의 틀로 작용한지를 살펴볼 수 있다. 그러나 이 글에서 연행성은 근대계몽기 신문이라는 공간을 구성하는 응용된 공간 -기계로서 인식의 일반적 틀이 아닌 구체적 경험 감각이다. 이 경험 감각이 어떻게 도구화되어 근대계몽기 신문의 텍스트를 구성하였는가를 기술하

---

28 언술은 누군가를 향한 것이다. 여기에는 최소한의 발화자와 수신자라는 두 존재가 형성하는 사회가 있다. 발화자는 늘 이미 하나의 사회적 존재이다. 언술은 이처럼 발화자에게만 관계된 것이 아니다. 청자와 상호작용의 결과이며 발화자는 미리 반응을 언술 속에 포함시킨다. 이처럼 사회성을 전달하는 언술은 이중적인 성격을 내포한다. 이상 언술의 사회성에 대해서는 츠베탕 토도로프의 『바흐친－문학사회학과 대화 이론』(최현무 역, 까치, 1987, 73쪽) 참고.

는 것이 이 글의 주요 내용이다. 이 글에서 연행성은 단순히 귀로 듣고 즐기는 데 익숙하며, 시청각적 예비 상황에 친숙했던 구술문화에 익숙한 독자들이 연행演行적 상황과 현장에서 서사 텍스트를 향유하는 방식을 기계적으로 인용된 현상에 대해 기술하는 것은 아니다. 물론 당대 신문 공간에서 반복적으로 재생산되는 텍스트의 현상과 이 텍스트들의 단층을 이해하기 위하여 구비·구술문학의 속성을 이해하는 것은 중요하다.[29] 그러나 무엇보다 텍스트의 반복적인 생산방식이자, 텍스트의 공간으로 재현되는 연희와 연행성은 신문이라는 근대 공간을 이해하기 위한 중요한 감각 경험을 제공하는 지각 공간이며, 이 공간에 작동하는 실체이다.

이 시기 신문에 나타난 연희성과 연행적 언어는, 당대의 일상과 공간 을 경험하는 것처럼 일련의 지속적인 텍스트 반복을 통해 형성되는 과 정을 볼 수 있다. 이 과정이 드러나도록 하는 '몸의 특정한 양식화'의 반 복은 당대의 근대화를 구성하는 주체화의 과정으로 독해해 볼 수 있다. 여기에서 연행성은 일종의 수행성遂行性, performativity으로 한 번의 행위 혹은 한 번의 언어 형식이 아니라 반복적으로 나타나는 현상을 근거로 한다. 이처럼 반복적으로 행해지는 수행성은 한 사회에서 일종의 의례 적인 행위를 상징한다. 버틀러는 이러한 수행적 행위가 일부 문화적으 로 유지된 경우, 시간적 지속성으로 이해되는 동시에 몸의 맥락에서 몸 의 자연화를 통해 그 효과를 획득할 수 있다고 말한다.[30]

---

29 이들은 빈번히 구연口演 중심의 발화에 따라 유동적으로 연행을 실천하는 속성에 해당 한다. 이 속성은 '연행performance으로 존재'하는 구비문학 텍스트가 지닌 양식성과 유 사하다. 임재해, 「구비문학의 연행론, 그 문학적 생산과 수용의 역동성」, 『구비문학연 구』 7, 구비문학연구학회, 1997, 1~2쪽 참조.
30 주디스 버틀러, 조현준 역, 『젠더 트러블』, 문학동네, 2015(1판 7쇄), 55쪽 참고.

/ 제2장 /
연희마당, 근대계몽기 공론장의 실체를 구성하는 지각 공간

극의 구체성을 상기해 보면, 그곳에 그때가 아닌 이곳의 지금인 영원한 시제 속에서 극의 의의는 발생한다. 극의 직접성과 구체성, 그리고 극이 "관객으로 하여금" 인물의 어조가 표현하는 대로 다양한 정서와 분위기를 판단하도록 유도하며, 자신 앞에서 다양한 관계로 벌어지는 상황을 인지하고, 해석하도록 만든다. 이 사실은 극의 현장성과 구체성이 우리가 생활 속에서 만나는 실제세계, 실제 상황의 모든 특성들을 가지고 있음을 의미하기도 하다. 그러나 분명한 것은 극장 혹은 연극에서 만나는 상황은 연기로 표현되는 가공의 놀이라는 사실이다. 그런 점에서 관객은 연극이 현실을 가장하는 놀이이며, 집단 그리고 공동체의 의사소통 행위이자 형식이라는 점을 분명하게 인지한다.[1] 연극은 현장에서 공동체의 경험 방식으로 관심사에 대해 대화하거나 결합되는 구체적 행위로 경험된다. 그런 관계 때문에 극적 현실 속에서 인간 공동체는 자

---

[1] 마틴에슬린, 원재길 역, 『드라마의 해부—극작법 서설』, 청하, 1987 참고.

신의 주체를 직접 경험하고 확인하며, 놀이와 학습을 경험할 수 있다. 때문에 연극은 관객 즉, 극장에 모인 무리(회중)들에게, 공동체를 지도하거나 행동규범이나 사회 공존 규약을 상기시키는 기능을 발휘하는 것을 목격할 수 있다.

의사소통을 위한 매체들은 수많은 정보의 단편들을 전달할 때 부분적으로는 의식적인 차원에서 부분적으로는 잠재의식적으로 수용되는 특색이 있다. 이것은 연극을 포함한 복잡한 소통 매체들의 특징이기도 하다. 실제로 현실에서 만나는 상황에서 우리는 외부세계를 과거 경험, 기억들, 습관들 그리고 조건들에 의해 결정된 많은 연상들과 의미함축들을 통해 직관적으로 지각한다. 극은 이러한 외부세계를 대표하기도 하며 일반적으로 유사한 직관 방식으로 지각된다. 언어적 작용들과 극적 작용들 간의 차이, 순수히 말로 이루어지는 소통은 화자의 의도가 다소 쉽게 탐지될 수 있다. 반면 극 공연은 언어적 발화와 달리(대부분 다른 예술이나 소통 형식과 달리) 개인이 소통하고자 하는 의도를 반영하는 개인의 작업이 아니라는 점에 그 차이가 있다. 근대계몽기 신문은 기존 사회의 행동규범을 재확인시키는 과정이자 방법으로 극을 이해하고 응용한 공간이었다. 그런 점에서 이 시기 공론장으로 역할을 했던 신문은 공공연히 연극을 사건으로 배치했고 연극성을 언술 형식으로 활용할 수 있었다.

1. 무동연희장舞童演戲場 · 희대戲臺 · 협률사,
근대계몽기 신문 공간-기계

근대적인 공론장으로서 역할을 자임했던 인쇄 매체 신문은 연희장과 연희 즉, 공연장과 공연에 대한 광고와 관련 기사를 반복적으로 그리고 지속적으로 양산했다. 당시 신문에서 자주 거론되었던 극적인 관습과 연극성으로 인지된 양식상의 특성은 다수가 실내극장이라는 새로운 근대적 공간에서 생성된 것이 아니었다. 잘 알려진 바와 같이 구한말까지 서민들에게 전통적 연극 형식은 환경을 활용한 개방적인 공간에서 공연되었다. 이처럼 당대 공연, 극 공간은 무형의 극장, 건축물로 존재하는 실내극장이 아니었다. 전통연극이 공연되는 공간은 환경극장의 형태로, 남사당패男寺黨牌와 같은 비제도권 연행자에 의해 민간 주도로 '탈춤', 〈꼭두각시놀음〉 등이 연희되는 개방적인 공간이다. 이 연극은 공연 장소에서 포장布帳을 쳤다가 떠날 때 거두어 가는 개방적 환경에서 무대를 가설假設하는 방식이 일반적이었다. 당시 신문의 기록들은 환경을 적극 활용하는 극장의 존재 방식과 연극, 연희 형식을 전달하고 있다.[2]

1900년대 즈음 신문에서 확인할 수 있는 기사에 의하면, 서강 등 한강나루 지역 주변 아현이나 용산, 마포 등에서 한량과 같은 연희자를 관리하는 무리開雜遊戲들이 무동연희장을 갖추고 공연을 했던 기록을 확인할 수 있다. 이 기록들이 전하는 당시 연희를 즐기는 공간은 소란스러움

---

2 『황성신문』, 1899.4.3 · 1900.3.3 참고.

과 흥과 신명이 넘쳐 경무청의 순검과 병사의 난투가 벌어지기도 하던 곳이다. 그런데 이 기록이 전하는 소란스러움은 당대 대중이 연극을 즐기는 환경과 공간의 에너지를 알려주는 사실이다. 이 기록의 당시 관객은 한성을 중심으로 구성된 도시민으로, 다양한 계층의 사람들이었다. 당시 신문 기록과 사진에서 공연을 구경하기 위해 모인 관람자들, 즉 구름같이 모여든雲集 관객들이 소문과 여론을 소비하고 형성하는 이들의 모습에 주목해 보자. 이들은 일정한 사회의 관행과 극적 관행을 공유하며, 공공의 공간에 모인 관객들로, 당시 구체적인 도시민이기도 했다. 따라서 그들이 모인 공간은 자연스럽게 1900년대 이후 시대와 사회의 공공성이 형성된 상징적인 공간으로 이해할 수 있다.[3]

  19세기 이후 상업도시로 번창하는 과정에서 서울(한양)은 여가를 즐기기 위한 연희演戲 향유의 요구가 있었던 상업 공간이었다.[4] 주로 한상들의 집단 거주지에서 형성된 공연장은 일상의 변화를 가장 먼저 감지하는 상인 계급들이 운집하여 공연문화를 즐긴 사실과 연관되어 있다. 무동연희장류의 연희무대는 당대 무역과 상업의 발달로 자본의 이동 과정에서 자율적으로 등장한 공간이다. 이상의 사실은 대표적으로 1899년에 설립된 '아현무동연희장阿峴舞童演戲場', 1900년 '용산무동연희장龍山舞童演戲場'의 존재를 알리는 기록에서 확인할 수 있다.[5] 이들 무대는 공

---

3 「한잡유희」, 『황성신문』, 1899.4.3.
4 이들 무동연희장은 근대적 교통수단으로 등장한 전차 정거장과 근접하여 한성부 도시민이 쉽게 오갈 수 있는 곳에 위치해 있었다. 그리고 당시 근대적인 도시개조사업이 한창 진행 중에 있었던 한성부 안에는, 외국인 거류지의 외국인 연희장을 제외하고는, 연희장의 설치가 금지되고 있었다. 그 대신 한성부 외곽에 해당하는 용산과 아현 등의 일부 한강변 지역에 한성부나 경무청의 허가와 통제하에 무동연희장이 설치·운영되었다. 이에 대해서는 우수진, 『한국 근대연극의 형성』(푸른사상, 2011) 참고.
5 이에 대해서는 사진실이 『한국 연극사 연구』(태학사, 1997, 385~391쪽)에서 상술한

통적으로 가설무대를 중심으로 연희를 즐기는 상설 공간이었고, 서울 (한성부) 주변에 많이 존재했었다. 위에 열거했듯이 근대적인 실내극장 이 등장하기 직전에 존재했던 매우 개방적이고 자율적인 방식으로 존재 했던 이 극장은 주로 무역과 교통이 발달했던 한강변을 중심으로 야외 에 가설되었다. 대표적인 '무동연희장'류의 극장은 1900년대 초 신문기 사 연희광고에 자주 등장했다. 19세기 말부터 신문기사에 등장하는 아 현이나 용산 등지의 무동연희장은 서울 경강京江 주변의 상업문화가 발 달하면서 설립되기 시작한 극장이었다. 아현은 본산대 탈춤인 〈애오개 본산대〉로 잘 알려진 곳이었다. 당시 용산이나 아현 등은 이 시기 상업 지역을 대표하는 공간이었다. 용산과 아현이 대표적인 상업 지역이었 고, 이 지역에는 장터와 같은 개방 공간에서 민간 놀이패의 공연이 노천 가설극장에서 일정한 기간 동안 상설공연을 하던 공간, 장소의 의미를 지닌다. 개방 공간인 장터의 놀이판은 가설물을 설치하거나 기존 건축 물을 활용하기도 했다고 한다. 대부분 비를 가릴 수 없을 정도의 허술한 노천극장인 경우가 대부분이었지만, 유료 관객이 이러한 극장을 향유하 는 생활이 늘어났다는 기록을 확인해 볼 수 있다. 또한 노천 가설극장의 공연은 신문에 광고를 내어 적극적으로 선전을 하고 고정된 장소에서 일정 기간 동안 공연을 하였다. 이는 민간의 연희 공연이 관객을 찾아가 는 방식에서 관객을 불러 모으는 방식으로 극문화를 체험하는 방식이 전환되었음을 알려준다.[6] 노천 가설극장이라는 공간은 상업적이며 상설 로 주변에 극장이 존재하는 당대 한양 지역의 삶의 변화를 상징적으로

바 있다.

6   사진실, 『전통연희의 전승과 근대극』, 태학사, 2017, 191~194쪽 참고.

보여주는 장소라는 점을 주목해 보아야 한다. 근대도시 한성의 공공극장을 대표하는 아이콘으로 협률사를 소개한 우수진의 연구는 근대기 구한말 사회적 공간으로 극장을 기술하였다. 당시 한성부라는 도시가 상업적으로 운영된 공공극장commmercial public theater 공간으로 조성된 단계들에 대해 기술하면서, 협률사가 한성부를 배후로 신문과 전차 등의 근대적 매체를 통해 상업적으로 운영된 공공극장이라는 특정한 장소라고 규정했다.

> 협률사는 신분이나 남녀의 구별없이 누구에게나 개방되었다는 점에서 공공극장이었다. (…중략…) 협률사에서 이들 연희는 특정한 신분이나 성별의 제한없이 향유될 수 있었다. 궁극적으로 공공극장의 등장은 신분적 위계질서를 토대로 하는 봉건질서의 해체에 기인하였다.[7]

이렇게 협률사라는 극장이 근대도시 공간의 공공 영역을 대표하는 곳으로 기술한 이 연구는 저자가 이 글에서 전환기 근대 조선의 사회적 공간인 극장 공간의 경험적 실체를 근거로, 연행성이 근대적인 공공 공간인 신문에 환원된 과정을 서술해 볼 수 있는 가능성을 제공해 준다. 특히 저자는 우수진이 극장을 경계로 공연물뿐만 아니라, 각종 일상적인 삶의 요소들, 즉 인식과 관습, 행동 양식, 제도 등이 서로 교환되거나 영향받은 장소로 본 점에 주목했다. 그것은 협률사나 아현무동극장과 같은 연희장이라는 공간이 이 시기 신문에 자주 등장하여 공공성의 장

---

7 우수진, 앞의 책, 17~18쪽.

소로 경험되는 공간의 실체에 대한 것이기 때문이다.

당시 무동연희장의 대표적인 형태와 관객의 관람 방식, 극장의 존재 방식
은 최근에 출간된 에밀부르다레의『대한제국 최후의 숨결En Corée, 1904』에
실린 '서울에서 벌어진 축제'라는 이름의 사진 한 장을 통해서 자세히
확인해 볼 수 있다.[8]

놀이패들은 너른 공터에 사각으로 넓게 말뚝을 박고 포장을 쳐 울타리를
만들어 놓았다. 이는 놀이 공간과 구경꾼의 공간을 구분하기 위함이었다. 놀
이 공간의 한 가운데에는 높은 장대를 사각으로 세우고 그 끝에 거대한 그늘
막을 달았으며, 그늘막의 두 귀퉁이에는 각각 다른 색의 커다란 술이 달려
있었다. 커다란 술은 멀리에서도 한눈에 연희장의 존재와 위치를 시각적으
로 알려주는 표지 역할을 했을 것이다. 구경꾼들은 울타리 주위를 여러 겹으
로 둘러싸고 서 있었다. 운이 좋은 일부는 포장막 안쪽에 들어가 자리를 잡
았고, 몇몇 사람들은 다소 멀찍이 떨어진 언덕 위에 자리를 잡았다. 대부분
하얀 도포 차림에 갓을 쓴 구경꾼들은 말 그대로 구름 같이 모여 있었다. 놀
이 공간 한 가운데에는 탈을 쓴 놀이패들이 연희를 하고 있었고, 그 한쪽 끝
에는 악사들이 자리해 있었다.[9]

에밀부르다레의 사진에 의하면, 1900년 전후 아현과 용산 등의 한강
변 '무동舞童연희'라는 연희의 존재와 구경꾼처럼 보이는 관객들의 사회

8 　에밀부르다레, 정진국 역,『대한제국 최후의 숨결』, 글항아리, 2009, 185쪽 참고
9 　인용한 내용은 사진을 보고 관객 중심으로 형성된 가설극장의 모습과 관람 방식을 우수진이
　　묘사한 내용이다. 우수진, 앞의 책, 20~21쪽 참고. 사진은 에밀부르다레, 정진국 역,『대한제
　　국 최후의 숨결』, 글항아리, 2009, 185쪽 수록.

화 작용을 증명한다. 이 사진은 야외에 가설로 설치된 무대를 중심으로 연희의 수행 과정을 노출하며 대중, 즉 관객의 사회화 과정을 단면적이지만, 포착한 순간을 중심으로 하기 때문이다. 이 사진에서 확인된 당대 도시민 관객은 가운데 연행자 중심의 무대를 특별한 제재 없이 모인 대중인 셈이다. 이 사진의 중앙에 위치한 연행자들은 그늘막처럼 생긴 백포장을 높이 세워 놓고 바닥에 덧씌운 깔개 위에서 연행을 수행하고 있다. 연희마당이라는 무대 위에서 연희자들은 관객에 둘러싸여 공연을 수행해야 했다. 에밀부르다레가 찍은 사진은 의도적으로 흰 옷에 갓을 쓴 사람부터 부녀자, 아이들까지 다양한 관객들의 존재로 화면이 꽉 채워진 것처럼 보인다. 그런 의혹이 듦에도 제법 이 한 장의 사진은 당대 극적 관례와 극장의 실체를 극적으로 반영하고 있다. 게다가 극문화의 영역이었던 무동연희장의 분위기와 그 현장성은 당대의 공공 영역의 실체와 한 단면을 제공했다.

우리는 이 사진을 통해 흥청이는 분위기 속에서 정연한 관객들이 한 공간 내지는 한 움직임에 주목하는 시선이 집중된 연희마당을 확인해 볼 수 있다. 그리고 구름처럼 모인 관객들이 산대놀이마당을 둘러싸고 형성한 놀라운 호기심, 놀이에 대한 관심을 발견하며, 이 공공의 에너지가 상징하는 한 사회의 문화적 인식욕을 발견하게 된다. 이처럼 무동연희장과 같은 개방된 공공 현장에서 운집한 대중, 즉 공공에게 익숙한 극 경험 방식이 저자는 근대국가의 기관이나 제도가 구성해야 할 공공성의 인용 내용이 될 수 있을 것으로 본다. 언어 텍스트가 아닌 사진을 통해 살펴본 무동연희장에서 구경꾼 즉, 관객들은 자유로운 모습이었다. 관객석이 별도로 없었기에 임의적이고 강제적인 좌석 배치는 사진에 존재하지 않았다. 이처럼 자유로운 관객들의 태도에도 불구하고 무대에 집중하는 자발적인 이 공공 현장과 관객과의 관계에서 신문이 독자를 이해하는 방식을 엿볼 수 있다.

근대적인 도시문화와 제도적인 변화로서 협률사 설치 사건이 갖는 상징 그 이면에는 조선의 정치와 사회문화적 관행에서 극이 제도적으로 활용되었던 문화적 상징성이 존재한다. 협률사에 대한 기록과 연구에 의하면, 이 공간은 대중들에게 소통의 현장이자 매개 형식으로 극장과 연희가 한 역할을 상징하는 장소가 될 수 있었지만, 상징적인 사건에 그치게 되었다.[10] 근대적인 연극과 극장의 사회적 요구는 1902년 고종황제 즉위 40주년에 칭경예식稱慶禮式을 치르기 위해 이를 관장하는 협률사協律司를 설치하면서 부각되었다. 이 해 12월 고종황제의 등극 40년을 맞아 정부에서는 '어극 40년御極四十年'의 칭경예식을 거행하기 위한 준비의 하나로 서울 서대문구 신문로 새문안교회 자리에 극장시설을 마련하여 기생·재인才人 등을 연습시킨 후, 수교국가修交國家의 원수元首들을 초청하고자 계획되었던 것으로 전한다. 이를 위해 전국의 유명한 판소리 명창과 기생, 무동舞童 등 170여 명을 모아 전속단체를 조직하고 이들에게 관급을 줬는데, 흉년을 이유로 경축예식이 미루어지자 협률사協律司라는 기관적 성격은 협률사協律社라는 단체로 그 기능이 축소되었다.

협률사의 등장을 알리는 이 일련의 기록들을 살펴보면, 연희를 수행하는 조직과 연희수행 방식은 전통적 극적 관례를 따르고 있다. 그러나 장소로서 실내극장에서 수행한다는 점에서 물리적이고 건축적인 구체

---

10 김재석, 「개화기 연극의 형성에 미친 '협률사'의 영향」, 『어문논총』 43, 한국문학언어학회, 2005 참고.

적 연희문화의 공간 변화가 예고되었다. 최남선이 남긴 '협률사' 시설에 대한 기록에 의하면, "벽돌로 둥그렇게 마치 로마의 콜로세움을 축소한 듯한 소극장을 짓고 여령女伶(기생)·재인을 뽑아 연습을 시켰다. 규모는 작지만 무대·층단식層段式 삼방관람석三方觀覽席·인막引幕·준비실을 설비한" 극장으로 아현무동연희장 식의 개방적 극장 공간과 변화를 확인할 수 있다. 최남선은 이 '조선 최초의 극장'이며, 유일한 '국립극장'이라며, 이 극장의 역사적 의미를 부여했다.[11] 이처럼, 연희장의 도심 진입과 실내극장의 등장은 동시적으로 발생한 일대의 연극적 사건으로 볼 수 있다. 실제로 동시대에 야외의 가설극장은 도시의 미관을 해친다는 이유로 설치가 금지되는 등, 문화적 헤게모니의 변화와 이동을 알려주는 기호가 되기도 했다.

이상으로, 협률사 설치와 혁파까지 연희를 근대적으로 제도화하는 과정을 살펴보면, 이 사건은 연희의 기능 즉, 연극의 역할이 강화되는 방향으로 향하고 있음을 알 수 있다. 가령, 당시 협률사에 전속 예인들을 두었던 조치의 경우를 살펴보자. 먼저 관기와 예기의 중간적 위치에 속하는 창기娼妓를 1차로 모집하고 전속단체를 조직하였고, 그 후 2차로 전국의 명인명창을 모집하여 전속단체를 조직하여 첫 공연은 1902년 12월 2일에 〈소춘대유희〉를 대표 레파토리로 공연했다. 그 뒤에 사찰을 근거로 한 연희활동 마저도 금지시키며 승광대僧廣大 영역까지 황실에서 관리하려는 계획이 행해졌다.[12] 구한말에서 대한제국으로 전환

---

11 이에 대해 우수진은 근대적인 실내극장으로 건축된 연희장을 '근대적인 도시의 특징적인 모뉴먼트monument'라고 규정했다. 우수진, 앞의 책 참고.
12 유민영, 『한국 근대연극사』, 단국대 출판부, 1997, 36쪽, 주 13번 참고.

하는 시대에 공공성을 대표하는 어떤 존재가 부재한 상황이었던 당시에, 신문은 여론 — 격분한 여론 — 혹은 적절한 정보를 지닌 여론, 그리고 공중, 공개성, 발표된 사실 등이 존재하는 공중의 영역이었다. 이 공공 공간의 존재에 대해 김기란은 이 시기를 조선왕조의 과시적 공공성 즉, 통치권의 공적 과시가 존재했던 것으로 보고, 연극이 이에 부합하는 공공성을 드러내는 기구이자 제도로 활용된 것에 주목했다.[13] 근대계몽기에 공공성은 공공적 인정과 같은 어떤 것으로, 당시 공공성은 시대 변화에 대한 요구와 현실비판의 내용이 자리할 수 있다. 공공성의 성격에 대해 정밀한 논의가 필요해 보이지만, 구한말 사회문화에서 공공성이 관습적으로 어떻게 구성되었는가를 언급한 이 연구는 당시 전환기 사회를 이해하는 데 매우 중요한 단초를 제공한다.

김기란이 주목한 바와 같이, 1900년대 초 신문에서 구체적으로 나타나는 공공성을 띤 텍스트의 언어와 구조는 과시적 공공성의 연장에 기대인 흔적들이 보인다. 즉 이들의 공공성은 아직은 구한말에 체험한 소통 형식으로 연희적 관례가 확인되기 때문이다. 그리고 공공성에 대한 관례 기호가 근대계몽기 신문 텍스트의 언어와 구조로 재현되거나 언어와 서사구조 형식으로 전유된 흔적을 남겼다. 이러한 현상은 근대계몽기 신문이 공중의 의사소통을 반영하고, 학습하는 상호소통이자 공공기관과 같은 역할을 한 공간이라는 것을 의미한다. 당시 신문은 구한말의 공공성을 반영한 상징적인 공간으로 공공 영역에서 공동체가 소통하는 일상적이고 제도적인 관례들이 재현되었다. 이처럼 신문이 아직은 관념

---

13 김기란, 「협률사 재론」, 『현대문학의연구』 32, 한국문학연구학회, 2007.

적이지만, 공공 영역으로서 공적 지위를 누렸던 방식을 헤아려 볼 수 있다. 그것은 이 공간이 독자에게 익숙한 공공의 현장과 공공성이 구성되는 방식이 작동하는 신문 텍스트의 생산을 통해서 확인하고 기술해 볼 수 있는 현상이다.

고종의 칭경예식이라는 상징적인 퍼포먼스 준비 과정을 들여다보면, 황실이 연희의 극적 본성을 감지하고 근대국가의 제도로서 연극과 소통도구로 인식한 정황을 파악해 볼 수 있다. 더불어 초창기 근대신문은 황실의 상징적 움직임을 당대 현실로 반영하고 공공연히 알린 매체였다. 조선시대 민중들에게 익숙했던 신문고를 비롯한 열린 언론제도는 신문과 다른 체험 형식이다. 그런데 '민중' 특히 공동체 사회를 형성한 집단에서 공공의 소통 형식은 실제로 민담, 한글소설, 민요, 민화, 가면극, 판소리, 유언流言, 동요, 소문, 민심, 풍문, 괘서掛書(이름을 숨긴 벽보) 등과 같은 비제도권적 커뮤니케이션 형식으로 체험했던 공공언론이 존재했다. 이 비제도권적 소통체계의 특징은 놀이적이며, 연행적인 공통점이 있는데, 근대국가에서도 사회의 공공성이 존재하고 유지되는 과정에서 일부 지속되거나 공유되었던 것이다. 이 책은 공동체의 영역이 사라지거나 변화하는 시대에 신문이라는 공간에서 이같은 전근대사회에서 경험한 공공의 현장이 재현되고, 연희와 극장의 소통방식이 기술되는 신문 텍스트가 생산되는 것을 인상적으로 바라본다.[14]

---

14 『한성순보』 이전의 언론에 대한 연구로는 다음과 같다. 김영주, 「조선왕조 초기 공론과 공론 형성 과정 연구─간쟁, 공론, 공론 수렴 제도의 개념과 종류, 특성」, 『언론과학연구』 2-3, 한국지역언론학회, 2002, 70~110쪽; 김세철·김영재, 『조선시대의 언론문화』, 커뮤니케이션북스, 2000; 이상희, 『조선조 사회의 커뮤니케이션 현상 연구』, 나남, 1993. 최영묵의 「조선 봉건사회 해체기의 민중커뮤니케이션 양식에 관한 연구」(한양대 석사논문, 1987)는 조선 봉건사회의 기층 백성들이 일과 놀이가 결합되는 생활 공간인

1906년을 전후해 등장한 실내극장의 등장은 연극을 전문적으로 볼 수 있는 장소의 등장만을 의미하는 것이 아니라 공적이며, 정치적인 소통의 장소였다. 실내극장 등장이 익숙하기 이전부터 전통적으로 연극 현장은 공공의 소통 현장으로 활용되었다. 1907년부터 광무대光武臺 연희 공연 레파토리를 확인해 보면, 만담, 무용 등을 영화와 함께 "有志紳士의 演說과 有名한 活動寫眞과 衛生幻燈과 秦樂과 其他 滋味有흔 一般紳士의 觀覽을 供"하는 공간이었다. 광무대를 비롯한 실내극장은 공공연한 의식이 충돌하고 소통하는 공론장으로, 다목적 공회당과 유사한 장소로 활용되었다. 한때 협률사였던 극장 '원각사'는 1909년 후반부터 국민회 본부 사무소로 활용되거나 공연장인 동시에 국시유세단처럼 연설의 공간으로 정치적으로 활용되기도 했다. 그리고 1910년부터는 공연장과 연설장으로 함께 사용하기도 했다.

당시 신문에서는 구한말의 공공성을 반영한 공간으로 공공 영역에서 공동체가 소통하는 일상적이고 제도적인 관례들이 자주 재현되었다. 이 현상은 신문이 공공 영역이 공적 지위를 누리기 위해 독자들에게 친숙한 문화적 가치와 관례에 주목한 바, 그 가운데 연희가 응용되는 과정을 발견할 수 있다. 이 현상을 미루어 볼 때, 신문은 아직은 독자들에게 익숙한 직접적이고 즉각적인 공공의 현장성이 형성되는 연극적, 연희적, 놀이적인 것에 주목한 것이다. 때문에 근대계몽기에 비판받았던 구태의 연희문화는 담론상에서 대상화된 것과는 달리 당시 신문의 텍스트 형성과 구성에

마을공동체에서 구어적인 커뮤니케이션, 즉 공동체의 관례적인 놀이문화를 수행하는 행위와 사건을 의사소통 과정으로 본다. 그래서 노동, 종교의례, 놀이 등과 변증법적으로 통합되어 나타나는 기층 백성의 커뮤니케이션 현상을 마을공동체와 그들의 집합적 행동으로 규정한다.

있어서 여전히 문화적 가치를 지닌 것으로 보인다. 이제 정리해 보면, 이 시기에 공공성은 봉건적 세계를 계몽하고, 그 계몽은 구체적인 일상에서 수행되어야 했다. 따라서 이 글에서는 근대계몽의 관념을 전개하고 담론을 구성하여 전달하는 수행 과정의 흔적으로 신문 텍스트와 신문에 재현된 연행성에 대해 기술해 볼 수 있다. 이 역설의 현장은 근대화로 가는 계몽의 길목에서 극적문화가 '리미널리티liminality'와 '변형transformation'을 매개 혹은 주도하는 텍스트의 구성 공간이었다. 이제 근대계몽기 신문 텍스트에서 자주 연극의 수행 형식들이 신문 텍스트의 언어와 구조로 전환된 현상이 구체적으로 어떻게 작동했는지 살펴보겠다. 그 전에 신문이라는 근대 매체의 구조를 이해할 수 있는 장소에 대해 먼저 이야기해 보겠다.

2. 신문종람소新聞縱覽所, 근대계몽기 신문의 공간-기계

근대계몽기 신문은 문자와 인쇄술에 의해 지식을 전달하는 매체의 역할을 했지만, 이 시기 신문 역시 다수의 독자를 확보해야 하는 문제가 있었다. 이 때문에 음성언어에 가까운 한글국문으로 신문을 발행하거나 국한문체로 신문을 발행하기도 했다. 그리고 일부 대중 독자의 정보 습득 관례를 염두에 두고 텍스트를 연행적·구술적 방식으로 구성하기도 했다. 근대적인 공적 영역이었던 신문은 연희무대나 극장과는 다른 방식으로 다수의 공중이 모일 수 있는 장소를 구성하고 신문의 소비를 매개하였다. 1898년 6월 25일 『매일신문』 잡보에는 근대신문의 역사에서 신문종람소 형식이 출현한 기록이 있다. 이후 최초의 신문종람소는 1898년 6월 9일 인천에서 '박문회'라는 단체가 생겨 관보와 각지에서 발행된 신문, 서적을 구비하여 놓고 회원들이 이용하게 했다. 이 장소는 일종의 도서관 같은 기능을 하는 정보 공유의 장소였고 이것이 신문종람소의 초기 모습이었을 것이다. 박문회는 뜻을 같이하는 사람들이 모여 일정 회비로 운영되었다고 전한다.[15] 한국 근대신문의 역사에서 신문종람소의 형태가 가장 먼저 출현한 것은 1898년이었다. 이때에는 명칭의 사용 여부가 확인되지 않지만, 그 성격이나 기능면에서 동일한 형태에 대한 기사를 확인할 수 있다. 한국의 신문잡지종람소는 대부분 민간인이 주도하여 국민들의 견문을 넓혀 개화에 이바지하려는 의도에서 설립되었고, 그 장소도 대부분 개인의 가옥이 중심이었다.[16]

인천항에셔 유지흔 친구들이 이들 구일 붓허 박문회를 셜시ᄒ고 ᄆᆡ일 관보와 각쳐 신문과 시무상에 유익흔 셔칙을 만히 광구ᄒ여 노코 모든 회원들이 만나 날마다 모혀 강론ᄒ며 연셜ᄒ야 지식과 학문을 널니 고쳐 흔다ᄂᆞᆫ듸 그동안에 회원이 발셔 빅여명이 모혓다니 우리는 그회를 디하야 공손히 치하ᄒᄂᆞᆫ중 아모됴록 흥왕ᄒ여 인천항 동포들의게 유익흔 ᄉ업를 만히 흥기를 ᄇᆞ라노라[17]

---

15 '잡보', 『독립신문』, 1898.6.28.
16 개화기 신문지면의 관련 기사를 토대로 신문잡지종람소 형성과 지역적 확산 과정을 다룬 채백은 한국 신문잡지종람소의 특성을 정리했다. 채백, 「개화기의 신문잡지종람소에 관한 연구」, 『언론과정보』 3-1, 부산대 언론정보연구소, 1997, 105~132쪽 참조.
17 '잡보', 『매일신문』, 1898.6.25.

신문종람소라는 명칭을 사용한 최초의 사례는 1902년에 신문지상에 나타난다. 인용한『황성신문』1902년 11월 25일 잡보란에 실린 글「종람설규縱覽設規」는 신문종람소의 개설을 알리는 기사였다. 이처럼『독립신문』창간 이후 여러 신문들이 활용한 종람소 등장의 배경을 살펴보면, 거기에는 당대의 문화적 배경과 가치가 반영되어 있다. 신문종람소는 표면적으로 신문의 대중적인 보급을 위해 공공적 소비를 매개할 장소를 활용한 것이다. 신문종람소라는 장소에서 신문의 지식과 정보가 전달되고 소통되는 방식은 마치 동시대 공적 영역에서 여론이 형성되고 소비되는 방식과 유사한 경험이었다. 신문종람소는 구체적으로 여론이 존재하는 장소에 신문이 매개가 되는 공적 영역의 기능이 존재하는 방식을 보여준다. 특히 을사조약 이후 애국계몽운동이 당시 중요한 담론으로 부상하면서 신문종람소의 확산은 필연적으로 공적인 소통이 유통되는 매개적 장소로 역할을 했던 것으로 보인다.

> 삼화항 신ᄉ 졔시가 그 디방 인민의 지식을 발달키 위ᄒ야 신문잡지종람회를 셜립ᄒ엿ᄂᆞ딕 회원이 칠십여명에 들ᄒᆞᆫ지라 오ᄂᆞᆫ 이십칠일에 ᄀᆡ회식을 거힝ᄒᆞ기로 결뎡ᄒᆞ고 한인이 발간ᄒᆞᄂᆞᆫ 각 신문잡지를 지금 쳥구ᄒᆞᄂᆞᆫ 즁이라더라

인용문에서 그 주체가 밝혀지지 않았지만, 백성들의 지식을 발달시키기 위해 신문잡지종람회 개회식을 한다는 설립 취지는 신문사의 설립 취지와 동일하다. 1902년 경성학당의 종람소부터 주로 신문종람소라는 명칭이 일반적으로 사용되었다. 개화기에 세워진 신문잡지종람소들

은 대부분 국민계몽을 목적으로 민간의 주도에 의해 자발적으로 세워졌으며, 여러 신문과 잡지, 서적들을 구비하여 일반인들이 널리 사용할 수 있도록 했던 취지를 살펴보면, 교육과 계몽의 장소로 기능했다.[18] 이처럼 종람소라는 장소에서 벌어진 일련의 공적 역할은 당대 신문들이 수행하려 했던 것이다. 그런데 신문의 보급과 독자의 확대라는 맥락에서 종람소 설치의 의의가 전부는 아니다. 이 장소에서 신문을 읽는 방식이 백성들의 자각을 위해 신문을 널리 보급하여 민지를 개발했던 종람소의 구술적이며, 연행적인 공동 독서 체험 방식 때문이다. 종람소라는 장소에서 일반인들이 신문을 접하고 소비하는 방식을 보여주는 서우학회 회원 김유택이 보낸 글 「신문광포新聞廣布의 의견意見」에서 이 현상을 확인할 수 있다.

> (황해도와 평안도에) 未詳흔 7個郡을 除ᄒ고도 一萬二千二百二十五동에 達ᄒ엿스니 每동에 廣闊흔 家로 新聞縱覽所를 定ᄒ고 夕食後에 一동 男女老少가 각 持一岸席ᄒ고 環坐場或堂中ᄒ야 或吸煙草ᄒ며 或抱幼兒ᄒ고 或 捆屨織席ᄒ며 或裁衣소사ᄒ되 有識흔 幾人은 高座倚子ᄒ야 朗讀新聞後에 意味를 說明ᄒ면 內外國事情과 古今形便을 無不通知ᄒ야 普通知識과 忠愛精神이 自可發達하깃고[19]

신문종람소 운영 방식을 살펴보면, '종람소'라는 장소에서 다음과 같이 실행된다. 각 동마다 넓은 집에 종람소를 설치하여 매일 저녁식사 후에 남녀노소가 모여 편안한 자세와 마음으로 유식한 사람들이 신문 읽

---

18 '잡보', 『대한매일신보』(국문판), 1909.12.25.
19 『대한매일신보』, 1907.7.18, 2면.

〈그림 1〉 정진석, 「제국의 황혼 100년전 우리는 (68) 거리의 신문낭독과 신문종람소」 (출처 : 『조선일보』, 2009.12.3)

어주는 것을 듣고 설명을 들으면서 지식과 충애정신을 발전시키고자 했다고 전한다. 종람소에서 이른바 일반 독자들에게 신문을 낭독해주고 설명을 하는 방식으로 정보를 공유하는 것이다. 이 과정에서 국내외의 사건, 소식을 전해 듣기 위해 남녀노소가 저녁식사 후에 이 장소로 모인다는 것이다. 종람소라는 장소에서 국내외 사건이라는 서사를 듣고, 낭독자의 부연 설명을 통하는 방식은 마치 공적 공간에서 구술적 연행으로 소통하는 구술문화 혹은 연행문화의 체험이 연장되는 형식이다.[20] 신문종람소에서 정보로서 사건이 낭독되고, 낭독자의 부연 설명으로 수행될 때 낭독자의 연행 행위가 매개되는 것을 예상할 수 있다. 그리고 이때의 정황은 마치 연행자가 독본을 가지고 소설을 낭송하던, 고전소설의 유통 방식의 패턴과도 유사하다. 이러한 연행적 집단 독서 혹은 낭독은 단지 가정 혹은 연행된 그곳에서만 머무는 것이 아니라, 마을 단위로 확대·전파된다. 이러한 현상은 공동체의 독서이자 정확히 말하면, 구술 연행을 통해 상호소통하고 정보와 지식이 실행되는 여론 형성의 공간 메커니즘이 작동한 것이다. 따라서 종람소는 당대

---

20 종람소에 모여 신문의 내용을 함께 연행의 방식으로 독서하는 이 모습은 당대인들에게 익숙한 광경이었다. "농한기나 저녁에 사랑방에 모여 주로 영웅군담소설의 다양한 인생 역정에 큰 관심을 보이며, 오락적 분위기 속에서 행해졌다. 여성층의 낭송자는 부녀자가 중심이 되었지만, 언문 해독 능력이 있는 소년, 소녀가 재미있게 읽기도 했다. 동네사람들이 모일 수 있는 곳이라면, 그곳이 바로 **연행 현장**이 되는 것이다." 공적 소통의 연행적 현상에 대해서는 김진영의 『고전소설과 예술』(박이정, 1999)을 참고하였다.

의 정보가 경험적 감각 즉, 연행적 감각을 통해 매개되는 방식이 존재한 장소라는 점에서 상징적이다.

1909년 즈음 신문종람소의 분위기는 식민지 조선통감부 기관지였던 『경성일보』의 문학 담당기자였던 일본인 우스다의 기록에서도 볼 수 있다. 「구한말의 신문사 풍경」이라는 글에는 당시 사람들이 많이 모이는 저잣거리에서 신문을 크게 소리내어 읽으면 사람들이 둘러서서 듣는 광경을 흔히 볼 수 있었다고 전한다.

> 조선에 신문종람소(新聞縱覽所)가 없다고 말하지 말라. 조선 사람에게는 간단한 신문낭독 방법이 있다. 큰길을 향한 문밖에 대여섯 명이 모여 땅에 웅크리고 앉아 볕을 쬐는 가운데 근처의 박식한 사람이 어제의 신문지를 큰 소리로 읽는다. 운율(韻律)은 경(經)을 읽는 것처럼 가락을 붙이며 구두점을 찍고, 억양을 조절한다. 긴요한 시사 논책(論策)을 읽는 태도는 아니다. 몸을 뒤로 젖히고 가슴을 편 자세다. 담배를 피우고 가래침을 뱉으면서 덧 문짝에 기대어 태연자약하게 조금도 서두르지 않는 모습은 유학자의 풍모(儒者之風)가 있다.[21]

당시에 종람소에 모인 사람들이 신문 낭독을 듣는 태도를 묘사한 그의 기록과 삽화는 흥미롭다. "팔꿈치를 구부려서 턱을 괴고 손으로 볼을 떠 받친다. 혹은 담뱃대를 물거나 혹은 왕래하는 사람들을 보면서 때로는 고개를 끄덕이며 가끔 눈살을 찌푸린다. 하늘을 우러러보거나 머리를 숙

---

21 우스다잔운薄田斬雲, 도리고에 세이키鳥越靜岐 그림, 김용의 역, 『朝鮮漫畵』(1909), 전남대 출판부, 2012.

이고, 결코 질문은 하지 않되 묵회默會(설명을 듣지 않아도 깨달음)하는 경우
가 있는 것 같다. 읽는 사람, 듣는 사람이 함께 긍지를 갖고 있는 모양"이
라며 종람소 신문 낭독을 향유하는 당대 조선 민중의 모습을 묘사했다.
우스다의 기록을 통해 당시 신문기사를 듣는 연행적 분위기와 태도를 엿
보았다. 그의 기록을 통해서도 '신문종람소'는 그 시대의 공적인 의사소
통이 이루어지는 구체적인 공간과 소통의 구조를 엿볼 수 있다. 이후 더
구체적인 종람소의 운영 방식이 기록된 기사를 살펴보면, 이 기록에서도
구체적인 종람소의 현장 분위기와 연행방식을 살펴볼 수 있다.[22]

三은 계동학교 내에 공당 하나를 정하여 서적 종람소를 설시하고 경비가
넉넉하기까지와 기타 제반 사무가 확장되기까지는 위선 내위국 신문과 잡
지를 사다두고 주초 일반 거류민의 이목을 밝히되 문자를 보지 못하는 동포
를 위하여 특별히 시각을 정하고 문짝의 한하고 사령이 좋은 자를 택하여 각
신문잡지를 낭독하여 들여서 아무쪼록 그 마음이 흥발하여 자원입학케 할
사. (…하략…) 본사 편집원 이종원[23]

인용한 기록이 우스다의 종람소에 대한 기록과 다른 점은 모인자들
에게 마음의 흥발을 유도하도록 낭독해야 한다는 신문 편집원의 요구사
항이다. 이점이 흥미로운 이유는 공동체의 구술문화에 익숙했던 독자가

---

22 『해조신문』은 '해삼위' 지금의 블라디보스톡 지방의 재외국민을 위한 신문이었다. 재외
   국민 신문에서 발견한 독자수용 방식은 이미 조선에서도 독자와 소통하는 중요한 방식
   이었을 것으로 판단된다. 「三수一長」(1908.3.28) 이 기사는 신문종람소에서 독자 대중
   이 연행 행위를 통해 신문의 정보를 전달받는 과정을 기록했다.
23 「江東父老諸公에게 警告함(강동부노제공에게 경고함)」, 『해조신문』, 1908.4.2.

당시 신문이 구술의 매개적 텍스트 역할을 하고, 이를 소비하던 청중격인 독자를 의식한 구술 연행적이며 연극적인 낭독자의 요건을 반영하고 있기 때문이다. 게다가 "문짝의 한하고 사령이 좋은 자를 택하여 각 신문잡지를 낭독"하도록 한 것은 신문낭독 연행자에 대해 최소한의 재현과 연기를 필요로 하는 연극적 요구가 있었음을 의미한다. 서사 낭독이든, 가창歌唱이든 공동체가 공공의 장소에서 신문 텍스트를 연행을 매개로 소비한 것이다. 이 기록들을 통해 신문종람소가 당대 극장 혹은 무동연희장과 같은 공동체가 경험을 공유하고 소통하는 연행 장소였고, 이를 통해 우리는 당시 공적 공간에 대한 지각 방식을 확인할 수 있다.

이렇게 신문이 공연 안에서 낭독된 텍스트이며, 이것이 가능한 공간인 신문종람소에서는 연극도 공연되었던 기록을 확인할 수 있다. 예를 들어 인용해 보면,『권업신문』에 종람소는 실제로 연극을 연행하면서 신문이 수행할 의무를 공유하는 특수한 공간으로 기능하기도 했다.

◆ 본항에 모모 제씨가 합의하고 인심을 감동케 하기는 연극 같은 것이 없다하여 재작일에 연극할 만한 재료를 수집하여 권업회 종람부내에서 유쾌하게 놀았는데 구경하는 사람이 수백 명에 달하였다더라.

— 「연극설시」,『권업신문』, 1912.9.8

◆ 본촌 모모 제씨가 발기하여 지나간 九일 밤에 권 업회 종람소 안에서 인심을 경성한다고 연극 여러 가지를 놀았는데 구경하는 사람은 남녀가 오륙백 명에 달하였다더라.

— 「종람소 안의 연극」,『권업신문』, 1912.12.29

이 사실들은 당시 신문사가 '자각된 백성'을 독자로 구성하고 적극적으로 근대적 민지 개발을 수행하는 과정에서 종람소를 활용했던 의도를 떠올려 보게 한다. 인용한 기사는 "인심을 경성"하기 위한 과정으로 종람소에서 연극이 연행되는 이유와 그 과정이 실행된 사실을 보고한다. 이처럼 신문종람소의 존재와 역할은 근대계몽기 실제 독자와 효과적인 소통을 위해 극장과 같이 계몽적이고 경제적인 측면에서 활용된 사실을 확인했다. 이 과정에서 연행성은 신문이라는 관념적인 공적 공간의 컨텍스트가 될 수 있다. 당시 기록을 살펴보면, 신문종람소에 모인 지역민들 앞에서 신문 따위의 읽을거리를 "유식한" 이가 낭독하고 설명하는 과정이 공연 안에서 전달되는 연행 행위를 수반했다. 이는 결과적으로 "무식한" 이들이 독서를 통하지 않고도 "내외국 사정과 古今世 형편을 대해 通知"할 수 있었던 정보와 지식을 소통하는 방식이었다. 이 과정에서 "연극할 만한 재료를 수집하여 종람부 내에서 유쾌하게 놀았다"는 이 기록은 당시 종람소라는 공간을 통해 청중과 관객에 가까운 성격을 지닌 공중公衆의 다른 이름인 독자의 실체를 확인해 주는 것이다.

이상의 기록을 통해 종람소라는 공적 공간에서 연행성이 지각 방식 즉, 경험적 지각구조였음을 확인할 수 있다. 따라서 이 장소에서 연행성이 매개가 되어 단순한 지식과 정보의 공유가 아닌, 공동체 사회 안에서 경험한 지각 방식으로 지식과 정보가 공유되는 방식이 가능했던 것이다. 신문종람소라는 장소는 유대감, 친밀감이라는 중요한 정서적 장치를 전제로 소통과 정보 공유가 가능한 지각의 메커니즘이 존재하고 더불어 형성된 장소였다. 사실 구술문화에 익숙한 당대 대중들에게 드라마틱한 공연(연행)은 공동체 내의 중요한 가치를 전달하는 방법이었다.

따라서 신문종람소는 시기 신문이 연행성을 텍스트에 반영하고 개입시킬 수 있었던 것은 당대 사회문화적 관행을 매개로 수용한 가능성과 세계관을 상징적으로 확인해 볼 수 있는 공간이다. 공동체가 소통하는 유용한 틀로 극적 관행이 응용된 종람소는 극적이고 공적인 공간이며, 이 장소에서 연행(퍼포먼스)성은 공동체가 소통하는 중요한 메커니즘이었다. 이를 통해 우린 공동체가 텍스트를 소비하고 향유하는 방식이 독서라는 유일한 방식에 있다는 관점에서 벗어나야 할 것이다. 종람소는 공동체가 낭독의 방식으로 지식과 정보를 이해, 소통하는 공공 장소였다. 이 장소는 구술문화의 연행적 소통과 그 흔적으로서 연행적 신문 텍스트가 구조적으로 상호 관련이 밀접한 지각구조로 형성된 근대신문 공간을 상징적으로 보여주기 때문이다.

3. '연극개량', 신문 공간에서 근대성 배치 전략

근대계몽기 신문은 곳곳에서 당대 연행성을 목격하고 기록하며 재현하였다. 이 시기 공론장 역할을 했던 신문은 연희장, 극장을 중요한 소통의 장소로 재현한 것이다. 신문의 다양한 텍스트에서 연희 공간과 연행성의 재현을 반복적으로 접하는 것은 마치 신소설에서 당대의 문제적 현실로 연희장이 언급되는 것과 같은 유사한 경험이다. 인용한 소설 「박정화」의 경우처럼 당대의 연희 공간과 연행성은 신문 텍스트를 구성하는 자기 반영적 형식처럼 일련의 반복적인 경향을 지녔다.

> 그 나팔 뒤를 짜라 장구 소고 징 제금을 함부루 두다려 내니 이는 사동 연
> 흥샤에서 날마다 그만째면 취군ᄒᆞᆫ 소리라…… 뎌놈의 소리가 쏘나노 세
> 상 귀가 듯그러워 사람이 살 슈가 잇나 긔왕 연극을 하랴거던 력사뎍(歷史
> 的) 학문뎍(學問的)으로 아모죠록 풍속을 개량ᄒᆞ거나 지식을 발달ᄒᆞᆯ만ᄒᆞᆫ 것
> 을 ᄒᆞ지 안이 ᄒᆞ고 맛치 음담패셜로 남의 집 부녀자와 졀믄 가식들을 모다
> 버리게 ᄒᆞᆫ 와굴을 만드니 경무쳥에서 웨 뎌런 것을 엄금ᄒᆞ지 안이ᄒᆞ누[24]

이 절에서는 「박정화」에서 연희장을 매개로 현실을 재현하고 세계관
을 드러내는 일련의 방식이 다양한 신문 텍스트에 존재한 현상에도 주
목해 보았다. 특히, '소설'과 다른 방식으로 '연극극개량' 계몽 담론을
의미화한 '논설' 텍스트의 구조를 살펴보았다. 소설 「박정화」식으로 신
문의 텍스트가 연희를 매개로 의미를 생산하는 데 일련의 지각구조가
기계적으로 관여한 현상을 볼 수 있기 때문이다. 연극개량을 논하던 신
문 텍스트는 대개 근대의 결핍 현상으로 연희문화를 은유하고 근대화의
필요성을 매개하는 일정한 수사 전략을 구성했다. 그런데 연희를 매개
로 언어와 서술구조를 구성한 이 신문 텍스트들은 연극개량이라는 근대
적 의미를 실행하는 데 당대의 실존 연행 감각이 도구화된 체계를 보여
준다.[25] 근대계몽기 신문을 통해 '연극개량'으로 제기된 연극성에 대한

---

24 이해조, 「薄情花」(1회), 『대한민보』, 1910.3.10.
25 이 책은 근대계몽기 신문에 게재된 텍스트의 연행성을 고찰하면서, 연극성의 실천적 형
    식 유형을 발견하였다. 그런데 이 텍스트 유형을 구성하는 방법론에서 거듭 자의적 해석
    이 이루어지는 연구자의 태도를 발견하였다. 따라서 자주 이들을 희곡의 전근대적 형태

논의의 핵심은 '근대성'이라는 계몽적 시대정신을 수행하는 것이었다. 바로 이 현상, 신문이 당대 삶의 현장성과 역동성과 연행성을 매개로 하면서 시대 인식과 정서를 반영한 '계몽'의 의미를 전달하는 상호작용이 발생한 현상과 그 방식에 깔린 인식의 전략을 살펴보겠다.

신문은 연극개량 담론을 생산하는 여러 텍스트 가운데 이처럼 당대의 현실 공간을 이해하고 표현하는 방식으로 연행성을 기계이자 지표로 배치하는 현상을 체계적으로 보여준다.[26] 특히 애국계몽자들의 주도하에 생산된 연극개량 논설 텍스트 구조에는 이들이 근대적 지식과 계몽이라는 헤게모니를 구성하고 관여하는 사회적인 관계를 확인해 볼 수 있다. 특히 애국계몽기 연극개량 논설을 생산했던 신채호의 참여를 주목해 보았다. 이 절에서는 신채호가 관여한 신문의 연극개량은 주로 『황성신문』과 『대한매일신보』를 중심으로 한 논설을 통해서, 근대적 연극성이 지향할 방향에 대한 가치와 목표를 구체적으로 제시한 것을 살펴보았다. 신채호는 근대 국민의식을 기르는 과정으로 연극개량 담론을 생산하는 데 전방위에 나섰다. 이 사실은 김주현의 「계몽기 연극개량론과 단재 신채호」에서 그간의 연구 내용을 토대로 신채호의 연극개량 담론을 다수

로 배열하려는 무의식과 고투하곤 하였다. 그런데 연극에서 텍스트를 고정된 실체로서 문학적 개념인 희곡만으로 규정적으로 바라보는 것이 아닌 연극성의 실천적 형식으로 생산된 텍스트의 존재를 설명할 근거를 찾아볼 수 있다. 이상란, 『희곡과 연극의 담론』, 연극과인간, 2003 참조.

26 이 글에서는 근대계몽기 신문 공간을 '기계'나 '배치'의 개념으로 환유하였다. 이는 들뢰즈와 가타리가 어떤 요소와 결합하여 어떤 질료적 흐름을 절단하고 채취하는 방식으로 작동하는 모든 것을 기계로 정의한다는 개념을 적용해 공간을 개념화한 것이다. 이에 대해 이진경은 이 글에 적합한 공간 개념을 부여하고 있어 참고했다. '우리가 접하는 구체적인 공간들은 사람들의 다양한 활동이나 실천의 흐름을 절단하고 채취하는 기계다.' 이진경, 『근대적 시공간의 탄생』, 푸른숲, 2002(2판), 128~131쪽 참고.

확인할 수 있다.[27] 신채호는 애국계몽 담론을 펴면서 텍스트를 통해 연극에 대한 개념을 확립했다. 단재 전집이 간행되면서 그의 문체와 문제의식 등이 확인되면서 연극개량 담론의 다수가 그의 것임도 밝혀졌다. 그는 주로 『황성신문』과 『대한매일신보』에서 공리적 연극관을 중심으로 개량론을 펼쳤다. 예를 들면, '연극개량' 담론에서 연극성은 신채호의 『을지문덕』, 『동국거걸 최도통(최영)』과 장지연의 『애국부인전』, 박은식의 『서사건국지』, 『연개소문전』이라는 역사전기소설의 애국적 행위를 재현하거나 서사를 통해 애국의 이미지를 실행하는 방식으로 인식한 것이다.[28] 이는 신채호가 영향을 받았다는 양계초가 문명개화와 민중계몽의 유효한 방법으로 '통속문학(문화/양식)'의 가치를 재규명했던 맥락보다 조금 더 구체적이다. 양계초가 통속문학이라는 개념에 머무른 것과 달리 신채호는 역사서 혹은 구국의 영웅을 재현한 전(傳)을 연극을 매개로 한 서사 텍스트에 주목했다. 그리하여 "오제가 사유하기를 각사 연극에 을지문덕 강감찬의 영웅사업이나 논개 계월향의 정열방적 등으로 신연극을 발명하야 국민의 사상을 고발함이 유하리라"[29]며, 서사의 연극적 전환을 주장한다. 이 사실은 동시대 양계초가 그에게 공리적인 문예미학에 대한 영감을 주었을 것으로 미루어 볼 수 있도록 한다.

그러나 신채호는 국민의 사상 즉, 애국심이라는 추상적 가치를 알리

---

27 김주현, 「계몽기 연극개량론과 단재 신채호」, 『어문학』 103, 한국어문학회, 2009; 「警告律社觀者」, 『황성신문』, 1906.4.18; 「詔勅已下而協律社何不革罷」, 『황성신문』, 1906.4.30; 「近今國文小說著者의 注意」, 『대한매일신보』, 1908.7.8; 「劇界改良論」, 『대한매일신보』, 1908.7.12; 「演劇界之李人稙」, 『대한매일신보』, 1908.11.8; 「천희당시화」, 『대한매일신보』, 1909.11.9~12.4; 「小說家의 趨勢」, 『대한매일신보』, 1909.12.2.

28 이상우, 「근대계몽기 연극개량 담론과 서사문학에 나타난 국민국가 인식」, 『어문논집』 54, 민족어문학회, 2006, 415~425쪽 참조.

29 「원각사관광의 향객담화」(논설), 『황성신문』, 1908.11.6.

고 일으킬告淨 수 있는 매개적 형식인 연극이 지닌 연행성이 언어의 역할을 하며 친숙하게 사회적 대화를 가능하게 한다고 보았다. 신채호의 연극에 대한 인식은 연희장이라는 공간을 어떻게 개량할 것인가, 즉 어떻게 구성할 것인가라는 문제의식으로 설명할 수 있다. 그는 연희장이 구체적인 당대의 연희적 지각 방식으로 구성되어야 한다는 인식을 논설에서 밝히고 있다. 신채호가 서양에서 연극성을 정립하기 위해 그리스 비극을 공연의 전범으로 설정한 17세기 이후 서구 근대기 연극성의 역할과 기능에 주목한 것은 그러한 과정을 학습한 계기였다.

> 대뎌 엇던 연희쟝이 사름의 ᄆᆞ음과 풍속에 유익ᄒᆞᆯ 것인고 글ᄋᆞ되 녯젹 나파륜이 ᄒᆞᆼ샹 연희쟝에 가셔 구경ᄒᆞ되 습혼연희가 아니면 구경ᄒᆞ지 아니ᄒᆞ엿스며 쏘 습혼연희의 공효를 찬양ᄒᆞ야 글ᄋᆞ되 인물을 비양ᄒᆞᄂᆞᆫ 능력은 력ᄉᆞ샹의 효력보다 더욱 만타ᄒᆞ엿스니 뎌 습혼연희가 사름의 ᄆᆞ음과 풍속에 유익흠을 가히 알지로다[30]

인용한 논설의 '습혼연희'는 나폴레옹 시대 즉, 국민과 국가 개념을 형성하던 계몽주의 시기에 비극을 번역한 개념이자 연극theatre을 의미하는 것으로 보인다. 왜냐하면 서양의 근대적 연극은 르네상스와 함께 태동하여 계몽주의에서 이론적 완성을 본 근대 담론의 이성 중심주의 기획 속에서 등장한 배경이 있기 때문이다. 서양에서도 연극은 다양한 극 양식을 이상적인 근대 담론에 복속시키기 위한 배열의 체계가 탄생

---

30 「극계개량론」,(론셜, 「연희쟝을 기량홀것」, 국문판), 『대한매일신보』, 1908.7.12.

한 과정이 있었다. 이 논설은 바로 그러한 근대연극의 개념을 학습하고 유포하는 과정에서 구성된 텍스트이며, 계몽 담론이다.

이 논설은 기획된 서구 근대세계에 연극이 도구화된 과정에 대한 정보와 지식을 소개한다. 그리고 상대적으로 당대의 '춘향가, 심청가, 박첨지, 무동패, 잡가, 타령' 등 익숙한 연희 레파토리와 극 양식을 '음탕하고 황당한 기예技藝'라고 비판하였다. 그러나 이 비판이 개량의 실체는 아니었다. 인용한 논설에서 나타나듯이 당대 연희를 매개로 정신적 사상이나 국가관을 실행하는 수단이 되어 하등의 기예에서 벗어나는 것이 이 논설의 핵심이기 때문이다.

> 我國의 所謂 演戱라 하는 것은 毫髮도 自國의 精神的 思想이 無하고 (…중략…) 外國과 如히 可觀의 技藝라든지 可感의 古事라든지 足히 風化를 補하며 思想을 發할 國家的 觀念은 絶無하니 若此等野習을 不禁하면 其影響이 必中等社會까지 及하야 文明의 前進은 姑捨하고 反히 野味의 悲境에 陷할지니 어찌 慨歎치 아니리오 (…중략…) 國家에도 有補하고 社會에도 有益한 營業을 講究할지오 (…하략…)[31]

이처럼 신채호가 '연희장 진보'를 위해 연희개량을 주장한 발언 때문에 당대 극적 현상을 전면적으로 부정한 것으로 볼 수 없다. 그는 "忠臣孝子烈女節婦"를 전경화한 뒤에 소설과 연희의 소재에서 익숙한 '충의애국'을 예로 들어 국민의식이 감발感發되도록 할 수행성에 주목했다. 이

---

31 「연희장의 야습」(논설), 『황성신문』, 1907.11.29.

처럼 연극개량에서 타령과 가歌를 이용한 연행 방식 즉, 상연 형식 등을 문제 삼은 것은 당대 극적 수행 형식의 미적 효과를 매개로, 즉 연행성이 지각 방식으로 텍스트를 구성할 수 있는 현상에 주목했기 때문이다.

> 춘향이가 리도령을 맛나는 타령이며 놀보가 박을 타는딕 계반긔괴흔거시 싱겨나오는형용을 연희홀째에는 즛연히 마음이 활발ㅎ여 우슴이 졀노나며 나는 원릭 잔약ㅎ여 몸을녀긔지못ㅎ는쟈-로딕 쟝익덕이 쟝판교에서 조조의 팔십만대병을 물니치며 무숑이가 장도감을 치던거슬보면 상쾌히녁이고 술흔 잔 먹기를 겁내지아니ㅎ며 나는 원릭 마음이 견강ㅎ여 여자일에는 동심이되지 아니ㅎ는쟈-로딕 잉잉이 쟝군셔를 리별ㅎ고 월화가 윤여옥을 보내던구졀에 니르러는 눈물이 졀노 나오며 홍루몽이라ㅎ는 쇼셜을 본쟈는 마음에 슯흔싱각이잇고 남경긔를 본쟈는 마음에 창연흔 긔운이 잇스며 화용도를 드르면 상쾌흔마음이 잇고 심챵가를 드르면 이련흔마음이 잇스니[32]

신채호는 인용한 내용처럼 당시 연회 양식을 연극으로 개량하려면, 영웅의 삶을 현실인 것처럼 재현해 관객이 감정이입하는 동일성의 미학이 필요하다고 주장하였다. 그리고 인용에서(강조 표시한 부분에서) 밝히듯이 정서적 혹은 심리적으로 동일시하는 극적 효과를 위해 소설이나 역사와 같은 익숙한 서사 테스트가 공연, 연행의 매개를 통해 계몽 담론

---

32 「소설과 연회가 풍속에 샹관되는 것」(론셜), 『대한매일신보』, 1910.7.20.(강조는 인용자) 줄곧 애국계몽 담론을 생산하는 입장에서 연극을 매개적으로 다루었던 신채호는 이인직의 〈은세계〉 공연을 강하게 비판하였다. 신채호가 〈은세계〉 공연을 비판한 이유는 이인직이 구연극의 연행 방식을 벗어나지 못하고 있기 때문이다. 그러나 이인직은 대중 지향의 유흥 레파토리를 표현 형식으로 삼아 개량 연극이라는 이름으로 공연하였다. 이 논설은 이 사실에 대해 개탄한 신채호가 쓴 글이다.

을 연결시키는 틀을 제시했다. 예를 들면, 이 논설을 근거로 "마음이 활발해져 웃음이 나오고, 영웅의 승전 대목에서는 유쾌한 기분을 느끼는" 등 연희를 직접 듣고 보았을 때의 그 구체적 감정의 확산과 반복을 지향한 것이다. 신채호는 이 논설에서 대부분 판소리 레파토리를 거론하며 각 레파토리 주요 대목에서 절로 일어나는 마음의 변화를 예로 들며, 일상과 정서적으로 동일시하는 효과에 초점을 두었다. 그런데 당시 관객들에게 익숙한 동일시는 관객과 배우의 공·현존에서 가능한 것이다. 신채호 역시 관객과 배우가 함께 현존하는 공간에서 형성되는 연행성, 즉 이 둘의 긴밀한 접촉으로 역할이 역전되면서 공동체를 형성하던 극적 관례의 가능성을 인식한 것이다.

　'其影響이 亦是 國民發達에 及하'기 때문에 '此才人 등의 技藝가 他國에 讓頭치 아니하겠'[33]

이상에서 신채호는 연행의 현전現前 현상이 매혹적인 것은 마음과 몸의 요소가 만나서 상호작용하는 메커니즘 때문인 것으로 재인식하였다. 무대와 관객이 분리되지 않은 연극 관습에서 관중의 신체 감각을 통해 동일할 수 있는 공동체의 소통 메커니즘에 대한 그의 인식이 드러난 신채호의 논설은 상호소통이 가능한 담론을 형성할 때 연행성을 매개로 한 방식에 대한 의견을 제시했다는 점에서 들여다 볼 의미가 있다.

　신채호의 근대계몽기 연극개량을 대표하는 논설에서 기본 논지는 정

---

33 「연극기관」, 『만세보』, 1907.5.30.

신적 사상과 국가 관념을 알리고 확산할 수 있는 연희를 도구적으로 사용하는 데 있다. 그런데 추상적 가치를 전달할 수 있는 텍스트가 부재하는 연희 공연은 그 역할을 다하지 못한 것이므로 함량 미달 연극이라고 규정했다. 그의 연극개량 담론에서 주목한 근대적 연극성은 어떻게 모색되고 있었는지 연극개량 논설을 통해 확인한 바에 의하면, 다른 나라가 연극으로 현실을 모방하거나 재현을 실행한 점에 주목했다. 다음 논설 텍스트는 연극개량의 요체와 개량된 연극성의 실체를 규정하는 과정이 확인된다. 즉 "창부와 기생의 노름거리"[34]로 이루어진 연희개량은 "선악을 勸獎하며 國民의 忠義를 感發하는 敎育意味를 寓"[35]할 수 있는 매체로 기능 확장이 필요하며 이는 지각구조를 보완할 수 있는 서사의 보완이 필요함을 역설한 것이다.

오호-라 연희를 기량홈은 우리도 일즉 극히 찬셩ᄒ던 바-라 이거슬 기량ᄒ여야 국민의 순연흔 덕셩을 훈도ᄒ며 이거슬 기량ᄒ여야 국민의 고상흔 감졍을 고등홀지라 이럼으로 일반 유지흔 사름들은 모다 연희를 기량흔다ᄒᆞᄂᆞᆫ지라 이에 귀를 기우리고 ᄌᆞ셰히 드러 굴ᄋᆞ딕 오늘 연희에ᄂᆞᆫ 동국에 유명흔 우온달이나 을지문덕의 형용을 불가ᄒᆞ엿더니 噫ᄒ다 이상ᄒ다 의구히 월미의 쓸을 ᄭᅮ짓ᄂᆞᆫ 소리가 나며 오늘에나 연희ᄒᆞᄂᆞᆫ마당에 태셔근딕에 위

---

34 「소설과 연희가 풍속에 상관되는 것」(론설),『대한매일신보』, 1910.7.20. 이 제목은 당대 이 두 서사 양식이 하나의 텍스트를 저본으로 삼고 있음을 상징적으로 보여주는 사실이다. 소설을 저술함과 희대에 올리는 효과를 의미의 확산이라는 측면에서 동질적인 성격으로 본 것이다. 이 말은 즉, 대본으로서 소설과 이것이 희대에 올랐을 때 수용자 입장에서 그 의미가 확대될 수 있다는 효과에 대한 인식의 증거이다. 공연을 위한 애국, 교육 등의 추상적 가치를 지닌 서사의 필요성을 제기한 이 글은 이전의 연희문화에서 공연 이외의 텍스트 개념을 직접적으로 요구했다는 점에서 의미가 있다.
35 「대연희장하여 탄지나인의 실기상성」,『황성신문』, 1908.5.5.

셩돈이나 나팔룡의 웅위한 긔꺼를 볼줄알앗더니 슯흐다 괴이ᄒ도다 의구히
놀보가 아오를 믜워ᄒᄂ말이 란만ᄒ며 오늘에나 츙신렬녀와 의긔남ᄋ의 력
ᄉ를 흔번 드를가 신세계에 겁업ᄂ 인물을 흔번 볼가ᄒ엿더니 오호-라 의구
히 춘향가 심쳥가 화용도타령쑨이로다[36]

이 논설에서 국민으로 재구성될 대중들에게 익숙한 연희인 〈춘향
가〉, 〈심청가〉, 〈화용도 타령〉 등은 "충신열녀"와 "의기남아"의 역사를
재현할 수 있는 서사를 보완하며, 개량되어야 한다는 내용이다. 여기에
서도 당대의 연행이라는 경험적 감각을 매개로 근대적 의미를 실행할
수 있는 서사를 보완하는 방식으로 연극개량의 구체적 실천 방향을 반
복적으로 언급한다.

대개 일쟝 슯흔연희도 영웅호걸의 허다장쾌ᄒ 사젹을 구경ᄒ면 비록 우부
우밍이라도 이로써 감동이 될지며 츙신렬사의 무한 쳐량ᄒ 표젹을 구경ᄒ
면 비록 비부유ᄋ라도 이로써 분발홀지니 력ᄉ샹에ᄂ 잇던 거륵ᄒ 사름이
던지 그 언힝과 그 ᄉ실만 긔록ᄒ엿거니와 연희쟝에ᄂ 그러치 아니ᄒ야 쳔
고이샹의 인물이라도 그 얼골을 보ᄂ 듯ᄒ며 그말을 듯ᄂ듯ᄒ야 그 졍신을
십샹팔구나 엇을 거시라 지금에 긔령셩츙계와 박졔샹 졔공의 ᄉ젹으로 연
희ᄒ면 그 조졸ᄒ 샹ᄐ가 뇌슈에 박힐거시오 최영과 졍포은 졔공의 ᄉ젹으
로 연희ᄒ면 그 츌졀ᄒ 실젹이 안목에 어리여서 필경은 그리로ᄆ 음이 쏠니

<hr/>

36 「연극계 이인직」, 『대한매일신보』, 1908.11.8. 국문판에는 이 기사가 ▲ 연극장에 독갑
이, ● 론셜이라는 표기 형식으로 기재되었다. ▲ 표시는 주로 구연이나 연행 행위가 개
입되는 텍스트에서 발견되는 기호라는 점에서 이 논설은 연행성을 내포하고 있음을 의
식한 것으로 보인다.

고 정신이 들어고샹ᄒ고 청결ᄒ 심회가 졀노날지니 이러ᄒ여야 연회가 귀

ᄒ다ᄒᆯ거시어ᄂᆞᆯ (…중략…)

그러나 이후에 혹시 연회장을 ᄀ량ᄒ기로 류의ᄒᄂᆞᆫ쟈가 잇거든 오직 뎌

習혼연회에 죵ᄉᆞᄒ야 국민의 심졍과 감회를 니르키게ᄒᆯ지어다

결국 연희개량이라 함은 연희 수행 방식을 전면 교환하는 방식이 아
니다. 다만 애국사상, 국민, 민족의 개념을 국민의 '심정'과 '감회'로 전
달하기 위해 당대 연희는 활용하는 차원에서 이해할 수 있다. 다음 논설
에는 그 모색 과정이 보이는데, 근대적 관념의 매개 형식으로서 효용성
이 있는 대상으로 소설과 연희를 재인식한 글이다. 표면적으로는 계몽
의 대상으로 소설과 연희를 구분하여 다루고 있는 듯 보이지만, 실제로
당시 신문은 텍스트를 생산할 때 고려할 독자가 이 두 양식을 구분하여
수용하지 않았다는 점에서 동일한 개량의 대상으로 다룬다.

오호-라 영웅호걸을 도와셔 텬하 ᄉᆞ업을 일우ᄂᆞᆫ쟈ᄂᆞ 우부우부와 ᄋᆞ동주
졸이오 우부우부와 ᄋᆞ동주졸의 하등샤회로 시작ᄒ야 인심을 변화ᄒᄂᆞᆫ 능력
을 ᄀᆺ촌쟈ᄂᆞᆫ 쇼셜이니 그런즉 쇼셜을 엇지 쉽게 볼거시리오 라약ᄒ고 음탕
ᄒ 쇼셜이 만흐면 그 국민도 이로써 감화를 밧을거시오 호협ᄒ고 감개ᄒ 쇼
셜이 만흐면 그 국민이 ᄯᅩᄒ 이로써 감화를 밧을지니 셔양션비의 닐ᄋᆫ바 쇼
셜은 국민의 혼이라ᄒᆷ이 진실노 그러ᄒ도다 [37]

37 「近今 國文小說 著者의 注意」(론셜) · 「근일 국문 소셜을 져술ᄒᄂᆞᆫ쟈의 주의ᄒᆯ일」(국문
판)『대한매일신보』, 1908.11.18.

이 논설에서 주장하는 근대적 계몽 기획의 내용은 대략 다음과 같다. "開明한 各國에도" 각 "國風 民俗"에 따라 "人民에게 有益한 戱劇을 演하고" "애국의 정신을 고발"케 하고 "下等社會"는 이것에 의해 智識이 感發" 될 수 있으므로 "政府에서도 禁止치 아니"한다는 내용이다. 결국 연희개량을 내용으로 하고 있는 계몽 담론들은 국민의식과 국민, 연희(소설)의 삼일치 관계를 규정함으로써 구한말 조선이 지향하는 근대국가 상을 제시하였다.[38] 그래서 개명한 각국을 모방하여 국풍 민속에 따라 현실의 사회 동향을 잘 헤아려 하등사회 인민에게 유익한 연극을 상연해야 한다는 논지를 전개하였다. 따라서 이 논설에서 연희풍속 즉, 연행성은 근대적 개량으로 전환을 돕는 방식으로 이해할 것임을 촉구한 것이다.[39]

신채호가 연극개량은 "사기 중에서 유명한 사적과 올 코 착한 사람에 조혼 일을 뽀바다가 남녀로소로 친히 보는 듯시 다하야 추앙하는 마음이 자연히 생기게 하며 새로라도 조혼 니아기를 지어"야 한다는 것은 무엇보다 서사의 개량을 지적한 것이다. 결국 신채호가 구성한 연극개량 담론을 대표로 확인해 볼 때, 추상적인 근대성을 연행성으로 전달하는 방식은 실용적인 공리주의 입장에서 벗어나 있지 않다. 연극개량 담론을 통해 당시 연희와 연행성이 근대적 공간인 신문을 재현하는 도구였음은 더욱 명백해졌다. 근대계몽기 신문은 연극개량 담론을 통해 좀더

---

38 연극개량운동이 근대기획의 일환에 해당한다는 측면에서 연구한 것은 이상우의 「한국연극 및 공연 이론－1900년대 연극개량운동과 근대 국민국가 만들기」(『한국연극학』 23, 한국연극학회, 2004)와 우수진의 「개화기 연극개량론의 국민화를 위한 감화기제 연구」(『한국극예술연구』 19, 한국극예술연구학회, 2004)가 있다.

39 결국 "其唱和之節을 參酌하야 改良하는 事에 着手하얏다"는 방식으로 연희개량을 하얏다. "其目的인즉 東西洋 文明國의 演戲를 效倣하야 觀聽人의 耳目을 愉快케 할 뿐 아니라 心志를 挑發하야 愛國思想과 人道義務랄 感興케 할 「연희개량」", 『만세보』, 1907.5.21.

새로운 사회를 구성할 때 잠재적 힘을 발휘해 의미를 창출하는 방식도 모색한 것이다. 연극개량은 '하등사회'로 표현된 당대 대중들과 소통하거나 이들을 하나의 국민으로 만들기 위한 방안의 전략이고 기획이었다고 볼 수 있다. 그런 맥락에서 "부인녀즈와 시정무식비"가 쇼셜과 연희를 통해 "심샹을 데일 감동ᄒ기 쉽고 데일 즐겨ᄒᄂ 바~"이므로, "그 힘이 능히 샤람으로 ᄒ여곰 그 셩졍을 ᄯ러셔 변ᄒ게 ᄒ고 능히 셰속으로 ᄒ여곰 그 풍쇽을 싸러셔 번ᄒ게 ᄒᄂ" 것이라는 연극개량의 의의를 밝혔다. 이 내용에 의하면, 신채호가 말하는 연극개량은 소통 형식이자 지각 방식인 연행성을 도구화하자는 데 요지가 있다. 그리고 신문 공간에서 이를 매개로 근대적 의미를 생산하는 서사 텍스트로의 전환과 보완이 필요하다는 구체적 현실 인식을 주장한 것이다.[40]

이 논술 텍스트는 '오호라~'라는 감탄사를 통해 발언의 연속성과 구술의 리듬감을 의식하는 구술적 언어표현 방식을 구사한다. 그리고 '달관생'과 같은 관객의 모습으로 연희자와 연행성에 주목하고 이에 반응한 주체로 논술 텍스트에 존재한다. 달관생이라는 주체는 연행성을 신문 공간과 맺는 실천적 관계, 공간에서 상호작용을 보여주는 존재다. 따라서 '연극개량' 논설이 이처럼 그 연행 현장에 있던 연행성을 언술 형식으로 옮기고, 서술적 화자가 되어 논평을 이끌어 내며, 객관적 거리를 유지하는 것은 연희 공간과 근대적 주체가 맺는 관계를 상징한다. 이처럼 신문에서 논설과 시사평론時事評論은 반근대적인 신체와 연행의 감각으로 재현되어 언어 중심의 '모더니티'와 변증법적으로 의미를 생산하

---

40 「소설과 연희가 풍쇽에 샹관되ᄂ 것」(론셜), 『대한매일신보』, 1910.7.20.

는 체계를 보여준다.

1900년 8월 9일 『황성신문』의 논설 「희무대타령」은 산대극의 하나
인 탈춤의 연행적 언설로 논술 텍스트를 수성했다. 이 텍스트 서두의 내
용을 확인해 보면, 개화기 현실을 희무대戱舞臺로 은유하여 세상 일이 곧
연극과 같다는 풍자적 인식을 확인할 수 있다. 「희무대타령」에서 '희무
대'란 연희 무대를 지칭하는 것으로 곧 전통극의 가설무대인 산대山臺를
의미하기도 한다. 이 논설은 조선시대 산대를 중심으로 하는 연행 공간
의 특징과 연행 양식들을 종합적으로 제시하면서 당대 연희를 세계연극
과 동일시하고 있다.

◎泰西에 一史家者流ㅣ 一塵奇談을 演出ᄒ얏ᄂᆞᆫ딕 世界全局을 一座 戱臺로 看
做ᄒ니 大彼得은 一場 ○ 雲舞를 舞ᄒ얏고 華盛頓은 一場 縮地舞를 舞ᄒ얏고 拿
破崙은 一場 轟天舞를 舞ᄒ얏고 比斯麥은 一場 撼風舞를 舞ᄒ얏다 ᄒ야 化翁劇
戱에 歸ᄒ니 萬國의 風潮을 起ᄒ며 群雄의 浪花를 簸盪홈을 此에 設避ᄒ얏기로

이 논설은 '축지무縮地舞, 굉천무轟天舞' 등 당대 공동체에게 익숙한 신체,
즉 연행기호인 산대극 춤사위를 셰익스피어 연극으로 연결·대행하는
새로운 연극 개념의 메커니즘을 형성하려는 의도가 있다. "此斯麥은 一場
撼風舞를 舞ᄒ얏다 ᄒ야 化翁劇戱에 歸ᄒ니 萬國의 風潮을 起ᄒ며 群雄"은
대피득(피터 대제), 워싱톤이나 나팔륜(나폴레옹), 비사맥(비스마르크) 등 세
계사적 인물들은 산대극 현장 속 인물로 호명되면서, 한바탕 춤을 추는
산대극의 행위로 묘사된다. 흥미로운 점은 세계의 위인들이 등장하여 한바
탕 춤을 연행하는 극적 행위로, 당대 공동체가 익숙한 연극적 신체로 표현

하는 방식이다. 이 같은 인식은 르네상스 이후 영국이 세상은 곧 무대라고 인식하고 규정했던 '세상극theatrum mundi' 사상을 수용자 입장에서 표현한 것이다. 이 논설에서 축제적인 산대극의 연희기호인 가면극의 신체를 통해 어떤 관념을 반영할 수 있을 것이라는 인식을 발견할 수 있다.[41]

희무대 즉, 극적 공간에 셰익스피어 옹을 등장시켜 위인들이 백희가무 행위로 등장, 소개되는 것은 공동체에게 익숙한 경험 감각으로 새로운 표상과 관념을 전달하기 위한 메커니즘이 작동한 것이다. 먼저 「희무대타령」에서 "善譜善舞 凡幾人이고, 改頭換面 輪回로다"는 "머리를 바꾸고 얼굴을 바꾸니 인생의 윤회라, 신기하도다"라는 제언을 살펴보겠다. 여기에서는 산대연희의 변화무쌍하게 다양한 장면을 형상화하면서 현실을 반영하는 연행성의 효과에 대한 인식이 반영되었다. 산대극에서 인생의 윤회는 기본적으로 탈로 형상화된다. 탈을 이용해 인물의 얼굴이 바뀌면 이는 곧 다른 역할과 다른 장면을 제시하는 것이기 때문이다. 결국 이 논설은 '머리를 바꾸고 얼굴을 바꾸어 사설을 늘어놓는' 연행

---

41 이처럼 이 논설이 셰익스피어를 인용하는 것은 영국이 르네상스시대에 극적 환상과 현실을 혼재하여 연극을 정치적으로 수행하기도 하였던 역사를 인용한 것이다. 김기란에 의하면, 대한제국 시기 고종의 주도하에 황실의 칭경예식을 구성하는 연희 양식이 대외적으로 과시하는 연극적으로 재현되는 과정이었던 것으로 파악된다(김기란, 「조선시대 무대 공간의 연행론적 분석—산대를 중심으로」, 한민족문화연구 20, 한민족문화학회, 2007). 그런 점에서 이 논설에서 셰익스피어를 인용한 것은 근대계몽기 현실에 부합한 상황으로 파악한 것이다. 실제로 영국은 르네상스 이후 '왕의 즉위식이 도시를 무대'로 이루어진 하나의 연극으로 인식되거나 혹은 '왕을 역모한 죄인을 처벌하던 사형대'도 정치가 무대로 재현되는 식이었다. 그리고 "이 활발한 연극성을 극의 구조와 수사에 통합하여 극이라는 매체에 대한 자기 반영적self-reflexive 표현 양식이 구축"된 것이라 알려졌다(최영주, 「연극성의 실천적 개념」, 『한국연극학』 31, 한국연극학회, 2007, 251쪽). 이처럼 근대계몽기에 신문은 역시 연희의 대중 매체적 성격을 의식하고 이런 서구근대화의 전례를 모델로, 극장의 환경이나 이를 환기하는 연극이라는 매체를 끊임없이 의식한 것으로 이해한다.

행위를 통해 의미가 전달되는 연희 행위의 중요성을 강조했다. 그래서 '바로 눈앞에서 일어나는 일'을 인식하고 지각하는 형식의 유효성을 역설한 것이다. 즉 연희의 구체적 감각과 이를 수행하는 연행자의 신체를 매개로 소통이 가능한 공간의 지각구조를 제시한다. 논설 「희무대타령」은 당대 가면극의 연행성을 언술 형식으로 구축하고 이를 매개로 셰익스피어 시대 연극의 기능을 중첩시키며 메시지를 생산하고 강화한다.[42] 이러한 지각구조를 이용한 논설 텍스트는 탈 근대적 소통 형식인 연행성과 연희적 신체를 매개로 소통을 창출했다. 또한 희무대를 통해 세계를 표현할 수 있다는 인식을 보여주며, 당대 산대극의 경험 방식에서 당대 연행성이 계몽적인 언어 형성 과정에 관여하는 방식을 보여주었다.

이상으로, 당시 신문에서는 동시대 사회를 연희 현장이나 연희 양식으로 환원하여 표현하는 무수한 제언들과 텍스트 형식을 만날 수 있다. 신문이 세계를 인식하는 하나의 틀이 된 이 세계 인식은 신문이라는 공공 매체가 세상을 인지하는 방식으로 연극과 극장, 연희와 희대의 공간으로 배치된 것이다. 이 사실에서 당대 신문이 생산한 텍스트가 포스트 근대의 연극적 신체, 연희의 연행성이 창출하는 역할을 인용하거나 반영하였음을 읽을 수 있다. 구술적 속성을 지닌 음성언어를 표현하는 데 유용한 지각구조일 것이라는 연행성에 대한 편견은 연극개량 담론을 생산한 신문의 논설 텍스트를 통해 벗어날 수 있다. 이 시기에 신문의 논술

---

42 데이비드 M. 레빈은 미적인 형성-수행성에 있어서 자기를 지시하는 것을 '구체화'하는 것은 매우 중요한 것으로 보았다. 왜냐하면 미적 구조의 본질을 연기하고 구성하는 행위로서 '바로 눈앞에서 일어나는 일'을 인식하고 지각하는 차원에서 연극(연행)으로 인식되기 때문이다. 따라서 '모든 공연예술은 형성-수행적이다'라는 데이비드 M. 레빈의 선언은 연극을 행위하는 것performing에 의해 규정한다. 데이비드 M. 레빈, 폴 발레리 외, 심우성 편역, 「퍼포먼스가 실현하는 것」, 『신체의 미학』, 현대미학사, 1997, 86쪽 참조.

텍스트는 언문일치라는 문자적 인식구조를 우선시할 것이라는 인식 일반론이 우리에게는 익숙하다. 그러나 연극개량을 주장하는 논술 텍스트가 근대계몽기 사회적 영역에서 실존하고 소통했던 지각구조를 매개한 것을 보며, 이 시기 신문의 공간성을 재인식해 볼 수 있다. 이를 증명하듯 다음의 논술 텍스트들은 한문체에 가까운 토시만 국문인 문체 스타일이지만, 구체적인 연행성을 지각하며 논술 텍스트를 구성하고 있다.

1908년 1월 6일 『황성신문』에 실린 논설 「원각사관광圓覺社觀光의 향객담화鄕客談話」는 당시 연희를 비판하면서 연행성 모색을 외쳤던 연극개량론과 의견을 같이 한다. 그러나 이 논설은 직설적인 글쓰기 방식이 아닌 극적 정황을 재현하는 방식으로 논설을 구성하였다. 그리고 이 논설은 극적 상황의 서사구조를 매개로 구성되었다. 어느 달빛이 좋은 저녁, 서울에 놀러온 시골사람 둘이 극적 정황 속에서 세태를 비평하는 대화를 나눈다. 그리고 시골사람 둘은 원각사에서 연극을 관람하고 난 뒤 신연극에 대한 기대와 이인직의 연극활동에 대한 비판을 대화 장면이 재현되는 서사구조다. 갑과 을 두 사람의 화제는 원각사 극장과 연극이다. 논술의 핵심은 요릿집에서 식사와 술을 마시고 원각사에서 연극을 관람한 후, 여관으로 돌아와 그날 관람한 연극에 대해 토론한다는 상황 구조에서 파악할 수 있다.

甲曰 余가 在○ᄒᆞ야 新聞을 閱覽ᄒᆞ니 大韓新聞社長 李人稙氏가 我國의 演劇이 淫蕩不雅ᄒᆞᆫ것을 改良ᄒᆞ기 爲ᄒᆞ야 圓覺社를 設立ᄒᆞ고 人情風化에 有助ᄒᆞᆯ 歌舞로 倡夫와 妓女를 敎導ᄒᆞᆫ다ᄒᆞ얏스니 氏ᄂᆞᆫ 社會相開明紳士로 拾餘年海外文明國에 滯存ᄒᆞ야 文明空氣를 吸收ᄒᆞ며 文明學術을 練習ᄒᆞ얏고 其歸國也에 新聞의

機關을 掌握ᄒ며 小說의 著述을 發行ᄒ얏스니 國民을 開導ᄒ고 風俗을 改良ᄒᄂ?業에 對ᄒ야 宣乎好個方針을 硏究發明홀지라 於是乎演劇을 改良홀 主義로 圓覺社를 設立홈이니 吾儕가 思惟ᄒ기를 該社演劇에 乙支文德姜邯贊의 英雄事業이나 論介桂香의 貞烈芳跡等으로 新演劇을 發明ᄒ야 國民의 思想을 鼓發홈이 有ᄒ리라ᄒ얏더니 今에 該社情況을 目觀ᄒᆫ 則〇是舊日風流에 沈淸歌, 春香歌 等 而已니 何者로써 演劇改良이라 謂ᄒᄂ지 此로써 開明紳士의 事業이라 謂ᄒ난지 知得키 難ᄒᆫ 事로다

乙曰 李人稙氏의 事業은 姑舍ᄒ고 該社에 對ᄒ야 同情贊成ᄒᄂ者가 誰也오ᄒ면 皆我國上流社會에 高等官人이오 昨日今日에 聯觀覽者ᄂ 誰也오ᄒ면 現政界에 某某大官이라 其政治改良도 圓覺社의 演劇改良과 如ᄒ지 不知ᄒ거니와 目今我韓에 國步의 間隙과 民生의 塗炭이 何如ᄒᆫ 境遇에 在ᄒ가 若個有志者流가 國家思想과 國民義務로 敎育을 唱導ᄒᆫ다 實業을 獎勵ᄒᆫ다ᄒ야 家産을 傾ᄒ고 心力을 竭ᄒ야도 日小經濟의 困難으로 一個事業도 略無起色ᄒ니 口舌이 獘ᄒ고 其淚가 枯ᄒ야 晝夜憂嘆ᄒᄂ 情況을 凡有人心者-孰不矜側이며 加之地方疑優가 旺年不息ᄒ야 一般同胞의 死亡이 不絶ᄒ고 有離가 相續ᄒᄂ 情況은 骨爲之冷이오 鼻爲之醉이거늘 當局諸公은 此를 不問不知ᄒᄂ지 惟是演劇場을 愛好ᄒ고 頗存ᄒ야 無日不頗頗ᄒ니 諸公의 意向은 維折의 功業을 己建ᄒ고 本乎의 福樂이 無窮홀줄노 認홈인지 果然諸公으로ᄒ여곰 內閣을 愛홈이 圓覺社를 愛홈과 如ᄒ면 演劇改良 보다 政治改良의 實效가 有홀지어늘 胡爲乎內閣을 愛홈이 圓覺社를愛함만 不如ᄒ지 此도 知得키難ᄒᆫ事라ᄒ고 長吁浩歎타가 一大白을 滿引ᄒ고 頹然而臥ᄒ야 東方의 其白을 不知ᄒ얏다 云ᄒᄂ디 有人이 其談話題末을 報道홈이 其言이 雖涉於愚熱이나 其意가 質出於憂憤故로 爲之記職如하노라

국한문 혼용이지만 한문체에 가깝고 대화를 확실히 구분하여 대화를 통한 상황 재현이 이 논술에서 서사를 구성하는 방식이다. 대화의 내용을 살펴보면, 먼저 '갑'은 이인직이 연극개량을 하여 공연한 작품이라 기대하고 보았으나 크게 달라진 것이 없었다는 비판으로 대화를 시작한다. 원각사를 설립하여 창부와 기녀를 지도하여 새로운 연극을 시도할 줄 알았으나, 구연극인 심청가, 춘향가와 다름이 없는 연극이라 비판했다.

그러자 '을'은 연극은 고사하고 상류사회 고등관인高等官人이 대부분 구연극에 심취하였으니 연극개량이 곧 정치개량이 될 터인데, 그럴 희망이 보이지 않는다며 개탄한다. 주목할 부분은 정부에 대한 관심이 원각사와 같은 극장이라는 장소를 통해 그리고 연극에 대한 관심으로 이어지는 대화의 과정이다. 이 대화는 연극개량보다 정치개량의 실효가 더 필요함을 역설하면서 메시지를 전한다. 이렇게 당대 연극의 효력에 대한 두 시골 손님의 대화는, 내각이 연극을 이용한 효과적인 계몽을 달성해야 할 당위성을 은근히 암시하기까지 한다. 이 논설의 핵심은 '을'의 말로 귀결된다.

이 논술 텍스트는 두 인물의 대화를 통해 근대계몽기에 '연극장의 증가' 현상이 당대 현실 인식 방식임을 보여준다. 논설 「원각사관광의 향객담화」는 '원각사'와 같은 구체적 극장 장소와 이 장소에서 연극을 보는 관객, 이들의 대화를 통해 연극개량의 필요성과 현실 인식이 의미화되는 텍스트 구성 방식이 존재한다. 구체적인 현장 혹은 장소의 사건과 계몽적으로 전환되어야 할 현상을 통해 계몽 담론을 구성하는데, 항상 극장 혹은 연극적인 정황을 배경으로 한다. 때문에 연극장을 배경으로 하는 서사물들은 이 시대와 시대 감각을 자연스럽게 연극·연희 형식,

즉 연행성에 담아 전달하는 유기체처럼 작동할 수 있었다.

이 논설처럼 당대 현실을 '연극'내지 '연극장'으로 인식하여 논술을 구성하는 텍스트 구조 형식은, 이 시기 연희를 구성하는 퍼포먼스를 표상으로 내세워 근대 개념을 구축하는 패턴을 보여준다. 서사 형식을 구성하는 알레고리처럼 우의적이며, 풍자적인 정황을 통해 세태의 현실을 드러내는 논술 텍스트 구조는 이 시기 신문 독자―즉 아직은 극적 정황 속에서 담론을 수용하는―와 관계 안에서 생산이 가능한 메커니즘이다. 연극을 통한 정치개량, 이것은 근대계몽기 시대정신 즉, 계몽을 경험이 가능한 방식으로 전달하기 위해 극적 경험에서 익숙한 소통방식을 고려하는 과정에서 형성된 담론의 구조가 된 것이다. 계몽 담론에서 구태의 연극을 벗어나지 못하는 조선이라는 공동체의 현실에 대한 이 알레고리는 한 사회 공간에서 통용되는 지각 방식을 반영하고 있다. 이처럼 '연극개량' 논설을 살펴보면, 공론장이 대화와 공동 행위로 구성된다는 하버마스의 공론장의 구조가 작동하는 패턴을 확인할 수 있다. 때문에 개량의 대상이던 구태舊態의 연극들이 공공생활, 공론장으로 인용되고, 대화의 모델로 신문에 재현되거나 신문 텍스트로 구성되는 현상을 만날 수 있는 것이다. 그리고 산대놀이나 판소리 그리고 이 연희의 연희자들은 공동 행위 혹은 집단 행위를 대표하는 행위자로 구성될 수도 있었다.

4. 풍류성風流聲 낭자한 신문 공간의 지각구조

신문의 텍스트를 생산하는 필진과 기자와 같은 지식인과 무관하게 '타령'의 반근대적인 연극성을 지닌 연행적 논술과 계몽 담론이 신문 공간을 기술하는 존재가 된 이 현상은 어떻게 설명할 수 있을까. 연행성을 언술 형식으로 하는 연극개량 논술은 마치 잘 알려진 〈담바고타령〉이나 〈자탄가〉 등 연행성을 지닌 텍스트로 근대계몽기 신문을 구성하는 고유한 신체처럼 존재하기도 한다.[43] 이 절에서는 근대적 인식론이 우월하게 존재하는 공간인 신문에서 연행적 텍스트가 생산된 구조에 집중해 보겠다.

당시 신문에서는 다양한 양식으로 연희演戲를 연예演藝, 유희遊戲, 연주演奏 등 연희의 유사 개념들로 사용하고 있다. 예를 들면, 광고에서는 '가면희담, 공중비힝, ㅇ동예쟈, 활동샤진, 립창, 범고, 무고승무, 셰악거리, 타각죵'[44] 등 연회를 구성하는 존재를 기록하고 있어 당대 공연된 연희

---

43 다음의 목격담은 〈담배타령〉이 근대계몽기 연행의 대중적 레파토리임을 잘 보여준다. "뭐니뭐니 해도 가장 훌륭한 연기는 담배 행상 흉내였다. 그는 물건을 팔려고 노력하지만, 완벽한 상술에도 불구하고 실패를 거듭한다. 사지 않겠다는 사람에게 물건을 사라고 설득하다가 오해가 생기고 소동이 일어난다. 간신히 소란을 피한 그가 다시금 그 특유의 '담배 사려'를 외칠 때, 이전의 모든 교활함은 습관적인 외침 속에 사라진다. 한 역할에 이어 또 다른 역이 뒤따르면서 공연은 시간 가는 줄 모르고 계속되었다. 호랑이, 시골뜨기, 장님 등이 모두 지나갔을 때 저녁은 벌써 오래전에 달아나고 바야흐로 새벽이 돼 있었다. 공연이 끝나고 구경꾼들에게 감동과 즐거움을 안겨 준 배우는 환한 미소를 지으며 식사를 대접받았다. 방에 들어와 잠을 자는 와중에도 나는 그 외침을 들었다. '담배 사려'" 퍼시벌 오웰, 조경철 역,『내 기억 속의 조선, 조선 사람들』, 예담, 2001, 285~288쪽.
44 '광고',『대한매일신보』, 1909.3.21. 이전에도 이 광고와 같은 연회 양식은 '무동舞童, 예기창藝妓唱, 평양패平壤牌, 춘향가, 기타 기예技藝' 등으로 소개되었다. '특별광고',『황성신문』, 1908.7.9.

의 양식을 확인해 볼 수 있다.

我國의 所謂演戱라 ᄒᆞᄂᆞᆫ 것은 春香歌니 沈淸歌니 朴僉知니 舞童牌니 雜歌니 打令 등이다[45]

인용한 『황성신문』 논설의 한 대목에서는 "奇奇怪怪ᄒᆞᆫ 淫蕩荒誕의 靡靡嘈嘈ᄒᆞᆫ 促急迫切의 音을 奏한 것"으로 당대 연희의 양식성, 즉 연극성을 기술하였다. 이 논설은 당대 연희를 '재주技를 연演하는 것과 소리音를 아뢰는奏' 행위로 수행되는 방식에 대해 기술했다. 논술에서 논의를 구성하기 위한 일종의 개념 규정에 해당하는 이 기술에 주목해 보면, 당대 연행성에 대한 저자 내지 신문의 시각을 발견할 수 있다. 이는 이후 이 논설에서 "技와 音을 바탕으로 연행자에 의해 演奏"로 재현되는 행위라 규정하는 방식으로 반복되었다.[46] 이처럼 반복 내용에서 연희의 핵심 행위인 '재주를 연하는 것과 소리를 아뢰는' 방식은 신문이 의사소통 형식으로 응용한 지각 방식에 대한 인식이 보인다. '연행' 혹은 '연행하다'의 사전적 의미를 살펴보면, '演'에는 두 갈래의 의미가 있다. '歌・舞・唱・說 등의 행위'와 관련하여, 이를 '행하다'・'펴다'・'실현하다'라는 것이 그 한 갈래며, '부연하다'・'뜻을 넓혀 풀이하다'・'알기 쉽

---

45 「연희장의 야습」(논설), 『황성신문』, 1907.11.29.
46 이 규정은 '연행演行'이 내포하고 있는 '행위를 바탕으로 한 공연'적 측면이 '수행 주체에 의한 개성적 실현'의 차원으로 표현하는 행위를 중시하는 것과 유사한 개념이다. 연행의 사전적 의미를 살펴보아도, 이 개념은 확인할 수 있다. '演'에는 두 갈래의 의미가 있다. '歌・舞・唱・說 등의 행위'와 관련하여, 이를 '행하다'・'펴다'・'실현하다'라는 것이 그 한 갈래며, '부연하다'・'뜻을 넓혀 풀이하다'・'알기 쉽게 설명하다'라는 것이 또하나의 갈래다. 박영주, 「연행문학의 장르 수행 방식과 그 특징」, 『구비문학연구』 7, 구비문학연구학회, 1997, 53쪽.

게 설명하다'라는 인식의 소통 과정을 내포한다. 이처럼 문자언어보다 훨씬 대중적이며 경제적인 소통이 가능한 감각적 체험에 대한 인식을 이 시기 신문 도처에서 확인할 수 있다.

그러한 맥락에서 판소리, 가면극, 인형극, 잡가, 타령 등 다양한 연희 양식과 이 연행의 수행 주체인 기생과 광대, 창부倡夫 등 연행자가 신문에 자주 호명되는 현상은 이들이 감각적 언어의 운반자로서 매개체로서 가치와 에너지를 기술하는 과정이었다. 그리고 이들의 연행은 '희대戲臺'와 '소춘대笑春臺', '희장戲場', '연희장演戲場'처럼 장소 혹은 무대의 특질로 규정되기도 한다. 신문은 이런 과정을 통해 연희를 연행한다는 개념을 공공의 장소 개념과 동일시하는 인식을 구성하는 체계를 지향하는 것 같다.

연극으로 개량될 대상이었던 연희는 '춘향가, 심청가, 박첨지, 무동패, 잡가, 타령'식으로 다양한 수행 형식으로 구성된 것들이다. 그런데 다채로운 연희를 수행하는 형식 가운데, '-가歌'나 '-타령'과 같은 청각적·음성적인 감각에 의존하는 연행 행위는 자주 신문에 노출되고 있다. 가령, 박첨지나 무동패, 잡가 역시 '技와 音을 演奏'하는 행위에 의해 구현되는 공통점을 공유한다.

협률이라 ᄒᆞ는쯧슨 풍악을 ᄀᆞ초어 노리ᄒᆞ는 회샤라 홈이니 맛체 쳥인의
창시와 ᄀᆞ흔 거시라 외국에도 이런 노리가 만히 잇ᄂᆞ니 외국에셔 ᄒᆞ는 본의
는 죵ᄎᆞ 말ᄒᆞ려니와 이 회샤에서는 통히 팔로에 광ᄃᆡ와 탈군과 소리군 춤군
합이 팔십여명이 흔집에서 슉식ᄒᆞ고 논다는딕 집은 벽돌반 양제로 짓고 그
안헤 구경ᄒᆞ는 좌쳐를 삼등에 분ᄒᆞ야 삼등쟈리에 일원이오 중등에는 칠십

전이오 하등은 오십전 가량이라 미일 하오 여섯시에 시작ᄒ야 밤 열흔시에 굿친다ᄒ며 ᄒ는 노름인즉 가진 풍악을 가초고 혹 츈향이와 리도령도 놀니고 쌍줄도 타며 탈춤도 취고 무동픽도 잇스며 기 외에 쏘 무슴 픽가 더 잇는지는 주셰치 안으나 대기 이상 몃가지로만 말ᄒ야도 풍악긔계와 가무의 련숙홈과 의복과 물건 차린거시 별로 보잘 거슨 업스니 과히 초초치 아니ᄒ며 츈향이 노리에 이르러는 어사츌도 ᄒ는 거동과 남녀 맛나 노는 형상 일판을 다각각 제복식을 차려 놀며 남원 일읍이 흡샤히 온 듯 알더라 ᄒ며 망칙 긔괴흔 춤도 만흔 중 무동을 세층으로 타는 거시 쏘흔 쟝관이라 ᄒ더라[47]

최초 실내극장이었던 협률사 공연 현장에서 '–타령'으로 연행되는 가창 행위는 매우 역동적이고 생동감 있게 구현되는 연행 형식이다. 이 논설은 당시 협률사에서 풍악을 갖추고 놀이하는 환경에서 '풍악긔계'와 '가무의 련숙함'으로 연행되는 현장을 목격한다. 또한 이같은 연행 행위는 '탈군·소리군·춤군'과 같은 연행자에 의해 체현體現되며, 이들에게 익숙한 관객이 공·현존하는 공간으로서 협률사의 의미를 확인해 볼 수 있다. 즉 근대계몽기의 연행성을 대표적이며, 구체적으로 보여주는 이 공간에서 연행자가 특수한 방식으로 현상학적 육체를 드러나게 하는 형식이 발견된 것이다.

판소리 〈춘향가〉를 일종의 분창과 병창을 실행하여, 다 각각 제 복식으로 인물을 형상화하는 등 재현 중심의 근대적 연극 양식의 변화가 감지된다. 그러나 "츈향이 **놀이**", "어사출도하는 거동", "남녀 만나 **노는** 형

---

47 「협률샤 구경」(론셜), 『뎨국신문』, 1902.12.16.

상" 일판 등 에피소드나 당대 관객에게 익숙한 연행 대목으로 구분한 점
은 연행성의 실체를 알려준다. 특히 구체적인 몸짓과 연기 춤 등 연행
대상과 재료들을 구체적으로 "노리"와 "노름"으로 규정하였다.[48] 원래
'노름'은 판소리 속 등장인물이 연행자 주도로 서술하는 판소리의 수행
단위이자 독특한 연행성을 의미하는 것이다.

　결국 이 논설은 연행자의 몸짓·연기·춤 등을 포괄하는 '동작'을 구
현하는 '노리'나 '노름'을 통해 특수한 의미에 따라 드라마적 인물, 정체
성, 사회적 역할, 혹은 상징적 질서 등이 어떻게 구현되고 있는지를 확
인할 수 있도록 한다. 따라서 '노리'나 '타령' 등 연행 행위로 공연이 자
율적으로 구성되고 실현되는 미학적 특징을 확인할 수 있다. 연행 행위
의 주목할 사실은 근대계몽기 정신이 연행자의 체현 속에서 생각되고
전달될 수 있었던 가능성이다.[49] 이 시기 신문이 끊임없이 연극개량 담
론과 연행 공간에 주목하여 당대를 연행적 현실에서 찾은 이유는 바로
이같은 인식의 구성을 통해 찾을 수 있다.

48　이 '노리'와 '노름'은 개화기 신문 기사에 자주 등장하는데, 그 개념의 폭이 지금으로서는
　　양식의 구별이 명확하지 않은 포괄적인 인상을 준다. 확인된 용례에 의하면, '노름'은 극장
　　무대 전통공연물 중 극적 속성을 지닌 것들에 대한 범칭이었다 한다. 정충권은 '노리' 혹은
　　'노름'에 대한 용례를 살펴본 결과 다음 사실을 밝혔다. '춘향이노름', '방자노름', '홍부노
　　름', '이도령노름', '무당노름', '장님노름' 등의 명명에서 알 수 있듯이 당시에는 판소리
　　관련 소재나 극적 형상화나 연행의 방식을 따르는 것이 성행했다. 정충권, 「초기 창극의
　　공연 형태」, 『전통구비문학과 근대공연예술─연구편』, 서울대 출판부, 2006, 275쪽 참조.
49　체현embodiment은 "관객은 배우의 신체성을 향하게 되기 때문에 관객의 주의에 연행자
　　의 몸과 드라마 캐릭터의 분위기를 야기하게 된다. 그것은 관객이 공연에 대해 반성적
　　거리 유지할 수밖에 없는 과정"이다. 그런 점에서 근대계몽기 관객은 이러한 익숙한 연
　　행을 행자위 구체적 체현이 눈앞에서 현실화되는 과정을 통해 비판적 인식을 하는 계기
　　를 만날 수 있었을 것이며, 신문은 이러한 인식의 틀을 작동하고자 연행성에 주목한 것
　　으로 보인다. Erika, Fisher-Lichte, trans. Jain, Saskya Iris, *The transformative power of
　　performance : a new aesthetics*, New York : Routledge, 2008, p.86.

프랑스 화보잡지 『일류시트라시용』에는 1894년 8월 24일, 조선 궁중 마당에 설치된 야외무대에 한국의 전통적인 가무공연을 벌이는 장면을 목격한 미국인 외교관 샤이에 롱의 기록이 실렸다. 이 그림에는 이층으로 된 야외 가설무대가 등장한다. 샤이에 롱은 현장을 목격한 당시 감동을 그림으로 전하면서 근대계몽기 조선인의 구체적인 퍼포먼스 행위 즉 연행성에 주목하였다.

> 만찬이 끝나고 노천무대가 마련된 연회장에서 유흥이 시작되었다. 무대 주위에서 약 30여 명으로 구성된 궁중 악대가 장구나 거문고 등 여러 악기를 앉아서 연주했다. (…중략…) 연주에 이어 호랑이와 사자로 분장한 두 사람이 장단에 맞추어 껑충껑충 뛰면서 춤을 추었다. 머리 부분을 연신 흔들면서 때로는 동물소리를 내며 한바탕 휘젓고 지나갔다. 그리고 갖가지 화려한 치장을 한 무녀들의 춤으로 이어지면서 분위기는 한층 더 고조되었다. (…하략…)

당시 연행 장면을 기록한 이 글에는 공연의 고유성이 부각된 연회 양식의 다양한 레파토리와 연행 행위가 묘사되어 있다. 극적 환상을 구축하는 사실적인 무대와 대사로 구성된 연극문화에 익숙했던 서양인의 눈에 들어온 당시 공연은 유흥과 음악적인 연행 요소를 중심으로 수행된 것이다.[50] 즉 실외 노천무대에서 연행된 궁중악대의 연행 행위였으므로,

---

50 그 이유는 동서양의 연극미학의 차이를 통해 설명할 수 있다. 아리스토텔레스의 『시학』에서 비극의 여섯 요소들은 그 가치 순위가 ① 플롯, ② 성격, ③ 사상, ④ 조사措辭, ⑤ 멜로디, ⑥ 스펙타클로 되어 있다. 그에 반해 아시아 전통극은 거꾸로 된 순서, 즉 아리스토텔레스가 '즐거운 액세서리'라고 불렀던 음악 혹은 스펙터클을 가장 으뜸가는 요소로 치는 순서를 지니고 있다. 드로시 B. 샤이머, 「아리스토텔레스를 통해서 본 아시아 연극」, 『연극평론』 3, 한국연극평론가협회, 1997, 35쪽 참고.

이는 공식적인 행사였고, 중요한 구경거리spectacle로 대상화되었을 것이다. 이처럼 개방적 연행 공간에서 주로 행해지던 당대 대중적이고 일반적인 연희는 서구문물이 유입되면서 등장한 실내공연장 안에서도 중요한 레파토리였던 사실을 확인할 수 있다. 더불어 이해조의 소설 「산천초목」의 서두에 묘사된 당대 연희장은 산대극과 판소리 등 각종 연희 레파토리가 '풍류성이 낭자'한 장소로 재현되었다.

> (…상략…) 네누나 나누나 나니누 네눈실, 그 나팔 뒤를 따라 장구, 소고, 징, 제금을 함부로 두드려내니, 이는 사동 연흥사에서 날마다 그맘때면 취군하는 소리라. (…중략…) 어떠한 사람들은 나팔소리에 어깨춤이 나서 저녁밥을 허둥지둥 재촉을 하여 먹으며, "이애, 이동백이, 김봉문이는 정말 명창이더라. 난쟁이 요술도 신출귀몰하던걸. 나는 밤낮보고 밤낮 들어도 싫지 아니한 것은 연흥사 구경이더라. 속담에 원님도 보고 환자도 탄다는 일체로, 연극도 구경하고 부인석의 갈보 구경도 실컷 하겠더라."[51]

이 소설은 연행 행위를 언어기호로 '연흥사'라는 공간을 묘사하고 있다. 소설 「산천초목」에서 중요한 사회적 장소로 묘사된 연희장은 산대인형극을 수행하는 구음으로 재현되었다. 본문을 보면, 연희장은 각종 악기와 악기 연주소리 명창의 연희가 행해지는 리듬이 가득한 공간이다. 사실상 소설에서 연희장이라는 공간을 묘사하는 언어적 표현에서 극 고유의 그리고 당대 극의 미학적 수행 형식이 언어로 재현된 것이다.

---

51 『대한민보』, 1910.3.10.

이 시기 신문에 연재된 신소설은 연희장(극장)을 당대 사회적 특징을 보여주는 장소로 재현했다. 당시 극장은 개량되어야 할 풍속의 공간으로 인식된 사회적 공간이었다. 소설 「산천초목」에도 예외 없이 한 인물의 입을 빌어 풍속개량 운운하며 '연흥사'에서 계몽연극이 부재하는 현실을 비판하기도 했다. 그런데 「산천초목」에서 연흥사라는 장소를 묘사하는 언어 형식은 연희 감각을 수행하는 행위였다. 그런 점에서 이 언어는 마치 공연장에서 청관중과 현존現存에서 감각적 공유를 매개로 지각하는 소통 형식인 셈이다.

소리, 음악, 관객과 무대의 소음은 극적세계의 분위기를 형성하는 지각 형식이다. 때문에 소설에서 자주 연행적 소리로 텍스트를 구성하는 것은 당대 실존 공간을 재현하는 방식을 보여준 것이다.[52] 당대 공공 현장으로서 연희와 연희장에 존재하는 관객은 이러한 연희의 물질성에 친숙했다. 이 현실을 재현하는 방식은 당시 신문소설의 서사로 사실적 재현을 위한 언어적 표현수단이 되었다. 이 표현수단은 감정적 잠재성을 울리며 동일시와 쾌감을 공유하는 관중(회중)이 몸으로 지각하는 방식 — 극적인 표현, 연행 행위 — 을 언어화한 것이다. 여기에서, 당대의 연행성, 연행 행위가 공공의 공간에서 경험의 순간을 지각하는 과정과 방식이라는 점에서, 신문이 연행성을 적극적으로 언술 형식이자 언어기호로 참조 인용했던 배경이 된다.

근대계몽기 신문이나 소설에 묘사된 사동 연흥사와 같은 공연장은 이처럼 언어적 표현과 사뭇 다른 감각과 인지 방식으로 그 시대와 사회

---

52 공연의 수행적 역동성과 물질성materiality에 대해서는 Erika, Fisher-Lichte, 앞의 책, pp.120~122 참조.

의 정서와 공간성을 형성하고 있다. 이때 연희장과 같은 극적 공간을 구성하는 감각과 인지 방식은 소설의 서사언어와 다른 표현과 소통방식 때문에 연희적 물질성이라고 그 차이를 규정해 볼 수 있다. 이해조의 소설 「박정화」 혹은 「산천초목」에서 '네누나 나누나 나니누 네눈실'은 산대 인형극의 연행성을 재현한 것이다. 그리고 '그 나팔 뒤를 따라 장구, 소고, 징, 제금을 함부로 두드려내'는 구체적인 가락과 리듬의 음조성 tonality의 지각 방식으로 일회 연재의 분량을 구성했다.

신채호가 쓴 연극개량 논설에서는 당대 연희장에서 노는 것은 소리뿐이라 귀는 쏘이고 연희하는 것을 볼 수 없다며 비판했다. 이 논설에서 비판의 이유였던 온통 '동당거리'는 청각기호는 당대 대표적인 극장인 연흥사의 공간을 채우는 감각이었다. 여기에서 흥미로운 현상은 이 논설에서 연흥사라는 극장에 "可笑치도 안코 可責홀 것도 업는" 소리의 향연만 있을 뿐이라 비판하지만, 역설적으로 눈길이 가는 것은 신문에 재현된 당대 연희 공간에 대한 감각, 지각 방식 때문이다.

同行友人을 向야 물은즉 所謂 演興社라 ᄒᆞᄂᆞᆫ 演劇場에서 노는 音樂소리라 ᄒᆞ거늘 一次觀覽홀 想覺이 潑야 友人으로 더부러 買券入場ᄒᆞᆫ즉 時가 임의 下午 八時頃이 지는지라 무슴 열어가지 동당거리는 소리에 귀는 쏘고 아모 演戲도 ᄒᆞᄂᆞᆫ 것을 볼 슈 업더니 一時頃을 지나서 小鼓 잡은 者ㅣ 三四名이 突出ᄒᆞ더니 다리를 들고 도라가면서 두 손으로 小鼓를 놉푸락 나즈락 ᄒᆞᄂᆞᆫ 貌樣이 可笑치도 안코 可責홀 것도 업는 中에 무슴 노리라고도 ᄒᆞᄂᆞᆫ 貌樣인딘 흔참들 고아너면서 지지괴는 가운딘 노리 曲調를 알아들을 수 업서 겻테 안즌 友人다려 무른즉 曰鸎鳳歌 曰四巨里 曰방에 打令 曰膽破菰打令이라 ᄒᆞᄂᆞᆫ딘 其中에 大槪들은

曲調를 略記흔즉(에라 노하라 나 못노킷다 열 네번 죽어도 나 못노킷다)(물 길나 간다고 강쌰 말고 살궁장 알이 박움물 파라)ᄒᆞᄂᆞᆫ 소리 等屬인디 참 머리 압푼 光景을 볼 수 업서 나오자 흔 즉 同行흔 友人의 말이 좀더 귀경ᄒᆞ면 實地로 滋味스러운 演戲가 잇다고 좀더 보기를 懇請ᄒᆞ거늘 不得已ᄒᆞ야 良久히 안즌즉 웬 妓生 一名이 雜打令으로 倡夫를 比肩進退ᄒᆞᄂᆞᆫ 요淫戲뿐이오. 쏘 좀 잇다가 ᄒᆞᄂᆞᆫ 놀옴은 春香이과 李道令이 서로 作別ᄒᆞᄂᆞᆫ 씨에 ᄒᆞᄂᆞᆫ 貌樣 참 男女 觀光者의 誨淫흘 資料가 될 뿐이라. 嗟흡다 諸氏여 이런 일을 참아 흘 씨가 되는가[53]

"고아ᄂᆡ면서 지지괴ᄂᆞᆫ 가운듸 노릭 曲調"로 〈난봉가鸞鳳歌〉, 〈사거리 四巨里〉, 〈방에 타령打令〉, 〈담바고타령膽破菰打令〉 등을 되뇌이며 당대 대중적으로 인기가 많은 연희 레퍼토리 수행되는 공간aural spaces의 감각을 나열하고 재현하면서 논설했기 때문이다. 본래 타령은 조화되는 음들의 연속으로 이루어지는 음영·창·소리 등을 포괄하는 '곡조'로 수행되는 연희이다. 그런데 이 논설에서 연희장이라는 현실 공간을 비판하기 위하여 역설적이게도 연희장의 연행성이 노출되었다. 논설이라는 신문 텍스트도 장소 혹은 사건으로서 연희, 연희장을 기록하는 과정을 매개로, 연행성을 재현한 것이다.

이 논설에서 연희 장소가 부정적으로 재현되지만, 숙련된 연행자의 '타령'이 을 매개로 텍스트를 구성하고 현실을 기술하는 방식에 주목해 볼 수 있다. 그리고 이 논설을 구성한 달관생은 이 장소를 목격하고 그 현장을 기록·전달하는 글쓰기를 통해 연희 감각을 재현하고 구성한 감

---

53 達觀生, 「연극장 주인에게」(논설), 『서북학회월보』 1-16, 1909.10.31.

각의 주체로 존재한다. 또한 타령 자체가 하나의 연행된 행위일 뿐만 아니라 언어적 서술 형식에 해당하는 말·이야기 등을 수행하는 방식으로 기술된 것을 볼 수 있다. 예를 들면, 달관생은 곡조를 지닌 타령으로 재현되는 행위를 다음과 같이 기록하였다.

에라 노하라 나 못노킷다 열 네번 죽어도 나 못노킷다
물 길나 간다고 강쌰 말고 살궁장 알이 박움물 파라

이처럼 그는 이 4·4조의 〈난봉가〉, 〈사거리〉, 〈방에 타령〉, 〈담바고 타령〉 등은 당대 관객에게 익숙한 잡타령 대목을 기억하여 연행적으로 재현했다. 이 텍스트에서 잡타령은 극적 상황이나 장면, 인물의 성격 등을 효과적으로 형상화하는 구체적 실천 형식이 되었다. 게다가 실제로 달관생이 황당한 장면으로 기억한 잡타령 레파토리는 당시 공연장에서 연행자 주도로 독연獨演되던 '타령' 연행 현장의 일상을 기술했다. 이는 당시 서사적 재현을 위한 연희의 수행이 시각적 미학에 가치를 둔 것이 아니라, 연행자의 현존을 통해 몸으로 기억하는 구체적 음악성으로 수행하는 극적 미학을 증명하는 장면이다.[54] 결국 이 논설은 연행자의 신체 감각 특히 음성으로 전하는 연행 행위와 현장의 분위기를 전하면서 자신의 의견을 매개한다. 이 논술 텍스트는 구체적으로 '타령'의 연행성을 매개로 논설을 수행하는 지각구조를 보여준다.

---

[54] 이처럼 연행성은 연행자와 관람자의 실제 공·현존Ko-Präsenz, co-presence을 통해 구성될 수 있다. 이러한 연행 미학은 송만재의 「관우희」에서도 타령이 연행되는 공간에서 확인할 수 있다. "가슴에서 뽑아낸 타령打令 몇 편이 / 극희장劇戲場 열리니 샘처럼 솟네." 김익두, 『한국희곡/연극이론 연구』, 지식산업사, 2008, 194쪽 참조.

이상 살펴본, 근대계몽기 신문에서 연극개량 논설 텍스트는 대중 독자를 향한 공공적 글쓰기의 도구적 전략을 보여준다. 이를 계기로 논설 텍스트가 서사를 배열하고 구성할 때, 당시 사회를 경험하고 인식하도록 하는 사회적 언술 형식(언술체)의 활용과 그 방식의 구체화 과정을 주목해 볼 여지가 있다. 신채호 같은 신문의 필진들은 대부분 문화적 권위를 가진 사람들이었다. 그러나 당시 신문 텍스트에서 필진의 세계관이 가장 잘 드러나는 논설이 구성되는 방식을 보면, 신문이 수용되는 공간에 대한 이해를 확인할 수 있다. 이 과정이 신문 필진의 세계관 변화일 수도 신문의 영향력을 행사하기 위한 근대적인 전략일 수도 있으며, 통합적 의사소통을 지향한 과정일 수도 있다. 그러나 분명한 것은 일상적 언술로 재현된 텍스트의 존재가 단순히 국문표기 혹은 언문일치 현상으로만 설명될 현상이 아니라는 점이다. 신문이 공론장의 역할을 대행하면서 현실적인 소통방식이자 소통언어로 경험했던 방식을 논설, 사회평론, 다양한 독자투고 방식의 지면에서 다양하게 텍스트를 구성하는 과정에서 공론장에 대한 경험을 구성했다는 점에서 국문표기나 언문일치도 이해할 필요가 있다. 근대계몽기에 대중들은 문자로 기록하지 않는 비공식적 의사소통 방식 이를테면, 패서秘書, 유언流言, 과객過客, 유랑민, 노동요, 가면극 등 연행적 지각구조를 매개로 소통하는 세계에 존재했기 때문이다.[55]

---

55 김동식, 「한국의 근대적 문학 개념 형성 과정 연구」, 서울대 박사논문, 1999.

5. 기생·여성─연행자의 신체로 재현된 신문의 근대적 지각 주체

계몽의 대상으로 치부하던 연희와 연행성이 언어기호가 되고, 연행자의 몸에 의해 구현되는 감각적 행위는 역설적이지만 당시 신문 텍스트를 구성하는 방식이었다.[56] 이는 근대적 대중 독자가 무동연희장이나 희대와 협률사 공연에 익숙했던 관객의 성향과 유사했음을 알리는 현상이다. 이를테면, 연행과 연행자의 몸이 사회공동체의 역사를 기억하고 전승하는 매개로 활용하는 지각 방식과 유사한 것이다. 이처럼 신문은 '희대'같은 공공 장소에서 경험적 감각의 실재를 통해 당대의 독자-관객이 소통하는 공간으로 신문을 구성한 것이다. 연행자(행위자)의 신체가 서술 형식(자)이나 연행하는 신체 그 자체로 존재하는 연행 텍스트는 연희(연행성)라는 공간-기계로 근대적 공론장인 신문을 구성한 현상을 보여준다. 결과적으로 당대 연희의 경험적 감각은 이 시기 신문 공간의 지각구조, 언술 형식으로 구성된 텍스트 현상을 보여준다.[57]

협률사 이후 전통연희의 수행자로 활동했던 궁정배우 출신인 기생들이 사회적인 활동을 하고 사회적인 발언을 전하는 신문 텍스트를 볼 수 있다. 이 텍스트 역시 반복과 지속적인 게재를 통해 신문에서 하나의 대표적인 발화자의 기호 역할을 했다. 이들은 어떻게 자연스럽게 공론장

---

56 자세한 내용은 4장, 「잡보雜報로 연행된 '시사평론'─『대한매일신보』를 중심으로」에서 후술하도록 하겠다.

57 연행성은 행동의 물질적인 면인 공간성, 육체성, 소리성을 통해 즉각적으로 소통 교감하는 자질을 지녔다. 에리카 피셔 리히테는 바로 이러한 즉각적 교감, 일반적으로 귀환 효과라고 말하는 이 현상에서 '전이현상'이라는 훨씬 더 적극적인 인식의 전환과 행동의 변화도 초래된다고 보았다. Erika, Fisher-Lichte, 앞의 책, pp.141~150 참고.

역할을 하는 극장과 연희무대에서 사회적 의식과 역할을 드러내는 주체적인 몸이 되었을까.[58] 1903년 12월 24일 협률사에서 수행된 「자선연주慈善演奏」라는 연희 기록에 주목해 보자. 원래 협률사에서 창우 혹은 광대로 활동했던 이들은 공적인 산대연희에서 제외되고 공적 지위를 잃기 시작했다. 공적 지위를 상실한 기생들 특히 관기들은 공적인 현장에서 연행자로 자주 등장했고 이를 신문들은 공공연히 알렸다. 반면에 이들은 경시청에서 풍속 단속이라는 미명하에 통제의 대상이 되었고, 동시에 협률사 폐지 상소가 등장하면서 단속과 처벌이 필요한 계몽되어야 할 풍속 대상이었다. 이런 대비적인 사회 현실 가운데 이들은 새로운 가치관을 전달하는 공적 장소에 존재했고, 발언자가 되었다.

이 역설적인 실제 현실 사이에서 기생들은 모임을 조직하여 자선 혹은 기부를 위한 연희를 수행하는 존재로 신문에 등장했다. 신문에 이들의 활동과 공연 소식을 알리는 기사는 거의 하루에 한 번 이상의 빈도로 기사화되었다. 매일 보도되는 기사에서 협률사 출신 기생들의 연희 공연 광고가 중요한 사건처럼 알려지는 이 정황 속에서 이들의 행보를 주목해 보아야 겠다. 1909년 3월 21일 기생수양소 교육비 마련을 위해 자선공연이 진행되었다. 이를 알리는 광고는 『대한매일신보』와 그 외에 신문들에 시간차를 두고 전달되는데, 이 광고에서 연희자 기생들은 자신들의 공연을 매개로 동포애를 호소하는 방식으로 구성되었다. 그리고 곧 개량연극이 공연될 것이라며 예고했다.

---

58 그 지난한 과정은 대부분 연구에서 자주 보고되었기에 이 글에서는 단순히 연행을 보고하는 기사를 나열하기보다 근대적 대상으로 발견되며 근대성을 수행하는 연행자 기록을 통해 논의를 진행해 보고자 한다.

파텬황의 최신대연극

현금 기ᄋ슈양소에셔 경비가 군졸ᄒᆞ야 다수ᄒ 영ᄋ를 양육키 불능ᄒ 곤경
에 잇다ᄒᆞ니 실노 우리 동포의 통곡ᄒᆞᆯ바—라 그런고로 본샤에셔 유지가의 잔
셩으로 젼쟈에 연극을 크게 기량ᄒᆞ야 ᄌᆞ션연극회를 기셜ᄒᆞ오니 우리동포ᄂᆞᆫ
광림찬조ᄒᆞ심을 졀망

◎ 연극 / 럴녀의 긔연 가면회담 / 불목의 형뎨—공즁비힝 / 효녀의 일싱
—ᄋ동예쟈 / ᄌᆞ션가의 복음—활동사진 / 기ᄋ의 활인화—평양날탕패 / 평
양기싱가무—가야의금셩 / 법고, 무고, 승무 셰악기타각죵도잇소

본래 연극광고인 이 기록은 마치 신채호가 논설이라는 글쓰기를 통
해 연극개량의 의미를 전달하는 방식처럼, 유사한 계몽적 메시지를 전
한다. 그리고 연극을 개량하기 위해서는 기생들의 기예수양소, 즉 연희
자들의 교육이 유지될 수 있어야 한다고 광고하고 있다.[59] 이 사실은 이
후 이들의 지속적 행보로 연결되면서 연극개량 논설보다 더 구체적인
현실 감각으로 계몽적 의미를 전한다. 기생이라는 직업 공연자들의 교
육을 위한 자선연극을 개최하겠다는 이 광고는 여성의 자립과 교육, 사
회적 역할 등에 대한 근대계몽기 담론의 패턴에서 벗어나지 않았고, 훨
씬 더 현실적인 방식으로 독자들에게 작용할 것이다.
　이 광고를 계기로, 당대 신문에서 연희를 전하는 광고나 연희 공연을

59　당시 연희광고는 연극의 사회적 필요성에 대한 근대적 담론을 광고의 수사적 패턴으로
　　활용하였다. 그런데 실제로 연희 내용에 대해 알리는 광고를 살펴보면, 그 내용은 당대
　　연희에 대한 애호 분위기를 반영하고 있다.

소개하는 신문기사를 살펴보면, 근대계몽기 연희를 개량의 대상으로만 인식하지 않은 현상을 볼 수 있다. 이들은 사회적 책무와 공동체의 문제를 해결할 수 있는 방식이자 소통의 형식으로, 장소로 연희와 연희 공간이 활용된 과정과 흔적을 기록으로 남긴다. 기생들의 연희 공연 광고를 살펴보면, 각 연희 공연 제목을 중심으로 소개되어 있는데, 이 제목은 연희 내용과 소재를 예측할 수 있는 것들이다. 이때 연희 공연 목록은 '열녀·효녀·형제애·자선가'와 복음 등의 근대적 의식을 대표하는 제목이 공통적으로 적용되었다. 특히 이 신문 텍스트는 기생들이 공연할 연희 양식의 친숙한 특징보다는 부여된 주제의식을 강조하는 일정한 광고 패턴 안에서 소개되는 특징을 보인다. 이들의 연희 공연은 교육적인 자립의 기반을 만들고자 주최된 공연이었고, 광고는 그 레퍼토리를 이처럼 계몽적 목적의식을 강조하는 방식으로 제시하였다.

1910년대 초까지 자선연극은 이 시대 연희가 교육과 자선 계몽을 전하는 매개 역할을 하는 방식을 대표적으로 보여준다.[60] 당시 공연광고 내용을 살펴보면, 이 시기 신문이 그토록 독자로 구성하고자 한 지각구조의 주체를 확인할 수 있다. 경제적으로나 사회 구성원으로서 근대적 자의식을 형성하는 과정에 있던 이 시기 연행자들이 사회 구성원으로 고심한 흔적을 신문 텍스트로 볼 수 있다. 1908년 7월 11일 자 『대한매일신보』 '잡보'란에는 시곡기생[61]인 예기 연심이가 단성사에서 자선연

---

60 "近日 前主事 鄭禹澤 金演培 金大熙氏等 某某人이 一大 慈善心으로 孤兒院 修理費에 補充키 爲ᄒ야 本月 十日頃에 寺洞演興社內의 慈善演奏會를 開催ᄒ다ᄂᆞᆫ딕 各樣奇妙ᄒ 技藝와 特別ᄒ 演劇이 多有ᄒ다더라."「慈善多家」, 『황성신문』, 1908.7.2.

61 시곡기생은 19세기 후반 서울의 시정市井 음악을 담당했던 삼패 기생을 지칭하는데, 이들은 기녀, 사당패 등과 당시 전통연희를 담당하던 여성들이다. 이들은 자신들의 연행 레퍼토리와 학습 과정은 물론이고 사회적으로도 향유자의 미적 취향과 경제력에 의해

주회를 개최할 때 고아원의 정황에 대하여 격한 언사로 일장연설을 하여 많은 사람들이 감탄했다는 기사가 실렸다.[62] 이들의 공연은 고아원과 같은 당시 사회의 어려운 계층을 돕거나 도움이 필요한 교육 현장에 대해 알리는 계기가 되었다. 때로 연희자인 기생들은 연설회를 주최하고 연설자가 되기도 하였는데, 연희 공연에서 어느새 기생 연설은 공연을 구성하는 레파토리가 되었다. 연희 공연을 통해 자신들의 극적 행위가 메시지를 전달하고 의미 있는 결과를 얻을 수 있다는 신념 같은 것이 형성된 정황을 볼 수 있다. 같은 해 7월 11일 '예기'를 중심으로 자선연예회가 구성되기도 했다. 기생들이 연희를 통해 사회적 발언이나 소통을 적극적으로 표명하기 시작한 움직임은 당시 신문을 통해 사회에 영향을 미친 것으로 보인다. 왜냐하면 이들의 활동 이후 기생들의 공적 의사소통 행위가 여성단체 계몽의 주체이자 발화자로 연설을 주도하고 사회활동을 주관한 사실을 전달하는 기사들을 확인할 수 있기 때문이다. '연예회' 즉 연희나 당대 공연을 통해 여자교육의 필요성과 경제적 자립을 위한 행사를 주최하는 현상을 알리는 신문기사들은, 신문이 공공의

기녀, 삼패, 사당패 순으로 계급화되었다고 한다. 19세기 후반까지 삼패의 노래는 서울의 중간 계급 및 그 주변 계층에서 주로 향유되었던 것으로 전한다. 1902년 이후 삼패들은 협률사에서 관기 혹은 그에 준하는 기녀들과 함께 공연을 했다. 그러나 1904년 이후로는 일제의 관여하에서 삼패는 창기로 분류되었고 그 결과 위생 단속의 표적이 되었다. 이 과정에서 삼패들은 시곡(지금의 서울 시동) 주변에 살도록 강제된 적이 있었다. 이 때문에 이들을 부를 때는 세간에서 '시곡기생'으로 불렸다고 한다. '시곡기생'들은 일제의 단속과 무관하게 공연예술가로서 자신의 정체를 끊임없이 확장하는 한편, 지속적으로 자신들의 활동을 부당하게 구속하는 법령에 저항했고 그 결과 1916년 법적인 기생이 되었다고 한다. '시곡기생'에 대해서는 권도희의 「기생의 가창활동을 통한 근대에의 대응」(『한국시가연구』 32, 한국시가학회, 2012)과 「20세기 관기와 삼패」(『여성문학연구』 16, 한국여성문학학회, 2006) 참고.

62 「예기연설」(잡보), 『대한매일신보』, 1908.7.11.

담론 형성과 현장을 여성을 주체로서 대상화하고 있다는 것을 충분히 확인할 수 있었다. 나아가 보편적이며 관념적인 여성상이 아닌 구체적인 연희자들인 기생들의 공적 발화와 그들의 연행언어를 전하거나 신문 텍스트에 반영된 점을 주목해야 한다. 신문을 통해 이들의 존재는 글쓰기가 아닌, 연주회나 연희를 매개로 한 연설회와 자선회를 통해 자신들의 존재와 교육 현실에 대한 의견 등 계몽적 사회의식을 전달하기 때문이다. 그리고 이 사실은 '시곡' 혹은 '예기' 기생이던 존재가 이 시기 독립적이고 자립적인 사회 구성원이 되는 과정을 보여준다. 이렇게 근대계몽기 신문에는 자선연주회, 이후에도 기생과 같은 여성이 근대인으로서 주체라는 인상을 주는 기호들이 넘쳐나고 있다.

기생들의 자선연희 기록은 근대계몽기에 신분과 계층을 막론하고 연설과 토론이 진행되었던 만민공동회 현장에 만연한 공공적 소통 현장의 일부를 보여주는 사례라 할 수 있다. 만민공동회의 영향력은 웅변과 연설의 말하기가 정기적으로 열렸던 연설회를 통해 1905년 이후 곳곳에서 정례화되었던 현상을 통해서도 엿볼 수 있다. 연설회는 마치 공연장처럼 입장권을 사 방청할 정도로 성행했다.[63] 생생한 민생의 여론과 정보가 소통되는 현장을 신문들이 관심을 가졌을 것은 명백하다. 나아가 이들은 이 연설회를 기획하고 후원하는 방식으로 개입할 수 있다. 본래, '기생·부인·여자'는 이 시기에 계몽의 대상이었다. 그런데 이들의 공적 발화와 소통의 현장에 대한 재발견과 재인식을 증명하는 신문의 텍스트 속에서 이들은 공공연하게 근대적 주체로 발화자가 되어 교육과 계몽에 대해 말

---

63 「청년관 연설」(잡보), 『대한매일신보』, 1909.1.16; 「연설과 욕설」(잡보), 『대한매일신보』, 1909.3.2 참고.

한다. 당대 연희의 생산자였던 기생들은 연희를 매개로 사회적 활동을 수행했다. 이들의 공연이 교육이나 연설, 기부 등과 같은 사회활동과 관계를 맺는 현상을 주목해 볼 수 있다. 「연예기부演藝寄附」(『대한매일신보』, 1908.6.30), 「예기자선藝妓慈善」(『대한매일신보』, 1908.7.3)처럼, 연예기부에서는 유명한 기생들이 자신들만의 장기를 내세워 연예로써 '기부'를 수행하였다는 사실과 기명妓名을 거론하고 그 기부 명단이 신문에 기록되었다. 이 사실들은 근대계몽기 연희 생산자의 사회적 욕망과 이상이 「기생자선妓生慈善」이라는 방식으로 표출된 것이다. 이러한 현상은 연희 공연을 통하여 담론을 생산하면서 연행성의 구체적인 경험 감각으로 주체를 드러내는 지각구조가 형성될 수 있었던 구체적 배경을 보여준다. 그리고 이 지각구조는 아래로부터 근대적 자의식이 구성되는 방식이자 현상으로 볼 수 있다. 그리고 이 현상은 이들이 근대사회를 상징하는 당대 신문 위에서 근대인의 기표로 존재하는 상황을 보여주는 것이다.[64] 서두에 무동연희장의 사진을 통해 확인했던 전통적인 연희 공간에 운집한 관객이 형성한 에너지의 실체는 반근대적인 축제의 충동성을 전달하고 향유하는 지각 방식이었음을 파악할 수 있다.

이상의 내용을 통해 앞 절에 기술했던 무동연희장의 사진에서 확인했던 전통연희 공간에 운집한 관객이 형성한 에너지의 실체는 반근대적인 축제의 충동성을 전달하고 향유하는 지각 방식이었음을 파악할 수 있다. 신문을 통해 기생을 대표로 하는 연희자가 계몽적 발화와 근대인으로서 주체적으로 존재한 과정을 살펴보았다. 이를 근거로 연행 행위

---

64 『황성신문』, 1908.1.11.

와 연희자와 함께 그 현장에 있었던 관객의 감각을 매개로 연희자의 목소리와 음률, 리듬을 동반한 연행성이 신문 텍스트에서 공존할 수 있었던 구조를 이해해 볼 수 있다.

6. 연행자로 재현된 독자

신문 텍스트에서 계몽 담론을 실행하는 친밀한 메커니즘으로서 연행성은 반복적으로 그리고 지속적으로 인용·차용·응용되었다. 그것은 근대계몽기 신문이 독자 즉, 수신자에 대해 이해를 보여준다. 이 시기 신문 텍스트의 양식성은 계몽의 대상으로 삼은 독자가 공공 영역에 모인 회중, 즉 청중이 익숙한 소통 형식에 대한 이해에서 비롯된 것이기도 하다. 지속적인 신문의 대중 독자를 양산할 수 없었던 상황에서 당시 신문사들은 연설 형식 등으로 대중을 동원하기도 했다. 이 역시, 신문종람소와 같은 공간에서 공식적이며 대중적인 연행 독서가 실행된 사실을 알려준다.

공적 영역을 대신하는 신문이 이 시대에 국가의 독립이나 근대화라는 계몽을 전달하기 위해 선택한 언어 혹은 언술 형식은 독자에 대한 인식을 보여주는 증거다. 특히 당대의 경험적 세계관과 태도를 반영한 지각 구조를 반영한 텍스트의 구성과 배치는 그런 점에서 의미가 있다. 『독립신문』과 같은 근대사회로의 전환을 꾀한 신문들은 국민교육의 공리가 새로운 공론장에서 이루어지고, 이를 위한 매체로 연희장처럼 현실적인 경험 감각과 언어에 주목한 것이다.[65] 이전에 신문 혹은 공적 영역에서 글쓰기로 소통했던 지식인이나 교양인들과 다른 계몽의 대상과 그들의 언어로서 국문에 대한 모색이 있었다. 실제로 다양한 공적 영역에서 이 문제는 교육 방식으로 수행되었다. 그러나 근대계몽기 신문은 "부인녀 ᄌ와 시정무식비"들에게 익숙한 표현과 소통의 형식을 모색하고 이를 반영한 텍스트를 생산하는 방식으로 시대의 소명을 수행한 셈이다. 당대 지각구조를 반영한 언어에 대해 많은 신문들은 발간사를 밝히곤 했다. 그 가운데 『대한민보』 창간호에서 제시한 신문의 역할에 대해 "民聲이 時代를 告ᄒ고 時代가 民聲을 告"하는 것이라는 제언은 당대의 지각구조를 그대로 보여준다.

대부분 이 시기 신문은 지식과 계몽을 전달하고자 하는 소임을 중요하게 여겼다. 그런데 이를 위해서 이 시기 신문 독자에게 익숙하며 영향력 있는 수행 방식을 선택하는 과정에서 소문이 유포·소비되는 방식으로 매개된 글쓰기가 자주 등장한다. 이는 근대계몽기 신문이 독자로 설정한 "학문업는 부녀들과 아ᄒ들"이 소문의 형식으로 정보와 사실을 접하는 데 익숙한 독자들의 수용 태도를 의식한 결과이기도 하다.[66]

---

65 황호덕은 신문이 공동체와 연대하기 위해 선택한 에크리튀르라고 규정했다. 유사한 계몽적 전략을 고민했던 후쿠자와 유키치는 비균질적인 독자를 위해 다양한 방식의 번역을 필요로 했는데, 그가 일반 대중들의 이해를 돕는 번역을 게사쿠사戱作者 즉, 연희 대본을 쓰는 방식을 집필에 반영하였다는 사실은 필자가 이 시기 글쓰기의 연행성을 이해하는데 흥미로운 사실을 제공해 준다. 황호덕, 『근대네이션과 그 표상들─타자 교통번역 에크리튀르』, 소명출판, 2005 참고.
66 「미일신보를 축하 홈」(긔서), 『대한매일신보』, 1908.3.3.

학문업는 부녀들과 ㅇ히들은 내눕업시 신문보는 의미를 모르니 신문즈미
를 아미 못혼 즉 이것은 곳 이목이 막힘과 다름이 업는 고로 직담을 게직호
면 샤셜에 챡미호야 어리셕은 부녀와 몽미혼 ㅇ히까지라도 신문 볼 정신이
싱겨 그 곁헤잇는 론셜 외보 잡보 평론신지라도 자연이 볼터이니

이 시기 신문이 소문의 형식이나 연희와 같은 공공적 연행 행위를 매
개로 기사를 전달하는 현상은 구술문화에서 연행을 매개하여 지식과 정
보를 공유하던 방식과 유사하다.[67] 『대한민보』에 연재되었던 소설 「골
계 절영신화」 서두에서 밝힌 것처럼 "신문이라 호는 것은 사면덩탐을
느러노아 션악간 남의 말을 일슈 잘 내는 것"으로, 여기에서도 신문의
정체성과 글쓰기 구성 방식을 확인할 수 있다. 가면극의 대표적인 인물
인 말뚝이의 언술을 응용한 이 텍스트는 '재담才談' 혹은 '골계滑稽'라는
연희 장르의 연행성을 매개로 한 소설이다. 이러한 매개는 학식 없는 부
녀와 아이들이지만 이들이 익숙한 경험 감각, 지각 방식을 활용한 셈이
다. 이로써 이 시기 신문 텍스트에 반영된 연행성은 공적 현장을 재현하
는 언어이자 구조로 텍스트를 구성했으며, 적극적인 의사소통 과정을
매개하는 방식이었다. 이 현상은 신문이 당대 대중에게 친숙한 지각구
조인 연희와 연행성을 언어구조로 텍스트화한 일련의 지각의 메커니즘
인 것이다. 이를 통해 신문이라는 근대적 매체에 대한 낯설음을 불식시
키고 공적 영역의 이미지로 치환이 가능해지고, 근대계몽기 현실에 존

---

67 이 시기 신문기사가 '사실'의 문제이기 전에 '소문'과 '평판'의 문제를 매개로 정보와 계
  몽을 전달하는 언어 형식이자 패턴이었다. 이에 대해서는 권보드래, 『한국 근대소설의
  기원』, 소명출판, 2000, 208쪽 참조.

재하는 독자와 상호소통할 수 있었을 것이다.

당시 신문이 독자로 구성하고자 한 "학문업는 부녀들과 ᄋ히들"은 이 매체가 의식하고 수용한 당대의 경험적 감각에 예민한 존재다. 당대 신문이 독자로 구성하려고 한 여인과 하층 계급, 이 둘의 상징적인 기호인 기생은 근대계몽기 신문 독자의 대표적인 실체이기도 하다. 근대계몽기 신문 독자로 자주 등장하는 기생은 연희의 연행자로서 익숙한 존재다. 또한 기생은 당대 대표적 연행자로 연극개량이라는 근대적 제도로서 연극의 계몽적 변화가 요구되는 상황에서 처해 있는 계급이기도 하다.

> 요사이 연극장을 여자가 음란함을 배우는 곳이자 신사가 이익을 추구하는 곳이라고 각 신문마다 올라오니 제 보잘 것 없는 의견으로 생각해도 참 그렇네요. 말하자면 각 대가집 아가씨와 선생님께서 어쩌다 한번 보셨으면 그만이지 밤마다 오시는 일은 알 수 없어요. 또 어떤 기관에 기부한다, 어떤 곳을 구제해 도와준다 하시고 노래하는 사람의 노래부르는 소리만 터져 갈라지게 하고 월급 한 푼 안주시니 과연 자선하는 마음이 있으면 당신이나 얼마씩 기부하실 일이지 방탕한 노래와 음란한 춤으로 바른 남자와 얌전한 숙녀를 잘못되게 하는 돈임이 꼭 맞지요. 황송하지만 그러한 잡것들 때문에 저희들도 이름값이 갑자기 없어졌소.[68]

인용한 글은 『대한민보』의 독자응모의 형식으로 텍스트를 생산한 '풍림'란이다. 텍스트에서 기생은 자주 독자라는 외피를 입고서, 당시

---

[68] 「●淸虛府新演劇」(풍림-당선), 『대한민보』, 1909.10.1.

현실의 한 단면에 대해 비판적 발언을 했다. 대개 현실에 대한 울분과 고단함을 토로하는 일종의 웅변적인 언술로 시작된 텍스트에서 화자로 발언하는 기생 독자의 표현 형식은 생동감 있다. 기생 발화자를 독자로 내세운 신문 텍스트의 경우 연희자, 즉 공연 안에서 이야기를 전달하는 형식을 구축하고 있다. 유사한 사례로 1908년 7월 11일『대한매일신보』'잡보'란에는 인용한 서사 텍스트의 화자와 상황과 그 태도가 중첩되는 시곡기생에 대한 흥미로운 기사가 전해지기도 했다.「예기의 연설」이라는 제목으로 실린 이 기록은 "시궁골잇ᄂᆞᆫ 예기 련심이가 단성샤에서 ᄌᆞ션연주를ᄒᆞᆯ째에 고ᄋ원의 정황을 격절한 말노 일쟝 연셜ᄒᆞ엿ᄂᆞ뎐 듯ᄂᆞᆫ사ᄅᆞᆷ들이 다 칭찬ᄒᆞ엿다"는 정보다. 이 예처럼 시곡기생이 현실 문제를 연설하는 주체로 신문 텍스트에 존재하고, 발화자 즉, 구술자(서술자)인 연행 텍스트가 반복적으로 생산된다. 이 텍스트 형식을 통해 근대계몽기 신문에서 예기인 기생이 근대적인 독자이자 발화의 주체로 구성된 흔적을 확인할 수 있다.

이 외에도『대한민보』의 '풍림'란처럼 근대신문의 독자투고에서 일정 기간 지속적인 투고자로 혹은 텍스트의 발화자로 반영된 기생은 독자이자 이 시기 공공 영역인 신문에 공적 발화자 혹은 그 기호의 역할을 한다. 신문의 다양한 게재의 영역과 형식에서 확인되는 텍스트에서 연행자로 재현되거나 서술적 화자인 기생의 존재는 공론장으로서 신문의 지각구조를 확인해 준다. 기생의 연행성으로 구성된 텍스트에서 신문의 지각 메커니즘을 파악할 수 있다.

실제로 많은 기생 독자를 둔『매일신보』의 경우, '화류계 문답'은 기생의 연행적 텍스트가 양산·확대된 대표적인 사례다. 이상, 기생·여성·광대·예인으로 계열화할 수 있는 구체적 존재들은 국민이라는 관념적 개념보다는 신문의 독자라는 근대계몽기적 실체로 접근해 볼 수 있다. 그런 맥락에서 가령, 근대계몽기에 국민·국가 질서로 재편성되는 과정에서 자선연극·자선연예는 국민의식이나 민족의식의 구체적 수행 형식이자 담론의 실체였다. 그리고 이에 능동적으로 대처한 연희자와 연행성을 통해 상호소통의 과정이 신문의 국문 담론을 형성하는 실체였다는 점이 흥미롭다. 따라서 근대계몽기 신문이 생산한 국문 담론들과 텍스트에 반영된 연행성은 청중이나 관객으로 존재했던 체험에 익숙한 독자의 공공 현장에서 극적 경험을 표상하는 사회문화적 증거다.

제3장

근대계몽기 신문의 의사소통 모델과 연행 텍스트의 배치

1. 신문 공간의 지각구조 배치 전략을 논하다

—극담劇談 텍스트

이 시기 신문의 서사 텍스트에서 텍스트의 구조와 수사로 활용한 글쓰기의 특징은 한문학 지식인들의 글쓰기 관습과도 상호 관계에 있다. 예를 들면, 근대계몽기 신문의 논설의 경우 계몽적 태도를 직접 드러내기 보다는 이를 접어두고 다른 이야기를 먼저 하는 서술 형식을 볼 수 있다. 이는 근대적인 자각이 일상적인 현실을 사실적으로 재현하고자 하는 근대적인 시공간에 대한 인식과 개념과 관계가 있다. 이처럼 눈앞에 실제 현실처럼 시공간을 재현하여 상황을 구축하여 이야기를 말하고 전달하는 즉, '보다-보이다'의 극적 관계를 전제로 하는 언어 형식이 의미가 있어진 것이다. 앞 장에서도 확인한 것처럼 논설이라는 공적 글쓰기는 생생한 현실 재현이라는 표현 방식을 구현한 서사물로 존재한다. 그런데 이들은 근본적으로 극적 상황에서 발화와 소통을 진행하던 연희의 연행성을 신문의 논술과 같은 텍스트의 수사법으로 채택한 것을 확인할 수 있다. 대표적으로 한문 독자를 염두에 둔 『황성신문』 논설란은 극담이라는 대화 상황을 매개로 구조화한 텍스트다.[1] 『고문진보』에 의하면, 극담은 "기세 좋게 이야기하다", "멋대로 이야기하다"는 서사 전개 방식의 글쓰기이다.[2] 한문학 글쓰기에서 '극담'은 대화만으로 이루어지는, 초보적인 극 형태로 쓰인 패관잡기류의 글쓰기를 의미한다.

이 장에서 살펴볼 신문 텍스트는 극담을 매개로 한 한문논설 유형이다. 먼저 '극담' 구조 논설 텍스트 가운데, 「삼로극담三老劇談」에 대해 기술해 보겠다. 이 텍스트는 삽화가 되는 극담을 매개로 한 논술 구조로 표현 형식으로서 재현의 문제를 다룬다. 삽화를 구성한 극적 서사는 소나무 아래에서 더위를 피하기 위해 모인 세 노인이 대화를 나누는 상황으로, 이 노인들의 대화 주제는 말하기 방식이다.[3] 흥미롭게도 세 노인의 대화 내용이 재현되는 과정 속에서 '극담'이라는 표현 형식을 구축하는 방식을 확인할 수 있다. 세 노인은 각자 자신들이 경험한 상황에서 보고 들은 내용에 대해 이야기한다. 그런데 세 노인의 차이는 그들이 이야기

---

1 권보드래는 이 양식을 '대화를 주고받는 것으로만 되어 있는 글쓰기에 극담劇談이라는 명칭을 붙였던 관례를 기준으로' 대화·대사를 가리키는 용어로 이해했다. 그러나 그 텍스트가 전제로 하는 극적 정황에 대한 이해보다는 이 시기 신문 텍스트를 관습적으로 이해하고 서술 형식을 중심으로 텍스트를 구분하는 지점에서 머뭇거린다. 보여주는 형식, 극정 정황에 대한 구체성에 대한 논급은 진행하지 않았다. 권보드래, 『한국 근대소설의 기원』, 소명출판, 2000, 187쪽 참조.
2 신두환, 『조선 전기 민족예악과 관각문학』, 국학자료원, 2006, 141쪽; 황견, 이장우 역, 『고문진보』, 을유출판사, 2008, 230쪽 참조.
3 "劇談半晌一暢飮 碧筒酒而睡ㅎ니 瀟然一枕에 蟬聲이 在朝러라."

를 타인에게 전달하는 말하기 즉 전달하는 언어구성 방식에서 나타난다.

원문

嘗游長白之山홀식 道路崎嶇ᄒ고 日暮昏黑ᄒ야 一步를 不得以進ᄒ며 一步를 不得以退ᄒ야 方狙伏於岩石之間일식 虎豹ᄂ 耽耽흔 睛이 其光若炬ᄒ고 猰貐ᄂ 窮寇僚身ㅣ 其鋒若戟ᄒ고 豺狼은 栽菽鉄爪ㅣ 其芒如鉤ᄒ고 狐狸ᄂ 賴賴長尾가 其豊如蒂ᄒ야 互相咆哮叫喚ᄒ며 狂叫亂蚩ᄒ야 勢若醲霧이라. 余不敢呼吸ᄒ고 怚慄畏慴ᄒ야 只知有死 而不鬪有生이러니 於焉 曙日이 漸明ᄒ야 暮路午還ᄒ니 倒今思之에 悚然可愕이로라.[4]

번역문

내가 일찍이 장백산(백두산)에서 유람할 때, 길은 몹시 험하고 날이 저물어 어두워서 한걸음도 나아가거나 물러나지 못해 막 원숭이처럼 바위 사이에 엎드렸을 때, '호랑이'와 '표범'은 날카롭게 노려보는 눈동자가 그 빛이 마치 횃불 같았고, '알유'[5]는 궁지에 빠진 도적처럼 예쁜 몸이 마치 창끝처럼 날카로웠고, '승냥이'와 '이리'는 마치 배추처럼 자란 단단한 발톱이 갈고리처럼 날카로웠고, '여우'와 '삵'은 몹시 의지하는 긴 꼬리가 가시처럼 풍성하여 서로 으르렁거리고 울부짖으며, 어지러운 메뚜기처럼 미친 듯 울어 기세가 마치 진한 안개 같았네. 나는 감히 숨도 쉬지 못하고, 몹시 두려워 단지 죽음만 있거나 싸우지 말아야 살 수 있다는 것만 깨달았는데, 어느덧 새벽 해가 점점 밝아 어둡던 길이 다시 환해졌으니, 지금도 그때만 생각하면

---

4   「三老劇談」(논설), 『황성신문』, 1901.7.25.
5   알유猰貐 : 짐승의 이름.

지나치게 두려워지는 듯하네.

첫 노인은 백두산에서 유람할 때 어둠 속에서 맹수들이 울부짖는 상황을 자신이 잘 견뎌냈음을 자랑스럽게 회고한다. 그런데 이 노인의 말하기는 굉장히 과장되어 있다. 첫 노인이 지난밤의 어둠과 공포를 '과장'이라는 산문적 수사로 표현한 것과 유사하게 두 번째 노인 역시 바다에서 겪은 일들을 나열하며 앞 노인의 두려움에 못지않았음을 표현하였다. 두 노인이 두려운 상황을 표현하는 방식은 비슷하다. 모두 두려움을 자신들이 알고 있는 사물이나 동물들에 빗대어 표현하는 전고典故 형식을 따른 것이다. 흥미로운 점은 마지막 노인이 이 두 노인에게 지적하는 부분이다. 마지막 노인은 앞의 두 노인이 보여준 비현실적이고 비사실적인 표현 태도에 대해 문제를 제기한다. 두 노인이 모두 과거에 얽매여 있다고 지적하는데, 바로 표현의 근본적인 차이를 지적하는 부분이다. 즉 '근심과 괴로움과 슬픔과 성냄'이 '낮부터 밤까지 이어지고, 밤부터 낮까지' 이어지는 해충의 괴롭힘 때문이었다며, 스스로 상황과 대상을 재현하는 차이가 있다.

원문

嚶嚶者 蚊은 鉄嘴如方天戟ᄒ고

屑屑者 蜜은 利牙如金僕姑ᄒ고

咬咬者 蝎은 毒舌如流星鎚ᄒ야 (…중략…)

薨薨者 蠅이 戢戢纂飛ᄒ야 其聲如轟天砲ᄒ니 心胸搖揚ᄒ야 遠不成眠이라.

晝而繼夜ᄒ고 夜而繼晝ᄒ야 憂憤悲怒에 幾乎慮思ᄒ야 去日이 苦遲ᄒ고 來日

이 苦遲ᄒᆞ야 未知何日에 免此蟲毒이로다.

번역문

'앵앵'거리는 '모기'는 단단한 주둥이가 마치 방천극(方天戟)⁶같고,

'설설'거리는 '벌'은 날카로운 송곳니가 마치 쇠붙이나 머슴 부리는 시어
머니 같고,

'교교'거리는 '전갈'은 독을 품은 혀가 마치 유성(流星)이나 캐어낸 납을
불려 모아 날라서 힘들게 옮기는 것 같으니,

'훙훙'대는 '파리'가 '집집'거리며 모여 날아 그 소리가 마치 대포처럼 하
늘을 울리니,

가슴이 혼들리고 떨려서 소리가 멀어도 잠을 이루지 못한다네.

특히 마지막 노인은 간밤의 감정을 반복된 리듬감이 있는 음성의 언
어유희로 해충을 표현했다. 이처럼 세 번째 노인의 의견은 상황을 재현
가능한 행위를 수반하는 언어로 표현할 때 감정을 더 정확하게 전달할
수 있다는 것이다. 앞의 두 노인과 비교했을 때, 이 노인의 가장 큰 차이
는 현실적 감각으로 상황을 표현하는 방식이다. 이 노인의 의견에는 이
야기가 구체적 행위로 재현할 수 있는 언어로 상황을 표현될 때, 사실적
인 표현이 가능하다는 의미를 내포하고 있다. 나아가 괴로움을 구체적
인 상황에서 경험할 수 있는 현실적인 감각으로 재현한 마지막 노인의
말(언어)은 구체적 행위로 재현할 수 있는 것이다. 사실적으로 형용이

---

6 방천극方天戟 : 봉 끝에 강철로 된 창과 같은 뾰족한 날과 옆에 초승달 모양의 월아라는
   날을 부착한 병장기.

가능한 음성언어이며, 이는 곧, 재현이 가능한 행위를 동반 혹은 수행하는 지각도구인 셈이다. 이 논설은 극적 진술에 대한 문제제기를 내용으로 구성한 텍스트다. 이 논설의 구조를 보면, 텍스트 내부에서 '주가 되는 이야기는 삽화로 보여주는 방식으로 재현되고, 접어두었던 이야기는 직접 서술하여 주제를 전달하는 한문 문장 구성의 전형적 방식'이기도 하다.[7] 이 텍스트는 상황 중심의 삽화적 일화를 직접 재현하는 내부 텍스트 '극담劇談'을 매개로 서술적 화자가 삽화의 외부에서 직접 설명이나 논평을 하는 구조다. 그런데 극담은 내부 텍스트의 구체적 재현 행위를 표현하는 지각 방식에 비중이 크다.

이 텍스트와 유사하게 구체적 재현을 수행하는 극담 구조와 감각적 언어표현으로 구성된 '극담논설' 텍스트의 다른 사례를 「중노인衆老人의 청와극담聽蛙劇談」[8]으로 살펴보겠다.

이 극적인 대화는 길가에 여러 늙은이가 둘러 앉아 다투며 분별하는 상황에 대한 것이다. 노인들의 다툼을 중재하던 서술자는 장마가 그치고 달빛이 어슴푸레한 밤, 걸상 밖에서 극적 상황을 정서적으로 재현하는 행위를 한다. 다른 사람들은 코를 골며 깊이 잠들었고, 기나긴 밤 온 세상 적막한 공간은 풀과 밭 사이에서 암수 맹꽁이가 울어대는 익숙한 〈맹꽁이타령〉의 리듬 감각으로 재현된다. "'맹' '꽁' '맹' '꽁', 동쪽에서 '맹꽁', 서쪽에서 '맹꽁', 왼쪽에서 '맹꽁', 오른쪽에서 '맹꽁', 여기서 '맹'하면, 저기서 '꽁', 저기서 '맹'하면, 여기서 '꽁', 저기서 '꽁'하면, 여기서 '맹'하여 갑자기 온 세상이 모두 이 '맹꽁맹꽁'하는 소리뿐"이라

---

7   김영민, 『한국 근대소설사』, 솔, 1997, 46쪽 참조.
8   「衆老人의 聽蛙劇談」(논설), 『황성신문』, 1907.6.15.

며, 노인들의 대화 상황을 감각적으로 재현했다.

　　◎霖雨가 初晴ᄒᆞ고 月色이 微明ᄒᆞᆫ딕 榻外他人은 鼾睡가 正酣ᄒᆞ고 天涯朋友ᄂᆞᆫ 跫音이 不傳이라. 長夜乾坤寂寞中에 閒心散步로 樓上에 悄倚터니

　　此聲이 何聲인가? 草際田間에 雄唱雌和ᄒᆞ야 同情을 齊表ᄒᆞᆫ딕 (一)밍 (二)공 (三)밍 (四)공 東에셔 밍공 西에셔 밍공 左에셔 밍공 右에셔 밍공 此가 밍ᄒᆞ면 彼ᄂᆞᆫ 공 彼가 공ᄒᆞ면 此ᄂᆞᆫ 밍ᄒᆞ야

　　瞥眼間 一天地가 都是밍공밍공ᄒᆞᆫᄂᆞᆫ 聲而已인딕 街邊 衆老曳가 環坐ᄒᆞ야 若有所爭辨ᄒᆞ더라.[9]

　이 논설은 한문 글쓰기이지만 맹꽁이 소리를 리듬감 있게 재현하는데는 국문을 사용하였다. 노인들의 구체적 대화가 오가는 장면을 보면, 한 노인이 먼저 맹꽁이의 울음 소리도 근심 소리로 들린다고 대화를 시작한다. 그는 보잘것없는 동물도 근심스러운 울분을 알아 맹자를 추모하며 공자를 우러러 생각하는 소리로 '맹孟', '꽁孔', '맹孟', '꽁孔' 하는 것이라며 그 근심스런 상황을 한글문자로 음차하여 언어유희로 대화를 시도하였다.

　　一老가 愀然曰 君이 知彼何聲乎아? 世級이 日降ᄒᆞ고 人心이 日潰ᄒᆞ야 聖人之道가 將墜於地 故로 如彼微物도 亦知憂憤ᄒᆞ야 孟子를 追慕ᄒᆞ며 孔子를 感仰ᄒᆞᆫ 소리로 孟, 孔, 孟, 孔ᄒᆞᄂᆞ니라.

9　이 논설은 번역문을 구분하여 인용하지 않고, 본문에서 분석한 내용을 함께 제시하며 이해를 구하는 방식을 사용하였음을 밝힌다.

又 一老가 啞然曰 君이 誤解此聲이로다. 年來恭奉主事가 其注如雨ᄒᆞ고 大臣協辦은 可摘如苽인ᄃᆡ 何許愚氓은 尙且田野에 蟄伏하얏ᄂᆞ뇨? 氓隸를 譏侮ᄒᆞ고 公卿을 艶羨ᄒᆞᄂᆞ 소릭로 氓, 公, 氓, 公ᄒᆞᄂᆞ니라.

一老曰 不然ᄒᆞ다. 彼雖蠢蠢動物이나 此時代를 當ᄒᆞ야 一般見聞이 有ᄒᆞ리니 豈其令人으로 六經이나 閱讀ᄒᆞ며 宦路나 暗穿ᄒᆞ라고 勸告ᄒᆞ리오? 今我韓人이 必也一心團結ᄒᆞ야 排斥外國이라야 可以圖存 故로 歃血同盟ᄒᆞ고 並力進攻ᄒᆞ라ᄂᆞ 쇼릭로 盟, 攻, 盟, 攻ᄒᆞᄂᆞ니라.

又 一老曰 不然ᄒᆞ다. 朝鮮民族은 團結力이 本乏ᄒᆞᆯᄲᆞᆫ더러 今日事勢로 閉關節約ᄒᆞ라면 其能之乎아? 惟我同胞ᄂᆞ 蚊虻갓치 暗伏ᄒᆞ고 巨蛋갓치 苟活ᄒᆞ라ᄂᆞ 쇼릭로 虻, 蛋, 虻, 蛋ᄒᆞᄂᆞ니라.

一老曰 否라. 他國이 雖強이나 決不能吞喫我國이오, 我國이 雖弱이나 決不終服屬他國ᄒᆞ리니 四天載故邦이 豈其一朝溘然이리오? 縱有許大壓力ᄒᆞ더리도 必也新芽가 重萌ᄒᆞ야 雲天에 卜拱ᄒᆞ리라고 萌, 拱, 萌, 拱ᄒᆞᄂᆞ 것이니라.

又 一老曰 否라. 長守懶習ᄒᆞ면 必至於劣弱이오 坐待天運ᄒᆞ면 難免於滅亾이라. 方今我國이 如病黃之木ᄒᆞ야 風摧雨折에 不可自支어날 不灌不培ᄒᆞ고 默俟拱天之日이 可乎아? 全國兄弟ᄂᆞ 競爭世界에 猛進ᄒᆞ고 靑年新進은 學業上에 共勉ᄒᆞ여야 前途幸福을 可圖ᄒᆞ리라고 猛, 共, 猛, 共ᄒᆞᄂᆞ 것이니라.

그런데 다른 노인은 그것은 오히려 "어떤 어리석은 백성이 오히려 들판에 숨어 엎드려 천민들을 나무라며 업신여기고, 높은 벼슬아치들을 몹시 부러워하는 소리로 "'맹氓', '꽁公', '맹氓', '꽁公' 하는 것"이라고 맹꽁이의 울음 소리를 재해석 풍자하였다. 이에 다른 노인이 대한제국 사람들이 반드시 한마음으로 단결하여 다른 나라를 배척해야 생존을 도모

할 수 있기 때문에 피를 찍어 맹세하고 힘을 합쳐 나아가자는 소리로 "'맹盟', '꽁攻', '맹盟', '꽁攻' 하는 것이다"라 말한다.

이와 같이 이 논설에서 이야기는 부차적이며, 맹공을 음차하여 그 한자가 지닌 다양한 어의語義를 내용으로 하는 세 노인의 대화 방식이 흥미롭다. 특히 당대 현실을 풍자하는 내용이 한문 글쓰기임에도 음악적으로 텍스트가 구성된다. 텍스트의 구조만이 아니라, 한자와 한글을 섞어 음차한 '맹공' 두 단어는 글자의 의미와 충돌하면서 동시에 리듬감을 창출하면서 현실비판의 의미가 실현된다. 이 논설 텍스트는 '맹공'이라는 소리의 반복을 통해 율격을 형성하면서 의미를 환기하고 확대하는 정서와 감각을 자극하는 구조적인 텍스트다.

道밍공은 國文字를 用ㅎ야 밍공밍공ㅎ는지 漢文字를 用ㅎ야 밍공밍공하는지 抑非國文非漢文이오. 純然是天然의自家聲中으로 流出하는지 不知하깃거날 乃街上諸老는 各其所抱之感情틱로 或解之如彼하며 或辨之如此하야 爭論良久하다가 竟不決而散하니라.

이 논설은 거의 한문에 가까운 현토체 글쓰기 텍스트다. 이 논술의 내용은 한글과 한자가 음성을 공유하면서 의미를 형성하는 경험적 감각에 대해 성찰하는 과정에 대한 것이다. '맹공'은 한글을 써서 '맹꽁맹꽁' 하든지, 한자를 써서 '맹꽁맹꽁' 하든지 그 구분은 중요하지 않으며, 순전히 천연의 자기 소리로 내보내는 실제적 재현을 고민한다. 이 텍스트는 평범한 노인들이 일상을 통해 '어떤 이는 저와 같이 풀이하며, 어떤 이는 이와 같이 풀이하여 오랫동안 다투어' 감각적 표현과 소통방식을 논의한다. 이 과정에서 한자와 우리말을 섞어서 문자와 말이 만들어내는 어감을 통해 유희적 감각의 효과를 창출하였다. 이는 마치 재담으로 연행할 때, 반복하는 리듬을 통한 형성된 연희 감각과 유사하다.[10] 실제로 이 논술 텍스트의 '맹공' 음차로 구성된 언술구조는 조선 후기 이후 박춘재(1883~1950)와 같은 재담광대의 인기 있던 레파토리에서 확인할 수 있다. 박춘재는 비슷한 시기에 잡가와 타령 레파토리로 〈맹꽁이타령〉으로 유명했다. 이 논설의 매개구조를 형성하는 극담이 〈맹꽁이타령〉의 연행성과 같은 감각을 지닌 것이다. 이제껏 살펴본 신문이 당대 연희를 지각 방식이자 신문 텍스트 구조 방식으로 응용되어 미적 쾌감을 통해 논설의 의미를 발산하도록 도울 수 있었을 것으로 본다.[11] 이 논설의 구조는 한문문체와 구술적 언어 감각이 결합된 신문 텍스트로, 당대 의사소통의 구체적 지각 방식과 실재 소통의 경험 감각이 재현되었다.

　　觀物生이 評曰 此所謂三界[12]惟心者耶아? 同一蝸聲에 一個는 聽之호야 緬憶古

代하며 一個는 聽之하야 回頭宦界하고 一個는 聽之하야 妄想排外하며 一個는

10　20세기 초에 크게 유행한 〈맹꽁이타령〉, 〈한잔 부어라〉 등과 같은 잡가 곡목은 이 시기에 대중적으로 향유되고 연행되었던 텍스트이다. 이 텍스트가 연행되었던 상황과 그 효과를 신문은 차용하고 있는 것이다. 고미숙, 「대중가요의 선구, 20세기 초반 잡가 연구」, 『역사비평』 24, 역사비평연구소, 1994, 278쪽 참조.
11　여기에서 안확이 전통적인 글쓰기에서 극적 형상화가 사실적으로 재현되기 위해서 '사류문의 영향으로 옛 구절과 옛 말을 인용'하는 텍스트의 담화구조와 '속요'과 '속어'를 뽑아 경묘하고 교미한 방식의 연행 문법을 인용하는 것의 필요성에 대해 언급한 점을 떠올려 본다. 그는 객관적 극 텍스트의 세계 재현에 대해 언급하면서 희곡이 "소설 가운데 골계적 율어로써 주관·객관을 이야기하여 하나의 별천지를 연" 텍스트로 그 역할의 다름을 구분했다. 안확, 『조선문학사』(한일서점, 1922) 제32절 희곡(『학지광』 6, 1915).
12　삼계三界 : 삼계란 욕계欲界와 색계色界와 무색계無色界를 뜻하지만, 불교에서는 우주 삼라만상과 천지만물을 통틀어서 말할 때 흔히 씀.

聽之하야 只思苟生하고 一個는 安坐而無憂하며 一個는 奮身而求進하니 噫라! 雪月이 非欲使人憂喜로딕 嫠婦는 下淚하며 遊妓는 欣賞하고 花鳥가 非欲使人哀樂이로딕 離人은 悲歌하며 逢者는 歡笑하느니 然則 使人以憂以喜하며 以哀以樂하며 以惱以鬱하며 以怠以奮者ㅣ 雪耶아? 月耶아? 花耶아? 鳥耶아? 밍耶아? 공耶아? 亦惟其心而已로다. 雖然이나 大界衆生이 一切成佛하면 万境万聲을 皆以佛眼視之하며 佛耳聽之니 心中之境이 豈如是參差不同이리오? 卽今世界列强이 俱未至完全文明之域 故로 雖某某諸國도 莫不有政黨이 對峙에 意見이 互歧로딕 回顧我國에 其果何狀고? 一蛙之聲을 聽之者ㅣ 二人이면 其感情이 亦二오. 聽之者ㅣ 四人이면 其感情이 亦四오. 若集二千萬人 而同聽之하면 亦必有二千萬種之感情하리니 此는 民知가 未開하고 國力이 未完故니 其思想之複雜과 議論之矛盾을 當何時 而可一之오? 噫라!

이 논설 역시 세 노인의 맹꽁이 말장난이라며 음차하는 언어유희는 삽화로 극담을 형성한다. 그리고 이 유희적 상황을 보고 기록하며 논평하기는 극담 외부 관찰자가 논설의 주체가 텍스트에 존재하는 방식을 보여준다. 이 논설의 경우 극담 밖의 서술적 화자인 '관물생'이 논설의 발화자이다. 이 인물은 극적 정황을 전달하면서 자연의 사실이나 현상을 두고 각각 다르게 재현하는 방식을 통해 복잡한 현실 인식을 이야기한다. 이때, 맹꽁이의 울음 소리는 각각 자신의 감정대로 느끼는 미개한 백성을 표현하는 극적 관례이다. 극적인 언술 형식의 울음 소리는 미개한 백성들에 대한 염려와 개탄의 정서를 극적으로 표현하도록 돕는다. '관물생'은 주제를 전달함에 있어 그 내부적 소통에 개입하지 않았으며 이를 보여주는 형식에서 벗어나 논평하는 서술적 화자의 역할을 한다.

이처럼 보고들은 내용을 전달하는 관물성이 개입하는 지점에서 극담 텍스트는 연희-극 외부에서 극적 사건에 대해 논평하는 산대극의 악사나 산받이의 언술 형식을 떠올려 볼 수 있다.

이상은 한문 논설이 극담을 매개로 텍스트를 구성한 현상에 대해 기술해 보았다. 이 논설은 한문자로 정론적 글쓰기에 여항閭巷의 입말로 재현하는 극담을 매개로 텍스트를 구성했다. 이 논설 내부를 구성하는 율격에 의한 감각적 언어의 리듬감은 당시 공동체에게 익숙한 연행 레파토리 감각과 같다. 이 현상 역시 당대 연행 레파토리가 중첩되면서 확산될 수 있는 지각구조를 보여준다. 그리고 서술적 화자가 텍스트 내부 즉 극적 정황에 개입하지 않고 정황을 보고하며 논평하는 서술적 자아로서 기능하는 것도 당대 극적 관습에서 매우 익숙한 텍스트 구성 방식이다. 언어로 텍스트화되면서 극적 정황은 우화적으로 매개되는데, 이는 보고-보여지는 정황을 텍스트에 둘 다 노출하면서 제 삼자 즉 독자에게 사유를 유도하는 방식의 글쓰기가 되었다. 이는 한문 글쓰기와 당대 연행성이 상호 텍스트적으로 구조화된 사례로 볼 수도 있다.

2. 연행적 논술 텍스트의 담론구조

근대계몽기 신문에서 도시 공간은 '가곡풍류 낭자한' 연희장이 범람하는 장소로 환원되었다. 공공 영역의 기호인 연희장은 연행언어, 즉 리듬, 말의 흐름이 있는 구술언어에 의해 보고 듣는 소리聲의 현장이고 공간이었다. 그러므로 신문에서 이 공간을 매개로 한 텍스트는 읽고 해석하는 독서문화 이전에 보고 소리내는 구술 연행문화가 반영되었다. 가령, 근대계몽기 신문 텍스트가 자주 인용한 '타령'이 독자의 감각과 지각에 친숙한 서술 형식이 되어, 연행적 서술이라는 경험적 감각이 이 시기 신문 텍스트의 메커니즘으로 연동된 것이다. 때문에 이 시기 신문을 읽는 하나의 방법으로, 연희적인 감각과 언어구조, 신체 감각이 반영된 언어 형식은 당시 독자의 집단적 경험과 소통 형식에 익숙한 반근대적인 지각 형식에 근거한다.

다음 인용하는 텍스트의 경우, 독자에게 익숙한 연희 레퍼토리 "토끼타령" 연행 형식과 서사를 매개로 구성된 텍스트이다. 이 텍스트에서 주목해 볼 것은 연행자가 구현하는 연행 상황과 연행 행위의 신체 감각을 매개로 인식을 공유하는 극적 상호 담론의 방식이 '논설'의 계몽 담론을 구성하는 방식을 보여주기 때문이다.

> 가객의 흥다반흐는 토끼타령은 사름마다 아는 ㅂ ㅣ라 비록 허황흔 쇼래로대 이 말을 인연흐야 또흔 간신의 계교를 일우읫스니 ㅈ고금으로 가신의 뢰물을 밧고 사람의 일을 보아주는 간교흔 쇠가 이갓치 긔묘흐야 쪽히 후셰의 증계가 될 만흐기로 좌에 긔직하노라

이 논설 역시 〈토끼타령〉 연행과 관련한 내부 삽화가 있고, 그 삽화 외부에 화자가 존재한다. 이 외부 화자에 의해 독자들이 가객의 연행에 익숙한 연희물인 〈토끼타령〉을 매개로 '허황된 소리'이기는 하나 현실

을 비판하는 것이 적합하다고 밝힌다. 이처럼 이 논설 역시 앞서 '극담'이나 '연극개량' 논설처럼 연행을 매개로 텍스트를 구성하여 계몽적 의미를 생산하는 구조의 패턴을 지녔다. 가객의 연행적 소리(신체와 행위)에 익숙한 독자의 극적 경험을 통해 의미가 전달·전이될 수 있다는 소통방식은 사회적 공동체의 경험적 감각을 통해 구성된 지각구조에 의해 가능하다. 인용한 논설은 신문이란 관념적인 근대적 공공 영역에서 문자 이전에 소리내어 현장에서 소통하는 연희(극)의 매개적 속성을 응용하는 형식의 패턴을 보여준다. 이 논설은 〈토끼타령〉을 인용하고 매개하는 극중극 형식처럼 이중구조다. 이 형식은 신문에서 연행으로 현실을 재현(보여주기)하면서 글쓰기 텍스트 형식을 구축하는 대표적 사례로, 그 구조를 분석해 보았다.

① 홀 수 업다 흔즉 고구려국 왕이 대로ㅎ야 잡아 가두는 지라. 김츈츄가 듸미현 고을에셔 가져온 푸른 뵈 삼빅필노 고구려국 왕의 춍이ㅎ는 신하 션도히를 주고 노힘을 쳥흔듸 션도히가 글ㅇ대 그듸가 능히 쟈릭와 토끼의 말을 듯지 못하엿나냐

녯젹에 동히 룡왕의 쌀이 복통병이 잇기로 의원을 쳥ㅎ야 무른 즉 의원의 말이 "토끼간을 엇으면 곳치리라" 하나 슈즁에는 토끼가 업는지라. 룡왕이 심히 근심ㅎ더니 흔 쟈릭가 륙디로 나와셔 토끼를 보고 말ㅎ되 "바다가온듸 흔 섬이 잇스니 그 곳은 쳥결흔 싀암과 결빅흔 돌이며 무셩흔 숩풀과 아름다온 실과가 만코 쏘 칩지도 안코 덥지도 안코 산양개와 믹가 능히 침범치 못흔즉 네가 만일 그곳에 가면 잘 살고 아모 근심이 업스리라" ㅎ고 인ㅎ야 토끼를 둘쳐 업고 바다에 써셔 슈로 이삼리를 가다가 (…중략…)

② (토끼타령) ᄒᆞ엿다 ᄒᆞ거ᄂᆞᆯ 김츈츄가 그 말을 듯고 곳 그 ᄯᅳᆺ을 ᄭᅢ다ᄅᆞᆯ셔 고구려국 왕의게 글을 올녀 ᄀᆞᆯ으ᄃᆡ

마현과 쥭령 두 ᄯᅡᄒᆞᆫ 본대 다 귀국 ᄯᅡ히라 신이 본국에 도라 가ᄂᆞ 날이면 우리 님군ᄭᅴ 쳥ᄒᆞ야 그 두 ᄯᅡᄒᆞᆯ 대왕ᄭᅴ 밧치리라. 쳔텬 빅일이 잇거던 엇지 대왕의 명을 밧들지 아니 ᄒᆞ릿가

고구려국 왕이 김츈츄의 글을 밧어 보고 곳 ᄌᆡ물을 만히 주고 후ᄃᆡᄒᆞ야 돌녀 보내니 김츈츄가 고구려국 디경에 나아 와서 젼숑ᄒᆞᄂᆞᆫ ᄌᆞ 다려 닐너 ᄀᆞᆯ으ᄃᆡ

③ 신라와 고구려ᄂᆞᆫ 본릭 원슈보듯 ᄒᆞᄂᆞ 나라ᄒᆞ로 이갓ᄒᆞᆫ 곤욕을 당ᄒᆞ고 분을 발ᄒᆞ야 군ᄉᆞ를 기르고 병긔를 련단ᄒᆞ야 고구려국을 치고 토디를 통합 ᄒᆞ엿슨즉 고구려의 사직 죵묘가 망ᄒᆞᆫ 일은 비록 신라국 군신의 동심 합력ᄒᆞ 야 치고 원슈를 갑ᄒᆞᆫ 후에 현뎌히 보겟시나 그 실상 망ᄒᆞᆯ 긔미ᄂᆞᆫ 간신 션도희 가 고구려국을 망케 ᄒᆞᆫ 거시오 신라국이 쳐 멸ᄒᆞᆫ 거슨 아니라고 ᄒᆞᆯ만 ᄒᆞ도다 간신이 ᄌᆡ물을 탐ᄒᆞ고 나라ᄂᆞ 도라보지 아니ᄒᆞᆷ이 고금에 이갓ᄒᆞ니 엇지 슯히지 아니 ᄒᆞ리오[13]

이 논술은 고구려 간신 션도희가 〈토끼타령〉 연희를 매개로 김춘추가 준 푸른 비단을 뇌물을 받고 고구려에서 탈출할 수 있도록 돕고 결국은 고구려를 망하게 했다는 이중적인 서사 형식으로 구축된 텍스트다. 이 텍스트는 역사에서 션도희가 연행자로 '(토끼타령) ᄒᆞ엿다' 하며, 토끼와 선도희의 신체가 동일시되어, 간신이 나라를 망하게 한다는 풍자적 인식 의 틀로 당대 사회를 비판하는 논설의 유형을 구성한 것이다. 이 논설에서

---

13 '론셜', 『제국신문』, 1900.3.30. ( ) 표기는 논의상의 필요로 인용자가 구성한 것임.

삼국시대 〈토끼타령〉 연희는 재물을 탐하고 나라를 돌보지 않는 현실과 인물을 상징하는 알레고리고 근대계몽기 현실 인식으로 연결되고 있다.

논설 서두에 "즈고금으로 가신의 뢰물을 밧고 사람의 일을 보아주는 간교흔 쇠가 이잣치 긔묘흐야 쥭히 후셰의 증계가 될 만흐"다며, 〈토끼타령〉 연희 레파토리가 전달하는 연행 행위가 공공 현장에서 연설처럼 소통·발화하는 방식을 환기하였다. 논설 「가객의 흥다반흐는 토끼타령」은 연행성을 활용하여 연설을 대신한 것이다. 연행성이 텍스트의 의미를 전이 확산해 줄 수 있는 도구적 기능이 있다는 매체적 인식이 이 시기 필진들에게 분명히 있었다. 논설이 연극개량을 주장하며, 연행성과 연희장이라는 장소를 매개로 논설 텍스트를 구성하는 방식이나, 한 문체 글쓰기인 극담을 매개로 논설을 구성하며 극적 서사구성의 의의를 모색하거나, 연희적 특성을 매개로 논설을 구성하는 등 이상의 텍스트가 신문에서 반복적으로 생산되고 존재하는 현상이 이를 증명한다. 특히 논설을 구성하며 신문이라는 공론장의 헤게모니를 구성하는 이들이 이러한 연행 텍스트의 구조와 생산에 관여하였다는 사실을 주목해야 한다. 이 논설은 상호 담론적인 요소가 있다. 계몽기의 리얼리티와 계몽 담론이 확산되는 '전이현상'이 발휘되는 연행적 텍스트의 가능성을 대표하는 사례이다. '구비 가창물'이 창뺄으로 연행되는[14] 행위는 논설의 구조이자 언어 형식이며, 또한 연행자가 타령을 재현하는 극적 정황의 외부에서 서술적 화자로 존재하는 텍스트 구성의 형식을 보여주기 때문이다. 이러한 사회 현실을 반영하듯 신문 텍스트는 연희를 매개로 사회

---

14 서종문, 「'-歌'와 '-打令'의 問題」, 『국어교육연구』 15, 국어교육학회, 1983, 44쪽 참조.

적 발언 혹은 대화하는 방식을 모델로 재현했다.

대표적인 예로, 신문의 논설 형식이 연행적 지각구조를 보여준 경우를 살펴볼 수 있다. 『황성신문』의 두 논설 「무희당금舞姬當禁」(1900.3.31)이나, 「희무대타령戱舞臺打令」(1900.8.9)은 모두 무동연희장에서 공연되었던 연희들을 매개로 구성된 논술이다. 예를 들면, 「희무대타령」에서 산대를 가설하고 산대 주변의 연행을 관람하던 관객으로 묘사된 오문吾門은 이 텍스트에 서술적 화자로 기능한다. 칠언절구의 한시 형식으로 구성된 이 논설은 산사의 승려들이 산대극을 보고 기록했다는 발화의 외부구조가 존재하는 이중 구조 형식의 텍스트다. 특히 산대 연행의 익숙한 내용인 내부 텍스트는 음차해서 읽으면, 산대극 가운데 노장과 팔목중이나 취발이와 같은 승려들을 중심으로 한 대목을 재현한 것이다. 외부 화자인 '오문'이 산대를 매개로 논술을 이끄는 서술적 화자로 등장하는데, 이는 연행적 논술 텍스트의 화자로, 지각의 주체인 셈이다. 이 지각의 주체인 오문에 의해 구성된 텍스트는 '산대놀이' 연희를 매개로 논설을 전달하는 구조다.

근대계몽기 신문이 인생의 재현이나 모방적 행위로 현실을 다루지 않고 연행자의 신체를 중심으로 현존적 감각으로 텍스트를 구성한 현상에 주목해 보아야겠다. 연행자의 살아있는 몸은 관객을 포함한 연행의 공동체가 함께 주의를 기울이는 살아있는 공동체 공간이 된다. 근대계몽기 신문의 경우 연행적 텍스트는 청관중으로서 경험에 익숙한 독자들에게 연행 분위기와 현존 과정을 불러일으키는 과정이 언어로 표현되는데, 여기에는 그 텍스트들이 연행 과정에서 자발적으로 관객 판단의 중지를 이끌어 낸 것과 같은 효과를 기대한 극 텍스트의 효과가 존재한다.

연극이 하나의 수행적 특징을 가진 인식의 과정이라는 측면에서 살펴본다면, 이러한 근대계몽기 연행 행위로 구성된 텍스트는 결과적으로 이시기 작가나 공연자가 극적언어를 임의로 선택하고 표현을 고안하여 인물과 플롯을 발전시킴으로써 관객에게 느낌을 불러일으키고 어떤 것을 제시하는 방법이나 전략에 의해 형성된 사회적 텍스트라는 점을 주목해 보아야 할 것이다. 이를테면, 당대 연행 행위가 현장에서 대상을 양식화하고, 문제를 제기하여 관객의 의식을 전환시키는 표현 전략이 된 것처럼, 이 연행 행위는 신문 텍스트가 인지한 독자가 친숙한 언어기호로 전환된 것이라 이해해 볼 수 있다. 이 경우 근대계몽기 신문은 배우와 관객 간의 상호 행위가 발생하는 연행의 개방적인 공간의 역할을 수행한다. 여기에서 연행자가 텍스트에 재현되고 연행자의 목소리로 재현되는 것은 이처럼 관객과 배우의 상호 행위를 체현하는 연행자의 몸의 존재를 알려주는 기호가 된다. 그리고 이를 통해 근대계몽기 현실의 관객들은 자신들이 속한 산대극과 판소리의 연행 공간의 실제를 상상된 공간에서 발견할 수 있을 것이다.[15]

---

[15] 신문에서 이야깃거리를 공유하면서 창극, 줄타기, 무동, 탈춤 등의 종합연희 전통에서 확인되는 것은 볼거리와 들을 거리를 다양하게 연행하는 방식이며, 이것이 근대계몽기 구체적 극적 미학임을 알 수 있다. 가령, 원각사의 공연도 "첫째 과장이 관기춤, 둘째 과장은 걸립(농악), 셋째 과장에 들어가서 춘향전, 심청전 등 판소리를 하는데 삼일식 분창하여 연행"하였던 것으로 기록된 것을 확인할 수 있다. 이처럼 1890년대 말부터 1900년대 초까지 신문을 통해 확인한 연극은 연행자의 몸과 행위에 의해 구현되는 감각적 행위를 중시하는 연행성에 익숙했다. 그래서 근대계몽기 공연이 주로 '무舞-가歌-희戱-극劇'의 순서로 진행되었다는 사실에 주목할 필요가 있다. 왜냐하면 이 구조와 패턴은 바로 연행자의 몸과 감각적 행위로 체현embodiment되는 연행성이 표현된 공연체계이기 때문이다.

3. 논설류 연행 텍스트의 지각구조

앞 절에서는 근대계몽기 신문 텍스트에 당대의 연행성이 묘사되기도 하지만, 연행 행위를 재현하는 과정을 통해 신문 텍스트의 형식이 구성되는 현상을 고찰하였다. 앞서 살펴본 신문 텍스트에서 공통적으로 확인되는 점은 연행자(행위자)와 관람자의 공·현존이 제시되는 현상이다. 이를 통해 근대계몽기에 연행자가 하는 행동은 관람자에게 영향을 미치고, 그리고 관람자가 이에 대해 하는 행동은 다시 행위자와 다른 관람자에게 영향을 미치는 연극적 귀환 효과는 신문이 연행성을 반영한 이유다. 본 절에서는 연행성이 신문의 '논설' 글쓰기에서 표현 형식으로 수행된 과정을 살펴보려 한다. 신문은 이러한 연행성의 재컨텍스트화를 통해 계몽정신을 생성하고 있었다. 그래서 계몽적 담론을 전달하는 행위는 연행자와 관람자의 상호작용에서 스스로 생성되도록 유도한다.

논설 「희무대타령」은 서울 본산대놀이의 공연을 선전하면서 이 가면극이 나례의 유풍임을 밝히는 산대 행위 과정이 재현된 텍스트이다.[16] 또한 이 텍스트가 산대극의 외피를 입은 이유는 서양에서 연극을 중요한 제도로 사용한 예를 통해 연극을 활용한 담론의 생산 방식이 필요함을 역설하기 위해서다.[17] 이로써 이 논설은 산대극의 춤사위를 통해 극

---

16 이 텍스트가 현존하는 본산대놀이 계통 가면극의 내용과 완전 일치하는 연희 내용을 전개하고 있다는 사실은 전경욱에 의해 확인되었다. 그런데 전경욱은 이 텍스트가 본산대놀이의 한 유파로서 가치를 논의하는 데 그쳐 이 절에서는 텍스트의 가치에 대해 분석하고자 한다. 전경욱, 『한국의 전통연희』, 학고재, 2004, 409~410쪽 참조.

17 '희무대'란 연행 무대를 지칭하는 것으로 곧 전통극의 가설무대인 산대山臺를 의미한다. 이 논설 자료는 조선시대 공연되던 산대를 중심으로 하는 연행 공간과 연행 양식들을

적 환기를 이끌었으며, 셰익스피어 이후 연극의 근대적 의미를 유도하려 한다. 먼저, 인용한 부분은 연행성 보다는 한문체 글쓰기 관습에 따라 의미가 전달된다. 그것은 서양의 어떤 역사학자 무리가 세상일을 연출하는데, 이때 세상을 한바탕 무대로 간주[18]한다는 내용으로 전제를 제시한다. 산대극 연행 행위와 구분되는 이 부분은 마치 연행 행위에 대한 보조 텍스트처럼 산대극의 연행 행위를 연출하는 현장을 제시한다. 따라서 논설의 의도와 전제를 제시하는 내용의 초반부를 계몽적 외부 텍스트로, 그리고 그 이후를 연행 행위로 구성된 삽화, 내부 텍스트로 구분해 보았다. 따라서 두 부분은 텍스트 표현 형식의 차이가 확연히 드러나는 것을 볼 수 있다.

표면상 동일한 한문체로 표현되었으나 텍스트 중반부에서 '오문吾們'이라는 서술적 화자의 개입이 제시되는 부분에 오면 그 경계를 확인할 수 있다. 이 논술의 표현 형식이 동일한 문체임에도 그 기능이 다르다는 것은 바로 '세계전국世界全局을 일좌一座 희대戲臺로 간주看做'한다는 연행적 언술이 제시되는 순간에서도 확인할 수 있다. 세상이 곧 연극이라는 세상극 개념은 이 논술에서 산대극의 연행 행위와 표현 형식으로 제시된다. '오문'으로 제시된 연행 무리는 더위를 피해 산사에 머물다가 우연히 산대도감극을 구경하였다며, 그 극적 정황까지 제시하며 산대도감

종합적으로 살펴볼 수 있는 유용한 자료이지만 이제까지의 연구에서는 크게 주목되지 않았다. 산대라는 명칭은 주로 산대잡극, 산대도감극, 산대놀이로 불리던 탈놀이에서도 발견되고 있어 산대의 설치가 이러한 연행 양식과 일정한 관련이 있음을 알 수 있다. 이 논설은 전통극의 산대 무대를 설명하면서 산대도감극의 연행이 재현된다.

18 이 때 그 바탕이 되는 이념은 서양의 연극 이념 중 바로크 시대의 무대를 세계에 비유하는 'Theatrum Mundi(세상은 무대)'라는 개념은 김기란, 「조선시대 무대 공간의 연행론적 분석－산대를 중심으로」(『한민족문화연구』 20, 한민족문화학회, 2007, 257쪽) 참조.

극이 한바탕 연행叫奇되는 행위를 제시한다. 즉 오문은 산대를 가설하고 산대 주변의 연행을 관람하던 관객이자 이를 텍스트에 서술적 화자로 제시하는 연행자의 역할을 동시에 한다.[19]

이 논설에서 '오문'은 산대연희의 극적 정황과 연행 행위를 재현하는 관찰자이자 서술자이다. 이는 "吾們은 山寺에 納涼ㅎ다가 山臺都監의 演戲를 偶覽홈이 一套 滑稽를 酒後에 叫奇ㅎ노라"라고 제시한 부분에서 확인할 수 있다. 이 논설 텍스트의 서술적 화자는 산대극의 골계적 연행 행위를 술 한잔 한 후에 부르짖는다며 산대극의 역동성을 한문 문장으로 재현하였다. 그 결과 산대극의 연행 행위는 이 논술 텍스트에서 한문 문장의 통사적 구조와 결합하여 의미를 형성하고, 산대연희의 리듬감이 구현되는 구조의 텍스트를 구성했다.

> 靑山綠水景(청산녹수경) 죠흔데,　一洒東方潔道場(일쇄동방결도장)이라.
> 抹杖遮日雪布帳(말장차일설포장)에　令旗朱杖沙燭籠(영기주장사촉롱)이라.
> 一斑文武好風神(일반문무호풍신)은　東西列席坐客(동서열석좌객)이오,
> 靈山會像大風流(영산회상대풍류)는　梨園弟子六角(이원제자육각)이라.[20]

이 논설은 서두와 그 표현 형식의 차이가 존재하는 이중적인 구조를 지닌 텍스트다. 논설은 서두 문장이 산문 형식이라면, 인용된 부분은 산대극의 연행이 한시의 칠언절구 형식[21]으로 상호 결합된 형식이다. 이

---

19 이 대목은 산사의 승려들이 산대극을 보고 기록한 것으로 해석할 수 있다. 왜냐하면 산대극 내용이 노장과 팔목중이나 취발이와 같은 승려들을 중심으로 한 대목을 재현하고 있다는 점에서 연행자를 '吾們'이라고 서술적 화자로 재현한 것이라 할 수 있다.
20 음독은 인용자.

칠언절구 한시는 산대극에서 등장인물을 소개하는 연행 행위로 재현되며 또한 연행 현장에서 인용되고 반복되는 연행언술이기도 하다. 따라서 서두의 산문과 이 칠언절구의 한문 표기는 전달되는 방식, 즉 지각 방식에 영향을 받아 의미화가 다를 것이다.

> 동방을 한 번 씻어내니 마당이 깨끗해지네, 지팡이 덮은 차일은 눈처럼 흰 포장이요
> 붉은 지팡이 깃발 매고 모래에는 등촉 밝혔네, 문인과 무인 한결같이 풍채 좋은 것

실제로 산대극의 연행언어가 재현된 부분을 이처럼 뜻을 풀어 의미를 중심으로 이해한다면, 이 텍스트가 전달하고자 하는 궁극적 의미는 전달되지 못할 것이기 때문이다. 그러나 이 문장을 음독, 혹은 율독하여 읽으면, 이 문장은 어느새 산대극 연행의 한 대목으로 읽을 수 있고, 즉각적으로 경험 감각을 불러올 것이다. 즉 이 칠언절구의 한시로 표기된 부분은 산대극이 연행될 때 수행되는 통사적 반복 구문을 한자로 재현한 것이다. 비록 한시의 표기 형식이지만, 이 텍스트를 율독할 경우 음성과 노래로 연행될 때 경험하는 감각이 환기하였다. 따라서 이 논술은 독자에게 연희장에서 유희적 쾌감과 감정적 효과를 유발하게 하는 언어

---

21 이처럼 긴 스토리를 짧은 칠언절구七言絶句에 담은 연희의 텍스트화 현상은 조선시대 문헌 연구에서도 확인되는 현상이다. 특히 신재효의 경우에도 〈관극팔령觀劇八令〉이나 〈관우희觀優戱〉에서 이 형식으로 판소리를 재현하거나 그 특징을 서술하였다. 윤광봉은 이러한 글쓰기 관행과 연희 양식의 상관 관계 속에서 '연희시'라는 텍스트 개념을 규정하기도 하였다. 윤광봉, 『한국 연희시 연구』, 박이정, 2006, 101쪽 참조.

적 지각 방식으로 구성된 텍스트의 존재 방식을 보여준다. 이 텍스트에 제시된 연행언술을 명시하기 위해 원래 원문에는 없는 음독을 덧붙여 인용해 보았다.

綠陰芳草勝花時(녹음방초승화시)에 一代奇怪別人物(일대기괴별인물)이

燦爛錦繡新衣裳(찬란금수신의상)과 玲瓏彩色眞面目(영롱채색진면목)으로

瀟湘班竹十二節(소상반죽십이절)로 逾出逾奇(유출유기) 차례 춤에

雪膚花容(설부화용) 小巫堂(소무당)과 松納長衫(송납장삼) 老長僧(노장승)이라.

峨冠博帶(아관박대) 生員(생원)이오, 卷鬚突鬢(권수돌빈) 不僧(불승)이라.

이 탈 나와 一場(일장)이오, 져 탈 나와 一場이라.

善戲謔兮 善舞法(선희학혜 선무법)에 萬人耳目(만인이목) 瞠然(당연)일싀.

善謔善舞(선학선무) 凡幾人(범기인)이고, 改頭換面(개두환면) 輪回(윤회)로다.

此(차) 탈 彼(피) 탈 돌려 쓰니 異楦同人(이훤동인) 奇事(기사)로다.

禮義之邦(예의지방) 鄕人儺(향인나)는 驅除疫鬼(구제역귀) 盛俗(성속)이오,

麒頭氏(기두씨)는 辟邪(벽사)ᄒ고 處容舞(처용무)는 呈瑞(정서)인ᄃᆡ,

山臺演戲(산대연희) 絶倒(절도)로다. 旅進旅退(여진여퇴) 구경ᄒ쇼.

이처럼 「희무대타령」 논설은 서두의 산문 일부를 제외하면 본문 대부분이 칠언절구 형식으로 산대극을 재현하는, 연행언술로 구성된 텍스트다. 이 논설은 서두에 서구 근대연극을 규정하는 개념을 제시하는데, 연극을 매체로 인식한 '세상극 사상'을 조선의 '산대극' 연희 양식으로 동일한 대상으로 인식한 것이다. 이 논설은 서두의 서술적 부분과 산대극의 연행성을 재현한 텍스트를 수사적으로 매개하여 칠언절구의 이질적

인 텍스트의 결합을 보여준다. 이 논설에서도 인상적인 것은 연극의 개념을 유포하고 교육적 목적을 달성하기 위하여 산대의 연행성을 논설 텍스트 구성에 중요한 지각구조로 활용한 점이다.

이 논술의 의미는 근대계몽기 한문 지식인들이 주 독자였던 『황성신문』조차도 연행성을 매개도구로 신문 텍스트의 생산구조로 수용한 점이다. 그런 의미에서 「희무대타령」 논설은 산대극의 형식의 연행 구조와 언어 감각으로 구성된 연행적 텍스트다. 즉 서두에서는 '연행성'을 근대적 연극성으로 재인식하는 계기와 전제 과정으로서 개념을 선포하는 영역이며, 이를 통해 재발견한 산대 연행에서 자기 반영적 표현 형식을 구축했다. 이 현상은 전통적인 글쓰기 측면에서 볼 때, 텍스트의 전개 방식에 있어서 논설과 연행을 모두 채택한 것이다. 전통적 한문 지식인들까지 연행성을 재인식하고 이를 근대적인 인식수단으로 활용한 과정이 이 텍스트를 통해 확인된다.

4. '한반도가 연극장이 되었구나'
— 연행적 담화로 재현된 공간, 시사평론류 연행 텍스트

『황성신문』 1904년 5월 14일에 "근일 漢城內에 演戱場이 處處有之ᄒ야 無恒産ᄒ 남녀가 隊隊逐逐"이라는 흥미로운 '사회평론' 텍스트가 게재되었다. 이 신문 텍스트는 산대극의 하나인 인형극에서 관객의 주의를 끌며 등장하는 괴뢰(꼭두각시)의 발화 형식으로 구성되었다. 이 텍스트는 이전의 논술과 다르게 관찰자나 중개인의 역할을 하는 서술적 화자의 개입이 없이 바로 '한반도가 연극장이 되었구나'라는 한탄과 외침으로 풍운이 참담하다는 내용의 사회평론 서두를 시작한다. 이러한 발화는 인형극에서 장면 시작을 알리거나 관객의 주의를 환기하는 연행적 언술인데, 이 사회평론에서는 현실적인 공간성, 현장성을 환기하는 발화로 연행적 담화 기능을 한다. '한반도가 연극장이 되었구나'라는 '괴뢰(꼭두각시)'의 발화는 이 텍스트에서 공공성을 환기하는 장치가 된 것이다. 이것이 가능한 이유는 당대의 독자들이 연희 현장에서 광대(연행자)와 관객이 대면하여 연대하는 사회적 리얼리티로서의 공동체 연행 현장에서 경험한 감각, 정서를 지니고 있기 때문이다. 따라서 이 글에서 이러한 역할을 하는 연행적 발화와 구문을 연행적 담화라고 규정하고 이 시기 신문에서 어떻게 기능하는지를 기술해 보겠다.

한반도가 연극장이 되엿고나 되엿고나 쒸며 노래ᄒᆞᄂᆞᆫ 모양 슈작ᄒᆞ며 웃는 소ᄅᆡ 외면으로 볼작시면 한인인 듯 ᄒᆞ지마ᄂᆞᆫ 개개외뢰(망셕즁이 등물) 쑨이로다 외뢰쟝에 드러가셔 일일쟝관 ᄒᆞ여 볼까[22]

▲어긔어츳 빗져어라 국가흥망 불계ᄒᆞ고 연희쟝만 츄츅ᄒᆞ니 일신힝락 녯날 꿈을 못ᄭᅵᄂᆞᆫ가 텬싱려질 엇지홀소 화류장에 잘놀기ᄂᆞᆫ 동령대감 호걸이오[23]

---

22 「풍운참담」(시사평론), 『대한매일신보』, 1908.9.28.
23 '시사평론', 『대한매일신보』, 1908.10.9.

인용한 바와 같이 이 시기 신문은 세계를 독자가 체험한 공간인 연희장, 극장의 이미지와 상징으로 전유한다. 시사평론 텍스트는 산대가면극의 괴뢰 즉, 인형극의 꼭두각시가 세태를 비판하는 구체적 실존 존재로 마치 무대에서 관객의 동의를 구하듯 발언하는 연희의 사회적 언술형식으로 기술된 인상을 준다. 『대한매일신보』 1909년 12월 5일 시사평론에 실린 다음 텍스트 역시 '괴뢰'의 발화, 즉 인형극의 존재(고유한 신체)를 통해 미숙하고 위태로운 현실을 비판한다.

> ▲오늘 원각샤에는 구경홀일낫나보데 국직국직흔 묵은량반들과 졸망졸망흔 졸기량반들과 반득반득흔 시례량반들이 경셩드뭇ᄒ게 셕겨안저셔 울긋불긋ᄒ게 부작을써놋코 동도지 썩거가지고 옥츄경을넑어 각식ᄉ귀들을 모다 쏫나보데
> 허 요소이 셰샹에는 샤귀가 하도 만흐니까 경넑는 판슈즁에는 샤귀들넌쟈가 업슬는지
> 아모러턴지 병셰는위급ᄒ고 다른약은 별노업스니 경이나 흔번 단단히 넑어볼일이여 샤귀가 쫓겨가게 경을넑는지 우리는 죠마경이나들고 구경이나 ᄒ여보세

이 시사평론은 일진회와 대한협회가 갑작스런 연합을 하다가 다시 분열하는 모습을 보고 새로운 제도와 지위에 연연하는 고위층을 겨냥해 비판을 하는 내용이다. 이 텍스트는 '시사평론'이라는 논설류 글쓰기임에도 논설의 외피를 알리는 매개적 서술자 없이 산대극 언술 형식으로 구성되었다. 그리고 산대극의 하나인 인형극의 '곡두'를 발화자로 하여, 당

대 고유한 연행적 발화자의 신체로 존재한다. 이러한 텍스트 구성의 현상을 보며, 연행성은 이제 공공연하게 신문에서 사회적 발언 형식이자, 당대의 현실언어를 구성하는 지각 방식으로 기능하는 것을 확인하게 된다. 이렇게 신문이라는 근대적 공론장에서 공공연히 웅변적이고 연설적으로 당대 세계에 대해 표명하는 연희 방식으로 재현된 텍스트를 볼 수 있다. 이때 신문 텍스트는 연희적 매개, 연희적 감각을 재현하면서 동시에 독자(공중으로 관객)가 익숙한 비언어적인 신체 감각이 기호처럼 존재한다. 가령, 인용한 사회평론에서 연희자 혹은 연희적 등장인물의 모습으로 당대 세계에 대해 발언하는 주체로서 텍스트에 존재한다. 세태를 관찰하고 기록하는 방식의 서술적 존재 방식이 아니라, 사회평론이라는 텍스트를 구성하는 연행자의 신체 그 자체가 당대를 비판하는 주체로 존재하는 것이다. 이 현상은 분명히 당대 연극적인 신체, 연희에서 실존하는 존재를 매개로 텍스트를 구성하는 지각의 메커니즘을 보여준다.

이 외에도 원각사에서 "국직국직흔 묵은량반들과 졸망졸망흔 졸기량반들과 반득반득흔 시톄량반들"이 "경성드뭇흐게 셕겨안져셔 울긋불긋흐게 부작을써놋코 동도지 썩거가지고 옥츄경을닑어"처럼 언어적 리듬감과 유희감을 기술하는 담화 방식은 신문에서 산대극적 연행성을 매개로 구성된 연행 텍스트의 다소 일관성 있는 체계화를 지향한다. 이 담화역시 앞서 인용한 텍스트처럼 당대 사회와 인간, 즉 세계를 연희적 신체와 감각으로 기술한 특징을 보여준다. 이렇게 '판수보는 점집'으로까지비하되는 연희장이지만, 신문에서 연행 텍스트를 구성하는 매개가 되어근대 공간을 구성하는 장소 역할을 하고 있다. 즉 연행 텍스트에서 연행성이나 연행적 신체로 산대극 인물, 타령의 연희자, 기생들이 존재하는 방식처럼, 연행 텍스트 역시 구체적인 감각으로 끊임없이 반복적으로 당대 세계를 재현하며 근대계몽기 신문의 고유한 신체로 존재하는 현상을 주목해 볼 수 있다.

또 다른 사례로, 현실정치를 비판하는 시사평론 텍스트에서 당시 독자들은 "각식ᄉ귀들을 모다 쏫나보데" 식의 '비하'와 풍자라는 산대극의 현장 감각을 경험할 수 있다. 당시 신문이 이렇게 체험적 감각을 통해 흥겨운 정서를 인지하고 소통하는 텍스트를 생산하는 것은 우리가 당대 독자를 이해할 수 있는 이 공간의 메커니즘이다. 시사평론 텍스트에서 청중을 향한 발화 형식처럼 "우리ᄂ 죠마경이나들고 구경이나ᄒ 여보세"라는 언어 형식은 연행 담화로, 공공의 영역에서 발견할 수 있는 행위이고 태도에서 비롯한다. 다시 말하면, 이런 언어 형식으로 텍스트를 구성할 수 있는 것은 공동체의 일원으로서 산대극을 체험했던 대중을 향한 언술 형식에 익숙한 독자의 경험 때문이다. 이상으로 기술한 시사평론 텍스트를 구성하는 연행 담화는 반복과 과장, 그리고 언어유희를 통한 리듬(율격)감이라는 연행적인 체계화를 지녔다. 이러한 특징은 구술문화적 속성이기도 하며, 연희 현장에서 형성되는 연행자와 수용자의 공·현존 관계 안에서 경험할 수 있는 감각이다. 예를 들면, 인용한 텍스트에서 "허 이사름 인쟝만 잇스면 뎨일인가 일헌병부 쵹탁은 ᄌ의로 조작ᄒ 챠함인가보데"라는 대화가 아닌, 끼어들기 식의 발화 형식을 볼 수 있다. 이것은 서술적 화자와 다른 차원으로 보조적 진술로 텍스트에 존재한다. 이러한 발화 형식은 축제적인 상연, 연행 현장에서 드러나는 관객의 현존을 드러내는 방식이다. 이처럼 시사평론 텍스트의 경우 서술자로 기능하는 연행자의 발화와 외부적 발화가 공존하고 있다. 『대한매일신보』에는 마치 구술적 연행 현장에서 즉흥적인 대화가 진행되는 것처럼 현장의 소통 감각을 그대로 반영한 시사평론류 연행 텍스트가 반복적으로 등장한다.

근대계몽기 신문은 현실세계를 연극을 매개로 보는 '세상극' 사상을 받아들여, 근대계몽기 현실을 연행 현장으로 재현하였다. 그리고 현실을 재현하는 과정에서 연행성은 텍스트의 형식으로 구조화되었다. 이때 신문은 조선의 현실을 '참담'한 연회 현장으로 재현하였고, 어지러운 난세를 담배연기 가득하고 허수아비 같은 영웅만 있는 연회장으로 은유하여 현실을 개탄하는 방식을 생산하였다. "▲어와 天下英雄들아 말 좀 들어보오 世界는 演劇場이오 治亂은 觀覽人捲烟烟이오 得失은 賣票金의 多少오 英雄은 傀儡物이라 哀흡다"('풍림', 『대한민보』) 이처럼 근대계몽기 신문에는 세상극 사상이 개입되어 현실을 재현하는 텍스트의 구조와 서사에 연행성을 흡수한 유형을 발견할 수 있다. 이 연행 텍스트에서는 근대계몽기 현실을 하반도에서 연극장이라는 장소로 전유하며, 괴뢰(꼭두각시)라는 연회적 신체에 의해 당대의 풍속을 노래하며 신문 공간에서 현실에 대해 기술한다.

　

　　▲한반도가 연극쟝이 되엿고나 되엿고나 쒸며 노래ᄒᄂᆞ 모양 슈작ᄒ며 웃ᄂᆞᆫ 소ᄅᆡ 외면으로 볼작시면 한인인 듯 ᄒ지마ᄂᆞᆫ 개개외뢰(망셕즁이 등물) 쑨이로다 외뢰쟝에 드러가셔 일일장관 ᄒ여 볼가

　　▲뎨일쟝에 드러셔니 외뢰대신 회의ᄒ다 쇼례복에 고모 쓰고 허허ᄒᄂᆞᆫ 흔 소ᄅᆡ에 각령부령 내리면은 팔도ㅅ인민 죽어나고 됴약 협약 ᄒ고 보면 삼쳔리가 써나간다 그 외뢰도 쟝관이오

▲데이쟝에 드러서니 외뢰긔쟈 안졋고나 한인신문인 톄 ㅎ나 등 뒤에셔 짓리들이 요리조리 놀니ᄂᆞᆫ딕 붓을 들고 긔록ᄒᆞ면 원슈들은 찬공ᄒᆞ며 제 나라ᄂᆞᆫ 방해ᄒᆞᆫ다 그 외뢰도 쟝관이오

▲데삼쟝에 드러서니 외뢰셰긱 짓거린다 ᄉᆞ갈ᄀᆞᆺ흔 입을 열고 유셰ᄒᆞᄂᆞᆫ 연셜ᄒᆞ며 지져귀ᄂᆞᆫ 그 모양은 박첨지와 방불ᄒᆞᆫ딕 그 취지와 그 슈작이 국민정신 다 죽인다 그 외뢰도 쟝관이오

▲데ᄉᆞ쟝에 드러서니 외뢰회원 모혓고나 좌우팔을 버리고셔 무슴 수가 잇ᄂᆞᆫ 듯이 혹 취혹산 ᄒᆞᄂᆞᆫ 모양 오쟉ᄀᆞᆺ치 놀오 난다 조국ᄉᆞ샹 ᄒᆞᆫ 뎜 업고 부일쥬의 웬일인가 그 외뢰도 쟝관일세

▲슯ᄒᆞ도다 외뢰비야 연희쟝에 뎌 광딕가 제 리익을 위ᄒᆞ야셔 등신ᄀᆞᆺ흔 너희들은 지금 놀녀 먹거니와 다 셱아셔 먹은 후엔 너희 신셰 가련ᄒᆞ다 어셔 회긔 쳔션ᄒᆞ야 ᄂᆞᆷ의 외뢰 되지 마라[24]

「풍운참담」은 시사평론 텍스트로 〈꼭두각시놀음〉에서 연행자가 인물을 조롱적으로 형상화하는 연행 방식으로, 여섯 개의 분절로 여섯 인물을 형상화하는 연행구조 텍스트다. 마지막 절에는 연희장의 광대가 '등신ᄀᆞᆺ흔' 이들을 '놀녀'먹기 위한 극적 가면으로 '외뢰'를 내세우는 연행 행위를 주의하라고 말한다. 이 텍스트는 괴뢰극 즉, 꼭두각시 인형극의 연행언술로 시사를 평론하면서 동시에 연행 행위의 유희적 위장성을 동시에 현실로 비판했다. 이 텍스트는 꼭두각시 인형극의 연행언술이 그대로 제시된 인상을 주는데, 이 때문에 괴뢰가 '외뢰'로 표현된 것이 오기

---

24 「풍운참담」(시사평론), 『대한매일신보』, 1908.9.28.

가 아님을 유추할 수 있다. 즉 이 텍스트에서 '외뢰'는 오기誤記라기보다는 연행자의 언어 습관이 나타난 현상으로 볼 수도 있다. 또한 반복적으로 '괴뢰'를 재현하는 행위는 이 텍스트의 여섯 개의 분절 구조의 장면 수행 형식 안에서 현실세계를 극적으로 재현하는 방식이 언어화된 것으로 이해할 수 있다. 결과적으로 현실을 괴뢰배가 설치는 연희장으로 장면화하여, 꼭두극의 가창 연행 방식을 중심으로 풍자하면서 근대계몽기 신문에서 연행성이 수행되는 텍스트의 구조와 유형을 이 텍스트도 보여준다.

친일내각과 친일신문 기자, 친일 경향의 사상을 전하는 연설자와 친일단체 회원을 '외뢰'라는 산대극 도상으로 표출하였다. 연행 텍스트는 이처럼 〈꼭두각시놀음〉의 박첨지나 망석중과 같은 괴뢰를 매개로 세계를 인식하는 방식을 보여준다. 이러한 방식은 '공유된 몸'이며, '공유된 공간'에 대한 경험을 매개로 한 연희의 관객과 배우가 함께 현존하는 연행적 상황으로, 신문 공간에서 소통이 가능하다. 이렇게 당대 현실을 산대극의 타령 행위로 구성하여 시사평론을 구성하는 방식은 반복적으로 등장한다. 나아가 시사평론은 무뢰배들에 의해 설치된 연희장이 마귀굴처럼 등장하는 현실을 개탄하는 내용이 빈번하게 등장한다.

▲데일발달 무엇인가 복종절수 무뢰비가 연희쟝을 설시흔후 서산락일 황혼시애 마귀굴을 열어놋코 가진음풍 불어내여 ㅅ면으로 보내면은 남녀들이 밋쳐나셔 정신업시 쏫쳐가니 이런인종 쏘잇는가[25]

25 '사회평론', 『대한매일신보』, 1909.2.25.

시사평론류 연행 텍스트는 외부의 서술적 화자를 외부 텍스트로 구조화하지 않고 연희적 신체와 음악적 감각으로 구성된 연행 텍스트 유형 사례를 보여준다. 산대극 연희의 신체 행위와 감각으로 구성된 텍스트와 달리, 칠현금을 연주하며 병창하는 연행 행위로 재현하는 방식을 매개로 연행적 언술 텍스트를 구성하기도 한다.

> 칠현금을 빗기 안소 세샹스로 줄 골으니 산슈구곡 청아흔듸 내 심회가 불평흐다
> 뎨일곡 시국을 슯혀 보미 밧괴ᄂ느 형편이라 한강슈ᄂ느 씽그리고 북악산은 근심흔다 영웅렬스 몃몃친고 슯흔 눈물 졀노 난다 시르렁 둥덩실
> 뎨이곡 나라 풀아 엇은 디위 칠대신이 누구신가 평싱힝락 흐렷더니 홀디 풍파 엇지알고 화륜선에 돗을 다니 릭두안위 넘려로다 시르렁 둥덩실
> 뎨삼곡 정계에 빗최인 돌은 온박회가 다 찻고나 십오야가 지낫스니 붉은 빗치 감손흔다 동ᄌ야 잔 들어라 시 둘 구경 흐여 보세 시르렁 둥덩실(…중략…)
> 뎨구곡 청산아 무러보자 세샹스를 네 알리라 종스ᄂ느 오빅년이오 폭원은 삼쳔리라 어ᄂ느 쌔나 풍진 기여 태평세계 되어 볼가 스르렁 둥덩실[26]

인용한 시사평론 텍스트는 연행자의 목소리로 체현되는 곡조를 '뎨일곡, 뎨이곡……'으로 분절로 나누어 가창하는 공식구의 통사적 반복 형식으로 구성되었다. 이 가창구조와 행위는 텍스트에서 곡조보다는 리듬으로 제시되었고, '시르렁 둥덩실'과 같은 후렴의 반복이 텍스트 구성의

---

26 '사회평론', 『대한매일신보』, 1908.1.11.

특징이며, 이러한 극적 여흥을 돋우는 음악적 감각 형식이 인상적이다. 이 텍스트는 칠현금을 빗겨 안고 줄을 고르며 세상사에 대해 불편한 심회를 가창하는 연행적 상황을 전제로 구성되었다. 이 가창 행위가 반복되는 과정에서 연행자가 텍스트에 재현되면서 텍스트 자체는 연행자의 목소리로 형상화되는 것인데, 바로 이 현상은 관객에게 익숙하여 연행자와 상호 행위 과정에서 체현되는 연행자의 신체에 의해 텍스트가 기술되는 방식을 보여준다.

다음으로 인용하는 시사평론류 연행 텍스트는 「풍류세계」라는 글명이 달려있고 사회평론이 시사단평이라는 이름으로 바뀌었다. 그러나 연행성을 매개로 시사를 평혼하는 방식은 변함이없다. 「풍류세계」는 산대山臺의 〈꼭두각시놀음〉에서 홍동지라는 특별한 연희 도상圖上, icon의 연행방식을 매개로 현실을 기술한 언술구조가 특징이다.

○ 일락황혼 연극장에 풍류셩이 랑쟈ᄒ니 호탕지졍 불승ᄒ여 각식인물 노러 난다

○ 벼슬운동 ᄒᄂ 쟈들 될ᄉ듯 말ᄉ듯 감질날 제 료리덤을 ᄎ져가셔 일이 삼 빅 먹은 후에 안날 싱각 잇슬손가 각 대관이 노러 난다

○ 동원도리 편시츈에 운우지졍 못 니져서 깁혼 언약 미져두고 청가묘무 쇼일홀제 늡 웃ᄂ 것 샹관홀가 귀공ᄌ가 노러 난다

○ 흔츔ᄉ당년 싱각ᄒ면 울화ᄉ증이 졀노 난다 모판셔와 모참판이 이리 뎌리 구경홀졔 연희딕에 올나 가니 로직샹이 노러 난다

○ 영ᄉ바롬에 신이 나셔 제가 졘 톄 ᄒ노라고 살ᄉ죽경에 권연 물고 모ᄌ 샷씩 단쟝혼들 이리뎌리 눈을 주니 각부 관인 노러 난다

○ 한림옥당 셩셩터니 변쳔시되 당혼 후에 일개평민 되엿고나 되되츅츅 샹죵ᄒ여 풍류쟝에 출몰ᄒ니 홍당지가 노러 난다

○ 집안에만 갓쳐 잇다 기화풍이 부러오미 붓그럼이 젼혀 업시 가로샹에 왕리타가 방탕혼 길 드러 가니 려염부녀 노러 난다[27]

이 텍스트의 연행성은 '각색인물 노러난다'라는 현장성을 재현하는 연행자의 발화 행위에 의해 환기된다. 이러한 연행 행위를 제시하면서 이 텍스트 역시 일정한 4·4조의 운율을 갖춘 가창의 구조로 담화를 구성했다. 이 시사평론의 가창구조는 각 인물을 중심으로 "한림옥당 셩셩터니 / 되되츅츅 샹죵ᄒ여"와 같은 반복적 구문 형태가 병렬적으로 구성하는 방식이다. 이러한 운율 감각은 연행성을 강화하며 장면을 구성하는 방식으로 독자에게 신문을 유희적 공간으로 환기하는 효과로 작용할 수 있다. 반복과 왜곡·과장된 표현 형식으로 세태와 인물군상을 역동적으로 표현하는 것은 즉흥적 분위기를 유도하는 연행적 행위이며, 독자(관객)에게 통사적으로 반복된 구조로 듣는 방식처럼 자연스런 유희적 쾌감의 감정적 효과를 지각할 수 있게 한다. 또한 이 단편적인 연행 행위의 정점은 연행자의 수행 과정이나 현장에서 경험할 수 있는 것이다. 그것은 '관인(官人)'을 "모즈 깟쎡 단장혼들 이리뎌리"라는 모방적 행위를 재현하는 방식으로 텍스트의 감각을 형상화한 점에서 발견된다.

이렇게 꼭두각시 인형극처럼 연행자가 주도적으로 발화하는 방식을 반영한 '노러 난다'와 같은 제시적 언술은 이 텍스트에서 분절된 구절의

---

27 「풍류세계」(시사단평), 『대한매일신보』, 1910.7.2.

후렴구처럼 반복된다. 이는 산대극의 연행성이 이 텍스트의 구조로 흡수된 것을 알려주는 지표가 되었다. 또한 거듭 반복되는 이 연행적 발화는 〈꼭두각시놀음〉에서 주로 산받이가 극적 상황을 깨고 들락날락 하는 연행성으로, 독자와 동일시할 수 있는 현상이라는 점에 주목할 필요가 있다. 왜냐하면 〈꼭두각시놀음〉의 청중은 당시 신문의 독자와 같은 존재이기 때문이다. 따라서 이 텍스트가 분명하게 보여주는 것은 대중을 향한 언술수단으로 연행 환경을 환기시켜 텍스트의 외연을 확장하였다는 점이다. 예컨대, 홍동지는 〈꼭두각시놀음〉에 등장하여 이시미(이무기)를 맨손으로 때려잡는 힘센 장사이다. 홍동지는 벌거벗은 전라의 몸으로 등장해서 성의 금기, 노인의 위엄, 가족 관계, 양반의 권위, 의례의 엄숙성 등을 닥치는 대로 지껄이며 풍자하는 인물로 표현된다. 이 텍스트는 마치 〈꼭두각시놀음〉의 홍동지의 연행 행위와 언어를 매개로 한 지각 감각을 패턴으로 구성되었다. 그래서 홍동지의 연행 행위가 '각대관, 귀공자, 노재상, 각부 관인, 여염부녀' 등의 행적으로 병치되면서 당대 현실을 기술하는 언어로 구성된 텍스트를 생산했다. 「풍류세계」 텍스트가 의미를 생산할 수 있는 가능성은 연희자의 연행 행위를 주도로 〈꼭두각시놀음〉의 풍자적 정서를 기억하는 연행적 구술 독자의 감각에 의지한 텍스트이다. 그런 의미에서 이 시사평론류 연행 텍스트는 〈꼭두각시놀음〉 연희와 상호 텍스트적이며, 신문에서 근대계몽기 현실을 재의미화하는 장치의 역할을 효과적으로 하고 있다.

이처럼 시사평론류 연행 텍스트는 관객과 광대(연행자)의 연대가 이루어지는 사회적 리얼리티로서의 공동체가 연행 현장에 형성되는 연행성을 구성 형식으로 체계화했다. 이러한 텍스트의 연행성은 근대계몽기 신문에서 사실적인 정보 전달을 접촉을 통해 보다 근접적인 연행 주체들 간의 관계를 형성하며 리얼리티를 창조하는 방식을 반영한 것이다.

근대계몽기 신문에서 생산된 텍스트 가운데 익숙한 타령이나 잡가 등이 연행담화로 구성되거나 연행자의 신체가 매개로 존재하는 텍스트는 독자의 연행 감각, 지각 방식을 전제로 한다. 인용한 텍스트의 경우처럼 가야금 병창 방식의 연희가 텍스트의 통사적 반복 구조가 되었다. 이러한 연행 형식은 당대 독자에게 친숙한 연행 감각이며, 유희적 쾌감으로 공동체의 정서와 기억을 유도한다. 이상으로 신문의 텍스트가 의미를 작동하는 방식으로 인형극의 홍동지와 박첨지로 발화자가 되거나 재현되고, 칠현금을 연주하며 병창하는 방식으로 언술구조를 형성하는 구조를 살펴보았다. 결국 이 시기 신문 텍스트가 극적 진술로 표현한 형식적 특징은 연행자의 행위가 체현되거나 연행 행위를 직접 재현하는 방식이다.

신문이 시사를 평론하는 과정에서 당대 연행성은 텍스트의 형식으로 구조화되고 언어 혹은 발화 방식으로 작동하여 신문 공간의 현장성을 구성하였다. 그 결과 근대계몽기신문은 연행성을 매개로 하는 지각 방식의 틀을 구성하였고, 이를 반영한 신문 텍스트는 이중적 구조로 생산되었다. 이를 텍스트 구조적으로 살펴보면, 내부는 연행 행위로 구성되었고, 이 연행을 보고 기록하는 행위가 서술 형식이 된 텍스트의 외화가 되는 방식이다. 예를 들면, 사회평론과 같은 텍스트에서 산대극이 극적 감각을 주는 동시에 비약적으로 제시되는 이중성으로 현실을 재현하면서 유희적 미감을 매개로 세계를 지각하는 방식을 확인할 수 있다. 이 신문 텍스트에서 화자의 직접적인 발화는 마치, 고수나 산받이 악사 등 연희자와 관객의 사이에 위치하는 방식과 유사해 독자가 이 공간의 주체로 지각하게 만든다. 여기에서는 독자를 주체로 지각하게 하는 텍스트가 독자투고라는 형태로 반복적으로 생산된 현상에 대해 살펴보았다. 이 과정에서 근대계몽기 신문 독자가 '산대극'류 연행 텍스트에서 관람자 혹은 연행자처럼 세계와 소통할 수 있거나, 세계 안에 존재하는 방식을 보았다.

5. 연희 경험과 연행적 구술 감각으로 구성된
독자투고 연행 텍스트

근대계몽기 신문에서 생산된 텍스트는 근대적 사회 공간에서 이루어지는 공간적 실천이다. 이 공간적 실천은 일종의 소통 과정이며, 소통의 방식과 도구로 구성되어 신문 공간을 차지하고 있다. 이 과정에서 눈에 띄는 상호작용 방식이 연행성이다. 그런데 앞에서 살펴본 신문의 논설이 인식 방식으로 연행성을 실천하는 것과 다른 방식으로 시사평론 텍스트는 연행성을 실천한다. 시사평론은 글을 쓰는 주체 중심이 아닌, 독자들이 체험한 방식, 혹은 이 담론들에 의하면 체험에 의해 텍스트가 생산된다. 그 결과 텍스트는 독자들, 연희장과 극장의 사용자들인 연희자, 연행자, 관객에 의해 기술되는 공간으로 전유된다. 이처럼 근대계몽기 신문에서는 산대극을 매개로 텍스트를 구성하는 현상을 지속적으로 마주할 수 있다. 특히 이 절에서는 독자투고 형식의 신문 텍스트에서 산대극의 괴뢰傀儡를 구체적인 현실을 자각하는 주체의 실체로 형상화한 현상을 기술해 보고자 한다.

독자투고란에서는 자주 "近時代 我政府 一通의 景況을 模寫ㅎ야 假面에 形容ㅎ고 言辭도 呪鮮ㅎ얏스면 昔日 山頭都臨의 望石즁 醜魅이, 朴僉知가 모도 다 쏘라질 것이니, 그씌 光者의 滋味가 엇더ㅎ깃소"[28]라는 풍자적 의견을 산대극 괴뢰의 언술구조로 구성한 텍스트를 자주 만난다. 이렇게 독자투고란에서 확인된 현실을 구성하는 형식은 산대극 행위를 활용하여 현실적 인물로 재현하며, 언사는 쉽게 풀어 표현하는 재담 행위로 텍스트를 구성한다. 이러한 텍스트가 생산되는 가능성은 독자 스스로의 참여에 의해서라기보다는 신문의 필진에 의해 파악된 독자에 대한 이해가 작용했을 것으로 보인다.

당시 신문은 초창기 글쓰기에 익숙했던 독자들의 신문 생산에서 대중적인 신문 소비와 향유를 위한 다른 메커니즘으로 전환되는 분위기가 있었다. 이 현상은 이처럼 다수의 일반적인 대중들에게 익숙한 공공이미지와 사회적 관계를 행위로 보여주는 연극적인 관례와 행위가 신문의 언어 형식과 텍스트로 도구화되는 것을 통해 이해해 볼 수 있다. 마치 독자들이 속해 있는 집단 혹은 공동체의 정신세계, 관념을 인상적인 이미지로 정형화하여 그 공동체의 상상 속에 살아있는 이미지를 매개로 소통을 꾀하는 텍스트를 발견하기 때문이다. 이 텍스트들은 서사적 완

---

28 「局外冷評」(단평), 『황성신문』, 1909.10.7.

성도나 구성적 긴밀함보다는 공동체가 경험할 수 있는 익숙한 이미지나 형태의 정형화가 익숙한 퍼포먼스적인 은유의 텍스트에 가깝다. 이처럼 공동체에게 익숙한 연희적 이미지와 언어로 현실세태를 생생한 감각으로 표현하여 풍자와 비판, 계몽의 의미를 부여하는 방식의 글쓰기 일군을 이 시기 신문의 도처에서 만날 수 있다. 이들은 신문의 편집 혹은 필진과 다른 방식으로 텍스트 형성에 생명력을 부여하는 존재들이다. 기존의 기자나 편집자로 글쓰기의 존재 방식과 달리 독자들이 모습을 드러내는 것은 그들이 집단에서 익숙한 세계를 표현한다. 즉 그 존재만으로도 인상적이며, 현장감, 살아있는 감각을 기대하게 하는 드라마틱한 행위를 전제로 하는 글쓰기이자 텍스트의 존재 방식이기 때문이다.

독자투고나 독자응모 같은 지면은 다른 어느 지면보다 독자와의 적극적 소통이 모색되고 반영될 것이라는 환영을 전제로 한다. 그것은 당시 독자들에게 익숙한 공동체의 감각과 공공성(집단적 경험)을 바탕으로 하는 글쓰기가 구축·확산되는 방식일 것이다. 예를 들면, 공공의 연희 현장에서 무당이 굿을 진행하거나 산대극에서 광대들이 연극의 시작과 극적 전환을 알리는 극적 언술을 제시함으로써 관객들이 의식이 시작되고 극적 상상력 속에서 해방감을 경험할 수 있다. 이와 같은 유희적 지각 방식이 신문 텍스트를 구성하는 방식이 되었을 가능성을 독자투고를 통해 이야기해 보겠다.

특히 독자투고가 고정란에 지속적으로 게재되면서, 연행성은 세 가지의 특성을 드러냈다. 그것은 산대나 제의적인 연극으로 무당굿이나 마을굿 등에서 본편의 완성도 있는 극 공연 방식이 아닌 에피소드 구조의 짧은 상황 중심 드라마이며, 희극적인 드라마에 가깝다. 이들은 주로 '거리' 형식의 극 유형으로 구분해 볼 수 있다. 산대극의 경우 마당 개념을 적용해 볼 수도 있다. 이들은 풍자적인 상황 속에서 대비적인 인물들의 재담과 만담구조의 대화로 이루어진 드라마 형식이다. 먼저 살펴볼 유형은 연행 행위를 주로 언어 중심으로 구성한 텍스트들을 살펴보려 한다.

1) 산대연희 재담才談의 언어 감각—『대한민보』 '인뢰人籟'란

『대한민보』의 인뢰人籟는 1906년 9월 16일(80호)부터 등장한 게재란이다. 이 란은 3면에 게재되었으며, 우스꽝스럽게 생긴 얼굴 모양의 삽화와 함께 다양한 필치로써 현실을 재현한 텍스트가 게재되었다. 주로 일상적 현실을 재담 행위를 인용하여 텍스트를 대화 형식으로 구현한 것이다. 아래 인용한 텍스트처럼 이 게재란은 만나자마자 변을 잘 누엇다며 안부를 전하고, 그에 감사하다는 화답으로 대응하는 희극적 재담 행위가 인용되며 하나의 장면으로 현실을 구성한다.

> ▲밤새엇더시오
> 네 대변은 잘 보앗지오,
> 참 感謝홈니다,
> 近日歐米消息이 엇더흔지뇨,
> 日靑協約后에 露國은 또 무슨 鐵道를 淸國에 要求흔다던가,
> 허-죽는사람 귀밋누르는 模樣이지 美國은 日靑協約이 自國의 主唱흐는 門戶
> 開放主義를 危害케 흔다흐야 日本에 對흐야 抗訴를 提出흐얏다는걸,

허- 남 잘되는 것이 나 잘되는니 말흘수 잇나, 님의[29]

　두 인물의 주고받기 대화 행위로 구성된 이 텍스트의 대화 내용은 무
게가 있는 세계 정세에 대한 것이다. 그런데 두 인물은 이 내용을 익숙
한 재담으로 일상화하면서 희극성을 유발하고 있다. 내용과 역설적이게
도 대화의 호흡과 리듬감을 전하고 '네, 허-, 참' 등 행위를 동반한 언술
로 구성된 텍스트이다. 연행 상황과 행위를 동반하는 재담 중심의 언술
구조는 신문 텍스트에서 독자에게 현실성을 효과적으로 전달하는 형식
으로 보인다.[30] 현장성을 구현하는 재담으로 재현된 화술 행위는 간단
한 재현만으로도 세계 정세에 대한 입장이나 불안감을 감각적으로 전달
할 수 있다. 이 지면에서 취급하는 내용은 현실의 다양한 새태를 망라하
였다. 국채보상 정리 문제서부터 연극에 대해 언급하는가 하면 정치 문
제 언론계 문제 등등 사회 제반 문제를 모두 포함하고 있다.[31] 이처럼 근
대계몽기 신문이 연극장을 관심의 대상이자 일상의 현장으로 자주 재현
하고, 특히 독자투고 지면에서 그 빈도수가 매일매일의 연속극처럼 지
속적이고 고정적이었다.

29　'인뢰', 『대한민보』, 1909.10.1.
30　언어유희를 통해 사실적 재현을 구성한 위 텍스트의 특징은 "사투리와 상말에다 익살을
　　섞어 마디마디 신이 나는 묘한 재주"의 방식으로 극적 형상화를 하는 연행성을 확인할
　　수 있다. 이 연행성은 송만재의 「관우희」에서 제시된 연행성이다. 순조 10년 무렵 창작
　　된 것으로 추정(윤광봉, 앞의 책 참고), 김익두, 『한국희곡/연극이론 연구』, 지식산업사,
　　2008, 215쪽에서 재인용.
31　이 란을 담당하는 편집진에 대한 이해가 필요하다. 왜냐하면 이들을 확인하는 과정을 통
　　해 더욱 구체적인 게재 텍스트의 형성 과정을 파악할 수 있으리라 보기 때문이다. 그러
　　나 이 책에서는 차후 과제로 남겨둔다.

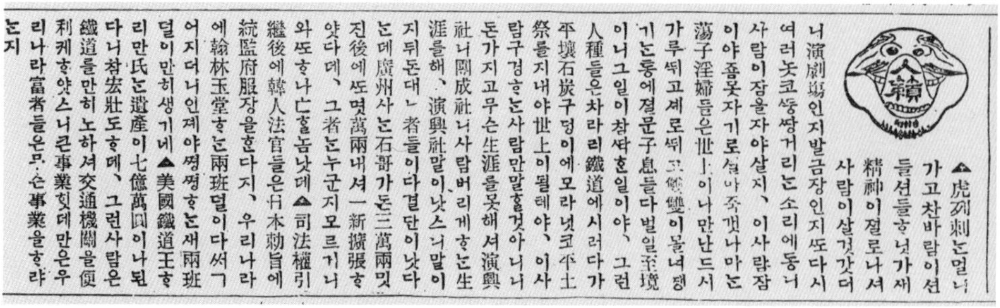

〈그림 2〉「연극장인지 발금장인지」(인뢰), 『대한민보』, 1909.10.19.

▲虎列剌는 멀니 가고 찬바람이 션들션들ᄒ닛가 새 精神이 졀로 나셔 사람이 살 것 갓더니 演劇場인지 발금장인지 쏘다시 여러놋코 쑹쌍거리는 소리에 동니 사람이 잠을 자야 살지,

이 사람 잠이야 좀 못 자기로 셜마 죽겟나마는 蕩子淫婦들은 世上이나 만난드시 가루 쒸고 셰로 쒸고 雙雙이 몰녀 댕기는 통에 졀문 子息들 다 벌일 至境이니 그 일이 참 싹흔 일이야,

그런 人種들은 차라리 鐵道에 시러다가 平壤石炭구덩이에 모라넛코 平土祭를 지내야 世上이 될테야,

이 사람 구경ᄒ는 사람만 말홀 것 아니니 돈 가지고 무슨 生涯를 못해셔 演興社니 團成社니 사람 버리게 ᄒ는 生涯를 해,

연흥사 말이 낫스니 말이지 뒤 돈 대ㄴ 者들이 다 결단이 낫다는데 廣州사는 石哥가 돈三萬兩 밋진 後에 쏘 몃 萬兩 내셔 一新擴張ᄒ얏다데,

그 者는 누군지 모르거니와 쏘 ᄒ나 亡홀 놈 낫데[32]

---

32 '인뇌', 『대한민보』, 1909.10.19.

인용한 텍스트는 연극장을 중심으로 벌어지는 세태를 두 인물의 대화로 재현한다. 두 인물의 대화는 일상적 장면으로 재현되는데, 이들이 전하는 당시 세태는 두 화자의 발화를 통해 연행적 형식이 반복되고 인용되는 것을 볼 수 있다. 즉 발화자의 발화를 그대로 구술하는듯 보이는 이 표현 형식은 국한문 혼용이지만 거의 구어로 재현할 수 있는 언어다. 이처럼 독자투고 텍스트의 '대화체' 형식은 행위를 보조적으로 표현하는 재담으로 재현된 연행언어로 표현된다. 이러한 유형의 텍스트에서 연행은 인간 삶의 알레고리나 이미지가 아니라 인간 삶의 그 자체로서 모델이 된다.

2) 산대희 인물 매개 —『황성신문』 '시사일국時事一齣'란

『황성신문』 '시사일국'란에는 당시 대중들에게 익숙했던 연희 양식이 시사적 소재를 언어로 재현하는 데 있어 공간을 제공하는 방식의 텍스트가 등장한다. 당대 사회소식을 평범한 대중들의 목소리처럼 사실적 대화로 재현한 이 텍스트는 그 친숙한 일상적 언어 형식은 자세히 보면, 산대극의 신체에서 인용한 것이다. '시사일국'은『황성신문』3면에 잡보와 광고란 사이에 실린 란이다. 이 게재란에서 시사를 평론하는 방식은 산대극의 문답과 대화 구조를 인용하여 일상성과 현실성을 표현다. 가령, 세계 정세에 대처하는 조선의 현실과 정치적 상황을 비판하는 상황에서 두 인물의 대화는 재담 행위로 일상적으로 재현하는 방식이다.

〈그림 3〉 「박첨지이나 홍동지나」(시사일국), 『황성신문』, 1909.9.30.

△英獨兩國은 覇權을 相爭ᄒ야 早晩間開戰홀터인ᄃᆡ 海上戰爭은 아니ᄒ고 空
中戰爭을 開始ᄒ리라지 우리도 飛行船製造에 어셔 着手ᄒ세 觀戰이나ᄒ야보게
△日靑協約에 對ᄒ야 第三國되ᄂᆞᆫ 美國에셔도 抗論을 提出ᄒ얏다니 아마 滿洲利
益에 一臂을 添當ᄒ자ᄂᆞᆫ 計劃이지△中央銀行規程은 台灣銀行制度를 模倣ᄒ다
니 日英展覽會出品을 陳列ᄒᄂᆞᆫᄃᆡ 台灣館과 連接ᄒ다더니 銀行制度ᄭᅵ지 台灣을
模倣ᄒ여△ 內閣이 變更ᄒ다ᄂᆞᆫᄃᆡ 後任者ᄂᆞᆫ 某某氏라니 其然ᄒᆞᆫ지 不知ᄒ거니와
傀儡政府로셔 變更ᄒ면 別人物인가 朴僉知나 洪同知나 그게그게 이깃지.[33]

특히 〈꼭두각시놀음〉 등장인물을 모델로 제시하며 당시 현실을 환원
하는 표현 형식이 자주 발견되는데, 이처럼 산대도감극은 이즈음 가장
자주 호명되는 연희 양식이었다. 특히 전통적으로 연행자가 현상학적
육체를 드러나게 하는 독특한 형식이었던 홍동지나 박첨지, 취발이, 외

---

33 '시사일국', 『황성신문』, 1909.9.30.

뢰 등은 산대극의 대표적 도상icon이다. 이 도상들은 근대계몽기 풍자적이고 비판적인 세태를 표현하는 과정에서 『황성신문』은 자주 이들의 신체를 인용했다. 그래서 "▲儺禮都監은 我國의 古來演劇이라 近數十年을 寥寥不見ㅎ고 但只政界나 社會에 傀儡만 亂動ㅎ더니 近日社稷洞近處에 儺禮演劇이 復出ㅎ다니 이제도 傀儡가 敢히 亂動홀가"[34]라며, 당대 세태가 괴뢰傀儡같은 인물들이 난동하는데 공연까지 한다니 그 난동이 얼마나 심할까라며 현실을 연행성과 중첩된 이미지로 인식하였다.

'만민동지 찬성회'나 '일진회' 등을 병신病身으로 환원하거나 극적 가면을 쓴 연행자나 연희 양식의 인물로 표현하면서 정치적 의미를 이들의 신체와 언술 행위에 실어 나르는 것이다. 산대극의 등장인물은 이제 신문 텍스트에서 정치적인 의사표시를 하며 세태를 비판하는 근대적 사회인을 대표하는 신체가 되었고 연설하는 언어 행위를 일삼는 사회적 발언을 하는 존재의 표상이 되었다.

근일에 일대 연극장이 출ㅎ얏ᄂᆞᆮ 기명은 만민동지 찬성회라 일진회 연극장에서 개두환면ㅎ야 학춤츄ᄂᆞᆫ 재인, 외괴 탈슨 써보, 각색등물이 병신취재를 연출ㅎᄂᆞᆫ구나마ᄂᆞᆫ 박첨지ᄂᆞᆫ 드러가고 추발이가 나왓스니 파장되얏다 구경군 ㅎ나 읍고, 슈슈엿장샤가 가위춤만 츈다[35]

"외괴 탈슨 써보, 각색등물이 병신취재를 연출ㅎᄂᆞᆫ" 연희 양식은 신문의 연행 텍스트에서 상황, 사건을 재현하는 표현 형식이 되었다. 일진회

---

34 '시사일국', 『황성신문』, 1910.5.28.
35 「拍掌一笑」(단평), 『황성신문』, 1910.1.25.

나 정부고관 탐관오리 등을 박첨지나 취발이가 '개두환면改頭換面'하는 산대극 연행 형식으로 풍자하는 텍스트를 자세히 보면, 박첨지나 취발이는 이제 우부우맹을 대표하는 독자이며 국민인 것이다. 괴뢰傀儡류의 산대극 드라마에서 세태를 비판하는 발언의 무게는 독자에게로 열리는 것처럼 보인다.

〈그림 4〉「拍掌一笑」(단평), 『황성신문』, 1910.1.25.

이상 신문 텍스트의 산대극의 연행 구조 확산과 재생산의 의미는 당대의 일상성과 사실적 재현을 표현하는 발화 형식으로 인용된 것에서 찾을 수 있다. 즉 연희 양식 가운데 현실을 객관적으로 모방할 수 있는 '재담'의 대화 형식이 주도적으로 활용된 것이다. 원래 한문 지식이 있는 계층을 주독자로 한 『황성신문』이 이처럼 일상을 재현하기 위해 국한문을 혼용하고, 필요에 따라 국문으로 표기하는 현상 역시 이러한 재현의 맥락에서 가능했던 것으로 보인다. 왜냐하면 여기에서 사용하는 한자는 소리나는 대로 기록한 것으로 이 표현 형식은 의미 전달에도 무리가 없다. 그래서 이 음독을 가능하게 하는 표현 형식은 재현의 과정으로 이해할 수 있다. 예를 들면, '일진회'와 『국민신보』로 대표할 수 있는 친일 행위 세태를 소재로 한 다음 장면은 재담으로 구성되었다.

△ 國民新報도 新報인체ㅎㄴ부데, 무삼립으로 能히 社會를 嘲弄ㅎ며 各報를 譏評ㅎ여 彼가 死境에 至ㅎ얏스니가, 아모러케나 弄喙ㅎㄴ게이지 然하나 被

의 心腸에도 짐작은, 잇깃지

△ 이사람, 그게 무삼말인가 人의 心腸으로야, 그따위行爲가, 잇깃나 旣히 人腸을 變ᄒ야 狗腸을 結ᄒᆞᆫ 以上에ᄂᆞᆫ 目에 見ᄒᆞᄂᆞᆫ빈 何物이며 耳의 聞ᄒᆞᄂᆞᆫ빈 何物인가 聞ᄒᆞᄂᆞᆫ빈 쏭이오 見ᄒᆞᄂᆞᆫ빈, 쏭이지, 허허可痛ᄒᆞ군

△ 今番 一進會에셔 有血氣有本性ᄒᆞᆫ 會員은 擧皆退會ᄒᆞ닛가 會로셔 會員을 買入ᄒᆞᄂᆞᆫ딕 上等에ᄂᆞᆫ 日萬圓이오 中等에ᄂᆞᆫ 六千圓이오 下等에ᄂᆞᆫ 三千圓이라지, 그 買入ᄒᆞᄂᆞᆫ 會員놈 水쩨먹고만다지

△ 今番一進會悖惡에 對ᄒᆞ야 韓雜日雜을 警視廳에셔 取締흔다니, 韓日雜漢에, 누구누구 입회ᄒᆞ얏노, 어, 아지, 다른놈, 누구잇나, 그놈그놈이지.[36]

분명한 점은 구어의 속성을 그대로 재현하여 즉 대화를 재현함으로써 현실을 모방하는 것에 가장 근접할 수 있었던 표현 형식을 모색하고 있다는 사실이다. 대개 대화체 양식은 소설란이나 소설의 성격을 지닌 텍스트를 게재한 지면에서 확인되는 양식으로 이해했다. 그러나 독자투고 지면의 경우에는 서술자의 개입이 거의 없는 재현 텍스트들이 대부분 게재되었다. 이는 근대계몽기 신문이 연행언어를 수행할 수 있는 독자가 구체적 독자의 실체이었기 때문에 반영된 현상이며, 또한 재담으로 재현되는 연행성에 익숙한 독자와 소통하기 위한 효과적인 수행 형식으로 인식된 결과이다

따라서 이 텍스트가 지닌 의미와 경험의 반복과 인용 속에서 연행성이 형성되며, 그 과정에서 이 연행과 현실의 경계를 오가는 연행 행위를

---

36 '시사일국', 『황성신문』, 1909.12.12.

하는 자의 역할을 확인할 수 있다. 즉 이 현상이 가능할 수 있었던 것은 독자투고 글쓰기에 나타난 독자의 모습 때문이다. 바로 독자가 연희장의 관객이자 청중이며, 목격자로서 그 현장을 보고하는 행위에서 연행성이 자기 반영적 표현 형식으로 흡수되기 때문인데, 다음으로 연행자가 독자로서 텍스트의 주체로 구현된 텍스트를 살펴보겠다.

3) 판소리 연행성 —『대한민보』 '풍림諷林'란

대표적인 사례로 대중에게 익숙하거나 흥미로운 문화 양식을 다양하게 흡수하여 신문의 비판적인 텍스트 구성원리로 응용한『대한민보』를 주목해 볼 수 있다. 특히 다소 독자주도적인 양상을 보이는 '풍림'란에 실린 텍스트를 예로 들어보면, 당대 조선은 담배 연기와 같으며, 허수아비와 같은 영웅만이 있는 어지러운 난세로 묘사되면서 현실을 개탄하는 수사 형식을 볼 수 있다.『대한민보』 풍림란에 실린 텍스트는 영웅을 꼭 두각시로 제시하는데, 이는 익숙한 연희의 등장인물을 매개적 기호로 활용하여 짧은 텍스트에서 풍자와 비판을 효과적으로 전한다. 이처럼 짧은 텍스트에서 구성의 요체는 서사가 아닌 독자들에게 익숙한 인형극 기호와 언술 형식이다.

▲ 어와 天下英雄들아 말 좀 들어보오 世界는 演劇場이오 治亂은 觀覽人捲烟烟이오 得失은 賣票金의 多少오 英雄은 傀儡物이라 哀흡다.

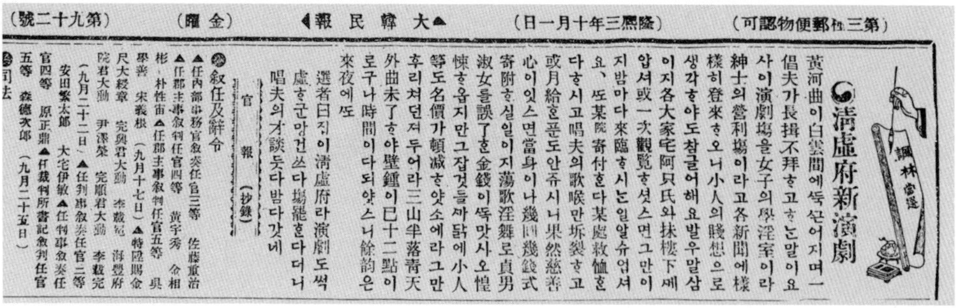

(第三種郵便物認可) (隆熙三年十月一日) 大韓民報 (金曜) (第九十二號)

諷林 當選

淸虛府新演劇

黃河曲이白雲間에뚝끈어지며一倡夫가長揖不拜ᄒᆞ고ᄒᆞᄂᆞᆫ말이요사이演劇場을女子의學淫室이라紳士의營利場이라고各新聞에様様히登來ᄒᆞ오니小人의賤想으로생각ᄒᆞ야도참글어해요발우말삼이지各大家宅阿只氏와抹樓下씨압셔或一次觀覽ᄒᆞ셧스면그만이지밤마다來臨ᄒᆞ시ᄂᆞᆫ일알슈업셔요、또某院寄付ᄒᆞᆫ다某處救恤ᄒᆞᆫ다ᄒᆞ시고唱夫의歌喉만坼裂ᄒᆞ고或月給ᄒᆞᆫ푼도안쥬시니果然慈善心이잇스면當身이나幾回幾錢式寄附ᄒᆞ실일이지蕩歌淫舞로貞男淑女를誤了ᄒᆞᆫ金錢이뚝맛사오惶悚ᄒᆞ옵지만그잡것들재닭에小人等도名價가頓減ᄒᆞ얏소에라그만ᄒᆞ리쳐던져두어라三山半落靑天外曲未了ᄒᆞ야壁鐘이已十二點이로구나時間이다되얏스니餘韵은來夜에또

選者曰징이淸虛府라演劇도썩虛ᄒᆞᆫ군망건쓰다場罷ᄒᆞᆫ다더니唱夫의才談듯다밤다갓네

官報(抄錄)

敍任及辭令

▲任內部事務官叙奏任官三等 佐藤重治 ▲任郡主事叙判任官四等 黃宇秀 金相彬、朴性宙▲任郡主事叙判任官五等 吳學善 宋義根 (九月十七日)▲特陞賜金尺大綬章 完興君大勳 李載冕 海豐府院君大勳 尹澤榮 完順君大勳 李載完 (九月二十二日)▲任判事叙奏任官三等 安田繁太郎 大宅伊敏▲任判事叙奏任官四等 原正鼎▲任裁判所書記叙判任官五等 森德次郎 (九月二十五日)

司法

〈그림 5〉「◐ 청허부신연극(淸虛府新演劇)」(풍림, 當選), 『대한민보』, 1909.10.1.

이처럼 당대의 연행적 언술과 기호로 텍스트를 구성하는 방식에는 인간의 모든 행위와 사회생활을 확장된 의미의 연극으로 받아들이는 사회적 대화의 가능성을 토대로 한다. 이는 마치 제의를 연극의 원형적 형태일 뿐만 아니라 사회적 드라마로서 인간 사회를 유지하고 소통하는 기재처럼 이해한 형국이다. 1900년대 초 신문은 구한말의 공공성을 반영한 상징적인 공간으로 공공 영역에서 공동체가 소통하는 일상적이고 제도적인 관례들이 재현되는 공간이었다. 이 시기에 공공성은 봉건적 세계에 대한 계몽에서 구체적인 근대세계 일상과 관념의 필요성이 제기되었다. 그런데 그 같은 담론이 당대의 연극적 언술과 기호를 응용해 신문 텍스트의 언어와 구조로 전환된 현상이 나타난 것이다. 이는 이 시기 신문의 독자투고 지면은 다양한 장르의 글쓰기로 투고되었다. 그 가운데 저자가 주목하는 일군은 바로, 판소리나 가면극 인형극 등의 연희 양식을 수행하는 연희자(퍼포머)가 독자로 재현된 텍스트다. 대표적으로 『대한민보』 독자투고는 현상공모를 예를 들어보겠다. 이 신문은 일정한 기간을 두고 연행 텍스트 당선작을 뽑아 '풍림'란에 게재하는 독자투고 방식을 사용하였다. 풍림은 창간 당시 2면 상단에 배치되었다. 매회 당선작을 가리고 그 당선자의 소회를 함께 게재하는 형식을 취한 것으로 알려졌다.[37]

應募注意

楓林欄은 江湖君子의 高論을 博採코즈 ᄒ야 特設ᄒ오니 社會上 時事 一般의 可規홀 者를 擧ᄒ야 婉誘的으로 微意를 含蓄ᄒ 調辭를 謂흠

一文體는 隨意호대 數字는 十四字一行으로 十五行에 限흠

一原草는 本社 受書函에 投入커나 或 書面으로 致흠

一著作人의 住址와 姓名을 詳記흠을 要호대 本報에 揭不揭는 本人의 志願을 隨흠

一一等으로 入選ᄒ 時는 記者의 短評을 ᄒ야 本報 二面에 揭흠

一謝儀는 揭載日브터 一個月間 本報를 進呈흠 대한민보사 告白

여기에 게재된 텍스트는 필자의 이름이 명확하지 않고, 텍스트 말미에 '당선자 曰'이라 명시한 뒤 당선자의 소회를 짤막하게 기록했다. 이 독자투고 텍스트가 연재되면서 신문에는 독자라는 관념적 구성체인 공동체의 구체적인 존재가 재현된 것이다. 그런데 이 존재가 텍스트를 구성하는 새로운 본보기로 상징되는 인상을 준다. 이들은 공공 영역에서 말하느자, 공동체를 대표하고 대신하여 발화하는 자를 상징하는 모범이 된 인상을 주기 때문이다.

대표적인 사례를 살펴볼 수 있는 텍스트를 하나 살펴보겠다. 1909년

---

37 「응모주의」(광고), 『대한민보』, 1909.6.2.

10월 1일 '풍림당선當選'이라는 표제 아래 「⊙청허부신연극淸虛府新演劇」 텍스트가 게재된다. 이 텍스트에서 지칭하는 '청허부'는 호남의 대표적인 명승지인 '광한루'를 칭하는 다른 이름이다. 이 이름이 상징하는 것은 영정조 시대 즉, 조선 후기 문예부흥 시기 이후 창작활동이 활발해진 판소리와 판소리계 서사가 발달한 중요한 장소인 광한루를 가리킨다는 사실이다. 광한루는 특히 춘향전의 무대이자 판소리가 왕성하게 연희되었던 장소였다. 광한루의 아름다운 자연경관과 건축미를 찬미하는 과정에서 얻게된 '청허부'는 실제로 광한루 입구에 있는 현판으로도 확인할 수 있다. 이처럼 판소리 무대를 상징하는 광한루의 다른 이름인 '청허부'와 '신연극'을 나란히 글명으로 삼은 이 텍스트의 의미는 상징적이다. '광한루'의 다른 이름인 '청허부'라는 판소리 무대에서 공공연한 방식의 소통 형태는 신문의 '독자투고'라는 글쓰기 형식으로 재현된 것이다. 이미 앞 장에서 살핀 연희를 매개로 한 신연극 구성의 패러다임과 동일한 방식이면서, 독자투고라는 신문 텍스트의 외형을 더한 셈이다. 판소리 연희자는 이 텍스트에서 독자라는 이미지로 탄생하였고, 연희자의 연행성은 사회적 발언을 하는 언어 형식이 되었다.

「⊙청허부신연극」은 "黃河曲이 白雲間에 쑥 쏟어지며 一倡夫가 長揖不拜ᄒ고"라며 연행자가 등장하면서 서술적으로 재현된다. 이 텍스트는 이틀 간 연재되는데, 인용한 부분은 창부倡夫의 등장을 서술하는 부분으로 창부가 연행하는 과정과 연행 현장을 소개한다. 이후 인용한 대목에서 확인하듯이 창부가 타령 전에 세태를 재담으로 연행하는 행위와 판소리의 언행적 언술로 재현된 텍스트다.

요사인 演劇場을 女子의 學淫室이라 紳士의 營利場이라고 各新聞에 樣樣히 登來ᄒ오니 小人의 賤想으로 생각ᄒ야도 참글어해요 발우말삼이지 各大家宅 阿只氏와 抹樓下께압셔 혹 一次觀覽ᄒ셧스면 그만이지요, 밤마다 來臨ᄒ시ᄂ 일 알슈 업셔요. 또 某院寄附ᄒ다 某處救恤ᄒ다 ᄒ시고 倡夫의 歌喉만 坼裂ᄒ 고 或 月給ᄒ푼도 안쥬시니 果然 慈善心이 잇스면 當身이나 幾圓幾錢式 寄附ᄒ 실 일이지 蕩歌淫舞로 貞男淑女를 誤了ᄒ 金錢이 쏙맛시오 惶悚ᄒ옵지만 그잡 것들 까닭에 小人 等도 各價가 頓減ᄒ얏소

에라 그만 후리쳐 던져두어라 三山半落靑天外 曲末了ᄒ야 壁鍾이 已十二點 이로구나 時間이 다 되얏스니 餘韵은 來夜에 쏘

選者曰 집이 淸虛府라 演劇도 썩 虛ᄒ군 망건쓰다 場罷ᄒ다더니 倡夫의 才談 듯다 밤 다 갓네

이 창부의 재담 내용인즉, 자신은 예인이지만 기생의 활동이 미천해 지면서 연극무대에 설 기회가 줄어드는 현실이 개탄스럽다는 내용이다. 주로 연행된 재담 내용은 창부가 연희 현실을 비판하는 것이다. 창부의 연행은 이어 "삼산반락청천외" 등의 연행으로 이어져야 했지만, 마치지 못하였다. 이 텍스트에서 연행 정황은 현장감 있게 "벽시계가 이미 12시로 구나 시간이 다 되었으니 남은 소리는 내일 밤에 또(餘韵은 來夜에 쏘)"라고 현실적인 시간을 제시하며 끝났다. 이는 신문이라는 독서물의 성격상 '다 음 회에'라고 기록되어야 하겠지만, 이 텍스트는 창부의 연행 장면을 그대 로 재현한 그 현장성을 살려 '내일 밤에 또'라고 채록된 인상을 재현했다. 여기에서 흥미로운 것은 이 현상응모 당선자가 부연한 기록을 보면, "집이 맑고 깨끗한 동네라. 연극도 썩 맑고 깨끗하군. 망건쓰다 장 끝난

다더니 창하는 사람의 재담 듣다 밤 다 갔네"라며, 이 창부의 연행에 대해 논평하는 방식의 구조다. 이를 보면, 연행 현장을 채록하는 전문 관객의 존재도 예상해 볼 수 있다. 이 채록자는 재담 중심의 이 연행 현장을 재현하고 평가하는 과정을 현장감 있게 독자들에게 전달해 주기 위하여 창부의 재담을 소리나는 대로 기록하였다. 이 사실은 '청허부淸虛府'라는 극적 공간과도 관계가 있다. 즉 이 텍스트는 개인적인 공간이 아니라 창부의 연행 현장에서 기록된 것이다. 또한 이 생생한 현장감을 전달하기 위해 '벽시계가 이미 12시로구나 시간이 다 되었으니'라고 전하고 있다. 결국 이 텍스트에서 창부의 연행이 재현된 부분은 연행 현장에서 기록했음을 알리는 액자식 구조로 텍스트를 구성했음을 예상해 볼 수 있다. 뿐만 아니라, 창부의 재담과 연행을 둘러싼 연행 외부의 상황은 이 텍스트의 연행성을 구체적으로 설명해 준다. 특히 창부가 신세한탄조로 늘어지는 대목에서 끼어드는 "에라 그만 후리쳐 던져두어라!"라는 추임새에 주목할 필요가 있다. 이 느닷없는 추임새는 연행의 현장감을 그대로 반영하는데, 이는 연행 현장의 관객까지도 재현된 것이기 때문이다. 텍스트의 본문뿐만 아니라 현장까지 함께 재현된 이 현상에서 이 시기 텍스트에 반영된 연행성의 특징을 보여준다. 즉 연행에 끊임없이 개입하고 해석하며 극의 현실성을 확장하고 변형시킬 수 있는 전통적으로 연극을 통해 유희적으로 사고하는 방식이며, 이를 계기로 소통의 영역을 형성하기 때문이다. 그래서 「☯청허부신연극」은 연행자(행위자)와 관람자의 실제 공·현존을 제시하면서 연행성을 구성하는 특성에서 우리는 공동체가 상상 속에서 살아있는 극적 이미지를 통해 의미를 부여하는 사례를 만나게 된다.

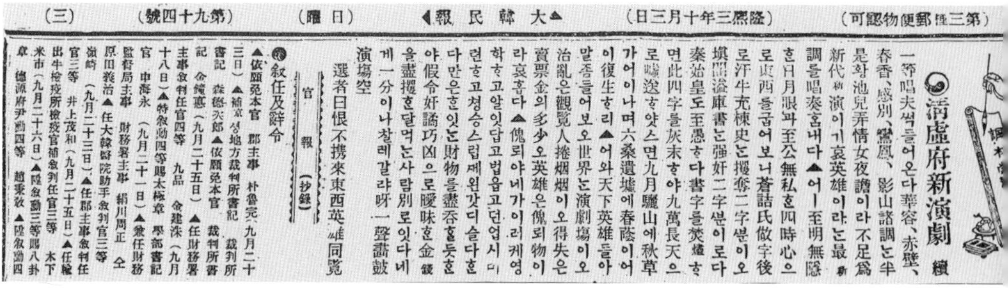

(第三種郵便物認可) (隆熙三年十月三日) 大韓民報 (日曜) (第九十四號) (三)

◉淸虛府新演劇 續
一等唱夫썩들어온다華容、赤壁、春香、感別、鸞鳳、影山諸調는半是황池兒弄情女夜譜이라不足爲新代新演이기哀英雄이라는最新調를唱奏흠내다▲어ㅣ至明無隱흔日月眼과至公無私흔四時心으로東西를굽어보니蒼詰氏做字後로汗牛充棟史는攫奪二字뿐이오塡閣溢庫書는强奸二字뿐이로다秦始皇도至愚흐다書字를焚燼흐면此四字를灰末흐야九萬長天으로噓送흐얏스면九月驪山에秋草가어이나며六桑遺墟에春蔭이어이復生흐리▲어와天下英雄들아말좀들어보오世界는演劇場이오治亂은觀覽人捲烟이오得失은賣票金의多少오英雄은傀뢰物이라哀홉다▲傀뢰야네가이러케영학흐고알잇답고법읍고던업시ㅁ련흐고청승스럽제원갓디슬다흔다만은흔잇는財物를盡吞흘듯흔야假令奸譎巧凶으로曖昧흔金錢을盡攫흔달먹는사람別로잇다네게一分이나찰레갈랴呀一聲讃皷演場空
選者曰恨不携來東西英雄同覽

官報(抄錄)

◉敍任及辭令
▲依願免本官 郡主事 朴魯完(九月二十三日)▲補京성地方裁判所書記 裁判所書記 森懋次郎▲依願免本官 裁判所書記 金鏞憲(九月二十五日)▲任財務署主事敍判任官四等 九品 金建洙(九月十八日)▲特敍勳四等賜太極章 學部書記官 申海永(九月二十一日)▲兼任財務監督局主事 財務署主事 絹川周正 仝 原田義治▲任大韓醫院助手敍判任官三等 嶺崎 (九月二十三日)▲任郡主事敍判任官三等 井上茂和(九月二十五日)▲任檢出牛檢疫所檢疫官補敍判任官三等 木下米市(九月二十六日)▲陞敍勳三等賜八卦章 德源府尹勳四等 趙秉政 ▲陞敍勳四

〈그림 6〉「◒청허부신연극(淸虛府新演劇) 속(續)」(풍림, 當選), 『대한민보』, 1909.10.3.

전호에 비해 10월 3일 속호에는 더욱 창부가 재현하는 연행이 사실적으로 재현되었으며, 그 연행 행위가 잘 드러나 있다. 회를 달리한 이 텍스트의 게재 방식에는 실제 시간의 구분이 필요했던 현장성이 그대로 반영되었다. 현실적 조건이 연행에 영향을 미친다는 점에서, 마치 장막의 구분과 같은 기호처럼 현장감을 살려 연행성을 형성한다. 그래서 속호 시작은 "일등 한 창부 썩 들어온다"라고 일등으로 뽑힌 연행자의 등장을 제시하는 것으로 텍스트가 시작된다.

一等倡夫 썩 들어온다 華容, 春香, 感別, 鳳凰, 影山, 諸調는 半是황 池兒弄情女夜譜이라 不足爲新代新演이기 哀英雄 이라는 最新調를 唱奏 흠내다

▲어- 至明無隱흔 日月眼과 至公無私흔 四時心으로 東西를 굽어보니 蒼詰氏做字後로 汗牛充진揀史는 攫奪 二字뿐이오 塡閣溢庫書는 强奸 二字뿐이로다 秦始皇도 至愚흐다 書字 를 焚燼흐면 此四字를 灰末흐야 九萬長天으로 噓送흐얏스면 九月驪山에 秋草가 어이 나며 六桑遺墟에 春陰이 어니 復生흐리

▲어와 天下英雄들아 말 좀 들어보오 世界는 演劇場이오 治亂은 觀覽人捲烟烟이오 得失은 賣票金의 多少오 英雄은 傀뢰物이라 哀홉다.

▲傀뢰야 네가 이러케 영학ᄒ고 알잇답고 법 읍고 딘 업시 미련ᄒ고 쳥승스럽게 왼갓 디슬 다 ᄒ다마는 ᄒ얏는 財物를 盡呑홀듯ᄒ야 假令 奸讒巧凶으로 曖昧ᄒ 金錢을 盡攫ᄒ달 먹는 사람 別로 잇다 네게 一分이나 찰례갈랴 呀一聲畫鼓連場空

選者曰 恨不携來東西英雄同覽

등장한 연행자는 "〈화용도〉·〈적벽가〉·〈춘향가〉·〈감별곡〉·〈봉황음〉·〈영산곡〉"의 여러 곡조를 "황하 희롱하는 정"으로 연행하여 숙련된 연희자로서의 면모를 드러냈다. "여인은 밤에 말이 많을지라"며 한껏 공연에 대한 기대를 부풀게 하면서 〈애영웅〉이라는 신연극 연행이 예고되기도 하였다. "哀英雄이라는 最新調를 唱奏 흠내다"라는 창부의 서사적 제시 뒤에 연행의 본문이 재현되었다. 인용한 부분을 보면 알 수 있듯이 창부가 연행한 본문은 이전 호와 달리 그 발화를 구분하였다. 표면적으로 마치 대화를 구분한 듯 보이는 이 부분은 독연의 연행 방식이 재현된 현상으로 보인다. 즉 연행자의 연행 행위를 구분하여 재현한 것이다. 독연의 연행 행위에 주목하여 아니리 부분을 재현한 이 텍스트는 전호에는 없던 인용부호를 사용하였다. "▲어- / ▲어와 天下英雄들아 / ▲傀뢰야" 등이 바로 그것이다. 이 인용부호를 통해 연행의 호흡과 발화 스타일의 변화를 구분하여 역할 수행 과정을 현장감 있게 재현한 것을 확인할 수 있다. 이 연행의 현장감은 "呀一聲畫鼓連場空"에서 아! 하는 탄식 한마디가 공연장을 채운다는 연행자의 발림을 재현하는 대목에서 이 텍스트의 정점으로 구성되었다.

이 「☯청허부신연극」 텍스트는 연행의 세 층위를 내포한다. 먼저 창부의 〈애영웅〉이 재현되는 내부적 텍스트와 현실의 세계에 속한 청중, 연행 그리고 극장 공간, 이 의식되어 연희를 재현하거나 연희를 보여주고자 한 채록자의 층위로 구성된 텍스트이다. 이로써 당대 극적 관습을 연행한 연행자와 이를 속기하거나 그 현장을 기록하는 이중적인 구조로 '풍림'의 지면에서 연행 텍스트의 존재를 확인할 수 있다.[38]

창부의 연행을 채록한 이 당선자는 마지막에 "현장감은 가져올 수 없으니, 현장을 텍스트에 재현하여 '동서영웅'을 함께 보려 하였다(選者曰 恨不携來東西英雄同覽)"고 기록하여 자신이 연행성을 재현한 글쓰기에 의미를 부여한다. 여기서 당대 연극장의 인기 연행 양식과 연행 환경을 확인하였으며, 독자투고에 게재된 텍스트의 본문에 그 연행이 재현되면서 동시에 근대계몽기의 연행성을 선택하고 반영한 필사의 과정도 확인할 수 있었다. 이러한 신문 텍스트의 연행성은 관객과 광대의 연대가 이루어지는 사회적 리얼리티로서의 공동체에 대한 인식과 새로운 문화의 형성, 즉 연희 행위가 공적인 글쓰기와 언어로 탄생한다는 것을 잘 보여주기 때문이다. 바로, 연행자와 관람자가 공·현존하는 접촉을 통해 보다 근접적인 연행 주체들 간의 관계를 통해 문화적으로 새로운 것이 형성되는 토대가 된 것이다.

---

38 이는 마치 일본이 메이지 초기에 시정의 흐름을 보도하는 기사 작성을 위해 교겐 배우들을 기용하여 희작의 방식으로 기사를 구술하도록 한 방법과 닮아 있다. 메이지 10년경 유행했던 신문니와카にわか는 만담, 재담, 야담 등을 들려주던 대중적 연예물을 즐기던 방식을 극장에서 신문기사나 시사적인 것에서 소재를 가져와 만드는 공연 형식이었다. 이 사실에 주목하게 되는 이유는 근대계몽기 신문의 체제와 생산 유통의 과정과 신문이 지닌 이데올로기적 측면이 일본신문의 역사를 모범으로 하였기 때문이다. 인용한 자료를 통해 실제 창부가 기사를 구술하고 그것을 기사로 기록한 과정으로 텍스트가 생산된 수순과 연관이 있기 때문이다. 효도 히로미, 문경연·김주현 역, 『연기演技된 근대』, 연극과인간, 2007, 98~99쪽 참고.

4) 기생연희자의 화류계문답―『매일신보』 '도청도설道聽塗說'란

일상적 언어의 재현으로 사실적인 정황을 보여주고자 하는 신문의 텍스트 생산에 대한 욕망은 독자투고라는 지면에서 자주 마주친다. 특히 『매일신보』 독자투고의 주체가 '기생, 희극자, 광대' 등 연희의 담당자들이 주로 거론되는데, 이들은 근대계몽기 신문의 텍스트가 연행성을 재현할 수 있었던 배경을 설명해 준다. 원래 『매일신보』에서 '도청도설'란은 당시 일상적 현실을 전달하

〈그림 7〉 '도청도설'란의 삽화

는 과정에서 연극 공연의 정황을 전하면서 자연스럽게 연희 환경을 재현하게 되었다.[39] 이 과정에서 『매일신보』는 다른 신문들보다 구체적으로 노동자, 일부인, 일반학생 등 독자의 실체를 제시하였다. 연극과 관련한 독자투고 텍스트에서 이들은 관객이자 관중으로서 일상성을 드러낸 독자였다. 그런데 독자투고의 필명은 '애석생愛惜生, 권고생勸告生, 심관생深觀生, 주의생注意生' 등으로 근대적인 관념을 드러내는 관객의 취향과 태도 등을 동반하고 있다. 여기에서 관객의 구체적 실체 여부를 확인하기는 어렵다.[40] 그러나 이 독자의 기호들이 명백히 전달하는 것은

---

39 '도청도설道聽塗說'은 원래 거리나 골목에서 회자되는 이야기를 의미하는데, 이는 소설의 다른 존재 방식 즉, 이는 소설의 다른 존재 방식으로 구술서사로 구비문학을 이르는 말이다. 송나라 때 소설잡희는 극문화와 연관이 있다. 송나라 때 원래는 옛이야기를 빌어 풍자하는 방식으로 연극을 연출하다가 실제 이야기를 연극으로 연출하는데, 왕국유는 '도청도설'식의 현실적인 이야기가 송의 연극이 발전하는 데 기여하였다고 보았다. 왕국유, 『송원희곡고』, 소명출판, 2014, 154~159쪽 참고.

40 '도청도설'란에 실린 독자투고 글은 제목이나 글 이름이 따로 없다. 대신, 필명이 글 마지막에 기록되는데, 이는 독자의 존재와 독자 유형을 상징하는 장치다. 그리고 '도청도설'의 투고자 혹은 글쓴이는 마치 항간에 떠도는 이야기를 구술한 연행자처럼 글 마지막에 제시된다. 따라서 이 절에서 인용하는 '도청도설' 필명은 글의 제목을 대신한다.

관객 혹은 관중, 국민의 일상을 연기演技하고 있는 듯 보인다는 점이다. 마치 관객의 입장에서 느끼고 바라본 연극과 그 주변 세계를 재현하는 형식으로 독자투고가 지속적으로 반복해서 투고되는 것의 의도를 의심해 볼 수 있다.

▲남이 연극쟝을 ᄒ야 가네가 딕산 싱긴다기에 나도 연극쟝을 셜시ᄒ얏더니

구경ㅅ군은 다른 연극쟝으로 가고 우리 연극쟝은 대신될 문뎐이 되ᄂᆞᆫ듸

—某劇員, 1912.3.8

▲슝어가 쒸닛가 망동이도 쒸고 쟝에를 간다닛가 망건쓰고 나션ᄃᆞᄂᆞᆫ 말과 ᄀᆞᆺ치근일 신연극이 셩ᄒᆡᆼᄒᆞᄂᆞᆫ 중 ㅅ동 연흥샤에셔 홍ᄒᆡᆼᄒᆞᄂᆞᆫ 림셩구 일ᄒᆡᆼ의 혁신단이 일반 샤회에 됴혼 평판을 엇어 돈타작 혼다ᄂᆞᆫ 말을 듯고 남북촌의 부랑패류 악소년들이 놈의 ᄌᆞ질을 유인ᄒᆞ야다가

—深觀生, 1912.3.21

▲신문의 효력이 춤말 굉쟝ᄒᆡᆫ데그려 연흥샤의 혁신단 신연극을 잘혼다고 ᄆᆡ일 찬셩ᄒᆞᄂᆞᆫ 동시에 녀등 사무원의 언ᄉᆞ 불공평과 쳐소 협착을 비평ᄒᆞ더니

—관람자, 1912.3.13

이처럼 연극 관람 후기나 연극과 관련된 독자투고는 마치 여러 명의 등장인물들이 당대 연극에 대해 수다 떠는 현장을 보는 듯한 인상을 준다. 심지어 '관람인 모두全數, 연극을 즐겨보는 관객, 연극을 깊게 보는

관객, 개량연극을 권고하는 관객, 연극 즐겨보다 일가패망하는 것을 본 애석해 하는 관객' 등 독자이자 관객은 모두 누군가에 의해 보여지는 방식으로 독자투고 텍스트에 재현되었다. 이 독자이자 관객인 평범한 사람들은 일정한 틀 안에서 연극에 대한 견해를 피력하였으며, 그 과정이 일정한 간극으로 유지되었다. 도청도설은 다수 독자들의 의견이 마치 인터뷰 처럼 짧은 형태로 피력되며, 다수 독자의 의견을 편집하여 게재하는 방식을 취했다. 그리고 독자의 이름은 구체적인 실명이 아닌, 대명사로 표기되는 방식이다. 따라서 이들의 독자투고 텍스트는 독자상을 기획한 신문사의 편집의도에 의해 구성된 것으로 볼 수 있다.

『매일신보』는 다른 어느 신문 지면보다 '기생, 희극자, 광대' 등 연희 담당자의 연행성이 자주 재현된다. 『매일신보』가 고정적인 연극 소식란을 두고 연극 현장과 담당자에 대해 기록하고 재현하는 과정은 조금 더 자세하게 논의될 필요가 있다. 이는 구체적 관객의 성격에 가까운 독자와 소통하기 위한 전략으로 보이기 때문이다. 또한 중요한 점은 친일 기관지로서 성격이 짙었던 이 신문은 다른 신문이 근대적 계몽을 기획하는 과정에서 연행을 매체로 인식한 것과 다른 양상을 보였다는 사실이다. 즉 식민지 통치를 위해 조선의 전통연극을 매체로 인식한 뒤 연행 담당자를 상징으로 연희에 대해 왜곡하는 과정이 드러났다. 특히 기생이 전통적 연희 담당자에서 격하되는 과정을 확인할 수 있다. 이 절에서는 『매일신보』가 주목한 연희인을 중요한 독자로 인식하고 독자투고 란을 통해 당대 사회를 재현하고 발언하는 일련의 텍스트를 구성한 현상에 주목하려 한다.

1912년 4월 14일 게재가 시작된 '도청도설'란은 당대 연극 관련 소식을 재현하면서 '연극소식'란 역할을 하였다. 도청도설란은 일전의 연극상연소식이나 연극의 정황들을 연극 공연에서 배우와 관객들을 상징하는 화자를 상정하여 그들의 생생한 보고를 연행적 발화나 대화의 형식으로 기록하였다. 이제 신문은 연행적 언술로 연기하는 것을 적극적으로 드러낸다. 이처럼 신문에 투고 형식으로 마치 만화경처럼 그려진 당대 관객의 다양한 모습은 근대적인 소통 현장인 신문에서 관념적인 독자의 모습으로 지속적이고 반복적으로 텍스트의 질서 안에서 연기하는 독특한 현상을 보여준다.

> ▲ 금번 대운동에, 각식 구경이 전무후무홀 터이지만은, 우리는 연극쟝 구경이, 흥상 됴터라, 그런데 각 연극쟝을, 구경단이라면, 하로밤에, 삼십젼이나, 오십젼을 닉고, 한군딕 밧긔 더호나, 이번 운동회에를 나가면, 각쳐 연극을 도거리로 볼터이야
>
> ▲ 응, 엇지 히셔
>
> ▲ 드러보랴나, 시곡기싱 일판의 각식노름바지도 잇고, 연흥샤 혁신단(演興社 革新團)일힝의, 뎨일 잘ᄒᆞᄂᆞᆫ 군인기질(軍人氣質)이라는 신연극도 잇고 광무딕(光武臺)의 쇼쩌쟝이픽도 잇고 장안사(長安社)의 무동픽도 잇다 ᄒᆞ니 그런 구경을 쏘 다시 ᄒᆞ여보게
>
> —喜劇者, 1912.4.17

『매일신보』의 '도청도설'란 텍스트가 보다 더 사실적인 재현 텍스트로 인식되는 이유는 바로 **연행자**喜劇者가 드러나며 그 연행 행위를 내포하는 언술이 직접 재현되기 때문이다. 이 텍스트는 기생이라는 연행자

8〉「花柳界問答」(도청도설), 『매일신보』, 1912.5.5.

가 겪거나 소문의 영역을 전하는 내용을 재현하는 방식으로 구성된다.

▲여보게 구경들 안이 갈 터인가

▲응 무슨 구경 연극쟝 말인가

▲뎌 사룸은 아는 것이 연극쟝 쑨이야

▲그러면 무슨 구경, 동대문밧, 졀구경

▲에, 이사룸, 졀구경이야, 오날도ᄒ고 릭일도 ᄒ고, 금년에도 ᄒ고 릭년에도 ᄒᄂ 것, 별로 신통할 것이, 무엇인가

▲그러면 동물원 구경

▲텬싱 우물안 고기로다, 동물원도 그러치별ᄌ미잇슬것이, 무엇이야

▲압다 이사룸, 그러면, 무슨 구경이란 말인가, 갑갑ᄒ야 못살겠네

▲너ᄂ 눈도 업고 귀도 업ᄂ냐 믹일신보샤(每日申報社)와 경셩일보샤(京城日報社)에셔 일반 경셩닉외의 인민을 위로ᄒ기 위ᄒ야 춘계 대운동회를 쥬최ᄒ고, 룡산련병쟝(龍山練兵場)에셔, 굉쟝히ᄒ다고, 날마다 신문에 광고와, 잡보가나ᄂ것을, 세샹이모다모얏ᄂ딕, 너만못보앗스며, 남녀로쇼를물론ᄒ고 구결갈준비들ᄒ노라고, 이집을가도 그공론, 뎌집을 가도그공론, 길에셔도 그공론 사면팔방에셔, 그공론쑨인딕, 너만못드럿더냐 (…중략…)

▲ㅅ동 연흥사에셔 ㅎㄴ 혁신단 新演劇 일힝의 긔졀묘졀ㅎ 신연극, 광ㄷ 중걸니기, 일본 기싱의 다름박질, 츔노릭, 검무, 일본 연극의 각종, 죠선 기싱의 검무, 남무, 승진무, 포구, 향장무, 승무, 각싴노름바지오, 기타에도 별별긔긔묘묘쟝졀쾌졀ㅎ 구경이, 하도만타닛가, 구경을가보면, 자연알것이야

▲여보게 그러면, 구경이야말로, 젼무후무ㅎ 구경일세 그러, 언의날인고

▲양력으로 이달 시무 하롯날 공일이라네

▲구경을 가ㅈ면 엇더케 가노

▲회비(會費)로 돈 오십 젼만 쥬고 회원표를 ㅅ면 그날졈심은, 밥에슐에, 빅가부르도록먹여쥬고, 구경도대단히, 편리ㅎ게ㅎ다네

▲허허 그럴 디경이면 누가 구경을 안이 가겟나 그만 못ㅎ 연극쟝을 구경 가지도 삼십 젼이나 오십 젼이 드ㄴㄷㅣ 이것은 졈심은 졈심ㄷㅣ로 빅부르게 먹고 구경은구경ㄷㅣ로, 잘홀터인즉, 나도우리집안싴구와 졍다온친구를모어가 지고, 구경가겟네, 그러나, 그회원표를 어ㄷㅣ가면살ㅈ (…하략…)[41]

기생은 재현의 주체로 그의 발화와 발화 형식은 이 텍스트의 표현 형식이 되었다. 기생들의 문답 형식은 연행 현실을 재현하는 과정에서 그 연행성을 드러낸다. 이 '운동회 문답'은 당시 연극 공연이 극장과 신문사의 기획행사와 관련된 것임을 알려준다. 그리고 신문사에서 기획한 이 행사가 얼마나 경제적인가를 따지는 대중들의 행위가 재현되었다. 이 인용을 통해 당시 연극이 신문과 관련이 있다는 것과 운동회라는 공공적인 대중행사 안에서 연행되었던 사실과 공연의 목록을 확인할 수 있다.

---

41 「運動會 問答」(도청도설), 『매일신보』, 1912.4.14.

▲오궁ㅅ골 사ᄂᆞᆫ 봉심(鳳心)이라 하ᄂᆞᆫ 기ᄉᆡᆼ은 가무도 잘 ᄒᆞ고 외양도 절 등ᄒᆞᆫ것만은 일시 운슈가 비싴ᄒᆞᆷ이던지 남과 ᄀᆞᆺ치 픽물을 가지지 못ᄒᆞ야 미 양 한탄ᄒᆞ더니 아마 요ᄉᆞ이 됴ᄒᆞᆫ 쑴을 쑨 것이야. 의외에 이부 한아를 맛나 셔 전후 픽물을 일신ᄒᆞ게 ᄒᆞ야쥬엇다ᄂᆞᆫ딕 그 모양을 본즉 오동의 나ᄂᆞᆫ 봉 (鳳)이 치싴을 더한 듯 활불ᄒᆞᆫ ᄆᆞ음(心)이 곳 하날을 올을 듯 ᄒᆞ더구나

▲이 사름 봉심이도 그러ᄒᆞ려니와 련홍(蓮紅)이라 ᄒᆞᄂᆞᆫ 기ᄉᆡᆼ은 한츰 당년 에야 남만콤 불녀먹엇지만은 지금 나이 삼십여세라. 화로겹불리(花老蝶不 來)ᄂᆞᆫ 물경의 샹리로다. 문젼이 심히 링락ᄒᆞ더니 요ᄉᆞ이ᄂᆞᆫ 오ᄂᆞᆫ 나뷔와 가 ᄂᆞᆫ 벌이 다시 모혀든즉 아마도 일긔의 화창ᄒᆞᆷ을 인ᄒᆞ야 말녓던, 蓮(련)ᄉᆡᆨ리 에 ᄭᅩᆺ치 싀로 붉은(紅) 모양이더라.

▲여보게 그러나저러나 기ᄉᆡᆼ들의 경징이 야단들일네. 단성샤강선루(團成 社降仙樓)에셔 뎜홍(點紅)이가 호졉무(胡蝶舞)를 잘 춘다고 믹일신보에 나 지 안이ᄒᆞ얏나.

▲응, 그랬지.

▲압다. 그 신문 난 이후로 련홍이가 뎜홍더러, 춤은 내가 너보다 잘 츄ᄂᆞᆫ딕 신문에ᄂᆞᆫ 너만 나고 나ᄂᆞᆫ 안이 낫스니 무슨 ᄉᆡ닭이냐하고 뎜홍이ᄂᆞᆫ 내가 너보 다 낫게 츄깈ᄂᆡ 신문에 낫지하며 셔로 경징을 ᄒᆞ다가 필경 격이 나셔. 뎜홍이가 오ᄂᆞᆫ 날은 련홍이가 안이가고, 련홍이가 가ᄂᆞᆫ ᄂᆞᆯ은 뎜홍이가 안이 가데그려.

▲어, 그것 참 한 번 우슬 일이로구나.[42]

위에 인용한 텍스트는 「화류계 문답」으로 호명된 것처럼, 연행자로

---

42 「花柳界問答」(도청도설), 『매일신보』, 1912.5.5.

서 기생의 일상이 기생들의 대화로 재현되었다. 단성사의 강선루라는 새로운 극장과 공연 환경 변화를 맞이하여 기생들의 기예가 화제에 오른 사실이 두 기생의 대화로 재현되었다. 언급되는 기생들은 당시 유명했던 기생들로, 이 부분은 기예를 서로 비교하는 대화로 재현되었다. 이 텍스트처럼 근대계몽기 연행의 생산자이자 향유자인 기생을 대표로 하는 독자투고는 여성 독자를 신문이 염두에 두고 있거나 여성 독자의 실제활동이 반영된 두 가지 현실을 입증한다. 이 현상은 신문이 계몽의 대상인 대다수 대중을 어린아이, 여자, 기생으로 인식하여 이들을 독자로 구성하려 하는 의도에 주목할 필요가 있다.

▲시곡기ᄉᆡᆼ 시곡기ᄉᆡᆼ ᄒ기에 엇지히셔 그리 ᄒ노ᄒ고 하로 나서서 실디를 시찰ᄒ얏거니 과연 찬성을 안이홀 슈가 업데그려. 가무음률도 는ᄂᆞᄒ고 화용월ᄐᆡ와 의거동정이 썩 말홀 것 업슬 뿐 안이나 ᄎᆡ경의 집에를 가도 신문을 보고, 롱션의 집에를 가도 신문이오, 오화의 집에도 신문이오, 롱주의 집에도 신문이오, 롱옥의 집도 신문이오, 모란의 집에도 신문이오, 벽도의 집에도 신문이오. 기타 경패, 경월, 옥엽, 계션, 향란 등 여러 기ᄉᆡᆼ의 집이 모두 신문이라. 각기 신문을 들고 안져앉어서 ᄐᆞᆼ ᄐᆞᆼ 흔 목소릭로 신문보ᄂᆞᆫ 태도는 진실로 가곡이나 잡가에 비교홀 바이 안이오. ᄎᆞᆷ 귀히보이더군. 우리는 명식이 죠선에서 샹등샤회라 ᄒ겟지만은 싱각이 그 디경까지는 밋쳐가지를 못ᄒ얏ᄂᆞᆫ디 져의들은 일기 기ᄉᆡᆼ으로 문면ᄉᆞ상이 그러케 발달ᄒ녓더란 말인가. 방가위지 샹등기ᄉᆡᆼ이라 ᄒ겟고, 문명기ᄉᆡᆼ이라 하겟슨 즉 남녀를 물론ᄒ고 소위 우리네 샹등샤회라 ᄒᄂᆞᆫ 사름들 신문이 무엇인지 모르고 간혹 신문 불견이라고 문픽 붓치ᄂᆞᆫ 사람들 시곡기생에게 비교하면 ᄎᆞᆷ 붓그러울만 ᄒ

더군. 나는 그것을 보고 무한흔 감샹이 나서 곳 신문샤로 긔별ᄒ고 우리집
대쇼가에ᄂ 일톄 신문을 청구ᄒ얏네.[43]

이 텍스트에는 기생들이 새로운 미디어인 신문을 통해 학습하고 경
험하는 데 적극적이었던 정황이 반영되었다. 그리고 이 글은 기생의 이
러한 변화를 긍정적으로 본 한 양반이 투고한 것이다. 가무음률에 능한
기생이 잡가나 가곡을 연행하던 행위가 여기에서는 신문을 낭낭한 목소
리로 읽는 행위로 치환된 이 현상은 매우 상징적 의미를 지닌다.

『매일신보』의 '도청도설'란에는 근대적 일상과 담론들을 기생의 일
상으로 재현하면서 기생의 연행활동과 연행 형식, 그들의 생활까지 재
현하였다. 이는 이 신문이 독자상을 기획하는 과정에서 기생들을 구체
적 실체로서 인식했기 때문이기도 하며, 실제로 독자로서 영향력 있는
존재였기 때문일 수도 있다. 따라서 기생의 일상이 재현된 이 텍스트들
의 연행성과 반복적(분명한 저자의 부재 등이 발견된다고 하더라도) 생산은 이
시기 연극개량이라는 담론과 다른 측면에서 반근대적인 연극 주체가 근
대적 관념을 실어나르며, 동시에 국민으로 전유된 대중 독자의 이미지
를 기술하는 방식을 보여주는 현상이다.

근대계몽기 연행의 주요 생산자였던 기생들이 이 시기 신문의 주요
독자와 국민으로 인식되는 방식을 『매일신보』의 독자투고 형식의 '도
청도설'을 통해 살펴보았다. 당시 신문에는 종종 개화기 시대상을 표상
하는 인물들로 한 노인, 혹은 한 어린아이나 청년 등 전형적인 방식이었

---

43 「一兩班」(도청도설), 『매일신보』, 1912.7.17.

다. 그런데 이들은 조금 더 구체적으로 시대상을 대변하는 독자와 구성원들로 재현되기 시작했다. 계몽의 대상이자 스스로 그 존재가 계몽을 전달하는 매개자였던 기생이 재현된 화류계 문답 텍스트를 통해 독자이자 국민이 구성되는 방식을 볼 수 있다. 이 텍스트에서 기생은 연행 주체로 텍스트에 존재하면서 동시에 신문을 소비하는 주체로서 국민이자 독자로 기술된 것이다.[44] 이상 살펴본 독자투고 형식의 연행 텍스트는 근대계몽기 신문이 연행성을 자기 반영 표현 양식으로 구축하여 텍스트의 구조와 수사로 흡수한 또 다른 유형을 보여준다. 그러나 무엇보다 텍스트 구성의 매개로 기능하던 연행자의 존재가 신문의 독자로 전유된 현상을 보여준다는 점에서 연행 텍스트의 의의가 다르다. 따라서 연행 텍스트는 하나의 지각 방식으로 신문에 존재하다가 구체적인 독자이자 국민의 실체로서 존재한 현상을 보여준다.

---

44 관객에 대한 이 규정은 허버트 블라우Herbert Blau에게서 빌려온 것이다. "관객은 생각과 욕망의 집단으로서 단순히 모인 사람들이 아니다. 그들은 공연과 함께 생성되고 구축된 의식들이다. 그것은 주체의 문제이고 동시에 역사적 과정의 문제이다." Herbert Blau, *The Audience*(Baltimore : The Johns Hopkins UP, 1990, p.25), 최영주, 앞의 책 264쪽에서 재인용.

잡보雜報로 연행된 '시스평론'

『대한매일신보』를 중심으로

　1장에서 살펴본 근대계몽기 초 신문은 계몽의 대상으로 인식했던 연행을 반복적으로 인용하면서 연행의 상징적 현장이 되었다. 또한 현실의 메타포로서 연행 현장이 재현되는 텍스트를 생성하기도 하였다. 그런데 이 과정을 통해 확인할 수 있었던 중요한 사실은 신문에 재현된 연행성은 당대 극장의 안과 밖의 공연을 반영할 뿐만 아니라 당대 연행을 적극적으로 구성하고 변화시키고 있었다는 점이다. 그래서 연극개량 담론은 이러한 연행성 연구의 실천적 운동으로 이해되며, 그때 인용된 연행 행위들은 연행성의 구체적 실천 형식들로 파악할 수 있다. 신문은 당대 청중의 성격과 유사한 독자의 감정구조를 반영하고, 또 구성하는 데 연행의 형태와 리듬 등 극적 구현을 매개로 하는 것이 다른 글쓰기보다 더 효과적인 소통이 가능하다고 믿은 것으로 보인다. 그래서 신문은 근대계몽기 연행성을 반복적으로 인용하는 과정을 통해 텍스트의 틀을 구성한다. 이처럼 이 시기 신문이 연행성을 현실 인식의 수단이자 틀로 구성한 사실은 현실 재현을 통해 시사를 평론하는 글쓰기와 이 과정에서 탄생한 텍스트의 표현 형식, 수사와 구조에서 확인할 수 있다.

특히 이 장에서는 『대한매일신보』 잡보雜報[1]와 시스평론이 현실을 재현하는 과정에서 연행성이 흡수된 현상과 이 결과 텍스트의 구조와 수사로 활용된 연행성을 분석하여 그 유형을 기술해 보려 한다. 『대한매일신보』의 '잡보'란은 연행성을 텍스트의 메타포로 활용하였다면, 1907년 이후 잡보란 동일 텍스트의 한글판인 시스평론란은 연행성이 개입된 정황이 문체 변화와 함께 재현되었다. 따라서 두 텍스트를 비교하는 과정에서 문체 차이가 단순히 표기법의 차이가 아니라 연행성의 개입 여부와 연관 있는 현상임을 확인할 수 있다. 이처럼 이 장은 '타령'과 같은 근대계몽기 연행이 확장되면서 신문 텍스트에 보고되고 기록되며, 이 둘이 상호작용하는 과정을 살펴볼 것이다.

1. 잡보를 연행 텍스트로 번역한 '시스평론'

대부분 근대계몽기 신문의 게재란 배치 문제는 대개 일본으로부터 유입된 신문인쇄 기술과 편집 방식에 영향받은 것으로 알려졌다. 개화기 초 대표적인 서사 양식은 '소설'도 양식 개념으로 구분되지 않은 채, 대부분 '잡보'란 속에 섞여 게재되곤 했다. 그런데 이는 일본 소신문들의 신문

---

1 『대한매일신보』는 국문판(시스평론)과 국한문판(雜報)이 존재하였으며, 이하 해당 장에서는 '잡보'와 '시스평론'으로만 표기한다.

편집 형태를 따른 이유도 있는 것으로 알려졌다. 국내에서 사용하지 않던 잡보라는 용례는 일본에서 수입된 것으로 1898년 『매일신문』이 국내에서 처음으로 이 지면에 서사 자료를 수록하기 시작한 것으로 알려졌다.[2] 원래 일본의 '잡보'란은 화류花柳와 경찰 그리고 연예물 등에 관심이 집중되었던 지면이었다고 한다. 결국 대중 독자와의 교류를 위해 '잡보'란은 화류계, 연예계, 그리고 시정의 이야기를 재현하였고, 그 과정에서 이들의 재현 형식이 주목된다. 그 근거는 코모리 요이치가 『일본어의 근대』라는 저서에서 신문소설이라는 장르가 만들어진 배경에 라쿠코落語와 같은 연행이 개입된 현상에 주목한 것에서 확인해 볼 수 있다. 그는 1886년 10월에 창간된 『야마토신문』이 창간 당시부터 지속적으로 엔쵸의 라쿠고 속기 연재를 주요한 언설 상품으로 삼고 있다는 점을 그 근거로 들었다.

'관보'와 '잡보'란 같은 정치경제 관련 기사에 있어서도 신문으로서의 체제를 갖추고 있긴 했지만, 주력 상품은 산유테이 엔쵸의 라쿠고와 쇼노 사이기쿠 자신이나 츠카차라 쥬시엔의 코단(講談, 요세 연예의 하나인 야담)을 연재하는 것이었다. 지면은 한 면당 5단 총 4쪽이었으며, 표기체계는 모두 루비를 단 '한자카나 혼용문'이었다. 속기 라쿠고라는 새로운 오락용 읽을 거리를 주력 상품으로 한 새로운 형태의 대중지가 『야마토신문』이었던 것이다.[3]

코모리 요이치는 작가의 출현, 소설, 신문이 연관 관계를 맺으면서 신

---

2 '잡보雜報'라는 용어는 원래 우리나라에서 사용하지 않았던 용어라 한다. 개화기 이전 문집 등에도 잡보라는 용어를 사용한 예를 찾기 어렵다. 김영민, 『한국의 근대신문과 근대소설』 2, 소명출판, 2008, 39쪽 참조.
3 코모리 요이치, 정선태 역, 『일본어의 근대』, 소명출판, 2003, 155쪽.

문소설의 문체가 형성될 수 있었던 것으로 본다. 즉 잡보에서 연행물을 속기하는 새로운 서기 시스템이 확립되면서 새로운 언설 상품으로서 읽을거리 라쿠고가 등장한 것이며, 이를 츠보우치 소요가 노벨의 번역어인 소설이라 모방적으로 규정했다는 것이다. 그래서 코모리 요이치는 이러한 신문의 시스템 때문에 텍스트의 언설에 현실성을 부여할 수 있는 문체를 만들어 낸 것이라고 말한다. 이러한 신문 시스템의 경향은 러일전쟁과 청일전쟁 이후에 강화되어 거의 모든 속기자가 코단과 라쿠고에 손을 댈 정도로 붐을 일으켰다고 한다. 코모리 요이치는 일본의 1880년대 후반 신문 잡보에서 속기된 라쿠고와 코단은 주변부가 욕구하는 정보를 제공하는 언설로서 '신문'이라는 미디어가 유통되는 시장에서 새로운 상품으로서 가치를 확립한 현상으로 보았다. 신문과 잡지라는 활자 미디어가 속기문이라는 새로운 문체를 통해 오락을 공급하는 상품이 되었다고 말한다. 따라서 속기된 라쿠코와 코단은 하나의 텍스트 생산 방식으로 '미디어로서 정치적 또는 지적 중심부에서 주변부로 이어지는 정보 전달을 목적으로 기사·논설·서사 등 신문의 주요 언설과 어깨를 나란히 할 수 있는 지위를 획득'할 수 있었던 것으로 본다. 일본의 신문 시스템을 수입하여 활용한 근대계몽기 신문이라면, 이러한 속성도 영향을 미쳤으리라 판단한다. 특히 신문 텍스트의 현실성, 사실성을 추구하는 과정에 연행성이 개입된 이유를 설명하는 코모리 요이치의 설명은 『대한매일신보』가 문체를 달리하며 동일 텍스트를 게재했던 과정을 이해하는 데 실마리를 제공한다.[4]

---

4 김영민은 근대계몽기 신문의 문체선택과 관련된 고민을 보여주는 중요한 사례들은 『대한매일신보』와 『만세보』를 통해 확인한다. 이 가운데 『대한매일신보』의 문체 선택 즉, 국문

바후쿠 말기의 닌죠본이라는 문어(文語)로 이루어진 장르의 문체가 엔쵸의 구연을 통해 소리가 되고, 그것을 속기로 표현함으로써 표음성과 표의성이 혼합교차하는 기호 시스템에 의해 소리를 '그대로 등사(謄寫)'했다는 환상이 싹텄던 것이며, 그러한 환상 속에서 '속기' 기호를 '한자카나 혼용문'으로 번역함으로써 그 텍스트가 마치 언문일치를 실현하고 있는 것처럼 착각할 수 있게 되었다는 것을 알 수 있다.[5]

이처럼 원래 일본신문의 '잡보'란에 게재되는 글쓰기의 소재적 측면과 재현 형식은 텍스트의 향유 형식과 신문 독자를 매개하는 구조에서 형성된 것이다. 그런데 코모리 요이치는 1880년대 후반 신문에 구연을 속기하는 이 형식 때문에 연행성을 표음성과 표의성이 혼합 교차하는 언문일치의 기호 시스템으로 구현하는 것으로 본다. 일본신문의 구연속기 시스템에서 구성된 언문일치의 이 현상은 『대한매일신보』가 1907년 한글판을 출판하면서 텍스트에 연행성이 개입하는 변화에서 확인할 수 있다. 특히 국한문판 잡보는 한글판으로 발행되면서 '시스평론'으로 게재란의 이름도 바뀌었다. 그런데 국한문체의 잡보란은 한글의 구어체와 한문의 문어체가 혼용되어 표기되지만, 이에 반해 한글판 시스평론

판에서 국한문 혼용판으로, 그리고 다시 국한문 혼용판과 국문판의 병존으로 변화하는 과정이 '독자를 누구로 선택하는가 하는 문제와 직결되어 있다'고 지적한다. 그래서 『대한매일신보』가 순한글체와 국한문 혼용체의 두 가지 신문을 발간함으로써 독자에 대한 계도와 계몽의 문제를 해결하려 한 것과 달리, 『만세보』는 하나의 신문 속에서 이 문제를 해결하려고 고심했으며, 그 결과 탄생한 부속국문체에 주목했다(김영민, 『한국 근대소설의 형성 과정』, 소명출판, 2005, 80~81쪽 참조). 저자는 여기에 덧붙여 독자와 어떻게 소통할 것인가 그래서 독자는 어떻게 소통하는 것에 익숙한가에 주목한 결과가 이 시기 신문에 반영된 연행성 개입 현상이며 그 결과 문체의 특징이 형성된 것이라고 생각한다.

5   코모리 요이치, 정선태 역, 앞의 책, 157쪽.

의 동일 텍스트는 구어체로 구설적 속성을 지닌 언어로 모두가 한글로 표기되었다. 그런데 이 한글 구어체의 속성을 보면, 연행적 언술 속성을 지닌 언어로 연행자의 재현 행위가 반영되었다.

그런데 구연을 속기하는 행위가 공공연하고 그런 역할이 분명했던 일본신문 시스템과 다르게 근대계몽기 조선의 신문에서 이 역할은 뚜렷하게 부각되거나 확인되지 않은 것으로 보인다. 따라서 『대한매일신보』가 각 지면을 전담한 기자들의 영역을 구분하며, 각 지면을 번역하는 기자들의 역할을 구분한 사실에서 잡보와 시스평론의 차이를 유추해 볼 수 있다. 당시 각 지면을 담당한 기자들은 다음과 같이 알려져 있다. 국한문 논설은 주로 신채호가 맡았으며, 편집은 양기탁이 맡았다. 그리고 외보 번역은 양인탁, 국문논설 번역은 김연창, 잡보외보 번역은 유치영, 영문논설 번역은 정태제, 잡보 번역은 이록, 황희성이 맡는 식이다. 그리고 이장훈은 시스평론을 쓴 것으로 알려져 있다.[6] 이런 역할 분담은 두 지면이 단순히 표기법의 차이에 의해 독자를 구분하기보다는 텍스트를 수용하는 방식을 고려한 것임을 의미할 수 있다.

국한문판본을 기준으로 번역기자의 역할을 구분한 사실을 통해 표기법이나 문자와 언어의 기호적 측면에서 번역한다는 차원으로 한 텍스트의 두 가지 존재 방식을 동일성과 이질성이라는 단순한 방식으로 비교할 수 없다. 그 이유는 '잡보'와 '시스평론'란의 텍스트 변환 과정을 통해 확인해 볼 수 있는데, 연행이 개입된 정황이 확인되기 때문이다. 따라서 이때 기자들의 역할은 바로 재현될 수 있는 행위로 번역하는 것을

---

6   한원영, 『한국신문 한세기』, 푸른사상, 2002, 489쪽 참고.

포함한다. 그래서 시스평론에 게재된 텍스트가 율독체로 표현되거나, 본문의 내용이 연행자의 행위가 재현되는 것을 볼 수 있다. 따라서 일본 신문에서 구연을 속기하는 것처럼 다음 절에서 저자는 『대한매일신보』 국한문판의 잡보와 국문판의 시스평론의 상관관계를 살펴보았다. 대한 매일신보의 잡보에 수록된 기사는 연행성을 매개로 한 구술서사처럼 시 스평론 텍스트로 전환되었다. 마치 잡보를 연행한 채록본처럼 시스평론 은 구술적이고 연행적인 구체적 감각으로 번역되었다. 다음 절에서는 동일한 내용을 국한문과 한글로 구성한 텍스트 비교를 통해 문자 텍스 트가 구술적이고 연행적인 텍스트로 전환된 방식을 살펴볼 수 있다. 참 고로, '잡보'의 경우 텍스트의 이름이 한자어로 명시되었으나 번역된 '시스평론'의 경우 국문판 제목이 명시되지 않고 내용만 이 란에 게재된 차이를 볼 수 있다. 따라서 이 책에서 기재한 국문판 『대한매일신보』 시 사평론의 이름은 편의상, 텍스트 본문의 첫 구절에서 따온 것임을 밝힌 다. 그리고 이를 통해 연행성을 매개로 한 신문 텍스트 구성과 생산방식 을 파악해 볼 것이다.

이처럼 잡보가 시스평론으로 번역되는 과정에서 연행성이 개입되고 매개되는 방식, 그 과정에서 현실에 대한 해석과 관점이 연행성을 매개 로 텍스트에 구축되는 것을 볼 수 있다. 연행 이후를 기록한 텍스트에 연행의 주체인 연행자가 재현되는 것은 두 텍스트의 번역 과정에서 나 올 수 있는 현상이다.[7]

---

7   현재 우리가 접하는 채록본도 오랜 세월을 거쳐 연행해 오던 전통극을 어느 순간에 기록 화한 '연행 이후의 메타적 기록물'이다. 허용호, 「〈꼭두각시놀음〉의 연행기호학적 연구 시론」, 『구비문학연구』 6, 구비문학연구학회, 1998, 409쪽 참조.

2. 잡보와 시〈평론의 상호 텍스트 비교

한글판 시〈평론과 국한문판 잡보의 차이는 국한문판에 재현되지 않은 서술자의 존재를 통해 먼저 확인할 수 있다. 그런데 이 서술자는 단순히 서사를 전달하는 것이 아니라 행위자로서 재현된다. 가령, 달 밝은 밤에 졸린 걸음으로 당도한 곳에서 목격한 장면을 재현하는 구조로 된 「夢踏花亭(오동츄야 둘붉은듸)」 텍스트가 있다.[8] 국한문판이 목격 장면을 서술적으로 재현한다면, 한글판에서는 목격자의 서술과 다른 차원에 있는 서술적 화자가 직접 연행하는 행위가 장면으로 재현된다. 또한 국한문판에는 없는 목격 장면에 대한 해석이 한글판에 제시된다.

▲梧桐秋夜에 淸風이 徐起ᄒ고 片月이 僑ᄒᆫ대 枕上壹夢에 南北村을 周行ᄒ다가 花開동 某亭子에 至ᄒᆫ즉 朴齊純 閔泳綺 両氏가 對坐ᄒ야 觀鎭坊會의 首任을 被選ᄒᆫ 後에 自己의 歷史와 人心의 向背를 論述ᄒᆫ듸 可聽의 言이 有ᄒ더라. ▲閔 여보 大監. 余ᄂᆞᆫ 向日 觀鎭坊에셔 自治會를 發起ᄒᆫ다 ᄒ기에 大端 憂慮ᄒ얏소.

— 금협산인, 「夢踏花亭」(잡보), 『대한매일신보』(국한문판), 1908.9.4

오동츄야 둘밝은듸 몸이 곤뇌ᄒ야 셔안을 의지ᄒ고 죠을더니 홀연 몸을 늘녀 ᄒᆫ 곳에 다다른즉 박졔슌 민녕긔 량씨가 셔로 맛나 ᄌᆞ긔들이 관진방회의 두령이 된 후 ᄉᆞ졍을 언론ᄒᆞᄂᆞᆫ 말이 가히 드를 만ᄒᆫ지라 즘착ᄒ여 듯다가

---

8 국한문판제목을 앞에 국문판 제목을 괄호로 병기하였다.

ᄌᆞ정치ᄂᆞᆫ 소리에 놀나 ᄭᅢ니 남가일몽이러라 ▲ 민씨왈 나ᄂᆞᆫ 관진량방에서

향일에 ᄌᆞ치회를 발긔ᄒᆞᆫ다 ᄒᆞ기로 대단히 근심ᄒᆞ엿소

— 무서명, 「오동츄야 돌 밝은ᄃᆡ」(시ᄉᆞ평론), 대한매일신보』(국문판), 1908.9.4

『대한매일신보』 국한문판 잡보는 재현의 행위를 '문답問答' 형식의
대화체로 표현한다. 반면에 동일한 텍스트의 한글판 시ᄉᆞ평론은 대화에
개입하는 서술적 화자가 동시에 재현된다. 그리고 국한문판 텍스트가
의미 전달에 치중하여 서사를 재현한 독서물에 가까운 반면, 한글판 텍
스트는 동일한 서사에 서술적 화자의 행위가 개입된 연행물에 가까운
차이가 있다. 그래서 한글판은 적극적으로 인물들의 대화에 개입하는
서술적 화자에 의해 마치 잡보를 구술하는 연행자가 재현된 텍스트처럼
보인다. 그래서 잡보의 불필요한 내용을 때로는 배제하고 의미 있는 보
고를 위한 재현 행위를 선택하는 과정이 수행된 텍스트처럼 보인다. 특
히 서두에 "~줌착ᄒᆞ여 듯다가 ᄌᆞ정치ᄂᆞᆫ 소리에 놀나 ᄭᅢ니 남가일몽이
러라"9라는 서술은 이처럼 목격한 상황과 경계를 두어 극적 상황을 필
사한 행위를 표시한다. 그래서 목격한 상황을 재현하는 것과 이를 기록
하는 상황이 다른 행위로 재현되는 것임을 구분할 수 있도록 한다. 따라
서 시ᄉᆞ평론 텍스트에서 행위의 이중적 구조는 이 텍스트가 시ᄉᆞ평론을
하는 연행성이 개입된 정황을 알려주는 지표가 되기도 한다.

1908년 3월 3일 잡보란에 실린 우수산인友殊山人의 「노소문객老少問答」

---

9 이는 글쓰기 관습 측면에서, 우의적인 제시 방법으로 볼 수 있다. 알레고리나 문체적 수
사 방식을 사용한 극 텍스트들은 이전의 한문 글쓰기에서 사용한 꿈을 이용한 몽유록
형식이나 짐승을 형상화하여 우의寓意하는 방식들이 사용되었다. 글쓰기 관습 차원에서
그 이중성을 서명할 수 있는 특징이기도 하다.

은 노인들과 소년의 대화를 중심으로 진행되는 텍스트로 한글판 '시ᄉ평론'란으로 번역된 것이다. 이 텍스트는 두런두런 모여 앉은 인물들의 대화를 중심으로 극적 정황이 장면극 양식으로 제시된다.[10] 국한문판 잡보에서 "▲ 北村셔 老人이 会集ᄒ야 講古談今ᄒ더니"가 한글판 시ᄉ평론에서 "▲ 북촌에 로인들이 모혀 안져 슈작ᄒ더니"로 번역되는 것을 통해 두 텍스트가 수용자에게 전달되는 수행 형식의 차이가 발견된다. 즉 신문 기록자는 대화를 중심으로 재현되는 극적 장면을 '슈작(하는)'이라고 인식하는데, 이는 재현되는 행위를 강조한 제시어이다. 특히 '슈작ᄒ다'는 것은 연행자와 채록자(기록자)가 이중적으로 공존하는 현상을 구분하는 지시어 기능을 한다. 이처럼 동일 텍스트를 한글판 시ᄉ평론으로 번역하는 것은 텍스트에 구술적 연행이 개입되는 형식임을 확인할 수 있다. 이는 문자로 직접 재현한다는 관념보다 매개자에 의해 재현되는 구체적 연행성이 효과적이라는 인식이 반영된 결과로 파악할 수 있다.

이처럼 한글판에서 각 인물의 행위와 대사에서 극적 행위가 보조적으로 재현되는 '슈작하는' 행위를 확인해 보겠다. 먼저, 소년의 첫 발화가 국한문본에서 "少年이 勃然曰 開化로 못된 일 잇소"라고 그 대화 자체만 기록된 것에 비하면, 한글판은 "그 쇼년이 발연변식ᄒ여 왈 **무어시** 못된 일 잇쇼"라며 연행자의 감정이 재현된 차이를 볼 수 있다. 또한 국한문판보다 한글판 인물의 대사가 등장인물의 호흡을 강조하며 재현된 것을 볼 수 있다. 예를 들면, '이거시'와 같은 연행적 언술을 통해 연행리

---

10 저자가 살펴본 다양한 개화기 텍스트와 연극 자료들에서 확인한 용례에 의하면, 이 극적 행위는 '모여 앉아 슈작하는' 것으로 재현된 전통적으로 객관적 정황을 재현하는 극적 진술 방식이다.

듬을 구분하는 행위가 그것이다.

국한문판

一老人이 睥睨良久에 曰 近來 開化흔 兩班들 무섭도고. 少年이 勃然曰 開化로
못된 일 잇소.

▲老人이 冷笑曰 開化風이 흔번 불더니 所謂 五條約이니 七協約이니 ㅎ야 國
事가 此境에 至ㅎ얏스니 잘된 일이오.

한글판

흔 로인이 말ㅎ기를 근릭에 기화흔 량반들은 딕단히 무섭더고 ㅎ매 그 쇼
년이 발연변식ㅎ여 왈 무어시 못된 일 잇쇼

▲로인이 릭쇼ㅎ며 왈 기화 바람이 흔번 불더니 소위 오됴약이니 칠협약
이니 ㅎ야 국스가 이 디경에 니르럿스니 이거시 잘된 일이오

소년은 외양과 무관하게 일진회가 비판받는 것은 노예성질 때문이라
고 말한다. 그런데 한글판에 오면 무관하다던 조선인의 외양을 과장된
행위로 재현하는 것을 볼 수 있다. 이는 이 텍스트의 의미에 기여하기보다
는 소년의 언술 속에 언어유희를 통해 음악성을 부여하는 연행적 구현이
부여된 것이다.

국한문판

▲예. 一進會ᄂ 元來 奴隷性質이라 削不削을 於渠에 何誅리오마ᄂ 雖鬐高二
寸이오 袖廣三尺이라도 祖國精神이 無ㅎ면 無非一進會지오.

한글판

▲쇼년왈 일진회는 원릭 노례릭 셩질이라 머리를 싹것던지 아니 싹것던
지 말홀거시 업거니와 샹투가 서너치 옷쏙ᄒᆞ고 소민가 두어ᄌᆞ 길쑥ᄒᆞ여도
외국 ᄉᆞ샹이 업스면 일진회화 다름이 업지오

이 텍스트는 "時局이 此境에 至흠으로 극 社會에 演說趣旨로 人民의 蒙昧
를 鼓動ᄒᆞ야 自由權을 挽回코져" 하기 위한 것이다. 그런데 한글판에 오면
이 내용은 국한문판과 달리 "각 샤회에서 연셜 취지를 챵긔ᄒᆞ야 인민의
몽민ᄒᆞᆫ 뜻을 고동ᄒᆞ고 ᄌᆞ유ᄒᆞᄂᆞᆫ 권리를 회복코져"라며 그 수행 형식을
문제삼으며 이를 실천하기 위한 과정으로서 한글판이 활용된 것이다.

이처럼 국한문판 잡보가 한글판 시ᄉᆞ평론으로 번역되는 과정은 연행
성이 텍스트의 의미를 확장하고 전달하는 과정이다. 특히 잡보는 시ᄉᆞ
평론으로 전환되면서 대화뿐만 아니라 연행 행위까지 재현되면서 현실
적 담론이 몸의 언어로 구현된다. 이처럼 국한문판과 한글판의 차이가
서술적 화자의 이중적 재현 현상을 통해 발견되는 연행성의 개입 여부
였다면, 그 증거는 다음처럼 연행하는 행위의 차이로 확인할 수 있다.

다음에 인용한 텍스트는 당시 사회에 문제되었던 친일파 유명인의
부도덕한 행위가 소문으로 퍼지면서 세간의 화제가 되었던 것으로, 무
엇보다 그 소문의 관련자들을 사실적으로 재현한 것이 특징이다. 두 텍
스트는 거의 같은 내용을 동일하게 기록하였다. 그리고 이 텍스트는 편
집자적 논평이 개입되지 않은 채 서술적 화자에 의해 재현되었다. 두 판
본 모두 연행기호로 '▲'을 사용한다. 이 두 텍스트는 분명 문체와 표기
수단이 다른 신문 판본의 텍스트이다. 그런데 비교를 통해 보면, 텍스트

의 차이를 확인하기 어렵다.

국한문판

▲지난 겨울 猛烈흔 바름에 病들엇던 오얏나모가 갑작이 滋蕩흔 봄바름을 쏘이민 失攝이 되어 쓸러졋느되 그 나모 그늘 아러 엇던 婦人이 머리를 숙이고 안즈 부그럼 折半 흔숨 折半을 머금고 自己의 子婦라 흘는지 妾이라 흘는지 名詞 짓기 힘드는 흔 美人의게 向흐야 "이이. 말을 흘 수도 업고 아니흘 수도 업다만은 할 수 잇늬. 이리 밧싹 다가 안즈라. 네게 흔 마되 흘 말 잇다." "네. 무슨 말슴을 흐시럼잇까." "오냐. 이즘에 各 新聞을 너도 보앗지. 우리 家門에 醜聞이 浪藉흐니 大監이 日本으로 건너가시던지 네가 어되로 避接을 가던지 흐여야지. 新聞上에 집안 凶이 쓴칠 식 업시 나니 眞情 보기 슬타." "에. 그 別말슴을 다 흐심니다. 날기 업셔도 萬里 가는 것은 新聞이람니다. 이졔 各居흔 다고 新聞上에 이왕 난 그 凶이 업셔지겟슴니까." (…하략…)[11]

한글판

▲지난 겨울 猛烈흔 바름에 病들엇던 오얏나모가 갑자기호탕흔 봄ㅅ바름을쏘이민 실셥이되여 쓰러졋느되 그나무ㅅ그늘아러 엇던부인 흔나히 머리를 푹숙이고안져 흔숨을 드리쉬고 내쉬더니 즈긔의 즈부라고도 흐만흐고 즈긔의 쇠았이라고도흘만흔 미인을향흐야 "이이 말을흘수도업고 아니흘수ㆍ도 업고나 이리 좀 닥어 안져라 네게 흔마디 흘말잇다" "네 무슴말슴이야요" "오냐 요식 각신문을 너도 보앗지 우리가신문에 츄흔소리가 하도랑쟈흐니

11 正冠生, 「李下才談」(잡보), 『대한매일신보』, 1910.3.9.

대감이 일본으로 건너가시든지 네가 잠간 어듸로 가셔잇든지ᄒ여야지 신문
샹에 집안흉이 ᄭᆞᆺ칠ᄉᆡ가 업시나니 진병 보기슬더라” “에그 별말ᄉᆞᆷ을 다ᄒ심
늬다 ᄂᆞ리업셔도 ᄉᆞ희에 써돌고 발업셔도 만리가ᄂᆞᆫ거슨 신문이랍늬다 지금
각거흔다고 신문에 이왕난흉이 업셔지겟슴닛가” (…하략…)[12]

그러나 확실히 두 텍스트는 연행성을 인식한 것으로 보인다. 잡보에
서 스스로 “李下才談(오얏나무아래 재담)”이라며 연행의 수행 형식을 제시
하기 때문이다. 두 텍스트는 재담을 연행하는 차이가 미묘하지만, 행위
가 가감되는 연행 스타일의 차이가 파악된다. 예를 들면, 부인을 형상하
는 대목에서 국한문판은 “머리를 **숙이고 안즈** 부그럼 折半 흔슘 折半을 머
금고”라고 재현된 것과 달리 한글판에서는 “머리를 **푹숙이고 안져** 흔슘
을 드리쉬고 내쉬더니”라고 재현되는 행위를 강조하는 식이다. 이 작은
차이는 이후 재현되는 인물의 행위 부분에서 다시 발견된다. 시어머니
와 며느리의 성격과 행동이 부여된 대화에는 이 인물의 행위가 재현되
고 있는데, 두 판본이 그 재현되는 행위의 차이를 보이기 때문이다. 잡
보의 경우 서술적 화자에 의해 서사가 재현되는 차원에 가깝다면, 시ᄉᆞ
평론은 서술적 화자의 행위로 형상화되는 차이를 볼 수 있다. 다음에 인
용한 부분이 그 차이를 잘 보여주는 대목이다. 잡보의 경우 행위는 재현
의 대상으로 서술되었지만, 시ᄉᆞ평론의 경우 행위는 재현되는 행위 묘
사들은 “가슴에 치미러ᄒᆞᄂᆞᆫ말”, “후후” 등 연행자의 연행 습관 즉 개인
적 연행 행위로 제시된다.

---

12 무서명, ‘시ᄉᆞ평론’,『대한매일신보』, 1910.3.9.

雜報(잡보)

婦人은 火가 쩌올나셔 "어셔 나가보아라. 메치던지 잣바지던지 나는 몰으깃다" ᄒ더라.

시ᄉ평론

그 부인은 동의ᄉ덩이ᄀ혼 불이 가슴에 치미러ᄒᄂ말이 "어셔나가거라 쓰러지든지 잣바지든지 나모른다 후후"

이 현상은 인쇄시 발생한 오류이거나 편집 시 발생한 오류로 설명할 수 있는 것은 아니다. 또한 두 텍스트가 다른 저자에 의해 쓰인 것도 아니다. 결국 이는 실제로 재현되는 행위를 기록하면서 생긴 현상으로 볼 필요가 있다. 즉 잘 알려진 소문을 통해 시세를 비판하는 글쓰기 형식은 대중들에게 익숙한 시청각적 상황 즉, 연행적 상황으로 재현하는 과정을 모색하면서 잡보와 시ᄉ평론 두 텍스트를 공존하게 했기 때문이다. 이상으로 잡보와 시ᄉ평론 두 텍스트의 차이는 이를 기록하는 과정에서 발생하기보다 연행되는 현장성이 영향을 미쳐 발생한 것으로 보인다. 즉 동일한 텍스트이지만, 채록본과 연행본의 경우처럼 연행자와 연행의 환경이 개입한 결과물이기도 하다. 결국 한글판에서 확인되는 신문의 논평자적 현상은 연행의 현장에서 즉흥적으로 구현되는 연행 행위와 그에 대한 해석을 덧붙이는 연행 관습이 텍스트의 형식으로 구조화된 결과이기도 하다. 이상으로 시ᄉ평론은 마치 잡보를 연기한 텍스트처럼 당대 현실을 연행성으로 매개하여 재현하는 행위 중심의 구조와 두 텍스트의 상호 관계를 확인해 보았다.

3. 시스평론과 연행 레파토리의 상호 텍스트성

앞 절에서는 잡보 텍스트가 독자가 익숙한 연행적 상황으로 번역된 한글판 시스평론의 차이를 비교해 보았다. 이를 통해 독자는 시스평론 이라는 텍스트를 청중이나 관객의 관계 속에서 수용했을 상황을 파악해 보았다. 이 전제하에 본 절에서는 시스평론에 적극적으로 재현된 독자 에게 익숙한 연행 행위의 구체적 특징을 살펴보려 한다. 예술이란 당대 문제를 환기시켜 의식의 최고치를 끌어내게 하는 현실적 기능을 하고 있으면서, 다른 한편으로는 폭넓은 향수자를 상대로 하여 즐거움을 주 는 기능을 한다. 따라서 이 과정을 통해 근대계몽기 신문이 인식의 틀로 구성한 대중적 연행성의 구체적 특징을 살펴보고자 한다.

이 시기 독자의 향유욕구를 자극하면서 계몽적 시대의식을 유포한 연행성은 대표적으로 민요나 가사체, 판소리 등을 연행하는 '타령'으로 확인된다. 시스평론 텍스트는 잘 알려진 '타령'을 단순히 복사하는 것이 아니라 모방하지만, 원본을 변형하고 해석하는 틀이 구조화되어 나타나 기도 한다.

1) 타령류 가창 연행구조

1907년 한글판 창간 이후 『대한매일신보』에 '시스평론'란이 등장하 면서 확인되는 현상은 당대 현실이 민요나 타령으로 재현되는 점이다.

이처럼 당대의 구체적 연행성은 배경 설명도 없고, 기사 내용과 상관없이 민요사설처럼 단독으로 수록되어 제시되기도 하는데, 이는 한글판을 발행하기 시작한 1907년 5월 23일 이후 시기와 맞물린다. 그리고 시사평론 텍스트가 재현하고 인용하며, 복제複製하는 가창구조와 언술 형식은 당대 연행된 대중적인 레퍼토리에서 확인할 수 있다.[13] 그래서 시사평론 텍스트에 타령이 연행되는 행위는 대중들과 소통 가능한 표현 형식을 모색하는 과정에서 나타난 하나의 방식으로 파악된다.

1907년 한글판 창간 이후 『대한매일신보』에는 이 레파토리에 포함된 민요나 판소리의 단가短歌 등이 단독으로 수록되기도 한다. 이처럼 연희 양식의 장르 실현 요소가 한글판 '시사평론'란에 지속적이며 고정적으로 게재되면서 텍스트의 하나의 구조와 수사를 형성하는 틀이 이루어지는 과정을 볼 수 있다. 주로 당대 공연 목록에서 확인된 대중적인 가창가사류(타령/잡가)가 '시사평론'의 텍스트에서 재구성된다. 그런데 이때 연행적 특징은 바로 통속적인 가사체 유형의 언설이 자주 발견되는 데 있다. 즉 이 가사체는 가창 연행 내지 강창 연행을 위해서 개발되고 정립된 문체로, 판소리에서도 대표적인 연행 행위로 나타나기도 한다.[14]

---

13 『대한매일신보』에는 민요사설이 1907년부터 나타나기 시작한다. 배경 설명이나 기사 내용과 상관없이 민요사설이 단독으로 수록되기도 하였다. 이는 순국문판을 발행하기 시작한 1907년이라는 시기와 맞물리고 있다. 순국문판은 주로 일반 대중을 향한 것이었으므로 대중들과 소통 가능한 양식을 의식하여 수록할 필요가 생겼기 때문에 발생한 상황이다. 전통 글쓰기에 해당하는 시가 양식인 한시들은 주로 '사조詞藻'란에 실린 것을 확인할 수 있다. 따라서 민요는 일반 서민의 것이고 한시와 다르게 연행의 대상이자 재현되는 행위로서 연행성을 반영하기 때문에 향유자 계층의 차이만을 반영하지 않는다.

14 조선 후기 소설 「구운몽」은 자주 연행되고 공연되던 대표적인 소설 텍스트이다. 이 잘 알려진 서사 텍스트가 지닌 연극성은 바로 소설의 서사가 판소리의 수행 형식인 가사체로 재현된 사실에서 발견되었다. 서인석의 연구는 이를 입증하고 있다. 즉 구운몽과 같은 소설이 가사체를 수용할 때, 그것은 이미 조선 후기 서민가사와 판소리가 공유하는 측면,

시ᄉ평론 텍스트에 재현된 가사체는 단순히 운문적 특징이나 시적 특징이 표현된 것으로 보기 어렵다. 특히 가사가 연행되는 과정에서 그 장르의 실현이 완성된다는 것은 다음 인용을 통해 확인할 수 있다. 인용 텍스트는 가창가사가 제시 형식이 되어 〈담바귀타령〉이 재현되는 행위의 실상을 보여주면서 근대계몽기 시세를 풍자한다. 당시 대표적인 연행 레파토리인 〈담바귀타령〉을 통해 독자의 감정의 구조가 반영되는 것을 볼 수 있다. 신문사 사무를 마치고 돌아가는 길에 '혼자 듣기 아까워' 〈담배타령〉을 들은 대로 기록한다고 밝힌 이후의 내용은 〈담배타령〉이 연행되는 그대로 재현한다. 따라서 근대계몽기 신문 텍스트가 청자까지 재현하는 현상은 신문이 재현의 표현 형식을 강구하는 과정에 나타난 현상이기도 하다. 이 현상은 신문이 근대계몽기 공론장으로서 기능하기 위해 당대 연희장을 신문으로 불러들이며 나타난다. 즉 근대계몽기 신문은 아직 현실적으로 구체적인 기능과 역할을 찾지 못한 관념적인 실체라는 점에서, 당시 연행의 현장과 연행자 등 근대계몽기 연행성을 매체로 인식하는 당대 연형 형식의 활용이 불가피하였다.

신문ᄉ무 다맛치고 수쳑단쟝 의지ᄒ야 본집으로 가ᄂᆞᆫ 길에 어ᄂᆞ방곡 지나
간즉 동요소리 랑쟈키로 귀기우려 드러보니 담바귀의 타령이라 노래진쟈-
누구런고 혼쟈듯기 앗갑도다
▲ 귀야귀야 담바귀야 네힝위를 볼작시면 연희쟝에 무뢰빅가 죠일이나 새
표권연 련속ᄒ여 붓쳐무네 가곡풍류 랑쟈ᄒᆞ되 방탕남녀 뎌정신이 네긔운에

즉 연행을 통한 서사 향유의 극적 관습을 받아들였기 때문인 것으로 보았다. 서인석, 「「구운몽」 후기 이본의 변모 양상」, 『서포문학의 새로운 탐구』, 중앙인문사, 2000, 225쪽.

혼미ᄒ니 지독ᄒ다 네로고나[15] (…하략…)

〈담바귀타령〉은 당대에 익숙하고 인기 있던 연행물로서 인용한 텍스트는 연행 현장에서 발생하는 스타일, 목소리, 수사적 솜씨로 재구성 된 것이다. 따라서 청중적 성격의 독자는 그 내용보다 연행 행위에서 더 강력한 메시지를 읽어낼 수 있다. 인용한 텍스트는 그처럼 이 시기에 대중적인 〈담배타령〉을 수행하면서 시세를 비판하는 행위가 재현된 메타텍스트이다. 타령으로 재현된 연행 형태와 리듬을 통해 당대 현실을 환기한 것은, 연행이 유효한 표현 형식임을 증명한다.

〈담배타령〉은 연행자의 연행 행위가 목소리로 체현된다. 그리고 이를 반영한 신문 텍스트에는 서술적 화자의 언설로 표현된 것이다. 그런데 시ᄉ평론 텍스트에서 〈담배타령〉은 단순히 기록되는 형식이 아니라 청자를 제시하고 그 현장성을 재현하는 가운데 연행 행위를 복원하였다. 그래서 연행 행위와 다른 차원에서 연행 현장을 목격하고 이를 기록하는 행위는 독자와 같은 관극 경험을 환기시키면서 결과적으로 하나의 주관적인 해석이 개입할 수 있는 틀을 만든 것이다.[16] 시ᄉ평론에서 확인된 많은 가사체로 재현되는 타령 텍스트들은 당대 독자들의 감정구조를 잘 반영하거나 구성할 수 있는 연행의 형태와 리듬이 구현된 장소였

---

15 '시사평론', 『대한매일신보』, 1908.12.25.
16 쉐크너는 재현되는 행위로서 연행은 상징적이며, 재귀적인 행위라고 말한다. 그래서 그것은 사회적 종교적 미학적 의학적 교육적 과정을 극장으로 끌어들여 고정시키기도 하는 것이라고 말한다(쉐크너, 김익두・이기우・김월덕 역, 『퍼포먼스 이론』 II, 현대미학사, 2004, 19쪽 참고). 그러므로 사회적 혹은 초개인적인 자기자신은 연행을 통해 하나의 역할이거나 일련의 역할들의 집합이라는 것을 구체화할 수 있다. 이처럼 근대계몽기 시ᄉ평론란은 근대적인 독자를 형성하는 과정에서 연행성이 활용되는 것을 확인할 수 있다.

<표 1> 가창가사 텍스트

텍스트명	외부화자/시적화자 가창 연행 텍스트	게재란	게재신문	게재일
「록음방초 경치됴터」 「頑固自歎」	신문기자/완고노인 〈자탄가〉	시ᄉ평론/ 잡보	『대한매일신보』	1908.6.6
「깁흔산즁 적은길로」 「靑山樵歌」	신문기자/목동들 〈목동가〉	〃	〃	1908.6.20
「궁벽향촌 린리후로」 「孀婦歎」	신문기자/청년과부 〈과부가〉	〃	〃	1908.6.25
「그늘됴흔 뎡ᄌ밋혜」 「獵官者歎」	신문기자/몃몃친구 〈자탄가〉	〃	〃	1908.6.27
「만텹청산 빗긴길로」 「白衲浩歎」	신문기자/즁 〈자탄가〉	〃	〃	1908.6.30
「청약립 록ᄉ의로」	신문기자/어부 〈창랑가〉	〃	〃	1908.7.10
「동ᄌ불너 슐부어셔」 「飮泉放歌」	신문기자/술취한이 〈장부가〉	〃	〃	1908.12.12
「나라일을 근심키로」 「巡檢叢宪」	신문기자/순사 〈자탄가〉	〃	〃	1908.11.26

다. 이렇게 공연의 수행적 역동성과 물질성materiality은 근대적 의미를 구성하고 변화가 가능하도록 하는 전이현상으로서 의미를 마련하고 있었다.

근대계몽기 독자의 몸에 체득된 경험 형식이자 구체적인 인식의 소산이고 틀이 된 가창가사 행위의 신문 텍스트는 〈표 1〉에 일별해 보았다. 이 텍스트를 통해 당대 재현되는 행위 형식인 타령이 재구성되는 과정과 텍스트의 상호 관계를 확인해 보고자 한다. 이 텍스트는 〈자탄가〉, 〈목동가〉, 〈과부가〉, 〈창랑가〉, 〈장부가〉 등으로 이중 가장 많은 빈도수로 재현되었던 것은 〈자탄가〉다. 가창가사로 연행된 텍스트 대부분의 공통 특징은 근대계몽기 가창가사류를 구한말 국권 상실의 소회를 형상한 기호로 표현했다는 점이다.[17] 특히 〈자탄가〉가 자주 재현된 것은 근대계몽기의 사회적, 역사적 인식 과정을 의미하는 연행적 구현을 입증한다. 이처럼 〈자탄가〉 화소는 판소리에서 의미를 확장하고 연행 상황을 환기하는 무대적 구현 형식으로 재현된 것이다.[18] 이 전이현상이 가능하도록 하는 연행성은 관객의 인지구조와 긴밀하게 연관되어 있는데, 행위자(연행자)의 몸에 기억되고 체화된 연행적 메커니즘 속에서 재의미화, 재컨텍스트화되는 것이다.

〈표 1〉에 제시한 가창가사체 텍스트는 모두 외부적 화자(신문기자/필사자자)가 타령으로 재현되는 연행을 듣거나 본 장면을 기록하는 연행

---

[17] 개화기 가사 가운데 대화체 가사는 작품 내에 등장인물을 내세워 현장성을 극대화하고 사건을 신속하게 전개한다. 즉 가사의 대화체는 효과적 내용 전달을 통해 다수의 수용자로부터 공감을 얻고자 했던 작가의식의 발로가 담긴 텍스트이다. 대화체 가사는 또한 당대의 사회적 기능과 밀접한 연관을 맺고 있다. 대중과 친밀한 율문律文을 이용하여 도덕률을 효과적으로 전달하거나 극적 특성을 활용한 사회성을 반영함으로써 동시대 의사소통의 기재로 작용했음을 보여준다. 이 점은 가사 장르의 수용층 확대의 원인으로 작용하였다. 이러한 가사문학의 극적 특징과 극 텍스트로서의 가능성은 김형태의 「대화체 가사 연구」(연세대 박사논문, 2005)에 매우 자세하게 연구되어 있다.

[18] "빗이며 두루 쳐 방문 밖에 탕탕 부딪치며, 발도 동동굴러 손뼉치고 돌아앉아 **자탄가**自嘆歌로 우는 말이, 서방 없는 춘향이가 세간살이 무엇하며 단장하여 뉘 눈에 사랑받을꼬?"(송성욱 역, 『춘향전』(세계문학전집 100), 민음사, 2007, 80쪽) "인력거를 쓸고 가며 **자탄가 노래**ᄒ니 그 노래에 ᄒ얏스되 산첩첩 슈중중이라"(「車거夫부誤오解해」, 『대한매일신보』, 1906.2.20~3.7) 그러나 이후 다른 근대계몽기 텍스트와 신소설에서 자주 현실을 개탄하거나 개인적 심정을 드러내는 장면에서는 수사적으로 활용 된 것에 가깝다. "그 글을 별로외우는 것은 없어도 그중이 팔십에 그 산에를 올라가며 **자탄가** 한글한 귀는 생각이 납니다."(오) "어디 좀 들어봅시다."(고) "그 글이 '팔영 팔십에'(권영민 외, 『화세계/구의산』(한국신소설 6), 서울대 출판부, 2007, 219쪽) "능청 한 가지를 가입하여, 자기 남편이 감동하도록 하느라고, 갖은 사설을 하여 가며 **자탄가로** 울더라. "팔자를 어떻게 못 타고 나서 이 모양인가! 으 // 으으, 떡두꺼비 같은 자식"(이해조, 『구마검외』(한국신소설선집 5), 서울대 출판부, 2007, 40쪽)

필사자로 제시되는 구조이다. 그러나 필사 과정이 비중이 있거나 의미를 생산하는 데 기여하는 차원은 아니다. 시ㅅ평론은 타령을 통해 효과적으로 말하기 시작하며 그 타령을 부르는 자로는 완고노인, 목동들, 청년과부, 친구, 중, 순사 등 당대 현실적 인물 군상들이다.

가창되는 연행 목록은 당대 인기 있던 레파토리 가운데 있는 것들로 인용되고 복원된 것이다. 그 레퍼토리의 유사성뿐만 아니라 당대 공연의 구조를 살펴보는 것도 이 시기 연행 텍스트 생산 과정을 이해하기 위해 필요하다. 왜냐하면 판소리의 본령을 근간으로 하여 파생된 또 다른 연행 장르들에도 이 가사체의 타령이 무대를 구현하는 기본 요소들이었기 때문이다. 이를 통해 타령의 재배열과 재구성이라는 연행자의 해석이 반영되면서 연행이 구현되는 과정이자 결과가 된다. 가령, '단가, 가야금 병창, 승도창繩渡唱' 등의 연행이 타령이나 가사체로 수행되기도 하며, 창극이나 판소리를 구성하는 연행의 형태이자 리듬의 단위가 되기도 하다.

시ㅅ평론 텍스트에 재현된 이 가사체의 타령은 모두 완성된 텍스트이기보다 연희 양식의 도상과 연행의 화소 등을 중첩하면서 부분적으로 연행적 특징을 구현한다. 특히 근대계몽기 현실을 재현하는 과정을 수행하는 과정에서 이 가사체의 타령의 중첩은 근대계몽기 현실을 몽타주적으로 구성한다. 이처럼 신문 기록자가 마치 창자가 판소리를 연행하고 청자가 듣는 것처럼, 자신이 목격한 연행 현장을 필사하여 재현하듯이 독자를 염두에 둔 방식으로 텍스트가 구성된다.[19] 이상의 가창가사

---

19 마에다 아이는 근대일본 독자의 음독에 의한 향수 방식이 닌조본이라는 근세소설의 영역을 탄생시켰다고 기술한다. 그런데 닌조본의 독자가 가부키 온교쿠하나시 고단 등 민

연행 형식은 청각적 재현을 특징으로 하였고, 이 연행 현장을 재현한 텍스트들은 '듣는다'는 연행을 향유하는 행위까지 재현한다. 근대계몽기 연희 현장을 소리의 향연으로 기록한 것에 주목하면 그곳은 근대계몽기 연행성이 넘쳐나는 공간이다. 이 시기 독자들은 귀로 듣고 즐기는 데 익숙했으며, 시청각적 예비 상황에 친숙했기 때문에 연행演行에 의해 장르적 특징이 수행되는 환경에 있었다. 그런 면에서 가창가사(잡가)는 연희 양식 실현에 관여하는 연행 요소로 포괄되면서 연행의 운용까지 수행하는 표현 형식이다.

2) 판소리 가사체 연행구조

(1) 단가短歌 혹은 허두가虛頭歌로 기술된 가창 방식

당대 현실을 사실적으로 재현하고자 했던 『대한매일신보』 시사평론란은 가사체와 잡가류의 '타령'의 언술로 표현된다. 이 텍스트 유형은 가사체 타령의 언술로 단가 형태로 장면을 구성하여, 서사와 시가 상호 텍스트적으로 구성된 것을 볼 수 있다. 이 상호 텍스트적인 면모는 판소리의 익숙한 부분들이 변형되고 차용된 형식이거나 판소리 공연에서 자주 단가나 허두가로 재현되는 연행적 구현 형식이다.[20]

중연예의 목제 축책 재현을 책에서 찾으려는 독자라고 말한다. 즉 친숙한 시청각적인 예비 상황에 의해 사전준비가 된 연행성에 익숙한 독자라는 점이 닌조본과 같은 텍스트를 탄생시켰다는 것이다. 그래서 닌조본은 "작가와 독자의 관계는 무대 위에 앉아 있는 연기자와 청중의 관계에서 그 원형"을 찾을 수 있다고 본다. 이러한 특징이 구성될 수 있었던 것은 이들이 구연을 속기하는 과정에서 탄생한 텍스트이기 때문이다. 마에다 아이, 유은경 역, 『일본 근대 독자의 성립』, 이룸, 2003, 169쪽.

앞에서 확인한 시스평론 텍스트에 재현되는 행위의 연행자는 '완고 노인', '목동들', '과부', '중', '순사', '술취한 이' 등 근대계몽기 당대인을 상징하는 사회적이거나 초개인적인 인물의 역할이거나 그 역할의 집합체이다. 그런데 본 장에서 기술하는 판소리 가사체로 기술된 시스평론 텍스트는 현장감 있는 장면화가 재현된다. 이때 이 텍스트는 행위 주체이자 감각의 주체로 연행자가 재현된다. 이는 관중 앞에서 연희의 규약에 따라 말하고 행동하는 스타일, 목소리, 수사적 솜씨 등의 많은 요소들로 재현되는 행위 과정이다.

당대의 대표적인 극양식인 판소리는 타령을 기본적인 연행 구조로 하여 재현하는 행위를 보여주면서 이를 재구성하고 해석하는 과정을 통해 연행자의 실력으로 완성도가 판가름된다. 이 연행 현장이 시스평론 텍스트에 재현되는 과정에서 연행자의 스타일은 익숙한 타령이 인용되는 형식을 통해 확인된다. 판소리 장면의 인용은 연행의 개성적 수행의 예로 볼 수 있기 때문에 이 절에서 확인하는 판소리 가사체 텍스트는 하나의 연행본적 성격을 지닌다.[21]

「精靈不昧(혈죽이 청청한 곳에)」[22]를 구조적으로 살펴보면, 다른 경우와 큰 차이가 나타나는 점이 내부적 화자로 재현된 가창歌唱자인 연행자 김봉학이라는 실명이 거론되는 점이다. 이 텍스트는 다른 판소리 가사체

---

20 이 단가는 판소리를 부르기 전에 창자의 목을 풀기 위한 구실을 하며, 단가를 부르는 시간은 대개가 5분 내외의 짧은 길이를 가진 것으로 이 단가를 부르는 동안 목성음을 풀어 음정을 고르고 또한 그날의 컨디션을 판단하기도 하는 것으로 알려져 있다. 정병욱, 『한국의 판소리』, 집문당, 1984, 31~32쪽 참고.

21 판소리 텍스트도 그 서사 내용을 장단형의 시가형으로 변환하여 연행하는 경우가 있다. 시조나 잡가, 가사 등으로 가창되는 경우, 연행기호는 가창가사 속에서 확인할 수 있다. 김진영, 「판소리계 소설의 희곡적 전개」, 『고전희곡연구』 1, 고전희곡연구학회, 2000, 313쪽.

22 「精靈不昧」(잡보) · 「혈죽이 청청한 곳에」(시스평론), 『대한매일신보』, 1908.1.16.

텍스트와 마찬가지로 모두 여덟 개의 분절구조로 되어 있으며 각각은 그 죄목을 늘어놓고 단죄할 이유로 내용이 구성된다. 서두에는 작품 속 공간에 대한 '예비적 진술'을 제시하며, "혈죽이 청청ᄒᆞᆫ곳에 한풍이 쇼슬"한 평양 관아에서 민츙정공의 하령으로 평양병뎡 김봉학이 불려오며 극적 사건을 전개한다. 창자唱者로 구현된 김봉학은 명시되지 않았지만, 그 죄목을 늘어놓고 단죄할 이유로 내용을 구성한다. 그런데 이 내용은 춘향가에서 이도령이 어사가 되어 내려와 신관사도를 징치하는 장면이 중첩된다. 즉 근대계몽기의 비판적 현실을 징치한다는 의미에서 이 판소리의 장면은 재인용된 것이다.

▲ 혈죽이 청청ᄒᆞᆫ곳에 한풍이 쇼슬ᄒᆞ더니 무수ᄒᆞᆫ 쟝졸이 느러서고 민츙정 공이 그중에 좌뎡ᄒᆞ샤 완연히 하령ᄒᆞ시기를 평양병뎡 김봉학이 게잇ᄂᆞ냐 네츙졀은 내가알거니와 허다ᄒᆞᆫ 창귀가 죠뎡에 ᄀᆞ득ᄒᆞ야 국ᄉᆞ가 날노 그릇되ᄂᆞᆫ지라 일일이 됴사ᄒᆞᆯ 터이니 셜니 거ᄒᆡᆼᄒᆞᆯ지어다

▲ 오됴약이 부죡ᄒᆞ야 칠협약을 쏘ᄒᆡ주니 오빅여년 막중종샤 뎌희손에 ᄭᅥᆺ 치낫다 이와ᄀᆞᆺᄒᆞᆫ 금슈심쟝 만고에도 업셧스니 그창귀 딕령ᄒᆞ여라

▲ 무슴일노 ᄂᆞᆷ의 집에 고용ᄒᆞᆫ다 ᄌᆞ청ᄒᆞ고 ᄌᆞ유권을 륵탈ᄒᆞᆷ이 날과들노 졈졈늘어 원님내고 좌슈내여 월급들만 투식ᄒᆞ니 그창귀 딕령ᄒᆞ여라 (후략)

▲ 각ᄉᆡᆨ형구를 차려놋코 츄샹ᄀᆞᆺ치 호령ᄒᆞ되 너희죄악이 관텬ᄒᆞᆫ지라 오늘 다시 무를거시 업고 맛당히 군률노 시ᄒᆡᆼᄒᆞᆯ 터이나 참작ᄒᆞᆯ 일이 ᄯᅩ 잇스니 아직 물너 잇스라

근대계몽기 세태를 죄목으로 들어 그릇된 국사를 조사하여 군률을

시행하겠다는 포부는 연행자 김봉학이 "~그 창귀 대령하여라"라며, 장면과 상황에 직접적으로 제시되는 언술 형식을 구현한다. 흥미롭게도 고종시대 명창 가운데 김봉학이 실존했다는 사실은 연행 상황에 간섭하면서 연행 환경을 환기하는 관습이 재현된 사례로 볼 수 있다. 이처럼 시스평론에서 판소리 가사체로 수행되는 텍스트는 외부의 논평적 화자가 전혀 개입되지 않은 채 명창의 이미지를 구현하면서 의미를 형성한다. 즉 춘향가의 이도령이 죄인들을 징치하는 장면을 하나의 담화로 재현하여 현실적인 의미를 확장하는 결과를 얻은 것이다.

이처럼 판소리 언술 구조가 신문 텍스트에서 시세를 비판하는 담화 형식이 되어 인용되고 재현된다. 그리고 이 담화의 기본 구조에는 판소리의 장면화 단위가 활용된다. 당시 실제 판소리가 장면을 단위로 연행될 때 '노름'이라 칭한다. 이것은 분절된 장면들이 서사를 유기적으로 조직하면서도 독자성을 지닌 완결된 서사를 이룩한 독특한 구조에서 파생한 것으로 알려졌다. 이러한 구조적인 연행의 단위인 노름 장면은 판소리의 잘 알려진 사설, 타령, 노래 등이 한 장면으로 인용하기에 용이하다. 그래서 신문의 한정된 지면에 이 단형의 텍스트에서 익숙한 연행 상황은 의미를 극대화하는 데 기여한다.

시스평론에서 판소리의 노름 장면을 단위로 '평양병뎡 김봉학',[23] '집안육축 집주인' '담바귀타령 가창자', '흔사람' '집주인' 등 연행자(가창

---

23 다른 연행 텍스트와 달리 정확하게 개인의 이름이 재현된 것은 처음이다. 그런데 흥미로운 사실은 구한말 고종시대 명창으로 이름을 날렸던 김봉학이 이 연행 텍스트에서 연행자로서 재현되고 있다는 점이다. 그러나 아쉽게도 김봉학이라는 명창이 두 명이나 있으며, 이들의 행적이 신문의 텍스트와 연관성을 밝힐 명확한 증거가 없어 단정할 수 없다. 윤석달, 『명창들의 시대』, 작가정신, 2006, 193~194쪽 참조.

〈표 2〉 판소리 가사체 유형

텍스트명	화자의 유형 (외부적 화자)	게재란	게재 신문	게재일
「병문친고 육두풍월」	모모대신 친구들 연행자	잡보	『대한매일신보』	1906.2.3~4, 1906.2.8
「큰길거리 쟝셕우에」	로동쟈 봉부돌빈 팔구인	시스평론	『대한매일신보』	1908.7.31
「名山大川이니 后土神靈이니」	불특정 화자	어리셕더고	『황성신문』	1907.8.20
「혈죽이 청청한 곳에」 (精靈不昧)	평양병뎡 김봉학 (민츙졍공)	시스평론 (잡보)	『대한매일신보』	1908.1.16
「문밧 목축쟝에」 六畜爭功(육축쟁공),	여섯 짐승 연행자	시스평론 (잡보)	『대한매일신보』	1908.1.29
「녯시딕에 흔사름이」 (家畜呼冤)	집안육축 각즘승 (대강들어 기록한자)	시스평론 (잡보)	『대한매일신보』	1908.11.14
「북산밋혜 적은집은」 (窮廬悲嘆)	집주인 (신문기자)	시스평론 (잡보)	『대한매일신보』	1908.11.27

자)가 자연스럽게 재현된다. 이 텍스트들은 단가 일슈로 화답하고 그 단가로 대답하는 방식으로 재현되는 것으로 연행 행위를 드러낸다. 이 형식은 극인 판소리가 연행을 구현하는 방식인데, 단가로 구현되는 언술 형식을 지시하는 것이다. 단가는 고사성어나 한시 명구 등의 용사用事를 많이 사용하며, 3·4, 4·4의 율조律調가 많아 가사문학과 텍스트상으로 구조적인 연관 관계가 있는 것으로 알려져 있다.[24] 따라서 시스평론에 구현된 판소리 장면의 가사체 형식은 바로 판소리가 구현되는 연행성을 입증하는 현상이다.

---

24 윤광봉, 『한국 연희시 연구』, 이우출판사, 1985, 117쪽 참고.

이 시스평론은 6개의 분절구조로 이루어진 내부 텍스트와 서사와 결사의 (연행자)서술적 화자의 2개 분절로 모두 8개의 분절구조로 구성되었다. 각 텍스트는 판소리 장면을 인용하는 6개의 분절로 구성된다. 그리고 이들은 대개가 개화기 조선 현실을 상징하는 메타포의 연상으로 구성되었다. 이 구조는 방대한 서사를 구조해 나가면서 동시에 따로 떼어 독서되거나 연행되어도 독립적으로 행세할 수 있는 완결된 서사를 확보하는 판소리 연행구조의 특징이다. 즉 장회구성을 그대로 활용하여 공연의 형편에 따라 조정 가능한 전통극의 연행 관습을 재현하면서 매회마다 당대 현실을 판소리 레파토리를 인용하여 구성한 것이다.

시스평론에서 판소리 가사체가 인용되고 있는 것을 그 장면화에서 확인해 보았다. 그런데 본질적으로 이 텍스트의 연행성은 '연행 형식의 삽입'으로 구현되는 것을 볼 수 있다. 판소리에서도 구체적인 연행의 증거인 굿타령, 굿사설, 타령, 노래 등이 있어 극중극의 기능도 발휘한다. 이러한 극중극은 한 장면을 연행적 성과로 극대화하는 장치로서 기능하며, 이러한 삽화적 구조는 연행자의 스타일이 개입된 증거이기도 하다.[25]

다음 텍스트는 주로 판소리에서 활용되는 언술 형식을 제시하면서 계몽기 현실을 재현한다. 이때 '언문풍월로 화답'하는 표현 형식을 제시하면서 당대의 연행 형식을 재현한 것이기도 하다. '언문풍월'은 주로 지식인들의 희작戲作 쓰기나 재담 양식에 자주 활용되던 글쓰기로, 그

---

25 〈봉산탈춤〉이 연행되는 특징을 보면, 놀량이라고 부르는 선소리 류의 타령이 가창되는데, 이는 몇 절로 된 가사이든 가사의 처음부터 끝까지 다른 가락으로 노래하도록 만든 작곡 형식이다. 이러한 가창 형식은 실제 연행에서 30~40분 정도 걸리는데, 여기에서 노래가사보다는 가락과 리듬의 음조성tonality이 강조된다. 이러한 청각적 연행성은 서도소리의 선율을 특징을 가창되는 〈수심가토리〉 등에서도 발견된다. 주현식, 「탈춤연행의 반성성 연구」, 서강대 박사논문, 2010 참고.

특징은 형식적으로 칠언절구 양식과 4·3조 구법과 압운법을 지키는 것이다. 그런데 연행 현장에서 '언문풍월'은 '육담풍월'로 불리기도 하는데, 이 표현 형식은 〈봉산탈춤〉의 양반과장 등 전통적인 연행에서도 활용된다.[26]

이 텍스트에서 제시한 언문풍월 형식은 판소리에서 서사성과 음악성을 교차적으로 구현하는 연행 형식이다. 즉 이 형식은 연행의 음악적 율감을 통해 독자에게 메시지를 전달하는 형식이다. 그래서 인용한 텍스트는 한자성어를 국문으로 소리나는 대로 풀어 언어유희적 태도를 사용해 세태를 풍자하였다. 이 형식은 관용적으로 인용하는 구술 가창물의 하나로 보이는데, 이는 개방적인 연행 환경에서 이용되던 언술 형식이다.

　모쳐 병문을 지나다가 그 병문장석에 모모디신 안져 노는 친고들이 육두 문즈를 너허 언문풍월로 화답홈을 들은즉

　畫出魍魎 허허 얼사 우습도다 모모디신 출입시에 보호는 무슴일고 쥬츌망량 그 안닌가

　春雉自鳴 회회 둘너 일진회는 보국안민 흔다 흐되 미들 사람 업고 보면 춘치즈명 그안닌가

　張酒李醉 각부부에 고문관은 일본사람 딕한월급 까닥 읍시 먹고 보면 쟝쥬리취 그 안인가 (…중략…)

26　임형택은 '언문풍월'을 "한문학이 보편적 문학으로서 권위는 퇴색하였으나 여세를 발휘하는 단계에서 문학어와 구두어 사이의 모순으로부터 태어난 근대적 의미의 글쓰기"로 규정하였다. 따라서 〈춘향전〉의 이도령과 춘향의 우스움은 서민적 재담을 반영된 것이며, 〈요로원야화기〉의 서울 양반과 시골 선비의 시짓기 장면의 재현 형식이 바로 언문풍월의 희작 현장이라 설명하였다. 임형택, 「이조 말 지식인의 분화와 문학의 희작화 경향－김립 연구 서설」, 『전환기의 동아시아문학』, 창작과비평사, 1985, 47~52쪽 참조.

賊反荷杖 니 나라를 나 위흐야 흉언직간 흐는 쟈를 도로혀 착슈흐니 적반
하장 이 안닌가

絶影傀儡 각부관리 감익흐야 무죄히 히방흔 후 붓칠 곳이 업고 보니 절영
괴뢰 그 안닌가 (…하략…)²⁷

위 텍스트는 표면적으로 익숙한 한자성어를 대입하여 개화기 세태를
비판하고 풍자한다. 여기 나오는 한자성어들은 대개 판소리 각 대목의
장면에서 활용하는 표현 형식을 인용하기 위해 호출된 것이다. '畵出魍
魎쥬출망량'은 '낮도깨비' 정도로 번역할 수 있으나, 심봉사가 무릉태수
에게 노상강도를 만나 당한 일을 고하는 장면에서 도적을 형용한 구문
으로, 이 연행에 익숙한 독자들에게는 대신들의 횡포를 현장감 있게 표
현하기 위한 수사로 구축된 것이다. 따라서 이 텍스트는 한자를 풀어서
이해하는 것보다 소리나는 대로 읽어야 의미 전달이 효과적이다. 이 구
문들은 모두 연행 현장에서 장면을 설정하거나 정서를 표출하는 데 익
숙한 표현 형식이었다. 따라서 '春雉自鳴춘치즈명', '絶影傀儡절영괴뢰'
는 대입할 대상과 함께 발화되는 순간 메시지가 즉각 전달되는 연행 형
식이 재현된 것이다.²⁸

이처럼 판소리의 연행언술로 제시된 이 텍스트는 각 구문을 '모모딩

---

27 「병문친고 육두풍월」(시스평론), 『대한매일신보』, 1906.2.3.·4·8.
28 '春雉自鳴춘치즈명'은 김교제의 「치악산(하)」에서도 그 용례가 확인되고 있다(권영민,
『목단화 외』(한국신소설선집3), 서울대 출판부, 2007, 131쪽 참조). 이는 시키지도 않
은 짓을 중뿔나게 나서는 행위를 표현하는 것으로, 춘향전에서 향단이가 술상 차리는 대
목에서 안주를 나열하는 장면에서 활용된 표현이다. '絶影傀儡절영괴뢰'는 끈떨어진 망
석중이로 산대극에 나오는 연행 구문이며, 이 이미지는 후에 소설을 통해서도 자주 인용
되는 연행언술이다. 그러나 제시적으로 표현되었던 이 연행언술이 보다 더 재현적이며
묘사적인 형식으로 확장되는 것을 볼 수 있다.

신'이나 '일진회', '각부부 고문관' 등을 병렬적으로 연상하도록 유도하는 효과를 구성한다. 이 인물들이 판소리에 등장하는 육두문자로 운을 던지면, 다시 육두문자를 언문으로 풀어 상황을 서술하면서 화답하는 연행 형식으로 재현된 것이다. 실컷 욕이나 해보자는 심사로 당대 연희의 표현 형식을 빌어 세태를 풍자하는 연행 형식이 매우 현장감 있게 재현된 텍스트인 것이다. 그리고 각 분절의 마지막에는 '그 안닌가'라는 화답 구문이 반복적으로 제시되면서 구술 연행의 정황도 재현한다. 따라서 이 텍스트는 시스평론 텍스트가 당대 현실을 사실적으로 재현하기 위해 모색한 표현 형식과 실제 독자와의 관계를 유추할 수 있도록 돕는다.

특히 이 텍스트에서 재현된 연행 행위는 '언문풍월' 쓰기운동으로 근대계몽기에 재현의 표현 형식으로 활용되도록 조성되기도 한다.[29] 이상의 '언문풍월'과 같은 연행 행위를 표현한 이 텍스트는 당대의 연행 형식을 보여주기도 하며, 당대 연행 행위가 어떤 의미를 구성할 수 있는지 연행의 전이현상까지도 언급하는 메타드라마적인 내용을 소유하였다. 인용한 텍스트는 이제까지 살펴본 시스평론 텍스트 가운데 가창 행위의 유형들의 구성 형식에 대해 규정하는 내용으로 구성되었기 때문이다. 시스평론 텍스트에서 확인한 가창 형식은 언어의 매개체로서보다는 목소리 그 자체가 리얼리티가 되는 청각적 연행성이 전개되는 근대계몽기의 특징을 볼 수 있다. 따라서 신문 텍스트에서 언어로 제시된 이러한 가창 형식은 언어의 기능과 구분하여 볼 필요가 있다. 이때의 언어는 에

---

29 이 운동은 이종린이 『천도교회월보』에 '언문풍월'란을 주관하면서 국문쓰기에도 많은 관심을 갖고 주도했었다. 이주영, 「개화기 언문풍월 양식의 국어교육적 함의」, 『고전문학과교육』 2, 한국고전문학교육학회, 2000, 80~82쪽 참조.

너지를 발산하는데, 가창되는 텍스트의 가사 내용이 전달하는 로고스적 지평과 다른 유형의 긴장감을 유발한다. 이 긴장감은 청각적 감각성을 통해 연행의 도상성이 환기되어 신문 독자들은 관객으로서 연행 공간에 함께 있는 듯한 공간감을 인식하게 된다. 신문은 구체적으로 타령으로 구성된 텍스트를 통해 관객의 몸을 이 울려 퍼지는 목소리에 자극받아 연행 공간을 의식하도록 변화시킨다. 즉 근대계몽기의 현실에 대한 보고나 계몽적 담론들은 비슷한 어구들의 반복을 통해 전달되지만, 그 영향력은 실제로는 관객들에게 다양한 형식으로 유도된다. 즉 계몽적 의미로부터 분산되고 그 의미와는 상당히 다르게 확산되어 관객들은 몸을 그 리듬에 맞춰 덩실거리거나 가락과 음조에 흥미를 느끼도록 유도될 것이라 보는데, 바로 연행자의 목소리가 주는 물질성 때문이다.

(2) 아니리로 기술된 세계

시스평론에서 극적 공간과 시간, 상황, 등장인물은 연행자의 직접적인 발화에 의해 관용적으로 제시된다. "모쳐 병문", "병문장석" 등 관용적으로 공간을 제시하는 것은 연행자의 몸에 기억된 형태로 전달되고 전수되던 연행 관습 때문이다. 이 현상은 연행의 흔적이자 근대계몽기에 현실성을 재현하는 연행기호가 되었다. 또한 두런두런 모여 앉은 인물들의 대화를 중심으로 극적 정황이 익숙한 연행 장면으로 제시되는데, 이때 관용적 발화 양식이 객관적 정황을 재현하는 극적 진술 방식으로 인용된다. 저자는 이 시기 텍스트에서 확인한 용례를 통해 병렬적 발화 행위를 제시하는 관용적 재현 형식을 파악할 수 있었다. 즉 "모여 앉아 슈작하는"으로 연행 행위와 연행 상황을 인식하는 것이다. 그리고

'슈작하는 말'[30]은 재담으로 표현되는 대화의 현장성으로 세계를 사실적으로 기술하는 방식이다.

모두 여섯 동물들의 입을 빌려 여섯 개의 분절구조로 구성된 이 텍스트는 〈수궁가〉의 한 장면을 인용하는 연행 행위로 재현을 구성한 텍스트다. 즉 용왕의 병환을 해결하기 위해 육지로 나갈 일을 의논하는 가운데 자신의 충성심을 내세우며 나서지 않는 대신들과 그 사이에서 목숨을 바쳐 충성을 맹세하는 별주부의 장면이 연행되는 〈수궁가〉 대목을 인용한 것이다. 이 텍스트는 잔치가 막 벌어지려 하는 마당 한쪽에서의 상황이 재현된다. 농사짓는 소에서 보라매, 돼지까지 집에서 기르는 짐승들이 잔치 음식으로 쓰이기 위해 삶아죽임烹을 당해야 할 상황 앞에서, 돼지를 제외하고 저마다 최선을 다해 주인을 보필했다는 이유를 들어 죽을 수 없음을 하소연하는 내용이다. 여기서 메시지의 핵심은 제 몸 하나 살찌겠다고 주인의 흥망을 걱정하지 않는 무리에게, 돼지가 흉악한 심장들을 깨우치고자 한다는 충忠사상을 전달하는 계몽적 담화이다.

◀녯시뒤에 흔사롬이 경계상에 대방가로 별반실업 연구ᄒ야 루만금을 치부-러니 후손들이 불쵸ᄒ야 여러잡류 모화놋코 잔치음식 ᄒ량으로 집안육축 덤고흘제 각즘승이 호원흔다

◀농우흔필 내다르며 쥬인님아 내말듯쇼 놉고ᄂ즌 압뒤ㅅ들에 뎌뎐답을

---

30 1898년 7월 1일 자『미일신문』, 잡보란에 실린에 실린 텍스트에서도 스스로 재담적 대화구조에 있는 것이 재현되었다. "아죠 찰 슈구당에셔 늘근 점잔은 로인 흔분과 기화에 식로 맛드린 졀믄 친구 ᄒ나와 맛나셔 슈작ᄒ는 말이라." 이 글은 수구당을 형상화한 늙은 노인과 개화당을 형상화한 젊은 친구 사이의 대화로 신문물을 수용하는 차이를 통해 세대 간 의식의 차이를 보여준다. 계몽기 텍스트에서 신구 간의 의식 차이는 등장인물의 노소老小로 자주 형상화되고 있다.

갈량으로 칫즉마져 압혼중에 씀을쌜쌜 흘니면서 일년농ᄉ 지엇거늘 무슴죄로 죽이랴나 여보나는 못죽겟쇼 (…하략…)

◀ 보라메가 내다르며 쥬인님아 내말듯쇼 만학천봉 험한듸로 늘나든녀 산양홀제 제몸긔갈 불계ᄒ고 긔는토끼 ᄂᆞᄂᆞ꿩을 전력ᄒ야 잡엇거늘 무슴죄로 죽이랴나 여보나는 못죽겟쇼

◀ 도야지는 슉으리며 쥬인님아 홀말업쇼 여러언론 드러본즉 모다은헤 갑헛는듸 내심장만 흉악ᄒ야 쥬인흥망 불고ᄒ고 제몸ᄒ나 살졋스니 가마물이 다ᄭᆯ엇나 죽을놈은 나ᄲᅢᆫ일세[31]

이 장면에서 인물들 각각의 발화는 마치 한 사람의 발화처럼 일관성 있는 어조와 규칙적인 구문의 형태로 구성된다. 여기에서는 여러 인물의 대사가 변별력 있는 발화 방식으로 이루어지지 않는데, 이는 한 사람이 모든 등장인물의 목소리를 담당하는 판소리의 연행자 주도 연행 관습으로 재현되는 행위이다.[32] 즉 이 텍스트들은 연행자 주도의 아니리식의 연행적 발화를 기술하면서 세계를 재현한다. 그리고 이 텍스트 말미에는 "**괴상ᄒ고 허탄흔** 이 말을 대강 들어 기록했다"라 하여 연행을 보고 들은 청자가 연행을 필사하고 채록하는 행위를 보고한다.

신문에 이 텍스트를 기록한 청자는 연행에 대한 해석까지 겸하여 "밋을것은 업거니와 족히비유 ᄒ겟기에 대강들어 긔록ᄒ니 한국안에 신민

---

31 「녯시듸에 흔사룸이」(시사평론) · 「家畜呼寃」(雜報), 『대한매일신보』, 1908.11.14.
32 탈춤의 경우 취발이의 1인 2역이 있고, 〈꼭두각시놀음〉의 경우 눈에 보이는 다양한 인형군상들이 실은 대잡이의 연행으로 이루어지는 연행 방식 때문이다. 그래서 〈꼭두각시놀음〉은 행동에서는 다인 다역이지만, 대화에서는 1인 다역의 특징을 갖는다. 허영호, 「〈꼭두각시놀음〉의 연행기호학적 연구 시론」, 『구비문학연구』 6, 구비문학연구학회, 1998, 414쪽 참조.

들은 허망ㅎ다 ㅎ지말고 두세번식 싱각ㅎ야 각각정성 홀지어다"라고 덧붙인다. 이는 연행자가 재현한 행위를 사실적으로 묘사하는 형식으로 신문 필진이 기록하는 방식이 아니라 주관적 해석을 부여하여 연행을 텍스트로 재생산하는 것이다. 따라서 연행자의 몸을 매개로 전수되는 연행성은 텍스트의 메타포로 기능하기도 하지만, 연행이 텍스트로 전환되는 과정을 반영하기도 한다.

인용한 시ᄉ평론 텍스트는 판소리의 아니리 식의 연행적 언술을 여덟 개의 분절된 구조로 구축하였다. 그리고 전형적 인물의 재현과 그 인물을 재현하는 발화 방식이 연행자 주도에 의한 것임도 확인할 수 있다. 그래서 앞의 텍스트들에서는 각기 다른 방식이지만 연행의 특징과 텍스트 주제가 내포된 "그챵귀 되령ㅎ여라", "무슴죄로 죽이랴나 여보나는 못죽겟쇼"와 같은 반복된 구문구조와 연행적 발화 등을 확인할 수 있다.

다음 텍스트는 〈흥부가〉에서 흥부의 가난한 삶을 묘사하는 아니리를 인용하여 장면을 재현한 텍스트다. 이처럼 신문은 판소리가 연행되는 가사체의 장면화를 활용하여 근대계몽기 현실을 연상하도록 하는 연행의 확산이 텍스트로 재생산되는 구조를 구축한다. 이 텍스트는 먼저 "침침칠야 풍우즁에 저녁이나 먹엇는지 물것으로 잠못들고 제집형편 론난홀" 쥬인이 등장하는 장면이 제시되면서 〈흥부가〉가 인용되는 텍스트이다. 이 '쥬인'은 당대 사회에 대해 판소리 가사체를 인용하면서 비판적으로 제시한다. '쥬인'이 판소리 가사체로 재현하는 연행적 상황을 보고 신문 필자는 당대의 시사를 논하는 지사적 면모를 지녔다고 비평한다.

◀ 북산밋헤 적은집은 동퇴셔붜 ㅎ엿는되 그쥬인이 누구런가 침침칠야 풍

우즁에 저녁이나 먹엇ᄂᆞᆫ지 물것으로 잠못들고 제집형편 론난홀졔 시ᄉᆞᆼ신지 흔탄ᄒᆞ니 그도ᄯᅩᄒᆞᆫ 지ᄉᆞ로다

◀당돌ᄒᆞ다 뎌벼룩은 이리쮜고 뎌리쮜여 긔탄업시 왕릭ᄒᆞ며 어듸던지 달녀드러 늡의피를 ᄲᅡ라먹고 제ᄎᆞᆼ복만 ᄒᆞ랴하니 앙금쌀쌀 긔ᄂᆞᆫ모양 조급ᄒᆞ기 뎨일이라 일본인과 흡ᄉᆞᄒᆞ다

◀우쥰ᄒᆞ다 뎌빈듸ᄂᆞᆫ ᄭᅵ리ᄭᅵ리 작당ᄒᆞ야 뎌희몸만 살지랴고 분주불가 달녀드러 늡의혈육 다ᄲᅡᆺ다가 루ᄎᆞᆺ살륙 당ᄒᆞᆯ것만 조곰치도 슈치업시 련속ᄒᆞ여 ᄶᅩ덤비니 정부대관 흡ᄉᆞᄒᆞ다

◀음흉ᄒᆞ다 뎌좀들은 고루거각 문허지면 져도의탁 업겟ᄂᆞ듸 기동들보 다 파먹어 셩ᄒᆞᆫ 지목업게ᄒᆞ고 벼록빈듸 란만즁에 ᄀᆞ쟝의졋 흔혜ᄒᆞ며 소릭업시 숨엇스니 원로지상 흡ᄉᆞᄒᆞ다

◀렴치업다 뎌쥐들은 근근싱애 ᄒᆞᄂᆞᆫ집에 여간젼곡 도적맛고 싱명신지 살해되야 참혹홀ᄉᆞ 뎌경샹을 졔눈으로 보면셔도 구녕뚤고 드러와셔 요리죠리 긁어내니 디방관리 흡ᄉᆞᄒᆞ다 (…하략…)[33]

이 텍스트의 각 분절은 '당돌하다, 우둔하다, 음흉하다, 염치업다'라고 연행 화자인 쥬인의 언술이 강조된다. 그리고 이 구문이 반복적으로 제시되면서 음악적 율격을 형성하고 이를 통해 발화 형식으로 인식되면서 가난하고 비관적인 현실이 장면으로 구성되는 효과를 가져온다. 이 텍스트는 벼룩, 빈대, 좀벌레, 쥐, 이, 파리 등 각종 '물것'들로 형상화된 문제적 인물의 행위를 '일본인', '정부대관', '원로지상', '디방관리'에

---

33 「북산밋헤 적은집은」(시ᄉᆞ평론) · 「窮廬悲嘆」(雜報), 1908.11.27.

빗대어 풍자한다. 반복되는 구문구조와 역동적 율감, 반복되는 후렴구와 인물 제시가 서술을 통해 재현되는 형식은 이 텍스트가 판소리 가사체의 연행으로 구현되는 과정이다. 또한 각 장의 끝 부분에 '~흡소ᄒ다'는 비유를 통해 비약적이지만 시세를 비판하는 연속된 형식은 음악적 감각을 재현한다. 이 연행을 기록한 필사자는 '퇴락한 집을 수리하고 남루한 빨래를 하듯 여러 물것들을 제거한 후에, 사농공상 네 가지로 실제 사업을 발달하도록 하면 집안이 일어서는 것은 어렵지 않을 것'이라는 실용적 메시지를 달하는 내용으로 연행적 텍스트의 외화를 구성한다. 이상으로 판소리 가사체가 인용되거나 판소리 연행 장면이 인용되는 형식은 계몽기의 사회적 담화가 근대계몽기 연행언술로 구성되는 것임을 확인했다.

시ᄉ평론에 게재된 텍스트는 판소리 가사체를 인용하여 근대계몽기 세태를 풍자하는 형식을 구축하였다. 즉 판소리 언술 형식에 익숙한 독자를 고려하여 텍스트의 구조와 수사로 흡수한 것이라 볼 수도 있다. 또한 이 텍스트는 특히 잡보 텍스트와 비교해보면, 연행자의 스타일이 개입된 정황 때문에 판소리 연행본으로서의 성격이 반영되었다. 즉 이 텍스트에 부여된 연행성은 말의 내용보다 연행기호에 관중이자 독자 대중이 직접적으로 자극받는 부가 텍스트로서 강조된 것이다. 이상으로 살펴본 시ᄉ평론 텍스트의 연행성은, 의미보다는 음악성을 중심으로 한 가사체의 판소리 언술 텍스트가 이 시기 극적 관습으로 확인된다.[34] 따

---

34 언술 텍스트란 등장인물의 말로 형상화될 대화, 방백, 독백 등을 말하고 부가 텍스트는 복합적인 극적기호로 번역될 제목, 서문이나 작가의 말, 등장인물 목록, 막이나 장 등·퇴장의 단위 구분, 대사 앞의 등장인물 이름, 다양한 형태의 해설 및 등을 일컫는다. 이상란, 『희곡과 연극의 담론』, 연극과인간, 2003, 17쪽.

라서 연행적 텍스트로서의 변별성은 판소리의 가사체를 중심으로 한 언술 텍스트의 속성에서 확인된다. 그 음악성은 반복되는 구문과 구절, 분절의 방식이나 언어유희로 형상화하는 방식이다.

3) 산대극 재담才談 연행구조

이 항에서는 근대계몽기 신문이 현실을 재현하는데 사용한 방식 가운데 대화를 표현 형식으로 하는 텍스트의 유형을 살펴보려 한다. 특히 『대한매일신보』, 잡보, 기서, 시사평론에 게재된 텍스트 가운데 토론체나 문답체의 '대화'체 유형 가운데 연행적 언술 형식으로 재현된 것을 분석하려 한다. 이 유형은 발화 형식에 따라 두 가지로 나눠볼 수 있다. 먼저, 두 인물의 대화가 재담연희 양식을 재현하는 형식이다. 다음으로는 재담처럼 언어유희로 이루어졌지만, 이들은 인물 간의 대화가 아니라 병렬적인 대화로 표현하는 것이다. 그런데 이 병렬적 발화는 마치 한 사람의 발화처럼 형식적인 면에서나 내용적인 면에서 집약적이고 일관성이 있다.

1906년 1월 4일 『대한매일신보』의 기서寄書란에 실린 우시싱의 「노상문답路上問答」은 두 인물의 대화를 중심으로 한 재담이 중요한 화법으로 사용된 텍스트이다. 이 텍스트는 시골 사는 김 서방이 경성을 가다가 평양으로 가는 서울 박 서방을 길에서 만난 장면으로 시작한다. 두 인물은 시국의 어수선함을 일상적인 대화로 재현하는데, 그 내용은 향촌의 삶이나 도시의 삶이나 정부의 무능함과 과한 세금으로 살기 어려움을 토로하는 것이다.

두 인물의 대화에서 발견되는 특징은 서로의 상황을 묻고 답하는 과정이 마치 추임새하듯 리듬감 있게 오고가는 화법으로 재현된 점이다. "살 슈 업네 / 엇지허여 살 슈 업나", "기막키네 / 무어시 기막키나", "나온다네 / 나온다니 무어시 나오는가". 이처럼 김 서방과 박 서방의 대화는 사건을 확인하고 전개하며, 리듬감을 통해 극적 긴장감을 형성하는 묘미를 표출한다. 재담에서 대화의 형식은 그 대부분이 반복이라는 독특한 형태를 띤다. 이 텍스트 역시 등장인물들 간의 대화에서 반복 형식은 극적 미감을 유발하는 효과이다.

아아. 金書房인가. 자녀는 어듸로 가는가.

京城으로 가네. 朴書房 어듸로 가나.

나는 平壤으로 가네. 지금 시골 형편 엇더흔가.

살 슈 업네.

엇지허여 살 슈 업나.

村에 살자 허니 盜賊 쌔문에 살 슈 업고 邑近處에 살자 허니 日人壓制 難堪일서 우리 田畓 抑奪허며 우리 家屋 쌔아스니 살 곳시 업셔지며 馬草라 鐵路役夫라 星火갓치 督促허며 牛馬 갓치 使役허 奴隷들 이 갓튼 奴隷 또 잇는가. 살 슈 업네. 살 슈 업네. 우리 同胞 살 곳 업네. 요사이에 셔울 형편은 엇더흔가.

셔울 형편 그 말 말게. 기막키네.

무어시 기막키나.

나온다네.

나온다니 무어시 나오는가.

統監이 나온다네. 內治 外交 다 차지허고 財政 軍政 다 監督하며 統監府 官制 반포 벌써 되야 統監 以下 七十餘名 나온다네.

그러면 헐 슈 업시 망허엿네.

이 스룸 줌을 쭈나. 별셔 망흔 지 오랜네.

재담 양식을 근간으로 하는 이 두 인물의 대화의 연행적 구현 형식은 나라 안 정세를 풍자하며, 조선이 망한지 오래라는 탄식을 말장난으로 희화하면서 시작한다. 이후 이어지는 대목의 대화 소재는 조선 패망의 원흉으로 본 친일 오적에 대한 이야기이다. 이 부분에서도 도적을 의미하는 한자로 세태를 풍자하는 방식이 눈에 띈다. "풀방구리에 쥐 드나들 덧허는" 식으로 친일 오적과 간신 무리를 형상화한 부분에는 곁말을 쓰고 말재간을 부려 언어적 희롱을 부리는 재담극의 특징이 재현되었다. 이때 유발되는 웃음은 "귀에 속은속은 눈을 씀격씀격"처럼 동음이의어나 문자 반복을 사용한 말재간으로 이어진다. 게다가 정부는 "다 써거져 구데기가 들썩들썩허는 政府"로 희롱되며 그 무능함을 풍자한다.

요스이에 新條約 事件으로 五賊이니 六賊이니 八賊이니 써들던 일 엇지 되엿나.

여보게. 그 말 말게. 賊字는 업셔지고 눈에 宦慾이 벌건 사룸더리 賊臣이라 허는 그 사룸 집에 드나드는 거시 풀방구리에 쥐 드나들 덧허면셔 귀에 속은속은 눈을 씀격씀격 여젼이 허는 모양이데

그런데 앞서도 확인한 것처럼 이러한 방식은 어느 한 인물의 발화로

만 이루어지지 않는다. 이 발화를 거들거나 맞장구치거나 혹은 못 알아 듣더라도 유희적 발화 상황을 거드는 조역이 있어 웃음이 배가된다. 특히 이 텍스트는 웃음을 유발하는 조역인 두 인물이 각 인물의 발화 말미를 물어 극적 긴장감 속에서 웃음을 유도하도록 하였다. 나라를 파는 데 앞장선 대신이 판을 치는 세상에 갑자기 김 서방은 '믿는 것이 중요하다'는 상황과 어울리지 않는 말을 하기도 한다. 이에 박 서방은 '남을 믿다가 나라를 잃은 상황에 무엇을 믿느냐'며 말장난으로 응수한다. 그런데 김 서방이 내놓은 계책이 갑작스런 예수타령이다. 결국 이 텍스트는 미국이 독립국가로 성공한 데는 예수를 믿었던 힘이 컸다는 계몽적 메시지를, 재담 연행 구조를 삽화로 삼아 전달하는 형식으로 구성한 것이다. 이 현상은 서술적 화자를 내세우지 않고 계몽 담론을 전달하는 과정에서 연행성이 개입하면서 발생한 극적 플롯이 형성되는 과정으로 볼 수 있다.

> 여보게. 朴書房. 이리뎌리 싱각 말고 지금은 밋어야 사네.
> 여보게. 밋는단 말 그만두게 우리나라 사롬은 남을 밋다가 판눈네.
> 여보게. 늬의 밋는단 말을 그런 것 안일세.
> 그러면 무어신가.
> 드러보세. 하나님 공경 예슈를 밋어야 솔 길 잇네.
> 예슈롤 밋으면 엇지 솔 길 잇나.
> 여보게. 자셰히 늬 말 드러보소. 우리나라이 다시 되자 허면 지금 다 써거져 구데기가 득셕득셕허는 政府는 소용 업고 우리네 빅셩이 열녀야 되네.
> 그러면 예슈를 밋으면 나라이 잘 되깃나.

지성으로 하나님을 공경허면 심묘혼 리치로 인연혀여 新學問上 無궁허신

智識을 어더 우리네가 智識이 잇스면 國民 團體 되기 쉽고 權利 回復 잠간 되네.

참 그러흔가. 여보게. 알기 쉽게 美國獨立史를 펼쳐보게.

그 나라이 무슨 심으로 되엿는가. 예슈 밋은 源因일세.

하하. 참 그러흘세. 나도 예슈 밋어 하나님 공경허여보세.

이상의 텍스트는 국한문판에 게재되었지만, 거의 일상적 구어에 가깝게 재현되었다. 특히 일상의 대화를 사실적으로 잘 재현할 수 있었던 것은 읽을거리이자 인기 있는 대중적인 연행 양식으로 재현하였기 때문에 가능했다. 재담의 보여주기 방식을 이용하여 대중들의 관심을 흡수하고자 한 이 같은 시도는 텍스트 외부에서도 재담응모를 통해 진행되었다. 1908년 1월 8일부터 장학월보사에서 주최한 응모에는 논설, 소설, 사조, 작문, 역사, 지리, 산술, 재담 등의 항목을 두어 작품을 모집하였는데 당선자에게는 소정의 상품도 주었다고 한다.[35] 따라서 기서와 같은 독자 투고를 유도하는 신문에 재담이 재현되었다는 사실은 단순히 대중적인 표현 형식과 재현을 모색하는 과정에 반영된 현상으로만 볼 수 없다.

또한 개화기 광무대 외에 장안사나 단성사의 전통적 공연물 목록을 확인해 보면 재담이 인기 있는 극적 표현 양식임을 확인할 수 있다. 구체적으로 '방자노름, 선생노름, 흥부노름, 기생노름, 장님노름, 우슴거리, 소극, 줄노름, 탈노름, 재담, 희극, 광희' 등으로 유형화되는 연행 목록을 보면, 여기서 주로 등장인물의 '노름' 장면은 판소리 레파토리 중

---

35 고은지, 「계몽가사의 문학적 형상화 방식과 그 의미─양식적 원리와 표현기법을 중심으로」, 고려대 박사논문, 2004, 177쪽 참조.

<表 3> 재담 연행 텍스트

텍스트명	등장인물 재담 연행 화자	게재란	게재신문	게재일
「路上問答」	김서 방, 박 서방 재담 연행자	기서	『대한매일신보』	1906.1.4
「북촌에 로인들이 모혀」 (老少問答)	노인들과 소년 구술 연행자	시스평론 (잡보)	『대한매일신보』	1908.3.3
「모춘삼월 장안길에」 (屛巾酺酊)	흔사람	시스평론 (잡보)	『대한매일신보』	1909.5.15

창唱보다는 연기가 강화된 단편의 유희물의 단위이다. 이 양식은 기생
들이 몸동작을 표현의 매개로 삼아 방자나 이 도령 등의 흉내를 낸 공연
물이었다고 전한다.[36] 이들은 대화를 중심으로 한 극 양식이어서 실내
극장이 등장하면서 더욱 주목받게 되었다. 이 사실은 대중적 지지를 받
으며 성행한 재담은 그 자체로 하나의 극 양식이었지만, 근대계몽기 실
내공연에서 사실적인 연회의 표현 형식이기도 하였음을 의미한다. 따라
서 재담으로 재현되는 다양한 장르를 파생시키기도 했던 것이다. 조선
후기 발탈이 그 대표적인 예인데, 다양한 재담 양식의 확대 재생산 과정
은 대중으로부터 지지와 호응을 얻었기 때문에 가능했다. 근대계몽기의
이러한 환경은 신문이 텍스트에 가창 형식의 연행과 다른 차원에서 재
담을 표현 형식으로 반영하는 원인이 된다.

특히 일상적 언어를 재현하는 문제를 고민하면서 사회 상황을 사실

---

36 정충권의 「1900~1910년대 극장무대 전통 공연물의 공연 양상 연구」(서대석·손태
도·정충권,『전통구비문학과 근대공연예술』1, 서울대 출판부, 2006, 61~62쪽, 공연
목록)에서는 재담을 주요 표 현 방식으로 한 극 양식을 희鱸라고 구분하여 목록을 작성
하였다. 그러나 아쉽게도 정확 하게 구분의 기준이 무엇인지 제시되어 있지 않았다. 저
자는 극 양식의 특징을 고려하여 재담 텍스트를 가능하게 한 공연 양식이 공통된 것으로
보았다.

적으로 풍자하는 텍스트에 주된 표현 형식으로 흡수된다. 이처럼 신문에서 대중 독자의 일상적 언어 재현으로 게재된 시ㅅ평론의 재담 양식 텍스트들은 〈표 3〉과 같이 일별해 볼 수 있다.

이들은 재담으로 행위되는 연행을 재현한다. 위에 인용한 텍스트에서 발화는 모두 구어로 표현되어 골계미를 형성한다. 그런데 일부 재담才談에 가창 방식이 혼재되어 있기도 하다. 그리고 재담은 4음 4보격의 율격으로 재현되어 연행리듬이 중요한 연행 텍스트 화술구조로 확인된다.

재담이 구현되는 방식은, 바로 국한문판과 한글판의 비교를 통해 연행자의 개성이 개입된 정황에서 파악할 수 있다. 우수산인友殊山人의「육축쟁공六畜爭功」[37]은 여섯 가축이 모여 주인에 대한 자신의 공로를 자랑하는 내용이다. 등장인물 각자가 자신을 소개하면서 각 인물의 병렬적 발화가 제시되는 방식의 텍스트이다. 여기에는 서사보다 인물들의 발화를 통한 상황이 존재하고, 인물들 간의 대화가 상호 교환되지 않으며, 제시적이다. 재현된 여러 인물들의 발화는 마치 한 사람의 발화처럼 일관성 있는 어조와 규칙적인 구문의 형태로 이루어졌다. 즉 여러 인물의 대사가 변별력 있는 발화 방식으로 이루어진 것이 아니라는 점을 발견할 수 있다. 이는 한두 사람이 모든 등장인물의 목소리를 담당하던 산대극류의 연행 관습이 재현된 현상으로 볼 수 있다. 그래서「六畜爭功(문밧 목축장에 모든즘싱이 모혀)」의 '도야지'는 앞의 여섯 동물들과 구별되기보다는 마지막으로 앞 등장인물들의 행위를 한 구절로 규정하는 발화자로 이 텍스트를 귀결한다. 그리고 텍스트를 귀결하는 발화 형식은 한글판

---

37 「六畜爭功」(雜報)・「문밧 목축장에 모든즘싱이 모혀」(시ㅅ평론),『대한매일신보』, 1908.1.29.

에서 행위를 동반한 연행언어로 재현된다.

국한문판

○ ᄌ네들 쌘쌘도스럽다. 아모 功勞도 업셔 나만도 못ᄒ다. 羹으로나 □ᄒ
여라.

한글판

○ ᄌ네들 쌘쌘도스럽다 아모공로도업ᄂ 나만도 못ᄒ다 국으로 가마니나
잇거라

　후자의 문체에는 연행자의 발화 습관이 그대로 재현되었다. 두 판본
에서 실제로 의미상 차이는 확인할 수 없다. 그런데 문제는 이 텍스트를
재현하는 방식이자 독서하는 방식의 차이가 주는 현상 때문에 인식할
수 있는 차이다. 즉 국한문판이 의미를 전달하는 언어로 재현되었다면,
한글판은 같은 한자어도 음성을 있는 그대로 재현한다. 이 차이는 한글
판이 연행의 현장성을 음성으로 재현하였기 때문에 구분될 수 있다.
　이처럼 한 연행자가 주도적으로 연행하는 재담 구조의 텍스트를 통
해 당대 연행성이 텍스트로 구축된 특징을 살펴보겠다. 이 텍스트는 "ᄒ
사ᄅᆷ이 ᄎᆞᆯ논키를 오늘날도 심심ᄒ니 죠뎡공론 ᄒᆞ야볼가"라며, 구술 연
행자의 존재와 그의 주도적 발화와 청자가 함께 서술된다. 즉 한 연행자
가 각 인물들을 언어유희로 재현하며, 서술하기도 하는 연행 형식과 상
징적 관객의 기능을 하는 산대극의 연행기호가 재현된다. 연행자의 발
화 다음에 바로 "네말됴타 그ᄅᆡ보쟈"라는 응수는 산대극에 등장하는 악

공이나 산받이 등의 연행적 언술이다. 텍스트에 구현된 특징은 1909년 5월 15일에 '시스평론'란에 게재된 「屛門酬酌(모춘삼월 쟝안길에)」에서 살펴보겠다. 이 텍스트는 대표적인 가면극의 표현 형식인 재담을 중심으로 시대를 풍자한다.

◀모츈삼월 쟝안길에 병문샤회 친구들이 멍석자리 까라놋코 삼삼오오 둘너안져 밤늦흔판 논연후에 흔사룸이 츌논키룰 오늘날도 심심흐니 죠뎡공론 흐야볼가 네말됴타 그릭보쟈

◀흔사룸이 나안즈며 여보게들 내말듯게 량반인지 돈반인지 개룰폴아 두량반가 량반커녕 돈반에도 안살것은 량반이데 썩어지고 갑시업셔 량반노릇 못흘네아 썩어지면 넘식날걸

◀쏘흔사룸 나안즈며 여보게들 내말듯게 대신인지 등신인지 신이셔서 대신인가 대신커녕 등신만도 못흔것은 대신이데 압뒤슌사 등쌀통에 대신노릇 못흘네라 막말흐다 잡혀가리

(…중략…)

◀쏘흔사룸 나안즈며 여보게들 내말듯게 지스인지 망스인지 야홍타령 지스인가 망스러냐 홍스러냐 여부지스 업셧고나 헌신이국 못흘진듸 졔가무슴 지스러냐 지스인쥴 몰넛더냐

◀쏘흔사룸 나안즈며 여보게들 내말듯게 위싱인지 고싱인지 위험위ㅅ즈 위셩인가 고싱이냐 망싱이냐 두말업시 희싱이지 먹을것도 업는살님 쏭갑낼 돈 어듸잇나 뉘툿이냐 졔밀붓틀

이 텍스트에는 지배층을 풍자하는 표현 형식이 활용되었다. "량반인

지 돈반인지 개를 풀아 두량반가 량반커녕 돈반에도 안살것은 량반이데"
는 〈봉산탈춤〉의 양반과장에서 말뚝이가 양반을 말장난의 대상으로 묘
사한 대목이 인용되는 구조이다. 즉 말장난으로 익숙한 재담이 표현 형
식으로 재구조화된다. 특히 언어유희면에서 "육두문ㅈ를 너허 언문풍
월로 화답"하는 양식을 사용하고 있는데, 이 점이 재담연희의 특징을 확
인할 수 있는 부분이다. 예를 들면, "대신인지 등신인지 신이셔서 대신
인가", "지ᄉ인지 망ᄉ인지 야홍타령 지ᄉ인가 망ᄉ러냐 홍ᄉ러냐"처럼
육두문자를 이용하고 동음이의어로 정부와 현실을 비판한다.

　이와 같이 탐관오리와 정부의 세稅 정책에 대한 도전적인 비판을 사
실적이며 현장감 있는 언어로 형용한 것이어서 매우 현실적인 텍스트가
되었다. 이 텍스트는 재담의 발랄한 오락성에 의지해 사실적인 형상화
를 구성하였다. 특히 마지막 결사 부분에 "ᄂ살님 쏭갑낼돈 어듸잇나 뉘
톳이냐 졔밀븟틀"이라고 뱉아 말하는 장면에서는 현실적인 발화를 사
용하여 극적 쾌감을 유도하였다. 이처럼 재담하는 행위로 당대 인정세
태의 사실성을 재현하는 텍스트의 구성은 근대연극을 구성하기 위해 대
화 중심으로 현실을 재현하는 극 텍스트의 필요성이 등장하는 시기와
겹친다. 그래서 연극개량 담론이 생산되던 시점에서 재담하는 행위는
근대적 연극의 수행 형식으로 재인식될 수 있었을 것이다.

　이상에서 살펴본 바, 이 텍스트들이 표현 형식으로 삼은 대화는 재담
양식일 경우 상호 교환적 인상을 주지만, 이들의 대화는 일관된 주제를
향해 나아가는 방식이었다. 따라서 표면상 다른 양상으로 보이는 문답
체와 토론체의 병렬적 대화는 연행적 특징으로 볼 때 같은 표현 형식이
라 할 수 있다.[38] 즉 갈등이 전개되는 대화가 아니라 마치 한 인물의 입

에서 발화된 것처럼 재현되는데, 이는 1인 혹은 연행자가 다역을 연행하는 연희 양식의 관습이 재현되면서 나타난 현상으로 보인다.

잡보와 시수평론 동일 텍스트의 문체 차이는 한글판에서 연행자의 개성이나 연행 관습이 재현된 현상이었다. 그리고 연행 현장에서 보고 들은 것을 기록하는 구조에서 텍스트의 내용과 화자, 그리고 서술적 화자는 선택적으로 인용되면서 연행성을 텍스트의 형식으로 구성하면서 작가의 이미지가 형성되고 있다.[39] 근대계몽기 신문기자는 계몽적이며 시세 비판적인 담론을 구성할 담화 형식을 연행성에서 인식한다. 그래서 근대적인 가치를 효과적으로 부여할 연행의 형식과 내용을 선택 배열하는 과정이 시수평론 텍스트에 반영한 것이다. 이 과정에서 연희 형식의 다가적多價的 가치는 연극으로 일률적으로 변하고, 다성적多聲的 가치는 근대적 가치의 개연성을 부여하기 위한 재현 수단으로 변모하는 가능성을 발견하였다.

---

38 이상으로 살펴본 텍스트들의 극적 관습은 특이하게도 문답이나 가창 양식을 표시하는 '▲' 부호를 사용했다. 이 부호는 이후 다른 신문들에서도 주로 대화체·문답체·토론체 등 인물 사실적 대화나 연행성 있는 텍스트에 등장하는 부호이다. 그런데 동일 양식을 지칭하는 다른 부호들의 용례가 있어 일관성이 있는 기호로 판단할 수 없다. 다만 연행성으로 제시할 수 있는 개화기 극적 관습이 재현된 텍스트는 이 부호를 사용하고 있다는 사실이다.

39 원래 가면극이나 〈꼭두각시놀음〉 연희 양식은 수많은 연행자와 관객의 호흡으로 형성되는 '퇴적암' 같은 존재로서, 이들이 생산한 담론들은 다가적多價的이고 다성적多聲的인 담론의 구성체였다. 전통연극의 의사소통 기능에 대해서는 이상란, 앞의 책을 참조하였다.

4. 신문연재와 연행적 지각 방식의 관계

매체적 글쓰기에 가까운 이 시기의 소설 쓰기와 서사 양식 즉 단순히 이야기 형식을 넘어 이야기하기가 재현된 서사 양식을 이해하는 데 있어 저자는 이야기하기와 겹치는 연행성이 이 시기 신문이 생산한 텍스트 서사 양식의 기술화로 이해했다. 여기에서 기술화는 연희적 수단을 통해 보여줄 수 있었던 공공성을 언어적 수단을 통해 재현하는 방식을 말한다. 이는 신문이 텍스트를 생산하는 데 필요한 형식 기술을 구성하는 틀로 이해할 수 있다. 신문에 구현된 글쓰기는 소설이라는 전통적 패관문학의 개념에서 멀어졌으며, 근대문학의 장르 개념과도 상당한 거리에 있다. 그 거리는 당시 독자들이 경험한 공공성과 공공의 소통 형식으로 인식한 연희와 연행성으로 채워진 감각과 이를 수용한 신문의 연재 방식이 만들어냈다. 따라서 이 절에서는 연재물로 게재된 연행 텍스트를 이해해 보고자 한다.

1) 연속 게재형 연행 텍스트

「소경과 안즘방이 문답」,[40] 「향긱담화」,[41] 「鄕향老로訪방問문醫의生싱이라」,[42] 「車거夫부誤오解해」,[43] 「時시事사問문答답」[44] 등이 여기에 해

---

40 『대한매일신보』, 1905.11.17.~12.13.
41 우시싱, 『대한매일신보』, 1905.10.29~11.7.

연재 텍스트명	재현 형식 화자/청자	게재란/필명	게재신문	게재일
「향긱담화」	연행자 구술 연행자/우시싱	잡보/우시싱	『대한매일신보』	1905.10.29~11.7
「소경과 안즘방이 문답」	연행자 구술 소경과 안즘방이/ 필사자	잡보/무서명	『대한매일신보』	1905.11.17~12.13
「鄕향老로訪방問문 醫의生싱이라」	연행자 구술 향로와 의생/ 필사자	잡보/무서명	『대한매일신보』	1905.12.21~1906.2.2
「車거夫부誤오解해」	연행자 구술 인력거군/필사자	소설(1회) 잡보/무서명	『대한매일신보』	1906.2.20~3.7
「時시事사問문答답」	연행자 구술 호문싱과 션히생/필사자	잡보/무서명	『대한매일신보』	1906.3.8~4.12

당하는 텍스트이다. 이 텍스트들의 공통점은 연행자의 형상을 발견할 수 있다는 점인데, 텍스트상에서 이는 서술적 화자로 표현되었다. 텍스트에서 연행자의 기능과 역할을 확인할 수 있는 것은 신문 기록자(편집자)가 이야기를 듣거나 보고 기록하는 청자로서 재현되었기 때문이다. 혹은 그 반대로 청자를 재현한 텍스트로서 그 연행자를 상정하기도 하였다. 이들의 서지사항을 일별할 때, 그 재현의 형식과 텍스트 내의 화자와 청자를 구분해 〈표 4〉와 같이 제시할 수 있다.

연행자의 재현 현상은 이미 앞 절에서 단형 텍스트들에서도 확인된

---

42 『대한매일신보』, 1905.12.21~1906.2.2.

43 『대한매일신보』, 1906.2.20~3.7.

44 『대한매일신보』, 1906.3.8~4.12. 이에 대해서는 양세라, 「개화기 서사 양식에 내재된 연극성으로서의 유희 연구(1)」(『근대계몽기 단형서사문학 연구』, 소명출판, 2005)에서 극적 특성을 유희성으로 규정하고 텍스트 구성과 연관 관계에 대하여 밝힌바 있다.

현상이었다. 그런데 이 연재 텍스트에서도 발견되는 서술적 화자인 연행자는 표에 제시된 것처럼 각 텍스트에서 '소경과 안즘방이', '향로와 의싱', '인력거군', '호문싱과 션희싱' 등의 인물로 재현된다. 그래서 연행자가 서술을 주도하기도 하고 각 인물의 역할을 하는 연행 행위로 재현된다. 예를 들면, 「향긱담화」의 경우 향긱이 모여 담화하는 향객들의 발화 자체가 이 텍스트의 서사적 전개를 이끄는데, 이는 특정한 서술적 화자의 구술에 의해 재현된다. 그리고 서술자는 다른 화자의 발화와 발화 상황까지 재현하는 동시적 상황을 확인할 수 있는데, 이는 연행자 주도의 연행 행위가 나타난 현상이다.

그런 싱각 못ᄒᄂ지 망국딕죄 ᄌ취ᄒ니 가셕코 가통이라 일셩장탄에 한숨쉬니 ᄯ 한 ᄉ람 가로딕 나라의 흥망셩쇠는 쳔시와 국운이라 인력으로 홀 바리오

인용한 바처럼 연행자의 구연 행위가 텍스트에 재현되는 현상은 「鄕향老로訪방問문醫의生싱이라」의 경우에도 확인할 수 있다. 예를 들면, "시골ᄉᄂ 로인 한아이 시국이 소요홈을 듯고 관광ᄎ로 죽장마혜에 도보로 상경ᄒ야 각쳐로 도라단닌다가 모쳐 약국에 드러간즉 그 약국 쥬인 의싱이 마져 좌졍흔 후 물오 갈오딕 로인이 무슴 연고로 이 심동에 올나 오셧스며 엿지하야 힝색이 져리 쵸쵸하온잇가 흔딕 로인이 위연장탄에 갈오딕"라며, 등장인물의 대화와 행위까지 구술 연행의 형식으로 서술한다.

여기에서 서술 형식이 두 인물의 대화를 구분하고 있는 것은 연행 행위를 구분하는 것으로 보인다. 즉 행위의 사실적 재현보다는 극적 정황

을 서술하면서 연행하는 행위이기 때문이다. 〈표 4〉에 제시한 다른 텍스트의 경우도 재현된 문답의 대화가 모두 특정한 구술 연행자의 서술로 연행되는 속성을 확인할 수 있다. 이를 연행 현상으로 말한다면, 등·퇴장 없이 연행자의 주도로 발화 스타일을 구분하면서 서술하는 연행 행위로 재현한 것이다.

특히 「車거夫부誤오解해」의 경우, 서술을 주도하는 "인력거군"이 사건의 전개와 행위를 담당하고 있다. 그리고 그를 둘러싼 "모쳐 병문" 사람들이 간혹 추임새를 하듯 서술 상황에 개입하면서 인력거군 연행자의 청관중으로 텍스트에 재현된다. 이 텍스트의 경우, 목격자로서 필사자가 제시되지 않았는데, "모쳐 병문" 사람들을 청자로 재현하여 마치 무대에서 연행하는 연행자와 마주한 것과 같은 구조를 형성한다.

이처럼 이 절에서 살펴볼 잡보의 연재물 텍스트는 연행자 주도의 서술적 연행 행위에 의해 매회 텍스트가 구성된다. 그런데 각 회 연재되는 내용은 사건이나 갈등의 일관성에 의해 구분되면서 연속성이나 필연성 있게 구조화되지 않은 것을 볼 수 있다. 그리고 엉뚱하다 싶을 정도로 무작위로 구분되어 게재된 연재 형식은 저자(기자)가 지면의 사정을 염두에 두고 쓴 글이 계획적으로 연재되지 않았던 것으로 보인다. 이 잡보에 실린 연재 텍스트는 저자가 보고들은 것을 기록한 것이라고 밝혔듯이 연행되는 과정이 그대로 신문에 게재된 인상을 준다. 따라서 이 경우, 연재 형식은 이미 필사된 연행을 매일의 지면 상황에 맞게 인쇄된 것으로 판단할 수 있다. 그 근거이자 연행 정황을 알려주는 연재 형식의 잡보 텍스트에서 발견되는 공통점은 바로 이 텍스트들이 연행자의 연행 행위가 재현된다는 점이다. 예를 들면, 텍스트마다 "허희쟝탄에 **노**리 일

곡 부르면서 막디를 두루혀 갓더라"나, "로인과 의셩이 술이 반취ㅎ민 강
기흔 마암으로 취흥을 못 이긔여" '단가 일슈로 화답'하며, 사건이나 갈
등과 무관한 단가가 삽입되는 연행 현상을 볼 수 있다.

이 텍스트들은 스스로 "노릭와 방불"한 텍스트라고 인식하며, 가창되
는 행위가 드러나고 있다. 잡보에 연재된 텍스트가 '연행'이라는 극적
환경을 배경으로 생산되었으며, 텍스트에서 가창 연행 행위는 형식으로
구축된 것을 볼 수 있다. 그리고 장단형의 가창 연행 대목이 삽입가요처
럼 매개되는 것은 가창 연행의 통사적 구조이거나 구체적 연행 행위로
서, 이것이 텍스트에서 수사적인 형식으로 구조화한 현상을 볼 수 있다.
이렇게 연재된 잡보 텍스트에 판소리처럼 가창구조를 보이며 번다한 삽
입가요가 인용되는데, 이 연행 현상은 텍스트의 극적 부분이나 심리적
상황을 효과적으로 부각시킨다. 신문 매체를 통해 텍스트로 재현되는
과정에서 '창ᄜ, 소리, 노래'로서 극적인 재현을 구사하고 향유했던 방
식은 바로 독자들에게 익숙했던 연행성을 유발하기 위한 동기 때문에
생산될 수 있었던 것이다. 그리고 이 때문에 잡보에 연재된 이 텍스트들
은 비논리적이고 비유기적인 형식으로 게재된 것이다.

2) 연행적 개입과 삽화적 구성

「소경과 안즘방이 문답」,[45] 연재 텍스트 역시 당대 연행 행위가 개입되

---

45 「소경과 안즘방이 문답」(잡보), 『대한매일신보』, 1905.11.17~12.13.

면서 삽화적 구조로 구성된 것을 확인할 수 있다. 이 텍스트는 소경과 안즘방이라는 연행 레파토리에서 친숙한 두 인물의 대화로 재현된다. 이 텍스트는 사건이나 갈등이 어떤 구성적 단계로 재현되기보다는 매회 일정 구분 없이, 두 인물 주도하에 에피소드가 대화 장면으로 제시된다. 그래서 연재된 11월 17~21일까지 각 날짜 별로 매회 에피소드 중심으로 소경과 안즘방이에 의해 서사가 전개된다. 각 회마다 17일은 '돈 이야기', 18일―'협잡질 이야기', 19일―'악정불망비', 21일―'벼슬 사는 일과 탐학' 등 화제 중심의 대화극으로 전개되었다. 그리고 두 인물의 대화는 필연적으로 재현되는 것이 아니라 근대계몽기 현실을 삽화적으로 제시하는 형식이다. 이렇게 현실 문제를 나열하는 과정은 22일 에피소드의 화제인 '교육의 필요성'을 극대화하기 위한 극적 구성의 일환으로 배치된다. 그래서 23일과 24일은 개화의 실상에 대해 보고하면서, 교육의 필요성을 '파편화된 조각들의 집합체'[46]로 구성하는 장면으로 귀결한다. 결국, 연재된 이 텍스트는 '소경'과 '안즘방이'라는 당대 관객들에게 익숙한 희극적 인물의 익숙한 재담구조를 통사적으로 활용하면서 두 인물의 재담 행위를 빌어 근대계몽기 사회의 현실성을 구성한 것이다. 이 텍스트의 현실성은 점치고 굿해주는 소경과 망건 만드는 일로 생계를 꾸리는 안즘방이가 근대계몽기 현실적 인물이자 무능과 무지를 재현하는 계몽의 대상이기 때문에 더욱 설득력 있다. 따라서 이들은 스스로

---

46 김용수는 한국 가면극 구성의 전반적 특징을 파편화된 내용들의 집합체, 즉 몽타쥬로 규정하였다. 한국 가면극은 서로 상관없이 보이는 조각들(과장科場들)의 구성체로서 통일된 의미의 부정을 특징적으로 보여주기 때문이다. 때문에 단편적 조각들 사이에서 발생하는 이미지 연상을 통해 작품에 내재된 의미를 파악할 수 있다고 보았다. 김용수,『한국연극 해석의 새로운 지평』, 서강대 출판부, 1999, 94~97쪽 참조.

당대 현실을 고발하는 역할을 하지만 고발당할 대상으로도 제시된다.

니 망건싱이만 죠잔허여 갈 뿐이오 죠금 별 슈는 업슬 터이되 자늬 복슐에
는 관계치 아니허리

남 화나는 말 허지말게 주늬는 듯지도 못허엿니 지금 경무청에셔 무당과
판슈를 엄금흔다네

그 무당은 스지 빅희가 멀졍허여 아무려도 관계치 안커니와 우리 눈갈 머
른 소경놈은 아모것도 홀 슈 업고 다만 비운 바 경일고 졈치는 슈 밧게 업스
니 늬가 늬 생각허여도 쏙 죽엇지 다른 계획 업슬네

여부게 아모리 금흔다 어되 쇠고□ 잘 덜□(만)□(허)나보데 사름마다 잠
을 씌여 졍신이 잇게 드면 경무청에셔 아모리 경일고 굿허라고 권하여도 안
이홀 터이지마는 지금 혼몽즁에 잇는 사름들이야 아모리 금허기로셔니 될
말인가

노야 들을 말이지마는 주네 비운 싱이는 업셔져야 나라이 흥왕홀 터일셰
니 스람 남의 말은 식은 죽 먹기 갓치 잘 허네 그러케 홀 말리면 주늬 비운
싱이는 무어시 유죠흔가 나의 비운 바 경문과 복슐은 빈말리라도 축슈나 흐
고길흉이나 판단흔다 허지마는 그 망건 갓흔 것 무엇하나

11월 25일에는 자식 교육을 위해 학교교육의 필요성을 주장하나, 26
일 안즘방이는 이에 대해 매우 냉소적인 반응을 보였다. "졍신 셔푼어치
업는 말 쏘 허네 그 주식도 기르랴면 먹이고 입혀야 허고 덕을 보랴 흐
면 잘 교육을 흐야 셩도를 시겨 노코야 홀 말이지 당쟝 죽을 지경인데
무엇으로 양육허나 공죽이라 넙거미녁고 살가"라며 비난한다. 그런데

다음 28~30회에서는 자주권리를 빼앗기고 황권마저 권위가 떨어진 상황에 대해 탄식하는 장면이 대조적으로 재현된다. 두 장면의 대조적인 내용을 전제로, 12월 1일에는 한일신조약과 통감부 상황이 두 인물의 대화로 제시된다. 이후 연속되는 2일과 6~9일에는 자주독립의 허상에 대해 탄식하는 내용으로 연결된다. 그리고 12월 10일에는 신문을 통해 세상일을 알아가야 한다는 내용이 실린다. 그러나 이후 12~13일에 실린 내용은 이 모든 세상일에 허희장탄한다는 것으로 끝을 맺는다. 이처럼 이 텍스트들에서 몇 개의 에피소드를 소재로 구축된 장면들은 논리적인 인과 관계에 의해 구성된 것이 아니다. 대조와 이미지 연상의 연속으로 메시지가 전달되도록 구성한 이 형식은, 마지막에 초월적이며 체념적인 현실 인식이 짙게 그려진 노래를 매개로 귀결된다. 계몽적 주제의식마저 희석되는 인상을 주는 이러한 구성은 연행의 현장성이 반영된 것이다.

허희쟝탄에 노리 일곡 부르며셔 막ᄃᆡ를 두루혀 갓더라 그 노리에 ᄒᆞᆺᆺ되
수천년 오랜 나라 어이ᄒᆞᆫ들 망홀손가 오ᄇᆡᆨ년 높흔 종ᄉᆞ 뉘라셔 바라볼가
셔산에 지는 ᄒᆡᄂᆞᆫ 다시 도라 올나오고 동ᄒᆡ로 가는 물은 궁진 홈이 업스리라
현인군ᄌᆞ가 어느 ᄯᆡ에 업다하며 란신젹ᄌᆞ가 민양득의 허단말가
흥망셩쇠는 ᄌᆞ고로 무상ᄒᆞᆫ즉 사름의 알 바 아니로다 력산에 밧갈기와 위
슈변에 고기 낙기는
고인의 ᄒᆡᆼ젹이니 우리도 오호에 빈를 씌여 ᄉᆞ풍세우에 불슈귀 ᄒᆞ여볼가

매회 연재된 텍스트는 두 인물의 대화를 통해 삽화적인 구성의 배열

을 통해 중첩된 이미지를 환기한다. 이를 통해 텍스트의 메시지가 전달되도록 하는 것은 연행 현장에서 사용되는 표현 형식이 재현된 것이다. 특히 마지막 장면을 연행자의 허희장탄 일곡으로 마무리하는 형식은 이 텍스트의 연행성을 거듭 증명하는 것이다.

이처럼 연행적 서술자의 주도적 발화에 의한 삽화적 구성 형식은 「鄕향老로訪방問문醫의生싱이라」에도 나타난다.[47] 이 텍스트에서 삽화적 구성은 인물을 재현하는 과정에서도 확인된다. 시골 사는 한 노인의 등장은 익숙한 관용적 표현 구문을 활용하면서 재현된다. 즉 '시국의 소요함을 듣고 죽장망혜에 도보로 상경'하여 각처로 돌아다니던 노인은 팔십 세인 자신의 내력을 구술한다. 그런데 이 노인의 내력타령은 가히 조선의 상황과 닮았으며, 이 인물의 내력을 재현하는 장면은 22~24일까지 3회에 걸쳐 소개된다. 또한 인상적인 것은 '자서제질子壻弟姪'과 '처첩비복妻妾婢僕' 등 백가지 모계謀計로 재산을 탕진하도록 한 일을 뇌이는 장면이 친구에 의해 재현되는 것이다. 즉 친구가 그의 잘못을 구술하듯 늘어놓는데, 다음 장면은 노인이 재물 탕진하는 과정이 장면으로 열거되는 부분이다. 친구의 입으로 나열된 노인의 행실은 곧 조선의 현실과 연관된 이미지를 연상하도록 유도한다.

그 ᄌ손을 도으리오 그듸에 ᄒᄂ는 일 보게 드면 각쳐 사찰을 즁슈ᄒ고 봉양답을 작만ᄒᆞ야 쥰다 산소를 면례ᄒᆞ야 셕물등속과 치산번결을 굉장이 ○○ 무당을 들여 굿슬 ᄒᆞᆫ다 소경의게 졈을 친다 ᄉ쥬푸ᄂᆞᆫ 사람 구ᄒᆡ가면 평싱 길

---

47 「鄕향老로訪방問문醫의生싱이라」(잡보), 『대한매일신보』, 1905.12.21.~1906.2.2.

흉을 뭇는디 관상ㅎ는 샤람 쳥ㅎ여서 관형찰식을 시긴다 각쳐에 뎡즈를 지어 노리쳐를 만긴다 소를 잡어 고사흔다 돈을 들여 긔도흔다 ㅎ여 허다 셰월에 허다 남용을 무엇으로 지팅ㅎ며 간간이 소리쑨 쳥ㅎ여 소리를 시긴다 홍각장이 불너 붕류를 듯는다 하니 그러케 쓰는 직몰을 장츠 어듸 찻즈하리 싸히도 작구 파면 구멍이 뚜러지고 물 아릭도 작구 푸면 궁진흠이 잇다 하니 흠을며 한졍이 잇는 직물이야 일너 무엇하리오

(…중략…) 나약흔 셩질로 유일도일로 지닉다가 엇지 다시 싱각하고 먼져 말하던 친고의 계가사를 잘 보아 달나고 열쇠를 맛겨더니 과연 그 사람의 하는 범졀은 분명하기가 짜이 업셔

지금 지닉는 형편은 참 긔 막혀 이로 다 말 흘 슈 업거니와

노인은 '이장하는 것, 사찰을 증수하는 것, 불량답佛糧畓을 장만하는 것, 산소를 면례하는 일, 무당 불러 굿하기, 소경에게 점치기, 사주장이에게 평생 길흉을 묻는 일, 관상쟁이 청하여 관형찰색觀形察色시키는 일, 각처에 정자를 지어 놀이터 만들기, 소를 잡아 고사 지내기, 돈을 들여 기도하기' 등 남용의 밑뿌리가 되었던 자신의 내력을 친구의 말을 직접 인용하며 서술적으로 재현한다. 그래서 마음을 굳게 먹어야 한다고 지적한 친구가 그런 말 저런 일을 거절하면 오던 사람도 아니오고, 집사람도 개화하게 된다고 역설한다. 이 말에 덥석 친구에게 곳간 열쇠를 내어준 노인은 "기타 뎐답은 근릭 각국인의 금광에도 손히허며 텰도긔디라 군용지머위라 허는 디로 드러가며 우마는 일본군스 릭왕셔에 군슈물품 슈운허기에 피례허여 스스로 업셔지고 문하식킥은 각쳐로 환산"하여 지내는 형편이 딱해 이루 다 할 말이 없다고 한탄하고 있다. 즉 이 텍스

트에 서술된 노인과 친구의 감언이설은 위정자와 매국노, 일본 등을 연상하도록 하는 표현 형식과 구조로 이루어져 있다.

친구의 서술이 개입되면서 노인의 지난 과거가 서사적으로 재현되는데, 그 과정에서 친구가 노인의 잘못을 삽화적 내용의 중첩으로 제시하는 구조가 나타난다. 재산을 탕진하게 된 과정을 이야기하며 자신을 소개하는 장면으로 '내력'을 재현'하는 형식은, 사건의 논리적 전개가 아닌 연상된 이미지를 토대로 서사적 전개를 돕는 구성 형식이 되었다. 그 이유는 이 텍스트가 연재 형식으로 게재되는 과정이 독자들에게 익숙한 연행 행위로 구성되면서 '연상' 효과를 유도하여 이 연속성을 담보로 한 게재 효과를 얻을 수 있기 때문에, 효과적인 텍스트 구성 형식이 된 것이다. 이러한 인물의 등장과 서사를 제시하는 방식은 탈춤에서 각 장마다 등장인물이 등장하면서 인물소개와 극적 서사가 진행되며 관객들의 텍스트 이해를 돕는 과정과 닮았다. 즉 노인의 내력 재현 장면은 오랜 시간을 통해 일어난 사건을 불과 몇 분으로 압축하여 서술하는 연행 행위가 작용한 것이다.[48] 이처럼 상황 중심의 연행 원리가 작용하는 연희 양식의 특징은 이 텍스트의 형식이 되었다. 이상으로 연재 형식의 잡보가 구성되는 텍스트의 원리를 살펴본 결과 이들은 독자들이 익숙한 연행 행위의 의미와 경험의 반복과 인용 속에서 텍스트를 형성하였다. 특히 근대계몽기 현실을 나열하거나 과거 지난 내력 등이 4 · 4조의 장단

---

48 김용수는 이러한 효과를 '시간의 압축compression of time'이라는 영화 용어로 설명하였다. 즉 중요하지 않은 부수적 액션을 생략한 채 결정적인 순간들만을 제시하는 이러한 극적 구성을 몽타쥬 효과로 보았다. 이러한 극적 효과는 민중들의 부조리한 삶을 표현하고, 그 삶의 허망함을 향해 사건이 급속하게 진행되는 식으로 이루어진다고 설명하였다. 그래서 한국 가면극은 핵심적인 순간과 주제를 주축으로 한 몽타쥬 구성을 보인다고 규정하였다. 김용수, 앞의 책, 101~102쪽 참조.

을 맞춰 나열되면서 타령 가락을 느끼게 하거나 삽입가요가 등장하여 현장감을 형성하는 것이 특징이다.

중첩된 연상 효과는 근대계몽기 텍스트에서 자주 활용하는 표현 형식이다. 특히 단형 텍스트에서는 연희의 등장인물로 익숙한 연상 효과를 활용하였던 것은 앞 절에서 확인한 바 있다. 한편, 이 연재물에서 확인되는 중첩된 연상 효과는 근대계몽기 계층을 대변하는 인물을 서사적으로 재현하는 데 이용된 구성 형식이다. 대표적인 것이 노인이나 수구세력 등이 조선의 현실을 상징하는 인물로 그려지는 현상이다. 즉 노인이 화나는 김에 서울로 올라왔더니 외부를 폐지하고 일본서 통감이 온다는 가통하고 더욱 답답한 일이 일어나고 있다는 가중된 현실에 마주하게 된 것이다. 즉 한 인물의 성격과 개인적 내력의 필연성은 없지만, 이는 그대로 당대 현실에 대입될 수 있다. 그래서 이들의 발화 역시 갈등과 사건의 전개를 의도하는 과정에서 발생하는 대화가 아니다. 대중 독자 즉, 관객에게 익숙한 극적 진술을 인용하여 현실을 재현하면서 텍스트가 구성된 것이다. 따라서 이 텍스트의 두 인물인 시골 노인과 의생의 대화는 텍스트 내부에서 의미가 형성되었다기보다는, 텍스트를 둘러싼 외부적 조건에 의해 의미가 확대되는 기능을 한다.

이처럼 텍스트의 길이가 연재 형식으로 길어지는 과정에서 발견되는 연행 행위는 단순히 발화의 표현 형식에만 머물지 않고 플롯 자체로 유도되었다. 그러나 계몽 담론 생산이라는 시대적 질서에 부응하다보니, 이 텍스트들의 극적 진술 방식은 본래 그것이 지닌 극적 특질에서 벗어나 장황한 연설조로 바뀌기도 한다. 따라서 극적 관습으로서 그 연행성은 종종 텍스트 내부 서사에서 벗어난 듯 보이는 가창가사의 삽화적 연결과 재담 행위와 연행적 인물 관계에서 확인할 수 있다. 이 텍스트의 삽화적 구조는 바로 연행적 공간의 특징이 개입되어 구성된 것으로, 연행 공간은 계획되거나 예측될 수 있는 방식으로 존재하지 않는다는 점이 특징이다. 따라서 연행적 공간은 예술가의 행동과 관객의 반응에 의해 결정되는 공간으로서 관객의 지각은 오로지 공간의 유동적 위치에 달려 있다. 즉 연행자의 신체를 중심으로 공연되는 극적 관습에서 연행자의 살아있는 몸은 관객을 포함한 연행의 공동체가 함께 주의를 기울이는 살아있는 공동체 공간이 되는 것이다. 이를 통해 근대계몽기 현실의 관객들은 자신들이 속한 산대극과 판소리의 연행 공간의 실제를 상상된 공간에서 발견하게 된다. 그래서 신문은 배우와 관객 간의 상호 행위가 발생하는 연행의 개방적인 공간의 역할을 수행한다. 여기에서 연행자가 텍스트에 재현되고 연행자의 목소리로 재현되는 것은 이처럼 관객과 배우의 상호 행위를 체현하는 연행자의 몸의 존재를 알려주는 기호가 된다.

3) 연행적 인물의 체현體現, embodiment

당대 조선의 현실을 질병을 앓고 있다는 상황으로 표현하는 장면화 역시 중첩된 연상 효과의 맥락에서 이해된다. 의원이 현실을 진단하고 개선할 처방을 내리는 행위는 개화파가 인식한 당대 현실이다. 즉 1월 4일 이전까지 노인에 의해 구술 재현된 조선 현실의 잔여 영상은 바로 의생의 진단에 의해 이미지가 전이된다.

의싱 왈 닉 싱각에는 먼져 치즁탕을 먹여 그 가온듸를 다스리고 다음에 졍
긔산을 먹여 그 몸을 받게 하고 그 다음에 쳥심환을 먹여 그 마암을 말케
하면 이 젼 구십의 병징은 업셔지고 시로 시 졍신나셔 츙군이국의 스상도 싱
길터이오

이처럼 개화파적 입장에 있는 의생의 의견에 대해 노인은 박장대소하
며 되지 못할 일이라 반응한다. 노인에게 가장 중요한 일이 자손들에게
전해지지 않는 상황이며, 이를 위해 교육이 필요하다는 의지를 전달하는
것으로 내용이 마무리된다. 1906년 1월 7일 자를 보면, 이상의 내용이
전개되는 부분에서 형식적으로 변화가 감지되는 부분이 있다. 지금까지
이 텍스트는 중개자나 서술자 없이 두 인물의 문답 혹은 대화로만 구성
되었다. 그런데 노인이 자손의 교육 문제가 가장 큰 문제라 인식하고, 텍
스트 안에서 단독 청자로 의생을 염두에 두지 않고, '동포'라는 포괄적
청자를 텍스트 내에 제시하면서 변화한 것이다. 이때의 발화 방식은 일
상적인 대화를 통한 일대일의 대화나 혹은 사실적 대화 방식이 아니다.
동포라는 포괄적인 청자를 의식한 발화 부분에서 대화는 일반적 구술언
어에 의지하는 것이 아니라, 극적 관습에 의존한 것임이 텍스트에 재현
된다. 예를 들면, 1월 7일 자에 게재된 아래의 내용은 노인이 동포로 대
표된 텍스트 외부 화자들을 끌어들여 텍스트 밖으로 소통을 넓히면서,
텍스트 내부에서 서사를 진행하여 그 텍스트의 틀을 깨뜨린다.

여보여보 동포님네 이 싱각들 하여보소 이즌지졍 뉘 업스며 텬류졍의 뉘
모로리 오륙십 늘근이는 죽을 날이 불원허나 영영 고초 격글 즌는 후진 청년

느로구나 여보시오 동포님네 ᄌ식이나 손ᄌ들이 이ᄃ경을 당ᄒ여서 쳔신만
고 격글진ᄃᆡ 지속 마ᄋᆞᆷ에 편안ᄒᆞᆷ을 엇을손가

다음 호인 1월 9일은 이 말을 들은 의싱의 질문으로 시작하고 이에
다시 노인이 답하는 발화 상황으로 시작하며, 그 다음 호 11일 자에 다
시 청자를 확대시키는 현상이 나타난다. 이때의 발화는 일상적 대화와
다른 방식이다. 즉 청자를 염두에 둔 발화는 마치 관중이나 청중을 향한
연행적 발화 상황을 염두에 둔 듯, 운율이 있는 가창가사체의 방식을 취
하였다. 즉 전국 동포에게 권고하는 말로 지은 글이 전달 과정에서 '노
래'로 재현되는 것이 적절하다는 것은 곧 연행 행위로 재현하는 과정을
의식한 것이며, 앞의 연행 행위와 다른 수행 형식이 적용되는 것을 전달
한 것이다. 이처럼 텍스트 내부를 벗어나 극적 전환을 제시하면서 가창
가사체로 계몽적 내용을 전달한다.

전국 동포의게 권고ᄒᆞ는 말노 지은 글이 노ᄅᆡ와 방불ᄒᆞ나 ᄉ의가 심히 격
졀ᄒᆞ더니 다 볼상ᄒᆞ고 이달을ᄉ 이쳔만 동포들아 한편 귀를 기우려서 이 ᄂᆡ
말을 드러보오
나라이 이 ᄃᆡ경에 거의거의 망ᄒᆞ엿고 인민은 이 ᄃᆡ경에 거의거의 다 죽겟
네 ᄃᆡ한 텬디 십습도에 살기는 죠□ 죠와 여텬ᄃᆡ덕 황상ᄭᅴ셔 우림ᄉ히 ᄒᆞᄋᆸ
시니 희호건국 엇더튼냐 강구연원 다시 보네 치평이 오ᄅᆡ 되면 화란이 이러
나ᄆᆞᆫ 고금에 동측이오 국가에 상경이라 슬ᄒᆞ고 압ᄒᆞ도다 국운이 불길ᄒᆞ야
웅계ᄃᆡ략 간 곳 업고 란신적ᄌ 싱겨나셔 만일 그러ᄒᆞ올진댄 금슈만도 못ᄒᆞ
리라 못드럿소 드럿소 파란 ᄉ적 못드럿소 어린이 결문이를 함부로 잡아갈

제 서근 밥 썩 조각에 굴머서 다 죽엇데 참혹하도다 이 광경을 엇지ᄒ면 죠흘
손가 사람의 부모되니 이 닉말을 드러보오 오날날 이 디경에 홀 일이 무엇인
가 어셔 붓비 시급ᄒ게 ᄌ손을 가라치오 한아 알고 두리 알아 차차 씌여 늘오
가면 국권을 회복ᄒ기 무엇시 어려우리 못보앗소 못드럿소 덕국사긔 못보앗
소 법국과 싸홈ᄒ야 셩ᄒ지얍 믜졋다가 상하일심 융분ᄒ야 교육에 힘을 써
셔 몟 십년 아니 되야 몰슈히 차젓스니 전감이 소연ᄒ야 명빅하기 물과 갓다
여보시오 여보시오 부모되신 동포님네 이 일을 거울 숨아 자셰히 살피시오
부모ᄂ 굼더리도 ᄌ손은 가라치고 부모ᄂ 침드리도 ᄌ손은 가라치오

텍스트 내부에서 가창歌唱의 극적 관습이 재현되면서 매개적 소통방
식을 사용하는 것은 익숙한 연행 행위를 몸으로 체현하는 증거이다. 신
문의 다른 텍스트에서는 서술적 화자가 따로 등장하거나 편집자적 주가
붙는 식으로, 본래 텍스트가 전하고자 하는 메시지를 전달한다. 그런데
이렇게 텍스트 내부에 있는 화자의 객관적 재현 과정에서 외부로 존재
를 드러내고, 외부 청자에게 직접 발화를 감행하는 것은 연행 현장에서
행해지던 방식이 재현되면서 드러난 현상으로 보인다. 여기에서 연기자
가 특수한 방식으로 현상학적 육체를 드러나게 하는 형식인 체현이 확
인된다. 즉 근대계몽기 현실의 정신을 드라마적 인물, 정체성, 사회적
역할, 혹은 상징적 질서 속에서 생각하고 전달하고 있다. 이를 극 형식
으로 볼 때, 연극에서는 서사극 형식으로 규명되기도 하는데, 바로 이
텍스트에서 그러한 속성이 발견되고 있는 것이다. 이는 앞서 언급했던
것처럼 연행과 강창의 연희문화 속에서 발견되는 특징이다. 이를 텍스
트 내부적 구조를 통해 확인해 볼 필요가 있다.

관용적 구문을 반복하는 연행 행위의 재현은 이 텍스트에서 형식적 구조가 된다. 텍스트 내의 전언들은 이처럼 반복되는 구문을 통해 음악적 강약과 순차들로 메시지를 전달하기 때문이다. 즉 이것을 읽는 서사 텍스트로서 기능하는 것이 아니라, 동포대중이라는 청관중의 속성을 지닌 수신자에게 이해되는 텍스트인 것이다. 따라서 이 텍스트가 재현과 제시적 연행 행위가 가능한 구조로 이루어진 것은 청관중을 의식하며 연행되는 연행의 속성이 텍스트에 구현된 것이다. 1906년 1월 19일 전날의 시가 운율을 맞추어 기록된 데 반하여, 그 다음 구절이 기록된 이 날의 기록은 산문처럼 기록되어 있다. 그러나 이를 살펴보면 행을 구분하지 않았을 뿐 운율이 살아있는 가사와 같은 형태로 보이며, 이는 극적 진행으로 서사를 전달하던 판소리 아니리와 같은 양상임을 발견할 수 있다. 17~18일 이틀 동안 게재된 부분은 의싱이 노인의 동포에게 전하는 한탄을 들은 후에 자신이 깨달은 바를 내용으로 하였고, 가장 형식적인 파격을 드러냈다. 자신의 회포를 들으라고 제시한 것으로 보아 이 부분은 창❨唱❩ 즉, 소리로 표현한 부분이다. 즉 앞에서 노인과 대화로 이루어지던 텍스트는 노인의 아니리에 가까운 장황조의 대사였고, 이제 의싱의 심정 변화가 소리(창이나 타령)로 표현되기에 이른 것이다.

> 죠화로다 죠화로다 / 지공무ᄉᆞ ᄒᆞ나님의 // 억천년 억만년이 / 무궁ᄒᆞ신
> 죠화로다 // 쵸목금슈 만물들을 / ᄂᆡ시기도 하날이오 // 업시기도 하날이오
> / 홍케ᄒᆞ옴도 하날이오 (…중략…) // 왕망진희는 ᄒᆞᆫ 역적 / 어이 그리 방ᄌᆞ한
> 고 // 그 나라를 망케ᄒᆞ옴도 / 지공ᄒᆞ신 하날이오

이 시적인 부분은 이후 연재되고 있는 텍스트에서 의싱의 대사처럼 처리되어 게재되었다. 즉 앞부분에서 노인이 판소리의 아니리에 가깝게 조선의 상황을 리듬으로 부각하며 재현하던 방식을 따르고 있다. 총 5회, 5일에 걸쳐 홍익인간의 도를 지키며 교육의 필요성에 대해 메시지를 전한다. 31일 자 텍스트는 로인이 의싱이 하는 설화說話 듣기를 마친 후에, 그 손을 잡고 류체탄식하며 말하는 것으로 노인의 행위를 지시하는 것으로 이 부분의 극적 정황을 제시하였다. 이때 이들의 대화는 현실적 인물의 대화로 인식할 수 있는 대화가 아니다. 노인과 의생은 주로 장탄식의 아니리와 같은 발화를 선후로 전개하고 있다.

따라서 두 인물의 대화는 모두 청중 혹은 관중을 의식한 발화 방식이다. 이렇게 보면, 이 텍스트는 주로 독연의 방식으로 가창을 통해 전개하는 판소리 연회 양식의 연행성과 유사하다. 즉 연행 과정을 그대로 텍스트 내부에서 지시하거나 제시하는 극 텍스트의 속성을 드러낸 것이다.[49] "로인과 의싱은 술이 만취ᄒᆞ민 강기흔 마암으로 취흥을 못이겨여 단가 일슈로 화답ᄒᆞ며" 당대 조선의 상황을 허회장탄하며 대미를 장식한다.[50] 이 단가는 회를 달리해 2월 2일까지 두 회에 나뉘어 연재되었다. 그만큼 이 텍스트는 자체에서 서술적 전개와 다른 진술 방식이 사용되고 있음이 분명하다. 그것은 인물의 심회를 당대 청중(관중)이 익숙한 율격으로 형상화하여 전달하는 극적 진술로 재현된 것이다.

---

49 2월 1일 게재된 텍스트의 다음 부분은 이 속성을 아주 잘 드러내었다. "의싱이 사례ᄒᆞ고 쥬효를 나와 셔로 죠샹ᄒᆞ며 서로 사례ᄒᆞ민 그 일장 설화가 혹 원망도 갓고 혹 하소흠도 갓트여 듯ᄂᆞ 쟈로 하여금 슬흔 마암도 나고 깃분 마암도 나게 ᄒᆞ야 그 언론이 심히 격결ᄒᆞ더라"
50 "반넘어 늘거스니 다시 졈든 못ᄒᆞ리라 여보소 뎌 소년아 빅발 나를 웃지마라 무졍 셰월 덧업스니"

「車거夫부誤오解해」에서 청중은 "그 말을 듯고 일좌가 박장틔소"하는 식으로 직접적으로 재현된다. 이 텍스트에서 인력거군이 텍스트 내부에서 주로 서사를 전개하는 중심인물이라면, 남의 삯짐을 지거나 구루마나 인력거나 교군질을 하며 하루벌어 먹고사는 당대 대중들로 표현되었는데, 이들은 텍스트 외부를 확대하는 효과를 보인다. 이들은 텍스트 내부에서 인력거군의 의문을 풀어주는 것보다는 개화된 인물로서 그 역할을 하고 있다. 따라서 그가 오해한 '조직'이라는 단어를 설명해 주는 내용이 이어진다. 이어서 인력거군은 시정을 개선한다는 말의 의미를 오해하며, 이 역시 그들에 의해 풀어지는 방식이다. 그래서 이들은 이 텍스트의 극적 정황을 둘러싸고 있는 외부적 현실을 전달해주는 코러스적 기능을 하는 것이다. 또한 텍스트에 재현된 이상 이 무리들은 청자이기도 한 독자와 동일시되는 효과를 얻는다. 즉 이 인물들은 재현된 연행 현장이 매개적 의사소통 구조의 현장이라는 것을 입증한다.[51]

따라서 연재된 잡보 텍스트는 연행자에 가까운 서술적 화자가 심리적이며, 상황을 물질적으로 인식할 수 있는 극적 관습을 이용해 연행 행위를 재현하면서 텍스트를 구성하고 마무리한다. 이처럼 근대계몽기에 텍스트에는 청중과의 관계 즉, 소통방식이 재현되면서 주제를 형성하는 표현 형식이 구현되고 있다. 특히 연재된 잡보 텍스트는 청중을 향한 연행적 서술을 구성하면서 독자에게 무대적 구현을 보는듯한 효과를 발휘한다. 가령 완고노인이나 수구노인과 같은 전통연희에서 영

---

51 이상란은 전통극의 다양한 특징 가운데 주로 매개적 소통구조가 강조되어 지속적으로 향유되어 온 사실을 지적한 바 있다. 연극의 절대성을 지키지 않아 비유기적이며 개방적 구조를 형성하였고, 이는 연극의 내부와 외부를 연결하는 매개적 소통구조로 나타났다고 보았다. 이상란, 『희곡과 연극의 담론』, 연극과인간, 2003, 36쪽 참조.

향력 있는 연행 행위의 절반을 독자의 관객으로서 기억에서 이끌어낸다. 왜냐하면 관객은 배우의 신체성을 향하게 되기 때문에 관객의 주의에 연행자는 연행되는 몸과 드라마 캐릭터의 분위기를 형성한다. 결국 연행에 대해 반성적 거리를 유지하는 관객의 극적 관습은 현실비판을 위한 신문 텍스트에서 독자와 소통하기 위한 효과적인 인식의 과정이 된 것이다.

4) 재담으로 공유된 연행 공간

관객으로서 독자의 기억에 의존한 「車거夫부誤오解해」[52]는 연행 상황과 연행 행위를 제시하는 지시문 성격의 극적 정황으로 시작한다. 그리고 인력거군의 발화로 재현되기 시작하는데, 인력거군은 당시 개화사상으로 일어나기 시작하는 새로운 정부 형태를 오해하는 희극적 연행 행위를 재현한다.

모쳐 병문에서 여러 스람드리 모야 안져 각기 소견ᄃ로 보고 들은 말을 셔로 논란허ᄂᄃᆡ 기 중에 인력거군 ᄒᆞ나이 ᄀᆞ로ᄃᆡ

남북촌의 재상가도 많이 보고 각처 연회나 연설하는 곳에서 더러 들었으나 '정부 조집'이라는 의미는 도대체 알 수 없다는 희극적 상황을

---

52 1906년 2월 20일부터 3월 7일까지 게재되었는데, 첫 회는 '소설'란에 게재되었고, 2회 부터 '잡보'란에 게재되었다.

유도한다. 원래 정부 조직이라는 말을 잘 못 알아들었다는 희극적 상황은 이 텍스트가 텍스트의 구성 원리로 희극적 연행 형식을 채택했음이 제시되는 장면이다.

> 감안이 여러 사름의 말을 듯고 눈치로 싱각ㅎ야 보면 정부 죠집이 된다홈
> 은 정부에셔 죠-집을 구취흔다는 물이오
> 정부 죠-집이 틀엿다 홈은 여슈히 구취가 되지 못ㅎ얏다는 말노 알거니와
> 그 죠집을 어듸 쓸 소용인지 알 슈 업셔 갑갑히 지닉노라

이처럼 '정부 죠집'의 의미를 인력거군이 듣고 본 대로 이해하려 애쓰는 대목에서는, 이 텍스트가 인력거군의 무지와 오해를 통해 당대를 풍자하는 극적 정황을 구성 형식으로 제시하고 있음을 알 수 있다. 이 텍스트는 인물의 희극적 대화를 재현하는 것 외에도, 당대의 극적 환경을 텍스트의 구조로 흡수한다. 즉 "그 말을 듯고 일좌가 박장듸소"하는 부분은 이 텍스트가 기대고 있는 극적 환경이다. 이 극적 환경의 지표는 이 텍스트의 구성 단계를 지시하는 지표로 기능한다. 즉 다음 장면의 전환을 지시하는 연행적 기호로서 이후에 병문에 모인 무리들이 등장한다. 이 텍스트에서 인력거군이 계속 오해하는 과정과 오해의 내용이 장황하게 그의 입으로 재현되는 이유는 분명하다. 즉 당대 대중들에 대한 개화 지식인들의 시대적 인식을 풍자하는 것이다. 그러나 지나치게 계몽적이며 선구적 입장에서 주제의식을 드러내는 것은 시대적 한계가 있었다. 바로, 검열과 당대 대중들의 독서 방식이 걸림돌이 된 것이다. 따라서 객관적 정황 속에서 체험적으로 깨닫는 극적 효과를 대중들에게

효과적 소통방식으로 선택할 수 있었다. 의식을 전환시키기 위한 시대적 계몽의 기획은 거부감 없이 전달될 수 있어야 했기 때문이다. 따라서 작가나 주제를 등장인물과 등장인물의 관계 속으로 내재시킬 수 있는 연행의 속성은 이 시기 하나의 텍스트 양식을 생산한 것이다. 코러스 기능을 하는 다른 무리들이 기록자의 시선과 겹치는 것은 바로 작가의 의식이 타자화되는 극 행위의 대표적 속성이다.

이렇게 인력거군의 오해는 희극적 상황을 유지하면서 당대의 정보를 전달하는 연행적 매개자로서 재현된다. 벼슬 이름이자 정부 부서가 될 통감을 역사 서적의 이름으로 오해하며 희극적 상황이 전개되는데, 서책 이름으로 통감을 이해했더라도 그것을 일본으로부터 수입하려는 정부의 무능함을 한탄하는 부분은 현실에 대한 풍자와 절묘하게 맞아떨어진다.

> 정부 우혜 안져셔 시졍 기션ᄒᆞ깃다 ᄒᆞ면 무어시 기션될 터인구 이 말 져 말 쓸 데 업고 일본 셔 통감이 건너온 후에야 무슴 결말이 난다 ᄒᆞ니 한심코 답답ᄒᆞᆫ 일이라 ᄒᆞ되

이 텍스트의 내부적 화자인 인력거군은 스스로를 희화시켜 당대 현실을 풍자한다. 특히 인력거군은 서술을 주도하는데, 독연獨演 행위로 공연을 행하는 극적 관습에서 가능한 극작술을 보여 준다.[53] 특별한 무대장치 없이 광대(배우)의 화술과 몸짓 위주로 형상화하는 공연전통이 내재되어, 극적 묘사와 진행에 있어 중요한 수단인 언어유희와 관용적

---

53 '독연 형태'의 극작술에 대해서는 한효,『조선 연극사 개요』(한국문화사, 1996, 112~113쪽) 참조.

표현, 시가의 삽입으로 재현된다. 세 번이나 텍스트 내부 좌중을 박장대소하게 만드는 이 오해의 연속은 이 텍스트에서 희극적 연행성이 당대 현실 인식의 틀로 전이되는 역할을 수행하는 과정임을 보여준다.

이 텍스트 말미에는 앞서 확인한 「향로방문의생」에서와 마찬가지로 대화와 다른 방식으로 극적 전언을 재현하는 특징이 있다. 인력거군이 자신의 오해에 대해 설명을 듣고 난 뒤 아는 것이 병이었다 말하며 현실에 대한 깊은 시름을 잘 알려진 단가로 형상화하는 대목이 바로 그것이다.

산첩첩 슈즁즁이라 산이 놉파 만장이니 그 산을 넘쩌ᄒ면 ᄉ다리를 노을 만 못ᄒ도다

만일에 ᄉ다리도 놋치 안코 한거름도 것지 안코 다만 산이 놉다 자탄 ᄒ면 명일이 금일이오 명년이 금연이라 하월하일에 그 산을 넘어간다 긔필홀가

산첩첩 슈즁즁이라 물이 깁퍼 천척이니 그 물을 건너랴면 비를 쥰비흠만 못ᄒ도다

만일에 빗도 쥰비치 안코 ᄉ공도 부으지 안코 다만 물이 깁다 ᄌ탄ᄒ면 하월ᄒ일에 그 물을 건너간다 질언홀가

아마도 그 산 그 물을 넘고 건너ᄌ ᄒ면 ᄉ다리와 션쳑을 쥰비코져 미리미리 경영흠이 데일 상칙이라

위 인용문은 우둔한 마음에도 당대 조선의 현실을 생각하니 가슴이 무너지는 듯하며, 피를 토할 정도로 병이 될 듯 심려가 깊음을 표현한다. 그러나 그 분함과 억울함의 표현은 서술적으로 묘사하는 것보다 극적인 정황으로 표현하는 것이 훨씬 경제적이면서 대중과 공유할 수 있

는 방법이었을 것으로 판단하여 인력거군은 〈자탄가自嘆歌〉를 부르는 행위로 마무리한다. 앞서 희극적인 장면을 재현하면 서술을 주도했던 인력거군이 자탄가를 연행하는 행위는 논리적 전개상 급작스럽지만, 연행 관습상 낯설지 않은 광경이다. 즉 연행자의 현실 인식이 연행을 주도하면서 해석되는 과정이 이 연재 텍스트에서는 하나의 수사 형식으로 재현된 것이다.

이 텍스트에는 연행 현장을 재현하는 과정에서 희극적 연희 양식과 연행 환경이 재현되었다. 특히 연재 텍스트는 연재 형식과 희극적 에피소드가 나열되면서 몽타주적 연행구조를 형성하여 전체적인 플롯의 짜임새를 형성한다. 그리고 사건의 정황과 갈등의 깊이는 삽입시가들을 활용하면서 완성된다. 특히 이 텍스트는 희극적 언어유희의 발화 방식이나 상황 중심의 장면극화와 같은 근대계몽기 연행성을 재현하면서 텍스트의 수사와 구조를 구축한 것을 확인할 수 있다.

5. 근대계몽기 신문의 관찰자—연희 필사자scripter

근대계몽기 신문은 한자문화권에서 형성된 지식이나 담론 개념과 초월적 주체에 의존해 텍스트를 서술하고 소통하던 방식에서 벗어나 있다. 이러한 이해와 독해가 가능한 것은 근대와 계몽이라는 이 시대의 단일한 사회 표면을 반영한 신문에 존재하는 계몽 담론과 본질적으로 다른 부분들— 이를테면, 언어 형식이나 소재라는 측면에서 계몽의 대상화가 된 존재나 방식들— 의 집합적 배치와 그 기능 때문이다. 근대계몽기 신문에 존재하는 연행적 텍스트는 당대의 기호이자 지표들로, 이들을 당대 사회의 인식이 발생하는 장場을 구성하는 복수의 힘들과 규칙들로 이해했다. 앞 절에서 논설과 시사평론, 잡보 등 신문이 연행성을 매개로 한 텍스트를 반복·지속·배치하는 과정에서 일정한 지각구조를 읽을 수 있었다. 그리고 신문 텍스트에 일정한 지각 방식이 등장한 배경에는 끊임없이 등장하는 연희, 희대의 장소 그리고 그것에 관련된 규칙으로서 언어 형식, 연행 행위를 통해 신문이 근대적 공간을 구성·생산한 구조 때문인 것을 살펴보았다.

이러한 지각구조와 텍스트 생산 현상은 당대 현실 공간인 연희와 연희 장소를 지속적으로 관찰한 시선을 통해 가능한 것이다. 이 연구에서 기술하는 신문에 존재하는 연행 텍스트와 연희의 흔적과 규칙들은 역사문화적인 산물인 동시에 신문이라는 공공성(근대화, 계몽)을 상징하며 주체로서 독자들의 소통, 제도, 근대화 과정의 장소와 연관이 있다. 이 현상은 신문이 이 시대 관찰자라는 주체로서 기능했다는 사실을 의미한다. 연희를 매개로 한 연행적 텍스트와 신문에는 당대 연희와 연희 공간을 목격한 무수한 관찰자가 존재한다. 조금 더 정확하게 말한다면, 무수히 많은 연희와 연희 공간 그리고 공공 장소와 이를 매개로 한 많은 신문 텍스트가 존재한다. 근대계몽기 신문을 보면, 당대 어떤 관찰자가 존재했는지 보여주는데, 이들은 대개가 무동연희장에서부터 협률사, 희대를 시작으로 원각사, 연흥사, 광무대 등의 실내극장 주변과 관련이 있다. 이 절에서는 연희 혹은 연행 장소에서 사회적인 소통을 관찰하고 이를 실천하고자 한 신문의 관찰자에 대해 살펴보고자 한다. 그리고 연희와 희대(혹은 연극과 극장)가 신문이라는 관념적인 공공 영역에서 토론되고 기능적으로 응용되고 사회 현실로 구체화되었던 그런 결정적인 소통방식들의 조건이나 가치, 힘을 배치하는 존재에 대해서도 기술해 볼 것이다.

근대계몽기 신문이 당대의 관찰자로서 존재했거나 혹은 기능했던 흔적은 앞서 살펴본 잡보를 시스평론으로 번역한 과정에서 연행적 정황을 매개로 논설을 구성하는 방식에서 찾아볼 수 있다. 근대계몽기에 대중적인 극적 관습을 활용한 텍스트 생산은 이처럼 표면적으로는 연행에 참여하는 연행자가 관중으로서 독자들과 소통하는 방식에 대한 이해를 전제로 한다. 판소리와 같은 당대 연희가 신문의 편집과 글쓰기에 관여된 현상은 신문 필진의 활동을 고려할 필요가 있다. 당대 신문 필진에 대해서 대부분은 문사적 지식인의 이미지를 떠올린다. 그런데 신문에서 작가 혹은 필진으로 활동한 이들은 당대 제도권의 상층에 속하고 있거나 제도권에서 정치적 몰락을 경험한 상층 출신으로 넓게 볼 수 있다. 연행을 직접 재현하는 행위를 하지 않지만 판소리와 같은 연희의 속성에 대한 이해와 경험이 있는 관찰자로서 글쓴이의 역할을 유추해 볼 수 있다. 실제로 이 책에서 살펴본 많은 신문 텍스트들은 연희 혹은 연희적 상황, 연희 장소를 목격한 관찰자라는 명분으로 연행성을 매개한 글쓰기를 구성하였다.

주로 애국계몽론자들에 의해 연행을 극예술이라는 제도로 각인시키면서 극 텍스트의 필요성이 연극개량 담론 논술 텍스트에서 확인할 수 있다. 이때 애국계몽론적 필자들은 역사전기 소설류의 번역으로 극 텍스트를 마련하자고 주장했다. 문사적 입장에서 근대 민족국가의 이미지를 생산하고, 새로운 시대에 자신들의 정체성을 연극을 통해 획득하기 위해 연행 개량의 방안을 제시한 것이다. 그러나 이들이 근대적인 일반적 인식론을 구성할 서사물에 천착할 때, 실존했던 당대의 연행성을 관찰하고 재현하여 텍스트를 구성할 수 있는 역할을 한 존재들이 있었던 것으로 보인다. 근대계몽기 연행 텍스트를 구성할 수 있는 소재와 연희 관습에 대한 이해와 경험이 있는 연희관찰자의 역할에 대해 살펴보려 한다.

연희관찰자의 행보는 계몽기 텍스트에 공공연히 연희 양식을 수행하는 연행자가 재현하는 행위를 보고 들어 기록한다는 필사筆寫, script 행위에서 확인할 수 있다. 예를 들면, 1898년 12월 28일 『독립신문』의 「공동회에 딕혼 문답」 텍스트는, 신문사 탐보원이 친구 집에서 만민공동회를 소재로 토론하는 상황을 목격한 뒤 그 현장을 들었던 바가 문답 형식으로 재현된다.[54]

어제 밤에 본샤 탐보원이 셔촌 혼 친구의 집에 갓더니 뭇춤 유지각혼 四五 인이 안져서 공동회 일졀노 슈쟉이 란만혼 것을 듯고 그 죵요혼 것을 쏩아셔 좌에 긔직ㅎ노라

즉 이 필사자는 탐보원의 이야기를 듣고 그 정황을 들은 대로 재현한

---

54 물론 이 텍스트는 일상적 언어를 그대로 재현하지 않고 임금의 송덕을 기리고 찬미하는 찬가讚歌적 반복 형식으로 재현되었다. 그 형식은 인물의 대사를 통해 구체적으로 제시되었다. 공동회를 통해 새롭게 지향하는 정치 형태가 등장하였으나 여전히 임금을 향한 충정과 모든 대의명분을 임금으로 상징한 군자에서 찾는 태도는 이 같은 텍스트 구조 속에서도 발견되었다.

다. 이러한 현상은 연행 텍스트의 생산이 바로 이들 필사자에 의해 가능했음을 의미한다. 그러나 대부분 그들은 탐보원의 이름으로, 혹은 독자라는 이름으로 숨는다. 다른 경우에도 그들은 텍스트 내에서 서술적 화자로서 '한 사람'이나 연희 양식의 '행위소'로 극적 가면을 쓴 채 재현되어 확인의 어려움을 준다. 한편, 이들의 연행 행위가 텍스트의 본문을 이루는 비중이 크다 해도, 이들은 필사자 혹은 관찰자로 텍스트에 재현되었다. 따라서 이들의 존재와 연행 행위에 관심을 갖고 텍스트에 재현한 필사자를 확인해 보는 의미가 있다. 이들에게는 현실을 재현하기 위해 지속적으로 연행 현장을 모사模寫하면서 이 시대 연행성을 구성한 지각 주체이기 때문이다.

이런 연희관찰자이자 지각의 주체로서 태도는 조선 후기부터 서울 시정의 소비적이며, 유흥적 분위기를 주도한 중간 계층의 역할에서 엿볼 수 있다. 1899년 4월 3일 『황성신문』에 실린 「한잡유희開雜遊戲」에는 "서강 한잡배가 아현 등지에서 무동 연희장"을 설치하여 잡배나 한량으로 불리던 중간 계층이 공연활동에 관여한 기록이 있다. 이들은 전문적 관중으로 사회모순을 인식하고 이를 비판하는 사회적 인식을 반영하거나 대표하기도 한다. 공연 담당 계층과의 연관성을 이해하는 것은, 신문 필진들 역시 당대의 연희 소비자로서, 연희의 연행성과 같은 매체를 소비하고 사용하는 생산자라는 데 동의하는 것이다. 중간 계층은 전문적 예능의 보유자이기도 했고, 무엇보다 적극적인 감상자이자 비평자로 존재했다. 조선 후기 서울 시정의 문화와 예술을 매체로 수용한 신문을 이해하기 위해서는 중간 계층의 역할도 고려해야 할 필요가 여기에 있다.[55]

판소리 창본唱本을 매개로 한 연행적 텍스트의 지각구조, 정서와 감각을 이해한다는 것은, 문사적 자질과 연희로서 판소리에 대한 경험과 이해를 전제로 한 중간 계층의 감각 경험이 있다는 것을 의미한다.[56] 가령, 판소리 광대, 고수와 대응하면서 판소리 창본의 형성과 유통에 참여한다는 것은 매체로서 연희라는 생산수단을 매개한 텍스트 생산에 참여한다는 의미다. 원래 판소리에 관여한 중간 계층의 문사들은 판소리의 심미적 가치를 평가하는 일, 판소리 공연 행위에 대한 새로운 방법을 창안하는 일, 그리고 판소리 창본을 형성하는 일 등을 했던 것으로 알려졌다. 이제, 살펴볼 근대계몽기 신문의 연행적 텍스트는 매체로서 판소리 연희문화를 소비하고 향유하는 방식이 신문이 텍스트를 생산하는 방식으로 나타난 현상에 대해 기술하고자 한다. 살펴볼 연행 텍스트들은 연희와 연행적 속성에 대한 관심이 필명에 묻히거나 텍스트의 이중적 구조에 의해 꿈이나 구경꾼처럼 객관적 거리를 두는 구성 방식이 반복적으로 나타난다. 이같은 구성 방식은 연행 현장을 관찰하고, 채록하는 행위와 중첩된다. 그리고 해당하는 연행적 텍스트를 다수 구성한 필자가 김교제라는 점을 주목하여 기술해 보려 한다.

---

55 강명관, 『조선시대 문학예술의 생성 공간』, 소명출판, 1999.
56 판소리 텍스트의 연행성과 텍스트 구성애 관여한 계층에 대한 연구는 홍순일의 「판소리 창본의 희곡적 연구」(충남대 박사논문, 2002) 참고.

1) 김교제 연행 텍스트

김교제를 주목하는 가장 큰 이유는 연행을 인간 삶의 알레고리나 이미지가 아니라 인간 삶의 그 자체로서 모델로 보았다는 점이다. 김교제가 구성한 연행 텍스트들을 살펴보면, 근대적 현실을 연행 경험의 반복과 인용 속에서 형성하는 능력을 발휘하고 있었다. 그래서 신문이 근대계몽기에 달성하고 도달하려 한 근대적 인간과 사회의 구성을 연행성을 통해 성취하고 구성하는 과정에서 김교제의 의미 있는 역할에 대해 기술해 보려 한다.

김교제는 개인사가 잘 알려져 있지 않다. 밝혀진 바에 의하면, 효능령孝陵令을 지냈으며, 그의 아버지는 회인懷仁군수를 지낸 반벌班閥 출신으로 알려져 있다. 그 외에 그의 이력은 비교적 부정확하거나 잘 알려진 바가 없다. 저자는 근대계몽기 신문업에 종사했던 인물 대부분이 당시 사회의 주변인[57]이었다는 점에 착안하여 그가 텍스트 생산과 맺은 관계를 짚어보려 한다. 그는 주로 판소리를 매개로 구성하는 방식으로 신문 텍스트를 생산하는 필진이었다. 그런데 그가 구성한 텍스트들은 대개가 판소리의 연행 형식을 재현하는 언어 형식과 언술구조로 되어 있다. 이 시기 다른

---

57 신문의 필자는 대체로 지식인이다. 그런데 이들은 제도권의 상층에 속하고 있거나 제도권에서 빗겨나 있는 상층 출신으로 넓게 보아야 한다. 최찬식의 경우 자세하게 밝혀져 있는데, 그의 아버지는 최영년으로 동학농민전쟁 당시 전주 감영 군마사로 재직하였다. 그때 전라감사 김문현의 심복으로 활동했다. 그는 아전 출신으로 조선 후기 평민 상층 계급에 속했다. 따라서 그가 전라도 판소리문화와 매우 익숙하였을 것임을 추측할 수 있다. 또한 적극적인 감상자로서 판소리 연행에 대한 감식안이 어렵지 않게 형성되었을 것이라 판단하였다. 이 같은 최찬식의 이력은 그의 소설을 통해 확인할 수 있었다. 그러나 최찬식의 경우와 달리 김교제는 개인적인 이력이 확실하지 않다. 최기영, 『대한제국시기 신문 연구』, 일조각, 1996(증판), 236~237쪽 참조.

연행 텍스트들이 필명을 미처 밝히지 않았던 것과 달리, 그는 신문에 아속啞俗이라는 필명으로 지속적으로 대화체 양식의 텍스트들을 게재한다. 이제 여기에서 기술할 텍스트들은 당대 연희를 재현하는 데 그치지 않고 익숙한 연희언어 형식과 통사구조로 구성된 특징을 볼 수 있다. 이들은 대개 두 양식으로 나누어 볼 수 있는데, 하나는 근대계몽기 연희 양식이 그대로 재현된 연행 텍스트이다. 다음은 인물들의 대화를 중심으로 한 극적 재현 텍스트이다. 먼저, 연희 양식을 재현한 현상은 판소리 가창 형식을 텍스트의 표현 형식으로 재현한 것에서 확인할 수 있다.

1909년 10월 19일 『대한매일신보』, '시스평론'란에 게재된 〈타조가〉는 잘 알려진 판소리 〈춘향가〉의 한 대목인 〈농부가〉의 한 대목이 인용된 경우이다. 이 텍스트는 서두에 〈타조가〉를 화답하는 익숙한 연행 행위를 제시하면서 텍스트가 구성되었다. "▲ 스면들에 츄셩되민 빅곡풍등 ᄒ엿고나 봉부돌빈 농부들이 타조가를 화답ᄒ니 그 노래가 유리ᄒ다"며 춘향가의 한대목을 차용한 〈타조가〉의 도구적 의의를 내세운다. 아래에 제시한 텍스트의 본문은 봉부돌빈의 농부들이 화답하는 상황으로 판소리에서 익숙한 통사구조로 인용되었다.

　　▲봉부돌빈 우리 농부 쥬야근고 농ᄉ지여 식 곡식이 풍등ᄒ니 힘든 공이 이 아닌가 츈궁하곤 다 갓스니 걱정 업시 살니로다

　　▲그도 그러ᄒ거니와 지금 잠시 걱정 업다 릭년싱각 아니ᄒ면 츈궁하곤 쏘 잇ᄂ니 아모ᄉ됴록 우리 벗님 츈하츄동 ᄉ시졀을 쉬지 말고 로동ᄒ야 평싱안락 지내보세

　　(같은 구조로 문답 반복)

익숙한 판소리 연행 장면을 복원하며, 주고받는 형식으로 〈타조가〉를 화답하는 연행 상황은 농부들이 부르는 〈타조가〉를 소리 내어 억양을 붙이는 행위로 이해할 경우 현실성이 부여된다. 이 텍스트는 읽으면서 곧바로 이해될 수 있는 즉, 언문일치가 이루어지지 않는 기록 방식이다. 또한 음독을 해도 곧바로 뜻을 알 수 있는 회화체도 아니다. 그렇다고 "쥬야근고 농ㅅ지여 시 곡식이 풍등ㅎ니"와 같은 한문 문장을 풀어서 읽는 문체가 유통되었던 상황도 아니다. 이는 다만 연행자가 보조적으로 행위를 덧붙여 재현해 줌으로써 그 의미가 전달될 수 있는 특징을 지닌 연행적 언술이다. 즉 익숙한 연행 레파토리가 인용되면서 행위와 가창이 수행되는 텍스트이다.

김교제는 적어도 이 다수의 연행 텍스트에서 대중적 연행 형식을 인용하면서 텍스트를 구성하는 방식으로, 연행 현장의 증인이자, 당대 연희 양식을 관심 있게 보는 연행의 필사자 역할을 한다. 다음에 인용하는 연행 텍스트도 근대계몽기 연희 양식을 환기하도록 〈권쥬가〉 연행 레파토리를 매개로 텍스트를 구성했다. 이 텍스트는 1909년 12월 21일 같은 신문 같은 란에 〈권쥬가〉 연행을 매개로 참담한 현실세계를 위로하는 듯한 의미를 형성했다. 이처럼 친숙한 율격과 어구로 구성된 〈권쥬가〉를 인용하지만 전환시키거나 때로는 왜곡하면서 즉흥적이고 즉각적인 연행성이 표현되는 것을 볼 수 있다. 실제로 판소리는 텍스트의 창과 아니리가 어느 정도 고정적이어서 실제로 더늠에 의해 그 의미가 확대될 수 있는 연행성을 내포한다. 따라서 이 연행 텍스트는 '반도 풍운 참담한 시국'인 근대계몽기 사회에 대해 〈권쥬가〉의 연행을 통해 개탄과 위로, 기원의 의미를 정서 감각으로 메시지를 전달하는 지각 방식을 보여준다.

　　▲반도 풍운 참담ㅎ야 시국ㅅ가 일변ㅎ니 국가ㅅ를 쳐리코져 전국동포
모화 노코 권쥬가로 기회ㅎ야 일비일비 이쳔만비 ㅊ례딕로 권쥬ㅎ니 만쟝화
긔 융융ㅎ다
　　▲잡으시오 잡으시오 이 술 일홈 쵸혼쥬라 이 술 흔 잔 잡으시면 정부 안
의 망국귀신 당파 쥬의 매국 노례 츈셜굿치 쇼멸하고 병든 나라 쇼복ㅎ야 강
건쟝슈 ㅎ오리다
　　(반복)

　구체적으로 이 연행 텍스트를 구성하는 지각 방식은 다음과 같이 설
명해 볼 수 있다. 반도 풍운의 참담한 현실을 자유로운 속도의 불규칙적
리듬으로 짜여지는 '도습'의 연행 행위로 재현한다. 특히 국사를 논하기
위해 많은 사람이 모인 가운데, 〈권쥬가〉로 개회를 대신한. 그리고 이내
"잡으시오 잡으시오 이 술 일홈 쵸혼쥬라 이 술 흔 잔 잡으시면"이라 하
여 〈권쥬가〉를 삽입하는 방식으로 텍스트가 구성된다. 이처럼 계몽적
담화를 연행적 언설로 수행하는 과정은 이러한 연행적 언술에 익숙하여
이를 해석하고 텍스트를 유희적으로 구성하는 경험에 익숙해야 한다.
김교제는 "정부 안의 망국귀신 당파 쥬의 매국 노례 츈셜굿치 쇼멸하고
병든 나라 쇼복ㅎ야 강건쟝슈 ㅎ오리다"라며 가창의 연행문법으로 서
술구조를 만들었다. 특히 노래를 삽입하여 아니리와 창의 중간 형태인
'도습의 형상화 방식'이 재현된 이 텍스트의 표현 형식은 그가 전문적인
관객이자 비판적인 연행자임을 입증하는 것이다.

김교제가 연행 행위를 모방하거나 모사한 흔적은 몇몇 텍스트에서도 더 발견할 수 있다. 먼저 쥐무리와 파리떼로 형상한 근대계몽기 인물의 형상화 방식을 볼 수 있다. 「인천항구 쥐무리들 제지조을」[58] 텍스트는 내용보다 표현 형식이 인상적이다. 이 텍스트는 국한문판과 한글판 모두 현장감을 그대로 재현한다.

국한문판 잡보

▲仁川港口 群鼠輩가 □□勢力 憑藉ᄒ야 百般惡行 다 하다가 虎列刺가 發生ᄒ미 滅□令에 亡命ᄒ여 漢城으로 避難올제 漢城 內에 蒼蠅輩난 駈逐令에 쫓겨나셔 오다가다 셔로 만나 各其 歷史 評論ᄒ졔 그 說話가 可笑로다.

▲(蠅) 可憎하다. 너의 鼠輩. 좀도격질 手段 나셔 虎列倀鬼 甘作ᄒ여 自國人種 害ᄒ다가 撲殺令에 남은 목숨 苟〃 亡命 可怜코나. 慘酷홀사 네의 身世 어늬 곳에 容身홀짜. (…중략…)

▲(鼠) 찍작 〃〃 찍-찍. 됴흘시고 네 말듸로.

국문판 시ᄉ평론

▲인천항구 쥐무리들이 졔지조을 가쟝밋고 못된짓만 ᄒ다가셔 괴질병이 발싱ᄒ미 박살령에 도망ᄒ여 한성으로 피란올제 한셩늬의 파리쎄는 구츅령에 쫏겨나셔 오다가다 서로맛나 각기리력 평론홀제 량편말이 다우숩다

▲(파리) 졀통ᄒ다 너의쥐들 좀도덕질 수단나셔 괴질병의 챵귀되여 본국인죵 해ᄒ다가 박살령에 남은목숨 구구ᄒ게 피란ᄒ니 가련ᄒ되 너의신셰

58 啞俗生, 「인천항구 쥐무리들 제지조을」(시ᄉ평론) · 「蠅鼠相詰」(雜報), 『대한매일신보』, 1909.10.23.

어딜가면 살겟ᄂ냐 (…중략…)

▲ (쥐) 찌ㄱ- 찌ㄱ- 쩍- 쩍- 얼ㅅㅅ됴타 됴홀시고 네말디로 ᄒ여보자

미미하지만 이 텍스트는 한글판에서 연행자의 연행성을 확인할 수 있다. 파리나 쥐의 성격은 국한문판보다 행위를 형상화한 발화로 재현된다. 또한 두 인물은 무대를 의식한 발화 양상을 보였는데, 파리의 "악흔 힝실 다ᄇ리고 쟝공쇽죄 ᄒ여보세"는 무대와 관중을 의식한 발화 방식이다. 게다가 국한문판에 없는 한글판 쥐의 대사에는 "얼ㅅㅅ됴타 됴홀시고 네말디로 ᄒ여보자"라는 연행 과정을 환기하는 발화로 즉흥성이 더해진다. 이 즉흥성은 "▲ (파리) 왜ㅇ- 왜ㅇ- 쇄- 쇄- / ▲ (쥐) 찌ㄱ- 찌ㄱ- 쩍- 쩍-"의 말장난으로 쥐와 파리를 형상한 발화 형식에서 구체적으로 확인할 수 있다. 즉 이 텍스트의 감각적 언어 형식은 김교제가 현실적 재현의 형식을 모색했거나 그 현장을 탁월하게 기록한 증거이다.

이처럼 그의 연행 텍스트는 연행 행위가 음성으로 재현되면서 서사 전달 기능에서 이탈한 듯 보이는 서술구조를 이루고, 장면마다 다른 어조로 강조를 달리하는 형식이나, 친숙한 고전이나 어구를 왜곡되게 인용하는 등의 표현 형식을 볼 수 있다. 그런데 이러한 형식은 연행 주체자가 연기演技하면서 연행 상황의 요구를 만족시키고, 연희 양식에 응하기 위해 '텍스트'를 종합하는 현장성이 반영된 것이다. 이 가능성은 바로 국한문판과 한글판에서 드러나는 연행자의 개입 현상 때문에 나타나는 연행언어의 차이를 통해 확인할 수 있다. 이때 두 판본에서 나타나는 극적 원리, 즉 연행원리는 연희를 운용하는 연행 스타일로 볼 수 있다. 이렇게 텍스트의 연행 형식적 요소를 운용한다는 관점에서 김교제의 역

할은 의미가 있다. 즉 김교제의 연행적 텍스트는 연행성을 텍스트 구성의 운용으로 모방한 것이자 연행성을 재현한 텍스트를 구성했다는 맥락에서 극 텍스트 구성의 모델로 볼 수 있다.[59]

다음으로 살펴볼 「동창이 발가오믹 보관문을」[60]에서 김교제가 연행의 보고자이자 필사자로서 역할을 했던 앞의 텍스트와 다르게 '긔쟈선생으로' 텍스트 내부에 스스로를 재현한다. 그래서 이 텍스트는 사실적 현장감이 신문기자의 모습을 재현하는 형식으로 나타났으며, 연행의 발화 형식을 모사하면서 현실성을 더한다.

▲동창이 발가오믹 보관문을 턱턱 열어노코 동즈불너 상우에 몬지를 쓸허보리고 긔쟈선싱이 안져서 문방스우를 지휘흔다

▲관셩쟈— 아 지금 산림속에 뭇쳐잇셔 슈구파로 자쳐ᄒᄂᆞ 쟈의 힝동을 네가 혹 드럿ᄂᆞ냐 그쟈들이 그 일홈은 노례문셔에 잇건마ᄂᆞ 그몸은 가쟝 쳥결한톄ᄒᆞ며 그입으로ᄂᆞ 인의이니 인익이니 말을 ᄒᆞ면셔도 동포의 참혹흔 화ᄂᆞ 초월ᄀᆞ치 보ᄂᆞ니 그쟈를 의홈은 완고귀라 너ᄂᆞ 그쟈들의 정형을 력력히 그려내여라 / 네 형령ᄒᆞ엿소 (…중략…)

▲이우헤 그려노혼 인물은 한국의 국력을 손샹ᄒᆞ고 문명을 져회ᄒᆞᄂᆞ 죄

---

59 홍순일은 판소리 창본의 내용을 이루는 문학적 요소는 "사설=창과 아니리"로 "악조=가락"으로 그 사이의 추임새와 이에 어울리는 너름새, 이에 대응하는 고수의 북장단, 관중의 반응인 박수와 장단·소리제 등으로 설명하였다. 이는 문학 외적 요소와 내적 요소로 나누어 말할 수 있는데, 전자는 판소리 행위 주체자의 인적 요소, 소리판의 물적 요소이다. 후자는 다시 고정 요소와 비고정 요소로 나누어 볼 수 있다. 이들 가운데 문학적 요소들은 문자로 기호화되면서 희곡 즉, 극 텍스트의 내용이 되는 것으로 규정하였다. 홍순일, 「판소리의 연극적 연행 양상—《김연수창본》〈심청가〉를 중심으로」, 『고전희곡 연구』 4, 고전희곡연구학회, 2002, 15쪽 참조.

60 「동창이 발가오믹 보관문을」(시스평론), 『대한매일신보』, 1910.1.25.

가 잇셔셔 불가불 그모양디로 샤진을 박혀야 ㅎ겟스니 너는 불변식 샤진으로
이 됴회에 샤진을 력력히 박히라 / 네 분부디로ㅎ오리다

　▲이 인물들을 죠쳐ㅎ는 방법은 별별량칙이 잇스니 리일 다시 지휘ㅎ려니와 동
ㅈ-아 날이져모럿스니 문방ㅅ우를 졍졔케ㅎ여라 녜

　문방사우를 활용하는 '긔쟈선생'은 문방사우를 의인화하여 그들의
역할을 시대적으로 은유하여 지휘하는 자로 그려졌다. 그리고 각 문방
사우는 관성자, 석향후, 현향자로 이름 붙였다. 이 장면에서 김교제는
신문에 글 쓰는 자신의 행위를 "동포의 참혹ㅎ 화"를 제대로 전달하는
것으로 규정하면서 저자로서 본인의 자의식을 드러낸다. 의인화한 문방
사우에게 "정형을 력력히 그려내여라 / 그모양디로 샤진을 박혀야 / 인
물들을 죠쳐ㅎ는 방법은 별별량칙이 잇스니"라고 명령하는데, 이는 그
의 글쓰기가 지향하는 표현 형식의 문제를 연행적 언술로 표현한 것으
로 파악된다. 따라서 다양한 방법을 모색하여 사실적 인물을 그려내는
방법과 있는 그대로를 재현할 수 있는 형식을 모색하겠다는 그의 의지
를 확인할 수 있는 텍스트이다.

　김교제는 이상의 텍스트에서 연행 현장을 관찰하여 필사하고 기록하
는 데 멈추지 않고 스스로 화자가 되어 주체적으로 극적 정황을 재현하
였다. 김교제의 글쓰기에서 연행성은 현실의 모사模寫 형식으로 구성되
었다. 이렇게 구체적인 현실 감각으로 텍스트를 구성할 수 있었던 것은
연행 현장의 전문적 청중의 하나로서, 그리고 이를 재현한 신문의 기록
자로서 역할을 했기 때문이다.

　탈춤과 〈꼭두각시놀음〉 같은 연희 형식은 "전통극은 정해진 작가 없

이 익명의 수많은 작가군과 행위자 그리고 그를 둘러싼 관객이 함께 호흡을 하여 형성된 존재이다. 그래서 그 안에는 수많은 담론들이 쌓여 있다"고 전한다.[61] 이와 같은 특성을 염두에 둔다면, 관객이자 연행 현장을 기록하는 연행의 필사자들은 전통극 연희 양식의 포괄적 작가군의 범위에 들어온다. 근대계몽기에 연행 텍스트를 재현하는 과정은 이들이 연행 현장을 필사하는 관찰자 역할을 한다. 이 텍스트들을 독서물로 이해하게 되면, 이러한 필사자는 작가로 읽을 수도 있다. 이상 근대계몽기 신문 연행 텍스트에서 필사자나 혹은 연행자가 중첩된 관계 속에서 생성된 작가는 극적 현실 속에 숨어있어 드라마 텍스트와 같은 특징을 지녔다.

2) 김교제 연행 텍스트의 구조

1909년 11월 12일에 게재된 다음 텍스트는 투전판의 상황을 사실적으로 재현한다.[62] 서두에 분명하게 밝히고 있는 것처럼, 이 텍스트도 필사자가 보고들은 내용을 기록하는 구성 방식이다. 필사자로 혹은 연행의 보고자로서 이 텍스트를 생산한 김교제의 역할은 한글판을 통해 살펴보겠다. 비교·확인이 필요한 부분은 부분적으로 국한문판을 인용하였다. 이 텍스트에서 투전판은 당대 세계 정황과 조선 정황으로 중첩되

---

61 연행성과 텍스트의 상호 관계 속에서 발견되는 작가군에 대한 이해는 이상란의 『희곡과 연극의 담론』(연극과인간, 2003)을 참고하였다.
62 국한문판에는 잡보란에 게재되었다. 「屛門技戲」(잡보), 『대한매일신보』, 1909.11.12.

고 있다. "지금 경찰관은 오락가락ᄒᄂ딩 돈소ᄅᆞ를 내다가는 감옥셔 구경을 흘거시니 안되겟고 지금시ᄃᆞᄂᆞ 세계각국이 우등되기를 경ᄌᆡᆼᄒᄂᆞ 시ᄃᆞ가 아닌가 우리도 각국 ᄃᆡ표가 되여 승부나 ᄒᆞ번 결단ᄒᆞ여보세"라며, 우승열패의 경쟁 논리가 지배하는 세계적 징황을 일상의 현실로 재현하였다. 이 텍스트는 논리적으로는 연관성 없는 투전판의 일상과 우승열패의 경쟁 사회를 서술적 화자의 언술로 중첩시킨다. 이 텍스트에는 투전꾼 갑·을·병 세 사람의 사실적 대화와 행동이 재현된다. 투전판은 근대계몽기 사회 현상을 대표하는 문제였던 것으로 보인다. 왜냐하면 투전판을 재현한 다양한 텍스트들을 확인할 수 있기 때문이다.[63]

▲ 상풍은 쇼슬ᄒᆞ고 슐등은 됴요ᄒᆞᆫᄃᆡ 병문친구 삼ᄉᆞ인이 탁쥬 두어그릇식을 흠신 먹은 후에 멍셕자리에 둘너안저 투전 ᄒᆞ목을 ᄽᅦ여노코 ᄒᆞᄂᆞ 말이

우리 심심ᄒᆞ니 패나 ᄒᆞ번 잡어보세

허 됴혼 말일셰

무슴 내기를 ᄒᆞᆯ쇼

지금 경찰관은 오락가락ᄒᄂᆞᆫᄃᆡ 돈소ᄅᆞ를 내다가는 감옥셔 구경을 흘거시니 안되겟고 지금시ᄃᆞᄂᆞ 세계각국이 우등되기를 경ᄌᆡᆼᄒᄂᆞ 시ᄃᆞ가 아닌가 우리도 각국 ᄃᆡ표가 되여 승부나 ᄒᆞ번 결단ᄒᆞ여보세

(갑) 그리ᄒᆞ세 지금셰샹은 셰력밧긔 더 도혼것 업스니 나ᄂᆞ 동양텬디에 데일 강국되ᄂᆞ 일본의 ᄃᆡ표가 되여 익기패나 보겟네

---

63 화투판에서 벌어지는 정황 속에서 화투패에 담긴 뜻을 대화소재로 하며 당대 현실을 중첩시키는 화소와 재담 연행언술로 구현된 텍스트는 이 시기 신문에서 자주 발견된다. 특히 「美人投票」(풍림, 『대한민보』, 1909.8.31)가 대표적인 텍스트이다.

(을) 동양만 뎨일인가 지금 셔양에셔도 권리가 됴코 동양에셔도 셰력이 어지간 흥기는 아라스가 뎨일일네 나는 아라사뒤표가 되여 흔패 보겟네

(병) 그 사름들 셰력은 다 무엇시란 말인고 이셰샹은 먹는 것이 뎨일이니 동셔양을 통계ᄒ여도 직물만키는 미국이 뎨일이라데 나는 미국뒤표가 되여 흔패 보겟네

세계적 정황을 투전 상황으로 재현한 이 텍스트의 등장인물들은 이중적 행위와 대사로 사건을 재현한다. 이 텍스트의 '이중적 재현'은 연행 공간인 조선의 현실이 텍스트 외부에서 극 텍스트 내부에 전개되는 화투치기와 반복·교체되는 구조이다. 서술적 화자는 텍스트 외부를 제시하면서, 등장인물들과 내부 텍스트에서 다른 인물과 대화하는 구조를 형성한다. 이는 마치 판소리 연행자가 텍스트에서 서사적 사건에 따라 공연 상황을 조성하다가 다시 그 속의 극 상황을 조성하면서 들어갔다 나왔다를 반복·교체하는 연행 행위를 반복하고 재구성하는 듯 보인다. 이 연행 행위는 갑·을·병·정 네 인물 가운데 정이 물주物主가 되어, 물주의 발화와 행위 중심으로 극적 장면이 연행되는 것을 통해 확인할 수 있다.

(정) 나는 셰력도 업고 직산도 넉넉지 못ᄒ다고 자네들이 만만히 보고 먹을 집으로 아네그려 아모턴지 나는 그뒤로 본국심을 일치 안코 죠션국 뒤표로 물쥬가 됨세

물쥬가 투전을 량편손에 갈녀쥐고 가시목을 두어번 툭툭친 후에 이기픠를 투젼 흔 쟝식 죽 돌너주고 물쥬의패 흔쟝은 쎅여셔 발밋헤 너코 물쥬가 (갑)에게 투젼을 내어밀며 쎅여라 흔즉 (갑)이 쏙 잡어 쎅더니 올타 단쟝에 뒷다

물쥬가 쏘 (을)에게 내여밀며 쎅여라 흔즉 (을)이 쏘 쏙 잡어쎅더니 올타 나도 단장에 쇼부렷다 물쥬가 쏘 (병)의게 내여밀며 쎅여라흔즉 (병)이 쏙 잡엇빈더니 올타 나도댓다

국한문판 텍스트에서 대사만을 재현한 것과 달리 한글판은 위와 같이 화자의 서술적 연행을 통해 인물의 행동까지도 재현된다. 가령, "물쥬의패 흔쟝은 쎅여셔 발밋해너코 물쥬가 (갑)에게 투전을 내여밀며 쎅여라흔즉 (갑)이 쏙 잡어 쎅더니 올타 단쟝에딧다"는 재현 방식은 독연을 통해 연행자가 서술의 중심에 서기도 하고 인물을 재현하기도 하는 연행 행위가 재현된다. 세 사람이 투전판에서 좋은 패를 잡으려는 긴장감 있는 상황은 물주가 발 밑에 넣었던 패를 뒤집어 확인하는 순간 극에 달한다. 그런데 이 장면은 한글판에서 극적 긴장감이 연행자의 화술로 더해졌다.

익기픠셋이 모다 단쟝에 쇼부렷ᄂᆞ듸 최후에 물쥬가 발밋헤너헛던 패ㅅ쟝을 내여셔 왼손에쥐고 ᄇᆞ른손으로 드러가 흔쟝을 쏩어보니 두쟝에 스물흔 끗시라 입맛을 쩍쩍다시며 흔ᄌ말노 홀수업시 쎗겻고나 ᄯᅡ라지 잡은목슴이 살수잇나ᄒᆞ고 셕쟝치드러가 쏩어들고 익기픠들 픠 지치오

이처럼 단순한 행위만 제시되었던 국한문판 텍스트가 한글판에 와서 연행자의 행위도 구체적으로 재현된 흔적을 발견할 수 있다. 국한문판 텍스트가 사건과 인물의 관계를 제시하는 고정적 텍스트에 가깝다면, 이와 비교해 볼 때 한글판은 연행성이 더해져 현장감과 즉흥성이 구축

된 것을 볼 수 있다.

국한문판

(丙) 쎼여라. 올타. 나도 단장에 딍고. 最後 物主가 쏩ᄂᆞ디 흔장을 쎼여 보니 스물흔곳시라. 입맛 슬쩍 쩍 다시며 헐 슈 업시 셋겻고 ᄯᆞ라지 잡은 목숨이어 헐 슈 업시 석장지 드러가고 아기牌를 잣치소.

(甲) 그러소. ᄉᆞ오야장의 왓너냐. 갑오라. 갑ᄌᆞ쑤리로구나. 오늘이야 못 먹나.

한글판

이기쪄셋이 모다 단쟝에 꼬부렷ᄂᆞ디 최후에 물쥬가 발밋헤너헛던 패ㅅ쟝을 내여셔 왼손에쥐고 ᄲᆞ른손으로 드러가 흔쟝을 쏩어보니 두쟝에 스물흔곳시라 입맛을 쩍쩍다시며 혼ᄌᆞ말노 흘수업시 셋겻고나 ᄲᆞ라지 잡은목숨이 살수잇나ᄒᆞ고 석쟝치 드러가 쏩어들고 이기쪄들 피 지치오

(갑) 그리흡시다 ᄉᆞ오야 쟝에 왓ᄂᆞ냐 갑오라 갑ᄌᆞ쇼리로구나 오늘이야 못 먹을ᄭᅡ

이 텍스트의 극적 긴장감은 물주의 행위가 부각되도록 연행 행위가 더해지면서 극적 흐름이 긴장감 있게 재현된다. 두 판본의 인용을 비교해 보면, 확연히 극적 긴장감은 한글판에서 사실감 있는 언어로 표현된 것을 볼 수 있다. 즉 한글판 텍스트에는 연행의 현장감과 연행 행위가 재현자의 언술로 표현된다. 이처럼 텍스트에서 서술적 화자가 연행자의 구체성을 재현한 현상은 소박하게나마 물주의 행위를 중심으로 장면화

가 이루어지면서 플롯을 형성하기도 한다.

이 텍스트의 구체적 연행성을 마련한 극적 긴장감은 연행의 극적 호흡에 의한 현장감의 재현에서 확인할 수 있다. 텍스트 후반부에 가면 연행의 구체성은 언어유희를 통해 재담才談 양식이 연행의 구조와 표현 형식으로 재현된다.[64] 아래 인용문에서 세 사람이 쥔 패는 바로 각 나라의 이름을 쓴 패인데, 갑·을·병 세 사람이 한자로 표기된 나라명을 파자하며 획수로 내기를 벌이는 대목이다. 이 대목에 오면 파자破字는 텍스트 내부 화자의 연행으로 재현되는 것을 확인할 수 있다. 자획을 가지고 투전하는 상황에서 가장 획수가 많은 조朝 자를 물주가 뽑음으로써 한바탕 내기는 그의 승리로 끝났다. 즉 이는 열강 속에서 내기를 통해서라도 패권의식을 지녀보고자 하는 개화기 사회의 욕망이 투영된 한바탕 해프닝을 보여준 것이다.

국한문판

(日字四畫 本字五畫 合計九畫)

(乙) 이칠네 저칠네. 이 갑오는 뉘 갑오만 못흔가. 갑오라. 갑즈쑤리로구나. (人邊二畫 我字七畫 合計九畫)

(丙) 허. 갑가 너무 만타. 이것 殊常ᄒ구나. 나오도 갑오는 슘륙이라는 갑오일세.(羊字六畫 大字三畫 合計九畫) (…중략…)

▲ 甲乙丙 허허. 눈ㅅ구녕 쌘홀 일 또 보앗고 목구녕의 반은 넘어간 것도 되 쎄앗기네 그려. 갑오 잡고도 못 먹는 身世 다시 볼 것 잇나. 밤은 깁허오고 人力車 부르

---

64 인용한 텍스트의 부분은 원래 게재 방식을 구분하여 한글판과 대조해 볼 수 있도록 인용자가 임의로 구분하였음을 밝힌다.

제4장_잡보(雜報)로 연행된 '시스평론'　261

는 잡놈도 업고 고만 各散歸家ᄒ야 닉 집이나 직혀보세.

한글판

(일본이라는 일ㅅᄌᄂ 네획이오 본ㅅᄌᄂ 다섯획이니 합ᄒ여 아홉)

(을) 이 칠손이가 비지쌈을 철철흘니고 올나오ᄂ구나 내 갑오ᄂ 뉘 갑오
만 못흔가 갑자쇠리로고나 (아라스라는 아ㅅᄌ가 아홉획)

(병) 삼산남포 그늘속에 뎌홰치ᄂ 뎌빅로야 요것은 삼륙이라ᄂ갑오 (미국
이라는 미ㅅᄌ가 아홉획) (…중략…)

(갑을병)허허 긔가막힐일 다보겟고 목구녕에 거진다 넘어간거슬 도로 쌕앗
기네그려 갑오를 잡고도 물쥬의 갑오를 못당ᄒ네그려 갑오잡고도 못먹ᄂ신
세 다시볼것 무엇잇나 밤은깁허오고 인력거부르ᄂ잡놈 반개도업네 고만 집
으로 도러가셔 제집들이나 잘직혀보세

한글판 마지막 부분에서 확인되는 연행의 현장성은 발화의 표현 형
식을 통해 확인할 수 있다. 즉 연행의 언술 특징이 재현되고 있는 부분
으로, 이는 국한문판이 의미를 전달하는 기록에 그친 것과 다른 양상이
다. 즉 "(병) 허. 갑가 너무 만타. 이것 殊常ᄒ구나. 나오도 갑오ᄂ 슴륙
이라ᄂ 갑오일세. (羊字六畫 大字三畫 合計九畫)"라며 단순히 대화만 제시한
것과 달리 한글판은 이 대화에 연행자의 곡조 있는 더늠이 보태지고 있
다. "(병) 삼산남포 그늘속에 뎌홰치ᄂ 뎌빅로야 요것은 삼륙이라ᄂ갑
오 (미국이라ᄂ 미ㅅᄌ가 아흡획)"처럼 특히 연행의 더늠은 물쥬에 대해 서
술하는 장면에서 더욱 흥미를 더하는 행위로 재현된 이 텍스트의 표현
형식이다.

국한문판 잡보

物主는 갑오 등쌀에 精神을 일코 싯쌍을 쏩어 간신히 죄여 보다가 高聲大喊 ㅎ는 말이 올타 올타 장쟝 귀ㅎ니 (朝字十二畫 션字十七畫 合計二十九畫) 벼락 갑오 쏘 낫고나. 四對格으로 쓰리라. 네 所謂 갑오가 몃살 먹어 뒤여진 게냐.

국문판 시亽평론

물쥬는 싯헤亽쟝亽지 셕쟝을 손에 홈켜쥐고 익기패셰시 모다 갑오를 내여 노코 방바닥을 치는 통에 정신을 일코 안졋다가 좌우간에 싯헤亽쟝을 보기나 보리라 ㅎ고 죠여가며 보다가 올타올타 달머라 달머라ㅎ더니 방바닥을 두먹으로 닙다치며 쟝구지구 북지구 노둘노 등덩실 노리가쟈 요것은 쟝쟝구 벼락갑오라는거시오 亽뒤격으로 쓰러라 먹쟈 네소위 갑오라는거슨 몃살먹어 두여진것들이냐

위에 인용한 부분은 한글판인데, 앞서 구분한 국한문판과 비교해 보았을 때 연행의 더늠이 더해진 것에서 확연한 차이를 보인다. 패를 손에 움켜쥐는 행위나 "올타올타 달머라 달머라" 하는 발화 행위와 "쟝구지구 북지구 노둘노 등덩실 노리가쟈" 등 물쥬의 행위를 재현하면서 장면의 긴장감이 재현되었다. 이상에서 확인한 표현 형식은 연행자의 연행이 서술적 행위로 재현된 텍스트에서 확인한 것이다. 이것이 동일 텍스트임에도 국한문 판본에 존재하지 않는 차이점이다. 이처럼 의미 전달에 치중한 국한문판과 다르게 한글판은 현장과 현장성을 재현하는 과정에서 텍스트에 연행 관습과 연행 형식을 재현하고 있다.

이 텍스트는 논평, 논설적 입장을 내부 화자의 목소리에 투영하였다.

그 결과 계몽 담론은 일상적 공간의 대화로 재현되었다. 또한 필사 행위는 부각되지 않으면서 내부 텍스트의 재현원리를 침해하지 않았으며, 텍스트의 발화 형식은 일상을 사실적으로 표현할 수 있는 극적인 대화 형식으로 재현되었다. 특히 당시 사람들의 놀이·여흥문화 등 일상이 재현되는 과정으로 보여주기를 수행하는 연행 방식이 효과적으로 재현되었다. 이 과정에서 김교제가 재현한 연행 텍스트의 특징은 필사자로서 존재를 드러내거나 논평자로서 모습을 부각시키지 않았다는 점이다. 이 점은 연행자의 연행 행위에 관점을 이입하면서 내부 화자로 재현하는 현상으로 구체화되었다. 이처럼 내부 화자로서 필사자의 재현 방식을 은폐시키는 행위를 통해 이 연행 텍스트는 소박한 플롯을 형성하였다. 즉 보여주기 방식이 고려되었거나 극적 보여주기 장면의 효과를 포착한 결과물로서 플롯을 얻을 수 있었던 것이다. 바로 이 점이 그간 다른 연행 텍스트가 연행의 재현 및 계몽 담론을 설파하는 방식과는 다른 차원을 보여 준 것이다.

신문기사의 이야기는 그 필자가 어떤 사건이 과거가 아니라 지금 일어나고 있다는 현재감이나 즉각성에 강한 관심을 가지고 있기 때문에 (신문기사들의 표제는 보통 현재시제로 쓰여진다) 보통 이야기보다 드라마와 더 많은 공통점을 가지고 있다. 이 즉각성은 드라마의 필수 요소이다. 그것은 무대 위에서 일어나고 있는 일을 설화문학의 '사실상의 과거'가 아니라 지금, 처음으로, 일어나고 있는 것으로 재현되기 때문이다.[65] 극적이라는 것은 행동·행위이다. 적어도 근대계몽기에 이를 재현하기

---

65 S. W. Dawson, 천승세 역, 『극과 극적 요소』, 서울대 출판부, 1984.

위한 극적 관습은 근대희곡의 행위 개념과 다른 차원에 있다. 춤과 노래, 재담을 표현 형식으로 연행하는 방식이 사실적 재현에 중요한 도구로 활용되었다는 점은 규범적이며 완전하지 않지만 이 시기 극 텍스트를 이해하는 데 도움을 준다. 결국, 언어로 재현한 텍스트에서 확인되는 것은 극적 재현을 위한 극 텍스트 형상화의 조건들이다. 따라서 이들은 이 시기 극 텍스트 작법을 계열화할 수 있는 연행 요소로 파악할 수 있다.

/ 제5장 /
연극소설

근대계몽기에 신문은 공동 소통의 장이 되면서 구술문자와 기술문자 모두를 아우를 수 있는 소통의 방식이 존재한 공간이었다. 그래서 신문은 근대적 인간과 사회의 구성을 연행성을 통해 성취하고 구성하고자 시도하면서 연행이 가능한 극적 진술방식의 텍스트를 생산하였다. 그것은 '소설' 텍스트에서 서사의 사실적 재현이 연행 공간이라는 현실로 구현되었고, 극적인 차원에서는 자연스럽게 대중에게 익숙한 연행적 물질성이 소통행위이자 표현 형식으로 구성되었다. 이처럼 연행성이 근대계몽기 문화, 혹은 의사소통을 실천하는 도구이자 매체였음을 증명하는 내용을 『매일신보』 기사에서 확인해 볼 수 있다. 이 신문은 당대 연희 문화를 수행하는 연희자를 주요 독자로 상정한 '연예계'라는 게재란이 있었다. 당시 이 신문은 「쌍옥루雙玉淚」라는 소설 게재와 동시에 연극 상연에 대한 예고를 알리는 광고의 성격이 짙은 글을 게재했다. 당시 기사에 의하면, 「쌍옥루」를 소설과 연극이라는 다른 두 방식의 텍스트로 생산하는 이유를 확인해 볼 수 있다.

본샤사고에, 초호글ᄶᆞ로, ᄆᆡ일공포ᄒᆞᆷ을 인ᄒᆞ야, 일반샤회에셔, 날마다 고ᄃᆡᄒᆞ시던, 雙玉淚(쌍옥루)가, 온ᄂᆞᆯ브터, 일면지상에 현출ᄒᆞ야, 고ᄃᆡ고고ᄃᆡᄒᆞ시던, 동포ᄌᆞᄆᆡ의, 반가온면목을 ᄃᆡᄒᆞ고, 궁금ᄒᆞ던회포를, 펴겟ᄂᆞ이다. 그러ᄒᆞ나, 이쌍옥루ᄂᆞᆫ, 일시파적ᄒᆞᄂᆞᆫ 소셜로만 돌닐것이안이라, 곳실디를 현출ᄒᆞ야, 일반샤회의풍쇽을ᄀᆡ량ᄒᆞᆯ만ᄒᆞᆫ, 됴흔긔관이로다.이것을, 실디로현출코져ᄒᆞ면, 무슨방법으로ᄒᆞᆯ가, 불ᄀᆞ불, 연극으로ᄒᆞ여야하겟다고하겟ᄂᆞ이다. 죠션의연극졍도가유치ᄒᆞᆷ은, 이란이개탄ᄒᆞᆯᄲᅮᆫ안이라 본샤에셔도 이것을 ᄀᆡ량ᄒᆞᆯ계획이잇스되, 됴흔기회를엇지못ᄒᆞ야, 지우금이힝치못ᄒᆞᆫ바이더니, 다힝히, 이와ᄀᆞᆺ흔, 됴흔ᄌᆡ료를엇엇기로, 쟝ᄎᆞ 문예부(文藝部)를셜시ᄒᆞ야, 연예의모범을짓고져ᄒᆞᄂᆞᆫ, 계획이잇스며,만일, 계획이완젼셩립ᄒᆞᄂᆞᆫ동시에ᄂᆞᆫ 반ᄃᆞ기, 본보(本報)를ᄋᆡ독ᄒᆞ시ᄂᆞᆫ, 동포ᄆᆡᄌᆞᄂᆞᆫ 무료관람을허ᄒᆞ야, 평일의 ᄉᆞ랑ᄒᆞ시든졍을표ᄒᆞ려니와, 일반ᄋᆡ독졔군은, 본샤의계획을인ᄒᆞ야 뎨일호로브터, 죵말ᄭᆞ지, 한쟝이라도 두락지마시고츅호ᄒᆞ야모와두면부지즁에, 완젼ᄒᆞᆫ쇼셜한권이될것이니,이것도됴커니와, 이후실디를연극ᄒᆞᆯ째에, 큰참고거리가, 되겟다고ᄒᆞ겟ᄂᆞ이다. 이쇼셜은,누가만든것이요ᄒᆞ면, 문슈셩원죠즁환(文秀星員趙重桓)씨가, ᄂᆡ디소셜졔의 뎨일유명ᄒᆞᆫ 긔의죄(기의죄)하ᄒᆞᄂᆞᆫ 소셜을, 번역ᄒᆞ야, 죠션풍쇽에, 뎍당ᄒᆞ도록만든것이니, 쳥컨ᄃᆡ 이왕보다, 더욱ᄋᆡ독ᄒᆞ시옵[1]

일반 사회의 풍속개량을 위한 좋은 '기관'으로서 당대 연극에 대한 이 인식은 당대 소설 텍스트가 구성・생산되는 방식에 적용되었음을 뒷받침하는 내용이다. 따라서 '소설'에서 사실적인 재현이 대화를 중심으

1 「雙玉淚(쌍옥루)」(연예계), 『매일신보』, 1912.7. 17.

로 한 재담을 화소話素로 하는 다양한 연행 현장의 연행언술 즉, 연행의 담화 형식을 인용하고 반복하는 구조로 재현되는 현상을 이해해 볼 수 있다. '연극소설'은 인간 삶의 알레고리나 이미지로 연극 혹은 연회를 묘사하는데 머문 것이 아니라 당대 인간 삶의 그 자체 모델을 재현하는 근대계몽기 신문의 특별한 텍스트의 구조와 생산방식을 보여준다.

이 장에서는 연행적 '소설' 텍스트가 근대계몽기 현실로 구성하는 연행적 구조와 표현 형식을 분석해 보겠다. 연행적 '소설' 텍스트는 신문에서 고정적으로 할애된 지면에 연재가 가능해 지면서 보다 더 긴 호흡의 연행성이 형식적 진술 방식으로 재현되고 인용되는 현상을 보인다. 이 텍스트는 연행성을 구조적 특징으로 지니고 '소설'의 영역에 속한 것들이 해당된다. 그래서 이들은 '소설연극', '연극소설' 혹은 '골계滑稽소설'과 '풍자諷刺소설'로 명명되었다. 이 조어에는 '소설'이 연행의 매개물 역할을 한다는 것을 의미하기도 하며, 연극·골계·풍자 등 연행적 관행과 연행 장르의 차이에 대한 인식이 포함된다.

표면적으로 연행성이 부여된 이 조어는 마치 소설과 연행이 각각 다른 양식으로 부자연스럽게 동거하는 텍스트 형식처럼 인식하도록 한다. 그 이유는 텍스트와 상연은 분리되어 이해되어야 할 대상처럼 구분한 인식이 개입되기 때문이다. 그러나 이 장에서 다룰 신문연재의 연행적 '소설' 텍스트는 텍스트 중심의 문학적 드라마(희곡)에 대한 개념을 저해하는 곳에서부터 이해될 대상임을 스스로 증명한다.

1. 산대류 연재소설

『대한민보』에는 풍자소설 「병인간친회록」,[2] 골계소설 「골계 절영신화」,[3] 신소설 「금슈재판」[4] 등 소설이 연재 형식으로 게재된다. 이들 세 텍스트는 '풍자'와 '골계'라는 태도를 대화와 토론이라는 직접적 발화 형식으로 재현한다. 저자가 확실하지 않으며 필명만 제시된 이 텍스트들은[5] 근대계몽기에 익숙한 연행의 담화기호들을 사용한다. 그것은 연

---

2 굉소생轟笑生, 「병인간친회록病人懇親會錄」, 『대한민보』, 1909.8.19~10.12.

3 白痴生, 『대한민보』, 1909.10.14.~11.23. 「골계 절영신화」는 소설이라는 제목이 첨부되었다. 그러나 이것은 근대적 의미의 소설이 아니다. 오히려 이것은 패관잡기에 가까운 의미의 소설, 즉 잡스러운 글이라는 관습적인 의미에 가깝다. 1900년대의 '소설'이라는 명칭은 서사 양식 일반을 지칭한다. 당시 실제 있었던 사실을 서사화하여, 향유하던 관습이 존재했으며, 이것은 개화기 신문지상에서 사실의 보고라는 측면과 흥미로운 이야깃거리 제공 등의 역할을 하였을 뿐만 아니라 이 서사를 통해 계몽의 기획이 자리 잡았다. 여하간 1900년대에 '소설'이라는 표제를 달고 행해진 글쓰기가 소설의 근대적 함의와 상충을 빚으며, 그 폭이 훨씬 넓었다는 권보드래의 지적(『한국 근대소설의 기원』, 소명출판, 2012)은 이 시기 단형서사가 지닌 중층적인 양식의 특징을 확인하는데 기여한다. 즉 당시의 소통방식 혹은 관습에 의한 서사 향유 방식의 존재가 근대문학 장르인 소설 개념만으로 부족함을 지적하는 것이다.

4 흠흠자欽欽子, 신소설 「금슈재판」, 1910.6.5~8.18.

5 당시 『대한민보』에 지속적으로 소설을 게재해 왔던 이해조가 쓴 일련의 작품군이 아닌가라는 의문도 제기되었다. 그러나 명확한 근거보다는 그의 호와 관련한 막연한 연관성에 기대어 있는 정도일 뿐이다(한기형, 『한국 근대소설의 시각』, 2006, 205쪽 참조). 저자는, 이러한 유추가 이해조가 연희 양식에 관심을 갖고 그 연행 현장성을 재현하는 소설과 이후 판소리 산정 등 각색을 했던 행보를 통해 가능하며, 증명될 가능성이 있다고 생각한다. 그러나 명확한 증거가 밝혀져야 할 것이다. 저자의 문제도 중요하겠지만 이같은 연행성이 재현된 소설 텍스트가 『대한민보』 신문에 지속적으로 게재될 수 있었던 것은 신문 구성원의 영향도 컸을 것이다. 특히 이종린의 경우가 주목할 만한 인물이다. 이종린李鍾麟(1883~1950)은 「만강홍滿江紅」을 「영산홍暎山紅」이라 제명을 바꾸고 한문 희곡을 국문으로 고쳐 쓰기도 했다. 그리고 그는 『천도교회월보』에 '언문풍월'란을 주관하면서 국문 쓰기에도 많은 관심을 갖고 있었다. 따라서 이 시기 연행 텍스트의 생산자로서 요소를 갖추었고 그가 기자였다는 사실은 『대한민보』가 연행 텍스트와 연행적 소설 텍스트 생산 가능성은 충분히 지닌 것으로 보인다.

희 양식의 연행성이라는 맥락에서 발휘되던 언어적 코드들과 웅변과 토론이 난무했던 시대 분위기를 반영하는 발화 형식이다. 이들은 대부분 병렬적 발화 형식과 재담의 언술 형식으로 표현되는 장면화 등으로 구성된 연행 텍스트이다. 또한 이 텍스트들의 공통점은 병신病身이나 금수禽獸로 인물을 형상화하면서 시대와 사회 현실을 제시하는 산대극적 도상圖上을 인용하는 현상이다.[6] 따라서 자주 이 텍스트의 발화 형식과 장면을 중심으로 한 구조와 주제의 파편화 등은 산대극류 연희 양식의 연행성을 재현한다. 흥미로운 사실은 이 같은 극 양식을 인식한 증거로 '풍자', '골계' 등으로 소설의 연행성을 명시하는 것이다.

이 소설 텍스트 가운데 이 장에서는 「골계 절영신화」를 통해 연행성을 분석하고자 한다. 이 소설은 총 27회 동안 연재 형식으로 게재되었다. 그런데 이 텍스트의 연재 형식은 매회 일정한 구조적 분량에서 끝맺고 연속되는 형식이 아니었다. 매회 연속성은 물론이고 갑작스런 종결과 연결로 구성된다. 이 사실은 이미 완성된 텍스트를 매회 신문의 편집과 인쇄 사정에 따라 종결하고 연속하는 체재를 드러낸 것으로 본다. 즉 이미 완성된 텍스트가 있다는 전제를 해볼 수 있도록 한다. 즉 산대극류의 재담으로 재현되는 화술이나 병신과 금수와 같은 도상이 병렬적으로 발화되는 것은 고정적인 텍스트가 연행되는 형식으로 신문에 게재되는

---

6 병자, 병신 드라마, 질병이나 신체적 장애를 가진 존재로 반영한 근대 조선의 현실과 이를 타개하기 위한 계몽적 인식과 제도 변화라는 계몽적 발언과 인식에 대한 주장은 질병을 치유하여 건강한 삶을 지속하고 연장하기 위한 공동체의 통과의례로서 연극의 제의적 기능과 유사하다. 따라서 이 시기 신문들이 극적 관례로서 연극을 환기하고 극적 형식으로 소통의 구조와 말하기를 시도하는 것은 경험과 체험으로서 대중과 소통하는 인류학적인 방식의 소통 흔적이었다. 근대계몽기 신문 텍스트에서 메타드라마적인 극적 관례를 확인해 볼 수 있다.

시스템이 반영된 것이다. 이러한 전제하에 연행된 내용은 신문의 편집 상황과 인쇄 상황에 맞게 게재되었기 때문에 이러한 연재 현상이 가능했을 것이다.

이 장에서는 「골계 절영신화」의 연행성이 산대극류의 풍자를 통해 구현되는 것을 확인해 보고자 한다. 이 텍스트는 장에 가는 양반 샌님과 서울 가는 상놈 덤벙이가 만나서 주고받는 대화로 구성된다. 두 인물의 대화는 탈춤의 양반과장에서 재담才談 양식을 인용하면서 구현된다. 말장난으로 우의하는 듯 보이는 이 발화 형식은 발화 상황을 두고 볼 때는 매우 직설적으로 현실을 재현하는 표현 형식이다. 조만호는 이처럼 가면극에서 말장난으로 제시되는 직설화법이 연행이라는 극적 환경에서 다양한 의미를 전달하는 표현기법이라고 말한다.[7] 이 표현 행위는 바로 탈춤의 극작술인 '풍자'로 풍자는 주제로 이해될 것이 아니라 표현기법 즉 연행성으로 이해되어야 할 것이다. 따라서 근대계몽기 연희 양식에서 재담은 현실을 비판적으로 인식하는 연행담화의 기본 구조이자 표현 행위임을 인식할 필요가 있다.

---

[7] 탈춤 대본을 통해 확인할 수 있는 극작술인 풍자는 그 자체가 주제로 이해될 것이 아니라 표현 수법으로서 이해해야 하는 특징에 대해서는 조만호의 「탈춤 자료 읽기에 대한 반성적 제안」(『어문학연구』 8, 상명대 어문학연구소, 1999, 6쪽)을 참고하였다.

2. 소설 「골계 절영신화」의 연행성

1) '골계절영滑稽絶影'의 장면화와 구성

「골계 절영신화」는 가면극의 양반과장을 인용하고 양반과장이 재현되는 연행 행위가 복원된 텍스트이다. 양반과장은 몇 개의 단락을 반복하면서 양반과 하인 말뚝이 사이의 갈등을 다루는 텍스트로 구성된다.[8] 같은 구도에서 벗어나지 않는 「골계 절영신화」는 주요인물이 '샌님'과 '덤벙이'로 등장하며, 근대계몽기 현실로 변주되어 당대를 풍자한다. 이 텍스트는 근대계몽기 현실을 '샌님'과 '덤벙'이의 대화 장면으로 제시되었는데, 이들의 행위는 골계적 발화와 상황으로 구성된다. 골계는 가면극(탈춤)의 재담 재현 형식이자 미적 효과로서, 이 글의 제목은 이 텍스트가 골계적 언어미를 재현하는 담화구조로 구성된 것임을 의식적으로 제시한다. 뿐만 아니라 '절영絶影'은 "갓끈을 자르는 골계스러운 이야기"를 의미하는 관용적 연행 용어로 재차 이 텍스트의 풍자적 연행성을 제시한다. 이 표현은 19세기 송만재의 「관우희」 서문에도 나와 극형식의 미학을 지칭하는 관용적 연행 용어다. 「관우희」 서문에 의하면, "갓끈 끊는 큰 웃음과 해학의 풍조는 배우와 골계의 명성을 판가름하는 기준"이었다.[9] 따라서 이 텍스트가 명시한 '골계滑稽'는 현실을 재현하

---

8 양반과장에서 말뚝이는 관중들의 전폭적인 지지를 받는다. 가면극에서 표면적으로 양반놀이를 통해 양반을 조롱했지만, 말뚝이 노정기路程記, 본산대 놀이 계통의 가면극에는 모두 나온다. 양반과장은 양반의 위엄 과시, 말뚝이의 조롱, 양반의 호령, 말뚝이의 변명으로 짜인 문답 형식의 단락을 여러 번 반복하며 진행한다.

는 형식으로 이해할 수 있다.

「골계 절영신화」의 연행성은 이처럼 '골계'의 인용과 재현으로 텍스트가 구성되는 형식화를 통해 확인할 수 있다. 이 소설 텍스트의 첫 장면은 양반의 '양자養子들이기'와 '양부養父되기'라는 소재로 시작한다.

> 샌님 엇의 갑시오
> 오 너 덤벙이냐 장에 좀 간다
> 량반이 되셔서 댁 사랑에서 공자왈 맹자왈 글이나 읽지 장에를 가시다뇨
> 이에 별소리를 다혼다 량반은 장에 못 가니
> 장에는 무엇흐러 가심닛가 썩 사잡스러 가심닛가
> 량반이 말지못흐야 장에는 가기로 썩이야 볼셩 사오납게 사 먹으랴
> 예 그러면 슐츄넘 가심니다 그려
> 응 슐잔은 너의 갓혼 아해들이 사쥬면 부득이 흐야 먹을 터이지
> 샹덕이 잇지 흐덕이 잇습닛가 샌님이 져의갓혼 상놈을 더러 사 쥬십시오
> 어허 이놈 맹낭흐다 량반다려 슐 사달나고 너 슐 사쥴 돈이 잇스면 홍셩
> 한 가지라도 더 해 가지고 가겟다[10] (…하략…)

「골계 절영신화」는 장에 가는 양반 샌님과 서울 가는 상놈 덤벙이가 만나서 주고받는 대화로 구성된다. 주목할 사실은 다른 소설이나 이전의 연행 텍스트가 연행자를 재현한 형식의 서술적 화자를 개입시키거나

---

9 송만재宋晚載(1788~1851)의 〈관우회병서觀優戱並序〉, 김익두의 『한국희곡/연극이론 연구』, 지식산업사, 2008, 229쪽 참조.
10 「골계 절영신화」(1회), 『대한민보』, 1909.10.14.

기록자로서 신문 편집인이 논평을 하는 화자의 개입이 나타나지 않는 점이다. 두 인물의 대화만으로 27회의 연재소설이 진행되는 것이다. 그런데 이 장편의 연재는 근대계몽기 현실을 풍자한다는 기능에 충실하여, 두 인물의 대화로 제시되는 에피소드가 중첩되면서 텍스트가 구성된다.

인용한 부분은 샌님이 산월을 맞이한 제수씨를 위한 산곽, 산미를 홍정하러 장에 가는 길에서 대화가 시작되는 장면이다. 샌님은 제수씨가 딸 낳기를 기다린다. 딸을 낳으면 잘 키워 아양이나 부릴 줄 알게 하고 대신의 집에 시집보내 자신의 뜻을 펴보자는데 그 속셈이 있다. 이는 조카딸 덕분에 벼슬을 하고 세력을 부려보자는 샌님과 덤벙이 말대로 '암양반운동'을 하려 하는 것이다. 이에 반해 덤벙이는 '재취 장가들기' 위해 함을 사러 서울에 가는 길이다. 그는 아들 낳기를 은근히 기대한다. 아들을 낳으면 잘 길러 서울 대가집에 양자로 주어 덕분에 호사해 보자는 것이다. 즉 아들을 "모내고 접붙이"는 "수양반 운동"을 하려는 것이다.

이 장면은 이 텍스트의 정보와 사건과 인물, 풍자될 근대계몽기 현실을 사실적으로 재현하는 장면이다. 샌님은 몰락한 양반으로, 비록 벼슬 못하고 시골에서 푹푹 썩고 있지만 양반 가문임을 내세운다. 시골에서 농사를 지으며 사는 그가 덤벙이의 대화에서 양자(녀)들이기를 화소로 대화하는 장면은 바로 당대 현실을 풍자하기 위한 하나의 삽화인 것이다. 이 둘은 '암양반·수양반운동'을 운운하며 결국 덤벙이가 샌님의 알량한 계층을 이용해 양부되기를 권유하는 대화에까지 이른다. 결과적으로 이들이 장에 가고 서울 가는 장면은 '부의 축적'과 '신분 상승'으로 물든 근대계몽기 현실을 연상하도록 구성된다. 결국 「골계 절영신화」는 신분질서가 와해되며 벌어지는 사회의 비리와 음모가 일상화된 근대계몽기 현실을 익숙한 골계와 재담을 인용하면서 풍자하는 텍스트이다.

이 텍스트에서 풍자는 권력이나 돈에 눈이 어두워 "볼기짝도 운동속으로 맞는가" 하면 "위조화폐 만들기", "수양 청하기" 등 골계적인 말장난의 연속적인 발화와 물질 및 신분·계급 사회의 모순이 심화된 사회적 병폐를 연상하게 하는 담화를 인용하면서 구축된다. 이처럼 가면극을 구성하는 중심인물로 복원된 샌님과 덤벙이의 관계는 명확히 적대적이고 우월한 관계는 아니다. 두 인물은 모두 자기모순을 드러내면서 근대계몽기 현실을 풍자하는 형식이 된다. 특히 두 인물이 묻고 답하는 말놀이 형식으로 인물과 사건을 제시하며, 풍자적으로 현실을 인식하는 과정이 재현된다.

먼저 문답법으로 현실의 구체적 문제점들과 정보를 드러내며 시작된 장면은, 이처럼 가면극 연행 행위가 말장난의 재담 언술로 재현되는데, 이 형식은 극의 흐름을 자연스럽게 유도하고자 하는 구성 원리로 작용한다. '양자되기'와 '양부되기' 화제는 논리적 필연성에 의해 제시되는 것이 아니라 연행적 의식이 언어화된 '부정'에 대한 말장난 장면으로 이어진다. 그리고 이 말장난 장면은 다음 장면으로 이어지며 또 다른 언어 유희를 구성하는데, 텍스트상에서 이는 형식의 비약으로 인식되지만, 이는 「골계 절영신화」의 플롯을 구성한다.

'부정'에 대해 길게 말장난을 늘어놓은 두 인물의 대화는 실제로 부정한 현실세태를 늘어놓으며 비판하는 풍자 형식인 셈이다. 두 인물의 이야기는 재담극의 서사 리듬과 유사하게 문답 위주의 말장난 즉, 재담才談으로 표현되고 재현되었다. 실제로 부정한 것에 대한 궁금증과 폭로는 이 극을 이끄는 주요한 서사의 기능을 하면서, 두 인물의 재담은 이를 밝히는 과정으로 이 텍스트의 플롯으로 유도된다.[11] 즉 "샌님 리약이 문 열기를 대단히 거레도 ᄒ심니다 난산 징에 아기문 잡기보다 어렵심 니다 그려"처럼 이 대화는 텍스트 내용 전개상 필연적인 정보로서의 의 미를 갖지 않는다. 대신 연행 상황의 지연과 긴장 속에서 유도되는 골계 효과를 만드는 발화 형식이 재현된다. 이 논리적으로 미약해 보이는 표 현 형식은 계속되는 두 인물의 발화를 통해 연상된 이미지를 중첩시키 면서 당시 현실 문제를 텍스트에 계속 환기시킨다.

대관절 홍셩은 무슨 홍셩이오닛가 말삼이나 ᄒ시오

너 부졍ᄒ지나 안이ᄒ냐

부졍은 제가 부졍해요 엇저녁에 어린 놈이 품 속에서 똥을 싸셔 우래통을 훨신 벗고 목욕을 멀졍히 ᄒ고 새옷까지 입엇는듸요 이것 봅시오 쌔 한졈 잇나

안이다 목욕은 고만 두고 셰슈를 보름이나 안이ᄒ야 쌔가 소상반죽 눈박이듯 어룽더룽ᄒ야도 관계업다

그러면 무슨 부졍 말삼이오닛가

부졍이 썩 여러 가지다 너 드러보라나냐 눈으로 본 부졍 입으로 먹은 부졍 귀로 드른 부졍 손으로 만진 부졍 발로 간 부졍 너 다 몰오나냐

예 알겟슴니다 그러면 샌님 겻해 셧기도 황송ᄒ니다 눈으로는 오날 아침에 이웃집 어린 아해 똥싸는 것을 보고 입으로는 앗가 술집에서 똥싸고 잇던 쇠 천엽

---

11 사진실은 실제로 18·19세기 재담공연의 양상을 고찰하여 재담이 당시의 주요 흥행물로 인기를 얻고 있었음을 확인한다. 그리고 이는 1930년대 촌극 혹은 대중극에게까지 영향을 주고 있다고 밝힌다. 특히 재담의 명수 박춘재의 공연활동은 중요한 단서로 지적하고 있다. 사진실, 「조선 후기 재담의 공연 양상과 희곡적 특성」, 『한국 서사문학사의 연구』 V, 중앙문 화사, 1995.

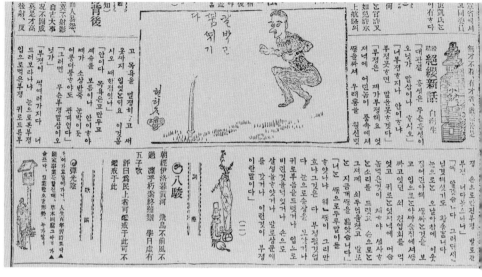

〈그림 9〉「골계 절영신화」(2회), 『대한민보』, 1909.10.15.

회를 먹엇고 귀로난 엇저녁에 머슴놈 넉은 것이 체ᄒ야 설사ᄒ는 소리를 드럿고 손
으로는 그졋게 쇠두엄을 쳣고 발로는 지금 갯동을 밟앗습니다

　너는 쏭으로 두루말이를 ᄒ얏나냐 웬 쏭이 그리 만흐냐 그것은 다 부졍될 것
업다 눈으로 송장을 보앗거나 귀로 부음을 드럿거나 입으로 비린 것을 먹엇거
나 손으로 살생을 ᄒ얏거나 발로 상문에를 갓거나 이런 것이 부졍이란 말이다

　예 그러면 아모 일 업습니다 졔가 샌님 말삼ᄒ신 그런 부졍은 보고 듯고
먹고 만지고 밟은 지가 스무아흐래 올시다[12]

　이 장면은 장에 가다 '샌님'이 '덤벙이'를 만나 어디를 가느냐고 뭇자
산달이 가까운 제수씨와 새로 태어날 아기에게 부정이 탈까 걱정하는

---

12 「골계 절영신화」(2회), 『대한민보』, 1909.10.15.

대목이다. 그래서 그에게 먼저 부정不淨한 곳에 다녀왔거나 행위를 한 적이 없느냐고 확인한 뒤에 이야기를 시작하는 이 극의 도입 부분이다. 이 텍스트가 골계라는 관습적 서사 향유 방식을 부기附記한 이유는 바로 이 장면에 재현된 언어유희에서 발견된다. 특히 그것은 현실이 골계적 재담 발화 형식으로 표면화되는데, "샌님 겿해 셧기도 황송흡니다 눈으로는 오날 아참에 이웃집 어린 아해 쏭싸는 것을 보고 입으로는 앗가 술집에셔 쏭싸고 잇던 쇠 천엽회를 먹엇고 귀로난 엇져녁에 머슴놈 넉은 것이 체호야 설사흐는 소리를 드럿고 손으로는 그것게 쇠두엄을 첫고 발로는 지금 갯동을 밟앗습니다"라는 형식이다.

'똥타령'에 가까운 이 말장난은 가면극 연희 양식과 중첩되면서 놀이 기분을 활성화 시킬 수 있는 어휘들을 선택하여 공동체의 체험 형식을 불러 일으킨다. 그것은 기록된 서사에 언어로 그 흔적이 남는다. 그런데 덤벙이의 똥타령에 대뜸 "쏭으로 두루말이를 흐얏나냐"며 호통치는 샌님과의 대화에서 확인한 것처럼, 단순한 '부정不淨'이라는 단어 하나가 반복되면서 다양한 의미의 감각 층위들을 살려 숨겨진 연행성을 재현한다. 즉 연희에서 행해지는 벽사의식 관습부터 현실의 부정한 세태가 하나의 연상된 의미를 만들어 내는 구성 기술이 발견된다.[13]

이처럼 말장난 언어는 매개자나 기록자의 개입 없이 서사를 구성하

13　이 현상은 보통 탈춤이 행해질 때 치르는 벽사의식이 서사화되면서 그 의식儀式이 언어로 기호화되어 나타난 현상으로 파악된다. 가면극을 시작하기 전에 놀이판을 정화하는 의미로 행사하는 벽사적인 의식무이다. 우리 민족은 어떤 행사를 시작하기 전 반드시 고사를 지내거나 종교적 의식을 거행하여, 잡귀를 물리치고 그 행사가 잘 치러질 수 있기를 기원했다. 무당이 행하는 굿에서도 첫 거리는 항상 부정 굿인데, 이를 통해 잡귀를 쫓아내고 굿판을 정화한다. 가면극의 첫 과장에 설정된 벽사의 의식무는 바로 이런 관습에서 유래된다. 전경욱, 『한국의 전통연희』, 학고재, 2004 참조.

는 형식이 되었으며, 이를 기반으로 장면이 구성되며 그 장면의 비유기적인 구성을 통해 연재물 텍스트가 구축된다.

2) 왜곡·변형, 반복·장황의 발화 형식과 풍자諷刺

이 텍스트가 당대 가면극류의 산대극 연행성을 가장 잘 구현한 것은 표현 형식에서 확인된다. 즉 「골계 절영신화」는 근대계몽기 현실에 대한 비판적 인식을 풍자라는 산대극의 연행성으로 재현한 것이다. 이때 언어유희적 연행언설은 이 텍스트가 현실을 왜곡하고 과장하는 수사적 도구로 사용된다. 다음 장면은 바로 근대계몽기 현실을 재현하는 표현 기법이 확인되는 부분이다. 샌님은 대신이 되기 위해 제수씨의 아이 낳기를 기다리는 속사정을 덤벙이에게 전하기 시작한다. 그리고 글을 읽어야 할 샌님이 장에 가는 길에 덤벙이와 말을 섞고 시간가는 줄 모르는 사정이 두 인물의 재담 위주로 진행된다.

양자만 주면 무엇ㅎ늬 네게 무슨 곡긔잇슬야 네 말드러라 북촌 언의 대갑은 안성골 생원님 아달로 십여세가 되도록 가갸 뒷다리 한자 못배오고 날마다 뒤동산에 올나가 등걸 파오기로 생애를 삼는대 얼골의 눈물 코물 흘은 자리가 줄줄이 잇고 모가지가 솟건[14] 이마돌[15] 죤장치게 되고[16] 북두갈고리 갓흔 두손은 감아귀가

---

14 솟건 : 솥을 건.
15 이마돌 : 아궁이 위 앞에 가로 걸쳐 놓는 돌.
16 죤장치게 되고 : 솥을 걸어 놓은 아궁이의 이맛돌 보다도 더욱 시커멓고 흉한 몰골로 변함을 일컫는 관용구.

사촌계 모자고 홀만치 츄ᄒ더니

여기에 나타난 양반댁 아들에 대한 형상화는 극적 재미를 주기 위한 말장난의 놀이 규칙을 이용한 연행에서 모사模寫 형식이 재현된다. 이 표현 형식에서는 일상의 화법과 달리 정형화된 규칙, 즉 재담 구문을 인용하면서 현실에서 공유하는 의미들을 낯설게 하고, 해체하거나 새롭게 제시하는 연행언어의 특징을 볼 수 있다. 또한 이 과장되고 왜곡된 형식의 연행언술은 의미보다 리듬감을 구현하기 위한 효과도 있다. 말의 잔치라고 할 정도로 화려하고 풍요로운 이미지의 어휘를 쓰는 탈춤 대사의 연행적 특징은 여기에서도 잘 나타난다. 그래서 인물이든 정황이든 모사模寫는 반복과 과장·왜곡된 형태로 표현되는 발화 형식이 활용된다. 이 시기의 연행성은 아래 인용한 두 인물이 연행 시간도 언어유희를 통해 골계적으로 형상화하는 데서 발견된다.

제 리약이가 ᄒ도 길죽스름ᄒ닛가 오래 셔 계신게 황송해서 그리ᄒ니다
황송이고 누렁소고 잔소리는 고만두고
샌님 져는 이번에 셔울 가기는 함하나 사러 감니다
함은 인제는 농사안이ᄒ고 엿장사로 나서랴는야
샌님도 싹도ᄒ심니다 엿장사가 새함 사지고 단입더닛가
싹ᄒ면 부러지지 너 언제 새함 사라간다고 힛더냐
그러면 누가 헌함 사라간다고 힛슴닛가
오냐 고만두어라 누가 드르면 시비ᄒ는 줄 알겟다 그래 함은 사다 무엇에 쓰랴나냐

'샌님'과 '덤벙이'는 때로 둘 사이의 대화를 통한 의사소통이 원활하게 이루어지지 못하는 것처럼 보인다. 그것은 기본적 서사구조를 공유함을 전제로 하기에 연행 상황을 즐기는 것으로, 곧 극적 관습의 공유를 통해 가능한 것이다. 이는 앞 장에서 단형서사의 연재에서 단가나 타령 등이 개입된 역할을 통해 미리 확인할 수 있었다. 그런데 이 텍스트에 오면 연행성은 언어의 유희 차원으로 숨어버린다. 이 언어유희는 언어의 리듬감, 특히 두 인물이 주고받는 대화의 리듬을 통해 다음 장면을 유도하는 구성의 역할도 하였다. 특히 근대계몽기 세태를 모사模寫하는 것에 초점이 맞추어져 있기 때문에 그 안에서 두 인물의 대화가 주는 긴장감과 언어유희는 당대인들이 즐기던 소통방식을 잘 보여준다. 아래는 그 예로 덤벙이와 샌님이 헤어지면서 말의 주고받음을 통해 극의 진행을 마감하는 리듬을 익살스럽게 형상화한 것이다. '응'이라는 대답을 통해 강조를 위한 의미 전달뿐만 아니라 텍스트를 진행하는 리듬을 형상화한다.

> 져는 써남니다
> 나도 간다
> 안녕히 행차하십시오
> 오냐 잘 가거라 아차 이애
> 녜 무엇을 잇즈셧슴닛가 아달 부대 나라는 당부ᄒ시람닛가
> 너 아들 낫는게 내게 무엇이 그리 긴해서 그리겟나냐 일당부ᄒ랴고 그리 힛다 이애 부대 응 ᄒ 곳 듯보아라
> 듯보다 쑌이오닛가 아해놈들이나 ᄒᄒ 이심명 모아 노코 식은 밥 잘 먹는

몽학션생 구ᄒᆞᄂᆞᆫ 대가 잇거던 밤도아 긔별ᄒᆞ야 드리지오

　안너다 문동답셔를 ᄒᆞᄂᆞᆫ구나 세력됴코 응

　네 세력 됴쿠요

　쏘 재산 만은데 응

　네 재산 만은데요

　량반만 못되야서 량반아비 구ᄒᆞ야 가랴ᄂᆞᆫ 자가 잇거던 응

　샌님은 말삼 몃 마듸에 응소리 쎄노으면 업겟슴니다

　이애 응소리 속에 별별 쯧이 다 잇나니라

'응'이라는 샌님의 간절함과 애닯아하는 심정을 드러내기 위한 극적
형상화 방법을 통해 극적 재미와 긴장감이 반복된 리듬으로 구현된다.
또한 "샌님이 이애 응소리 속에 별별 쯧이 다 잇나니라"라고 텍스트 내
에서 발화함으로써, 연행언어의 다양한 의미의 층위와 효과에 대해 언
급하기도 한다. 이러한 특징들은 곧 당시의 연회 양식과 관련이 있는 글
쓰기로서 연회 양식이 수행되는 장르의 특징이 전제된 것이다. 이처럼
「골계 절영신화」는 텍스트(대본)에서 흥과 재미의 본질이 극적 전개에
있어 유기적 플롯이나 내용의 새로움보다는 발화의 왜곡과 과장, 반복
을 통해 의미를 내재하는 연행성을 잘 보여준다.[17]

　분석한 바처럼 「골계 절영신화」는 많은 의미를 리듬의 음조성tonality

17　탈 놀이판에 대한 기대심리와 '흥' ─ 우리의 예술이나 놀이가 펼쳐지는 장은, 궁정 · 묘
　廟 · 관아와 같은 공식적인 공간, 사대부나 가객 등 풍류객이 모이는 풍류방, 놀이패들의
　갖가지 놀이가 펼쳐지는 넓은 놀이마당, 일꾼들이 일을 하면서 노래 등을 부를 일터, 굿
　터 · 당堂 · 절과 같은 종교적 공간 등으로 나누어질 수 있다. 중요한 것은 이러한 공간
　관념이 극劇 관념과 맞물려 있으며, 이러한 특징이 신문에 등장하는 서사에 내재되어 있
　다는 사실이다.

을 강조하면서 구성된 텍스트임을 확인할 수 있다. 그래서 본래 근대소설이 지닌 로고스적 지평과 다른 유형의 긴장감을 유발하는 것을 목격할 수 있다. 이 긴장감은 청각적 감각성을 통해 연행의 도상성이 환기되어 신문 독자들은 관객으로서 연행 공간에 함께 있는 듯한 공간감을 인식하게 된다. 「골계 절영신화」에서는 똥타령이나 웅타령으로 구성된 텍스트를 통해 관객의 몸을 이 울려 퍼지는 목소리에 자극받아 연행 공간을 의식하도록 변화시킨다. 즉 근대계몽기의 현실에 대한 보고나 계몽적 담론들은 비슷한 어구들의 반복을 통해 전달되지만, 그 영향력은 실제로는 관객들에게 연행 행위로 유도된다. 따라서 계몽적 의미로부터 분산되고 그 의미와는 상당히 다르게 확산되어 관객들은 몸을 그 리듬에 맞춰 덩실거리거나 가락과 음조에 흥미를 느낄 수 있을 것이라 기대한다. 그래서 절영신화가 계몽성과 풍자정신이 강한 텍스트이지만, 이 텍스트가 지닌 독특함은 바로 연행자의 목소리가 주는 연행적 현존감이다.

3) 연행적 인물의 근대적 주체화

근대계몽기 텍스트에는 근대국가, 신문, 애국, 계몽 등 하나의 추상 개념이거나 혹은 근대국가의 국민과 같은 집단적 개념, 아니면 다수의 등장인물들의 모임이 자주 재현된다. 이 가운데 극적 자질을 지닌 텍스트는 희곡 텍스트에서 등장인물을 통해 사건이 재현되는 것과 다르게, 당대 연행의 도상성을 유도하여 신문이라는 공간을 가득 채우는 일이 발생한다. 이 시기 신문에서 자주 산대극 도상들이 등장하여 현실의 리얼리티를 구성하는 것이 이를 입증한다. 「골계 절영신화」 텍스트는 가면극의 말뚝이와 양반형의 행위가 근대계몽기적 인물로 재현되는 기능을 구현한다.

'덤벙이'가 글 읽을 양반이 시장에 무얼 하러 가느냐는 사소한 말장난을 건네면서 양반은 가면극에서처럼 조롱받을 만한 인물로 그려지며 두 인물의 기능적 관계가 재현된다. 여기서 독자는 익숙한 연행 현장에서 관객과 배우의 공·현존과 공유된 몸, 공유된 공간의 기억을 통해 독자가 산대극의 연행적 틀을 환기하게 한다. 주로 잇속이 빠르고 세상 돌아가는 것에 눈 밝은 덤벙이의 입을 빌려 냉소적 현실비판이 가해진다. 그것은 양반들의 무능력을 '양자 보내기'와 '양부되기'로 덤벙이처럼 잇속 빠른 평민들을 통해 전해지는 연행 행위가 재현된다. 여기에서 두 인물은 계급적 차이를 통해 현실의 갈등을 제시하는 등장인물이 아니라, 변화하는 현실세태에 대한 보고자로서 역할을 한다. 따라서 두 인물의 대화를 통해 골계의 대상과 골계의 연속적 장면화는 물신物神화되고 있는 현실을 비판하는 한 목소리가 된다.[18] 즉 「골계 절영신화」는 표면적인 서술자나 화자가 등장하지 않고 두 인물의 대화를 통해 비판적 세계관이 연상되는 구조이다. 그 과정에서 이 텍스트는 산대극의 중요한

---

18 이러한 인물의 구도는 우리 전통극의 의사소통 구조와 연관 있다. 주로 조선시대 의사소통 양식은 먼저 관리들을 중심으로 한 전통적인 한문문자의 글쓰기가 주로 행해진 공식적인 차원의 의사소통이었다. 그리고 나머지 부분은 하층민의 비공식적 의사소통 방식으로 유언流言, 과객過客, 유랑민, 노동요, 가면극 등을 통해 드러나는 것이었다. 특히나 이들은 개화기 새로운 공론장의 공간—신문과 같은 미디어—에 흡수되면서 이전의 공식적 차원(특히 한문 중심의 글쓰기를 통한)의 의사소통 방식과 공론장에서 계몽을 전달하는 주요 수단으로 화합하게 된다(김동식, 「한국의 근대적 문학 개념 형성 과정 연구」, 서울대 박사논문, 1999, 30쪽 참조). 이 과정에서 대중적 소통방식의 대표적인 현존 양식으로 변화한 연희는 근대계몽기에 조명받은 것으로 보인다. 따라서 소통방식으로서의 연희 양식은 계몽의 서사를 전달하기 위한 양식으로 형성되고 있었다.

도상들이 중첩되면서 의미를 형성하는 연행성이 활용된 것이다. 인용한 부분은 양반들의 '양자삼기' 세태가 전통연희의 무기력한 양반의 도상을 복원하는 언술 행위로 제시된다. 따라서 이 텍스트는 아들을 양자로 보내 호의호식해보겠다는 속물적 태도가 재현되면서 당대 사회를 풍자하는 연행성을 구축한다.

　　이애 ○○○는 아모자손으로 양자를 드러가고 ○○○는 아모자손으로 양자를 갓던가 그러치만은 내야 나이만아 양자 갈 슈도 업고 또는 양자 안이 가기로 내 량반이야 너도 알다십히 엇던 놈 닛헤 들겟나냐
　　누가 샌님다려 양자를 가시랍닛가 양자보다 흔칭 칫드려 양부를 가보십시오
　　에이 시럽슨 자식 양부가는 이이 례법에 엇의 잇더냐
　　압다 례법은 데 차즈심다 ○생원은 아모 명현 사손으로 불철지위 그 사당을 행담 쪽에다 집어너어 시렁 우에다 언져두고 일년일도 긔신이 돌아와도 거픙 한번 못식이고 쇠옹도리 울녀 먹듯만 ㅎ던니 ○○○가 량반에 허욕이 똥구멍에서 목구멍까지 칫밧처서 양부로 뫼셔다가 큰 사랑에다 올케 뫼셔두고 일변 죠사를 식인다 일변 가쟈를 식인다 지금은 대감까지 되엇슴니다
　　그것 참 생슈낫구나 아달 엇고 벼슬ㅎ고 이애 그러면 재물도 자긔 것 갓치 쓰랴면 쓰겟구나 (…하략…)

또한 일방적인 것이 아니라 두 인물의 입을 통해 현실은 우스꽝스런 '양자養子삼기'와 '양부養父되기'라는 모습으로 재현된다. 이 글에 나타나는 사회 현실 풍자는 구비의 세계에서 나름대로의 메커니즘을 지녔던 연행언술 효과가 작용된 현상이다. 즉 이것은 근대계몽기 민중들의 집

단적 체험 형식이 텍스트에 반영되어 주요한 기술記述 원리가 되고 있음을 입증해 준다.[19] 특히 연희적 성격이 언어로 내재화되면서 서사가 부각되는데, 이것은 이러한 서사가 기존의 연희구조를 이용하여 현실을 비판하기 위한 가장 최선의 양식화 과정에서 나온 결과이다. 이전에 판소리 향유가 자본을 바탕으로 한 기득권 층의 이데올로기를 재생산하는 데 일조하며 내용과 형식이 구축되어 왔다면, 이제 이 시기 신문들이 그러한 태도를 재생산하고 있는 것이다. 즉 극에 대한 관습적 경험은 신문에서 문자 텍스트화되면서 기록된 언급들을 통해 기록자가 속해 있는 그룹의 이데올로기와 사회상을 보이는 도구로 활용된다.

오냐 드러보자 리약이만 해라

북촌 ○ 판셔 (…중략…) 샌님게셔도 그 짜위 하나를 차자 보시고 아달이 되던지 오라비가 되던지 창피흔 것 생각말고 눈 흔 번 씀쩍ㅎ십시오그려

이애 큰 일 날 훈슐도 흔다 너 대흔민보라ㅎ는 신문못보앗늬

웨요 대흔민보에 무슨 말이 잇기에 그리ㅎ심닛가

신문이라 ㅎ는 것은 사면명탐을 느러노아 션악간 남의 말을 일슈 잘 내는 것이라더라마는 압다 대흔민보 무섭더라 싸댁 흔번만 잘못ㅎ면 일호 사정업시 사뭇 두들기는 통에 근일에 소위 대관즁에 아쳠 ㅎ고 탐오흔 갓들이 모죠리 박살 안이 당흔 쟈가 업다는대 잣칫 잘못ㅎ다가 나도 그 공명ㅎ게[20]

---

19 김용수는 이를 "집단적 정동 체험"이라는 용어로 규정하였다. 그에 의하면, 이 현상은 "일정한 역사적 상황 속에 있는 어떤 사회 집단에게 특유한 감정의 복합, 또는 특유한 정동적 경향 및 태도의 유형"을 의미하는 것이라 설명하였다. 김용수는 이 개념을 원래 제베데이 바르부의 『역사심리학』(임철규 역, 창작과비평사, 1983, 23~24 · 67~70쪽)에서 나온 개념을 활용한 것으로 밝히고 있다. 김용수, 『한국연극 해석의 새로운 지평』, 서강대 출판부, 1999, 95쪽에서 재인용.

인용한 두 인물의 대화 속에는 근대계몽기 신문의 표현 방식이 "사면 뎡탐을 느러노아 선악간 남의 말을 일슈 잘 내는것"으로 규정된다. 그런데 이는 전통적으로 극적 행위가 마을의 공터나 시장의 마당에서 일상적으로 재현되던 공적 소통방식이기도 하다. '샌님'의 대사에 나타나듯이 시기에는 『대한민보』 같은 신문이 극적 공간인 연행 공간의 역할을 한 셈이다. 이처럼 "대관중에 아첨하고 탐관오리를 박살"하기 위해 신문은 대중 독자들에게 익숙한 당대 연행성으로 텍스트를 표현하는 행위를 스스로 반영한다. 이로써 이 시기 신문의 텍스트가 연행성을 표현 형식으로 구성한 것은 무의식적 관습의 반영이 아닌, 분명 근대계몽기에 의도된 전략이거나 근대적 욕구로 보인다. 「골계 절영신화」의 서사는 비유기적으로 보이지만, 분명히 수용자와 소통 가능한 표현 형식을 통해 사회 현실을 재현할 수 있었으며, 그 안에서 갈등하는 당대인의 욕망을 드러내었다. 이러한 현실 모사 그 자체로서 당대를 비판할 수 있었던 점이 「골계 절영신화」와 같은 연행 텍스트가 지닌 의의라 할 수 있다.

　　져거번 독립관 연셜 구경을 갓더니 아모씨아모씨가 차례로 나아와 연셜ᄒᆞᄂᆞᆫ 것 그러니 그네들이 손곱아 가는 변사라고 합듸다마는 나도 그만치ᄂᆞᆫ ᄒᆞ랴면 ᄒᆞ겟습듸다

　　연셜은 흠부루 ᄒᆞᄂᆞᆫ줄 아나랴 나는 대동날 공포홀 말을 두어마듸 일으랴도 발뒤굼치가 졀도 쓰고 가샴이 울넝울넝하야 목소리가 졀노 덜덜 썰니더라

　　그ᄂᆞᆫ 해보지 못ᄒᆞ얏스닛가 알 슈 업슴니다마는 남ᄒᆞᄂᆞᆫ 것을 드러보닛가

20　「골계 절영신화」(마지막회), 『대한민보』, 1909.11.23.

별 슈 엇의 잇셔오 목뎍이니 쥰뎍이니 자연적이니 텬연뎍이니 구톄뎍이니
츄샹뎍이니 애국뎍이니 자선뎍이니 말 몃 마듸를 ᄒ자면 뎍자 두루말이를
합듸다

　너는 정신도 좃타 나는 뎍자인지 셔자인지 긔억못ᄒ늘너라 이 애 연셜 리약
이는 고만 두어라 누가 그것 듯쟈나냐 네 운동하란는 사건이나 마자 리약이
ᄒ여라

　인용한 텍스트에 구현된 현실 경험 공간은 당대 사회의 '목적, 자연
적, 천연적, 구체적, 추상적, 애국적, 자선적' 등등 온갖 사상과 이데올
로기가 난무하는 새로운 관념의 공간으로 중첩된다. 연행 공간의 일상
성은 이 글에서 사회적 공간으로 환유되었고, '애국'과 '자선'을 지향하
는 관념적 공간과 현실적 공간의 조응으로 표현된다. 이 텍스트는 대동
날, 시장 공간이라는 일상 공간을 먼저 환기시킨 후, 대중들의 공론장이
될 『대한민보』라는 신문(언론) 공간으로 환유하여 시세를 비판하는 계
몽의 기획을 작동하고자 한 것이다. 「골계 절영신화」는 기록자 혹은 편
집진의 저술자著述者가 제시되지 않지만, '샌님'과 '덤벙이'의 대화와 관
계를 통해 계몽 이데올로기를 지향하는 텍스트를 구성하였다. 갑작스런
구성의 미약함을 드러냈지만, 텍스트 내부의 인물을 통해 메시지를 전
달하는 형식의 시적 효과가 시도된다. 저자는 이 텍스트의 시적 효과가
'극적 규약'을 포함하는 극작술이 구현된 것으로 본다. 마치 오랜 세월
동안 극작가들이 서로 다른 경험을 표현하기 위해 만들어낸, 플롯과 인
물을 움직이는 원칙과 연행적인 관습들로 구성되기 때문이다.[21]

3. 연극소설 「구마검」의 구조

—문학 이전 시대의 드라마적 패러다임

「구마검」은 근대계몽기 신문 텍스트를 구성하는 지각 방식인 연행성이 매개된 소설이다. 그리고 이 소설 텍스트를 분석해 보면 구성의 특징 상 앞서 살펴본 탐보원이나 관찰자의 시선으로 텍스트를 구성한 주체가 텍스트의 서술적 화자 역할을 한다. 그리고 이 소설은 관찰자가 연행성을 재현하던 이전의 텍스트와 달리, 연행자와 관찰자를 공존하도록 하고, 관찰자가 주체적인 인식을 하기까지의 내용으로 구성되어 있다. 이 절에서는 이해조의 연극소설 「구마검」을 통해 근대계몽기 신문에 반영된 문학 이전 시대의 드라마적 패러다임을 확인하고 기술해 보고자 한다.

1) 연극소설 「구마검」과 연행 관련 기록

「구마검」은 1908년 4월 25일부터 7월 23일까지 『제국신문』 3면의 외보와 광고란 사이 소설란에 연재되었다. 이 텍스트는 "연극소설"이라는 제명 아래 이해조의 '열재悅齋'라는 필명으로, 1908년 4월 25부터 7월 23일까지 총 70회가 게재되었다.[22] 이 텍스트가 게재된 『제국신

---

21 극작술에 대한 이해는 하인즈 가이거의 『예술과 현실 인식』(임호일 역, 지성의샘, 1996)을 참고.

문』은 민족적인 민주독립정신 함양과 지식 계발을 취지로 한 신문이었다. 특히『제국신문』이 독자로 구성하고 있는 대상은 이 텍스트에서 족벌 사회 중심의 가족 문제와 천연두와 같은 문제에 직면한 인물들로 재현되었고, 「구마검」에서 이들은 금방울의 굿 연행을 구경하는 그 현장의 목격자이자 굿에 적극 개입하는 관객으로 형상화되었다.『제국신문』이 민족적인 민주독립정신 함양과 지식 계발을 취지로 한 대중지향적 신문이어서 '중류 이하의 일반 대중과 부녀자'를 독자의 구체적인 대상으로 설정한 점은 이 소설을 이해하는 배경이기도 하다.[23] 이런 배경을 이해할 때 '연극소설' 「구마검」이 제의적 연극 형식인 굿으로 구성된 이유를 기술해 볼 수 있다.

「구마검」은 무당굿을 연극으로 이해하고, 또한 소설에서 중류이하 대중과 부녀자들에게 사회적 마음(인식)의 여정, 즉 집단적 정서에 개입하고 소통하는 방식임을 잘 보여준다. 함진해라는 인물의 근대적 인식에 의해 이 세계는 계몽이 필요한 세계로 귀결되지만, 당대 현실에서 제의연극의 치유적 세계관이 존재하는 것을 재현한 소설이기 때문이다. 그런 점에서 이 소설의 전반부 서사가 굿의 연행 과정과 행위로 재현된 점을 주목해 볼 수 있다.

「구마검」은 금방울뿐만 아니라 당대 현실을 '무당'과 '점쟁이', '지관' 등의 인물로 형상화하였다. 때로 텍스트에서 이들은 서술적 화자로

---

22 이 글에서 인용하고 기술대상으로 살펴본 텍스트는 연세대 소장본이다. 해당 시기 제국신문 원본 텍스트는 연세대 소장본을 통해 확인하여야 연제의 형식과 연행적 신문 텍스트의 메커니즘을 이해해 볼 수 있다. 따라서 이후 1908년 12월 대한서림, 박문서관, 이문당 등에서 발행된 텍스트는 본문에서 다루지 않았다.

23 한원영,『한국신문의 한 세기』, 푸른사상, 2002, 473쪽 참조.

재현되기도 하면서 근대계몽기 현실의 구체적 실체로서 살아 움직이고 있다. 특히 이 텍스트의 가장 핵심적인 소재인 무당 금방울은 서술적 화자로 등장하기도 하면서 당대 굿의 연행을 재현하는 과정에서는 '소설' 텍스트가 굿의 서사구조를 자기 반영적 표현 형식으로 구성하여 마치 그 부분은 굿 연행본처럼 드라마 텍스트적 특징을 형성한다. 특히 금방울은 연행을 주관하는 인물로 사회적 리얼리티를 형성하는 당대 사회의 공동체로서 연행 현장에서 형성된 연행 주체와 관계를 통해 당대 계몽되어야 할 사회상으로 창조되었다. 임화의 증언에 의하면, 이들은 "무녀 진령군과 복자 이유인과의 관계에서 모델을 취해온 것"이라 한다. 그리고 "진령군 이 씨는 임오군란 당시 환궁 날짜를 알아 맞춰 명성황후의 총애를 받았던 인물이며, 이유인 역시 진령군의 추천을 받아 출사한 뒤 법부대신의 자리에까지 올랐던 인물"로 알려졌다. 이 텍스트에서 "금방울과 임지관의 형상이 구체적이고 사실적인 조형성을 가질 수 있었던 것"[24]은 연행 주체로 현실적 인물을 모델로 삼았기 때문이다.

이 소설의 작가 이해조는 굿 연행을 단순히 당대 현실을 드러내는 텍스트의 수행 형식으로만 표현한 것은 아니었다. 이해조는 이 텍스트에서 굿 연행이 근대계몽기 인간 삶의 알레고리나 이미지가 아니라 인간 삶의 그 자체로서 모델로 재현했다. 즉 현실을 모방하는 데 그치는 것이 아니라 살아서 움직이듯 구체적 현장감과 현존 감각을 통해 되살렸다. 그래서 주목할 점은 바로 이 텍스트가 '연극쇼셜'이라는 제명을 사용하면서 굿 연행을 매개로 이 시기 현실을 현존하는 것으로 형상화하여 '소

---

24 권영민, 「작품해설」, 『구마검 외』(한국신소설전집5), 뿔, 2007, 398~400쪽.

설'「구마검」을 구성했다는 사실이다. 이처럼 근대계몽기 신문에 게재된 소설 텍스트는 연행을 통해 근대계몽기인의 공동체가 살아있는 공론장의 구체성을 보여주기도 한다. 그리고 연행 행위와 연행자를 통해 세계를 재현하는 지각구조에 의해 이 소설은 구성되었다.

먼저, 연극소설「구마검」은 당대의 극적 현실의 정황 속에 있었다. 1907년 7월『대한민보』를 보면, "원각사에셔 소설 구마검을 실시 연극"[25]한다는 광고가 게재되었다. 그러나 이후 이 공연의 내용과 반향은 확인할 수 없다. 일년이라는 공백을 둔 이 광고는 동일 제목으로 이듬해『제국신문』에「구마검驅魔劍」이 "연극쇼셜"로 연재되면서 공연 형택의 텍스트가 아니라 신문에 연재되는 소설 텍스트로 등장했다. 연극광고만으로「구마검」이 연극으로 상연되었는가, 상연을 전제로 한 텍스트인가는 단정하기 어렵다. 왜냐하면 현재로서 연극 공연광고는 일 년 뒤에 신문에 연재된 소설과 같은 제목이며, 작가가 같을 뿐이기 때문이다.[26] 그런데 바로, 이 연행광고가 선행하고 소설이 연재되는 방식에서 연극소설「구마검」상호 텍스트성과 도구적 기능을 예상할 수 있다. '연극소설'로 텍스트의 양식을 구분하여 제목을 표기한 것은 다름 아닌「구마검」이 문학 이전의 드라마 형식이라는 것을 의미하기도 한다.

---

25 「盲人被欺」,『대한민보』, 1909.7.27.
26 게다가 이 소설이 연극소설로 구분되어 게재된 사실은 소설 연구자들도 거론하지 않은 사항이었다. 따라서 이 소설 이전에 소설을 연극했다는 사실은 굳이 이 소설 텍스트를 이해하는 정보로 활용하지 않았다.

2) 천연두와 질병의 공간에서 공동체적 체험으로서 무당굿-연행

연극소설 「구마검」에서 흥미로운 점은 천연두라는 질병으로 자식을 잃은 부모와 이를 공동체의 제의적 굿 형식으로 치유하는 상황과 방식을 구성한 소설이라는 것이다. 물론 이 질병과 제의적으로 해결하는 방식은 사회의 타락, 부당함을 생생하게 고발하는 계몽적 은유 역할을 한다.[27] 근대계몽기 지식인들은 건강한 신체가 문명화된 신체, 계몽된 신체라고 인식했다. 위생관리를 통해 개인의 신체를 건강하게 하여 강건한 국가를 만들어야 한다는 의식은 서구 근대국가 담론과 질병, 의학 담론에 영향을 받은 것이다.[28] 근대계몽기 인식을 보여주는 서사물에서 질병은 자주 메타포로 현실을 표현하는 은유 장치로 등장한다. 이들은 대개 국가의 병을 사람의 병으로 비유하고, 개인의 신체를 국가의 구성체로 비유하는 서사와 담화 형식을 취한다. 앞서 살펴본 연행적 텍스트에서 병신 담론을 구성한 경우도 이 유형에 해당한다. 나아가 사람의 신체를 기계로 인식하고 이 기계의 원활한 활동이 국가의 정상적 기능을 수행할 수 있다는 논리를 구성한다. 예를 들면, 사람의 "스지빅톄와 오

---

27 질병을 둘러싼 전통적인 은유와 현대적 은유에 대한 고찰을 해왔던 수잔 손택의 은유로서의 질병은 이러한 사회 형상화를 이해하는 데 의미있는 틀을 제공한다. 그는 질병을 둘러싼 현대의 은유들이 물리적 건강에 비유되는 사회의 안녕이라는 이상을 특화하는 방식이 새로운 정치질서를 요구하거나, 혹은 그 반대로 이러한 은유를 사용하는 경우의 반정치적 모습을 드러내는 방식이 된 사례를 분석했다. 정치적 무질서를 질병에 비유하는 것은 서구문학에서 전통적인 방식이다. 플라톤에서 홉스에 이르기까지. 수잔 손택은 이러한 은유가 균형이라는 전통적인 의학의 관념을 전제로 정상적인 균형(위계질서)을 회복하는 것이 치료의 목적이라는 사고 관계의 전제를 명시한다. 수잔 손택, 이재원 역, 『은유로서의 질병』, 이후, 2002, 25~26쪽 참고.

28 이승원, 「근대계몽기 서사물에 나타난 '신체' 인식과 그 형성화에 관한 연구」, 인천대 석사논문, 2000.

장륙부가 강건해야 결뎜이 업은 완젼흔 사름"이듯이 "국가의 군쥬와 졍부가 잇고 아리로 샤회와 인민이 잇셔셔 우와 아릭가 셔로 합ᄒ여야 그 나라의 졍치가 강명ᄒ고 국가가 부강"하다는 근대계몽기 서사를 관통하는 하나의 보편적 인식틀이고, 수사의 특징이었다.[29]

그러나 실제로 개항기를 전후해 한국에는 본격적으로 콜레라(호열자) 등 질병이 유행했고, 근대적 의료기술과 위생 개념이 대중화되기 전에 무속이나 유교적 세계관에 따라 현실적인 대응 방식이 차이가 있었다. 이런 시대에 『제국신문』이 독자로 이해하고 구성하고자 했던 수용자이자 향유자의 대응을 이 연극소설은 잘 보여준다. 이 소설에서 주인공 아들은 당시 전염병이었던 천연두를 앓는데, 그 질병을 해결하기 위해 최씨 부인은 가장 먼저 무당 판수들을 의례적으로 불러들인다. 이는 이 소설이 선택한 문제적 사건이자 갈등 상황이다. 연재 3회에는 중부 다방골 부자인 주인공 함진해의 셋째 부인 최 씨가 일상의 불안과 공포를 치유하는 내용이 구술적으로 서술되었다. 서술 내용은 그녀가 자란 마을의 풍속에서 제일 숭상하는 것이 만신무당과 큰 굿이며, 최 씨 부인의 친정마을은 개화 이전 시대를 상징하는 사회적 이미지를 제공한다.

최씨의 친뎡은 노돌이라 그 동리 풍속이 자리로 뎨일 슝샹ᄒᄂᆫ 것은 죤딕ᄒ야 말ᄒ자면 만신이오 마고말ᄒ자면 무당이라 ᄒᄂᆫ 남의집 망히쥬며 눌불안당질 ᄒᄂᆫ 것들을 남ᄌ들은 누의님 아쥬머니 녀인들은 형님 어머니 ᄒ야가며 긔화젼시디에 칙ᄉ디졉ᄒ듯ᄒ야 봄갈이면 의례히 찰떡치고 메떡치고 쇠머리 북어괘

를 월슈일슈 엇어셔라도 긔어히 작만ᄒᆞᆫ냐 철누리 큰굿을 ᄒᆞ여야 셰샹일이 다 잘 될 줄 아는 동리니 최씨가 어려셔부터 보고듯고 자란 것이 그ᄲᆞᆫ이러니 시집을 와셔도 그 버릇을 버리지 못ᄒᆞ고 어듸가 쓰슴만 ᄒᆞ면 뭇구리질이오 남편이 이틀만 안이 드러와자도 살푸리ᄒᆞ기라 어듸 시로난 무당이 잇다던지 신통ᄒᆞᆫ 졈쟝이가 잇다면 남편모로게 가도보고 쳥ᄒᆞ다도보아 노구메를 올니든가 긔도를 ᄒᆞ라든가 무당의 입이나 졈쟝이에 입에셔 쑥셔러지기가 무섭게 거힝을ᄒᆞ니 이는 최씨 부인이 무당이나 졈쟝이를 위ᄒᆞ야 그리ᄒᆞᄂᆞᆫ바가 안이라 ᄌᆞ긔싱각에는 사름의 일동일졍으로 죽고사는 일ᄭᅡ지라도 귀신의 롱락으로만 물부어 실틈업시 쏙밋고 졍신을 못차려 그리ᄂᆞᆫ 것이러라[30]

이 소설에서 최 씨 부인의 친정마을은 이처럼 미개한 풍속을 대표하는 장소로 등장한다. 인용한 내용은 「구마검」의 주인공 아내가 마치 〈심청전〉의 **뺑덕어멈** 묘사처럼 급기야 집안 망하게 할 여인으로 익숙한 방식으로 형상화되었다. 그녀는 모든 일상생활을 미신과 무당굿으로 이해하고 해결하는 인물이다. 이 소설에서 최 씨 부인은 굿이라는 제의적인 관념과 방식으로 해결하는 태도로 일관된 인물로 형상화되었다. 그녀는 "그 아들이 돌님 감긔만 드러도 리씨녀귀 셜스 한번만히도 박씨녀귀 필육과 전곡을 앗가온줄 모로고 무당 졈쟝이집으로 물퍼붓듯" 재물을 낭비한다. 그 가운데, 최 씨 부인이 남편이 집을 비운 틈을 타 장님 판수를 불러 옥추경을 외게 하는 방식은 당시 돈 좀 있는 중인 이상의 가정에서 행하던 흔한 일상을 상징한다. "경잘늙는 쟝님 듸여섯 불너오

---

30 「구마검」(3회), 『제국신문』, 1908.4.28.

게 쟈ᄂ 말맛다나 옥츄경을 지독ᄒ게 닑어 움도쌕도 업게 ᄀ우어 버리 겟네"라며, 최 씨 부인에게 투영된 이 이미지는 지각없는 어리석은 방식 으로 현실 문제를 해결하는 행위로 비판받지만, 구한말 개화기 조선의 흔한 풍속, 즉 현실을 반영한 것이기도 하다.

최 씨 부인이 자신의 아들이 남편의 전 부인 귀신들 때문에 병이 생기 고 잘못될까 전전긍긍 걱정하는 행위는 그녀 스스로 귀신운운하는 불안 을 드러내는 방식이다. 그녀의 불안은 결국, 지각을 잃고 판단력이 흐려 져 무녀와 친한 집안 하인에게 속기에 이른다. 최 씨 부인의 불안은 결 국, 주인공인 남편 함진해에게도 전염된다. 아들의 질병을 무당 판수의 굿이나 제의적 행위로 해결하려는 최 씨 부인의 방식을 쓸데없는 것이 라며 반대하던 함진해 역시 아들의 병이 깊어지자 나약해진 불안한 마 음으로 무당굿을 자처하기 때문이다. 그런데 이 두 부부의 태도는 제의 적 연행 즉, 무당굿의 연행 행위를 통해 치유받을 수 있다는 대중의 관 례와 이전 공동체 사회의 소통방식을 그대로 반영한 것이다. 이처럼 한 양 중류 계층을 대표하는 '함진해'와 '최 씨 부인'는 당대 구체적인 개인 의 삶을 상징하는 질병 체험과 치유, 그리고 현실에 대한 불안을 이전 사회에서 해결하던 방식을 보여준다.

「구마검」의 서두에서 중요하게 묘사되는 소설의 공간은 당시 한양의 부자들이 모인 곳이다. 베전병문 중부 다락골, 바람타령이 휘날리는 스 산한 골목길에서 최 씨 부인이 등장하며 이 소설이 시작된다. 앞서 구한 말 조선의 풍속과 인상을 대변하는 일상적인 인물의 전형으로 형상화된 최 씨 부인에 주목해 그녀가 불안과 공포를 제의적 연행 행위로 해결하 는 태도를 살펴보았다. 그런데 소설에서 그녀의 공포는 구체적이고 당시 현실에서 일반인들의 대응 방식을 보여준다.

우리나라에 의학이 발달 못되야 비명에 죽는 병이 여러가지로딕 뎨일 무
서운 병은 텬연두라 사름마다 의례히 면ᄒ지 못ᄒ고 한번식은 겻거 고혼 얼
골이 씨거믜기도 ᄒ며 눈이나 귀에 병신도 되고 죠신지질 히소도 엇을 샌더
러 열에 다삿은 살지를 못ᄒ는 고로 속담에 역질 안이흔 ᄌ식은 ᄌ식으로 밋지
말나는 말까지 잇슨 즉 그 위험흠이 다시 비흘닉 업더니 셔양의학ᄉ가 발명흔
우두법을 빅와 온 후로 텬연두를 예방ᄒ야 인력으로 능히 위딕흠을 모면ᄒ
게 되엿것마는 누가 만득이로 우두를 너어쥬라 권ᄒ는자 잇스면 최씨는 열
스무길 쒸며 손살을 홰홰 닉아젓고[31]

천연두는 치사율이 매우 높은 질병이었다. 그런데 이 질병은 일생에
한 번 걸리면 다시 걸릴 걱정이 없는 병으로, 주로 영유아기에 많이 걸
리는 질병이었다. 이러한 특성 때문에 조선 후기부터 민간에서는 두창
을 앓는 것이 삶의 주기에서 반드시 거쳐야 하는 과정으로 인식되기도
했다. 소설에서 '역질 안이한 자식은 자식으로 믿지 말라'는 말은 당시
사회의 현실을 체험적으로 반영한 사회적 발언이다. 흔히 역질에 걸리
거나 역질 이후 생존하였을 경우 연행되는 마마배송굿은 이 단계를 무
사히 마쳤음을 의미하는 의례로 행해졌다. 「구마검」 소설에서도 서술
자는 이 속담을 인용하면서 '마마배송굿'을 시행하는 무당의 연행 행위
를 언급하기도 한다.

---

31 「구마검」(7회), 『제국신문』, 1908.5.2.

결국에는 「구마검」 소설 주인공 함진해의 아들은 "불상흔 만득이가 지각업는 어미를 맛나 필경 세상을 버렷더라"라며 죽음에 처하게 된다. 그러나 이후에 소설은 중단없는 최 씨 부인에 의해 죽은 아들을 보내는 진배송굿으로 상당 부분이 구성된다. 금방울이 죽은 아이를 위해 연행하는 진배송굿 장면은 신문에 여러 날 연재되었다. 소설은 아들의 죽음을 통해 죽은 자를 위로하는 진배송굿의 서사를 소설 전반부에 응용하는데, 이는 무당을 찾아 굿을 연행하던 조선 후기 사회에서는 익숙한 치병의례이며 가정신앙이기도 했다.[32] 조선사회에서 천연두는 무섭고 두려운 질병이기도 했지만 두신이라고 칭할 만큼 인간의 삶과 죽음을 관장하는 권능한 존재로 믿었다고 한다. 이는 미개한 문화와 행위로 치부하기에는 두신 전송의례처럼 당시 사회문화의 일상을 구조적으로 반영하고 있어 집단의 무의식과 정서를 이해하는 방식이기도 하다.[33] 인류학적인 측면에서 어느 집단에나 개인의 삶에는 변화의 시기가 있으며

---

32 흥미로운 것은 「구마검」에서처럼 이 의례는 여성들의 문화나 역할에만 국한된 미개한 영역이 아니었다는 사실이다. 조선 후기 많은 문헌에서는 유학자나 남성 가장이 주체가 되어 치병굿을 하거나 점을 치기 위해 무당을 부른 사례가 확인되고 있다. 특히 두신(역신, 천연두신, 질병신)을 전송하는 의례는 대개 남성이 주관하기도 했다고 확인된다. 그런데 이는 그 의례를 주관하고 참여하는 연행 행위에 그치는 것이 아니라 남성들의 의사소통 형식인 글쓰기를 통해 행해지기도 하였다. 정인숙, 「〈서신전송가西神餞送歌〉에 나타난 두신 痘神 전송餞送의례와 그 의미」, 『한국시가연구』 38, 한국시가학회, 2015, 304쪽; 안혜경, 「가정신앙에서 남·여성의 의례적 위치」, 『실천민속학연구』 7, 실천민속학회, 2005, 115 ~116쪽 참고.

33 의료인류학에서는 반 게넵Arnold van Gennep의 통과의례 개념을 확장하여 사회적 전환 단계로써 환자가 투병하고 회복되는 과정에 적용하여(헬만, 세실 G. 최보문 역, 『문화, 건강과 질병』, 전파과학사, 2007), 병의 진행 단계에 통과의례를 적용하여 설명하기도 한다. 그 과정을 보면 환자가 병을 자각하고 원인을 밝혀 치료 방식을 선택한다고 한다. 환자는 투병 기간 중 겪는 과정들이 비일상적이므로 이를 통과의례 중 분리기에 비유하기도 하는데, 바로 이 과정에서 병 역할sick role이 계몽, 자각의 필요성을 환기해 준다. 김아름, 「마마배송굿의 특성 연구」, 한양대 석사논문, 2008, 9~10쪽 참고.

그 때마다 특수한 의례를 거치게 되는 연극적 사건이 있다. 저자는 앞장에서 단형의 연행적 서사 텍스트들을 통해 이 시기 신문이 질병에 걸린 신체를 연행적으로 다루는 극적 관례와 연행성이 계몽이라는 사회의 구조적인 통과의례로 응용한 것으로 보았다.

이 절에서는 이 시기 신문에서 칼춤을 추며 역병을 물리치는 마마배송굿을 연행하던 무당굿의 연행성이 '연극소설' 「구마검」이라는 창의적인 텍스트로 구성된 연극소설이 단순히 미몽에 빠진 우둔한 대중을 계몽하는 메시지를 전달하는 기능만 한 것은 아님을 살펴보려 한다. 이 소설이 죽은 아이를 위한 제의적 굿 연행을 연재의 방식으로 독자와 소통하는 구조에 의미가 있는 것으로 보기 때문이다. 이 연극소설은 대중의 사회문화적 행동과 태도에 근거해 공동의 문제를 환기하는 극적 관례를 적극적으로 응용하여 소설을 연재하기 때문이다. 당대 현실을 병든 신체라는 알레고리와 질병을 치유하던 연극의례의 사회문화적 체험은 신문이라는 관념적 공론장에서 행동 모델과 의사소통 모델을 제공한 것이다.

3) 「구마검」의 구조

「구마검」은 당대 무당굿 연희의 물질성이 잘 드러나 있는데, 이 소설은 배우이자 연행자인 금방울이 굿을 연행하는 행위가 서술구조로 표현되었다. 이처럼 소설의 전반부를 통해 강렬하게 재현되는 점은 무당 금방울이 굿을 연행하는 행위와 연행 준비 과정, 그리고 연행자의 신체에 대한 것들이다. 그리고 금방울의 연행적 서술은 서술자의 묘사에 의한 재현이 아닌, 감각적이고 육체적인 연행자의 현존이 반영된 극적 언술(언어)로 텍스트에 재현되었다. 그리고 이 연극소설에는 서술적 화자 즉, 무당의 연행적 발화와 굿을 통해 극적 관례에 대응하는 공동체의 대응, 소통이 공존하는 연행 텍스트이다. 바흐친이 말하는 다음성의 언어 공간이자. 상호 텍스트성이 존재하는 것이다.

(1) 전지적 구술 주체

「구마검」에서 서술적 화자는 극적 시공간뿐만 아니라 등장인물의 행위도 재현하며, 또한 무당 금방울이 굿을 연행하는 과장된 행위를 하면서 여러 인물의 관계를 제시하기 위해 극적 공간의 안과 밖을 들락날락하는 행위나 다양한 인물로 빙의되는 행위까지 서술한다. 정확하게 말하면 이 소설의 서술자는 이야기를 연행하는 행위를 한다. 이 소설 텍스트의 서술자는 하나의 사건을 재현하는 목격자나 전지적 시점에서 서술하고 묘사하는 역할만을 하는 것이 아니라, 금방울이 굿을 연행하는 몸과 그 행위까지 구현하기 때문이다. 이같은 소설의 서술에서 발견되는 언술의 상호 텍스트성은 독연獨演을 통해 연행자가 굿 연행을 이끌며 무당의 연행 행위가 신문 텍스트의 게재와 연재로 독자에게 전달되는 방식에서 이해해 볼 수 있다. 예를 들면, 시간과 공간을 압축하면서 금방울의 내력을 서술하고, 금방울의 심리까지도 재현하는 방식은 서술자가 즉흥적인 현장에서 연행 행위를 통해 표현하는 서술 방식이다. 실제로 소설에서 서술자는 금방울의 계략과 그의 구변에 넘어간 최 씨의 상태를 심리적으로 대비하여 동시에 재현할 수 있는 극적인 언술을 활용한다. 이는 대화를 통한 직접 보여주기보다 훨씬 객관적으로 그 정황을 구현하는 연행 형식이 된다.

　금방울의 소문이 엇더케 낫던지 남북촌 국직국직ᄒ 집에셔 단골안이 뎡ᄒ 집이 업셔셔 한달 슴십일 하로 열두시 언의날 언의ᄶ에 두군디 셰군디셔 의례히 불으러와 몸뎅이가 죠히장 갓흐면 이리뎌리 씨져지고 말앗슬터이러라
　원릭 무당이라 ᄒᄂᆞᆫ것은 보기됴케 춤이나 잘츄고 목쳥됴케 소리나 잘ᄒ고 슈다시럽게 짓거리기나 잘ᄒ면 명예를 결노엇어 예간다 뎨ᄀ다 ᄒᄂᆞᆫ 법인디 금방울이ᄂᆞᆫ 흔ᄶ 히먹고 살나고 하나님이 졈지히 닌셧던지 그 여러 가지에 흔가지 남의밋헤 안이들쌘더러 남의 눈치 잘 치우고 남의말 넘겨집기 잘ᄒ고 아양 능쳥 온갓지죠를 구비ᄒᄋᆞᆺᄂᆞᆫ디 함진히 마누라의 무당 됴화ᄒ다ᄂᆞᆫ 소문을 듯고 엇더케ᄒ면 흔번 어울녀들어 그집셰간을 훌쥭ᄒ도록 썰아 먹을쇼ᄒ고 아라ᄉ 피득황뎨가 동양제국을 경영ᄒ듯 ᄒ던ᄎ에 함진히 집에셔 불은다ᄒ 말을듯고 다른 볼일은 다 제쳐노코 다방골로 니려와 함씨집 안방으로 드러오며 쳣디 앙큼시러온 가진말 흔번을 니여놋ᄂᆞᆫ디 최씨ᄂᆞᆫ 아달 참척을보고 셜우니 원통ᄒ니 ᄒᄂᆞᆫ즁에도 금방울의 말이 엇더케 쟈미가 잇ᄂᆞᆫ지 오좀을 잘곰잘곰쌀 디경이라

　「구마검」의 서술적 화자는 금방울의 신변부터 외양, 태도까지 전지적인 시점에서 묘사한다. 이 서술적 화자 역시 구술 연행적으로 금방울과 무당굿을 재현한다. 진혼굿을 벌이는 장면에서 서술적 화자는 금방울을 관찰하기도 하고, 그 행위를 구현하기도 하는 행위자로서 이중성을 드러낸다. 즉 이 이중성은 자신이 비판적으로 서술하는 내용인 금방울의 굿 연행을 재현하면서 비판하는데, 이는 마치 능숙한 무당의 모방

행위를 지켜본 구경꾼(관객)의 태도와 유사하다. 즉 현장에 함께 현존한 관객의 극적 상호작용이 서술적 화자의 연행 현장에서 예민하게 반응하는 완벽한 청관중의 태도로 서술한다.

특히 최 씨와 초취·재취 부인과 함진해를 애정과 증오의 관계로 재현하는 금방울의 굿에서 만신 무당의 모방 능력은 극대화된다. 이때 소설에서 재현되는 구경꾼들 반응은 같은 공간에서 극적으로 상호작용하는 사회적 현실 그 자체이다. 이렇게 「구마검」이 굿 연행을 보는 자와 보여지는 자, 듣는 자와 들려지는 자 사이의 관계를 통행하는 특징적 서술 방식은 독자들에게 익숙한 극적 환영에 의해 형성된 이 연극소설의 구조다.

첫 회는 서술적 화자가 이 텍스트 내부 공간을 서술하면서 극적 시공간을 장면화로 시작하였다. 인용한 부분을 보면 "베젼병문 큰길"은 바람의 형용을 구현하면서 소설의 공간을 구성한다. 이 소설의 공간은 '바람타령'으로 연행 감각으로 구현되는데, 인용해 본다.

대안동 네거리에셔 남산을 바라보고 한참 닉려가면 베젼병문 큰길이라 좌우에 져자흐는 사름들이 죠석으로 물을 쑤리고 비질을흐야 인절미를 굴녀도 검불 하나 안이뭇을것 갓흐나 그 만흔사름 그 만흔마소가 밥고오고 밥고가면 몃시 안이되야 길바닥이 도로 지져분흐야쟈샤 바람이 긔척만잇셔도 힝인들 눈을 쓸슈가 업논디 바람도 여러 가지라 슴스월 길고긴날 쏯지쵹흐는 동풍도잇고 오륙월 삼복즁에 비 죽만흐는 남풍도잇고 팔월 싱량흘쎈 셔리오랴는 동북풍과 십월 동지달에 눈 모라오는 북셔도 잇스니 이 여러가지 바람은 결긔를짜라 의례히 불고 의례히 긋치는고로 사름들이 부는것을 보아도 놀나지 안이흐고 긋치는것을 보아도 희한희 녁일것이 업지마는 이날

'소설' 서두에 해당하는 이 장면에서 사람의 왕래가 잦은 큰 길은 서술적 화자에 의해 공간의 깊이가 형상화되고 있다. 그런데 그 표현 형식이 인상적이다. 서술적 화자는 이내 운율을 갖추어 '바람타령'으로 베젼병문 큰 길가의 공간성을 형상화하기 때문이다. 바람의 형용을 언문풍월로 운을 맞추며 형상화하는 형식은 보고 듣는 차원의 공간적 현장성을 더해 주고 있다. 이처럼 공간과 시간을 '바람타령'에 가까운 연행언술로 표현하는 형식적 묘미는 서술적 화자의 언술로 음성과 가락으로 표현되고 있다. 이는 마치 연흥사와 같은 흥행 연극장에서 "타령·잡타령·춘향가"와 같은 판소리의 연행 레파토리가 연극 영업상 필요한 과정이었던 것처럼, 독자에게 담론을 전달하는 훨씬 유효한 표현 형식으로 이해할 필요가 있다. 즉 노래 가사보다는 가락과 리듬의 음조성tonality을 강조하면서 가창 행위가 언어의 매개체로서보다는 목소리 그 자체로 베젼병문 공간의 리얼리티를 청각적 연행성으로 전개하는 것이다.

베젼병문에서 불든바람은 동풍도 안이오 남풍도안이오

셔풍북풍이 모다 안이오 어디로좃차오는 방면이업시

길바닥 한가온디에셔 먼지가 솔 솔 솔 니러나더니

펑펑펑 도라가며 졈졈 엔져리가 커져 도림멍셕만ㅎ야

졍신차려볼슈가 업시 핑핑돌며 자리를 뚝 써러지더니

엇더흔사름 하나를 겹겹이 쓰고 도라가니 귀영ㅈ가 쑥빠지며

머리에썼던 졔모립이 졍월 대보름날 구머리장군 연써나가듯 삼마쟌은가셔 써러진다

그사름이 두손으로 눈을 써ㄱ써ㄱ부뷔고 입속에 드러간 몬지를 테테 빗흐며[34]

바람의 형용 묘사描寫는 의미를 전달하는 언어 기능보다는 반복적인 율격을 만들어 선율과 가락이 두드러지는 가창의 감각을 유도한다. 즉 관용적 표현과 점층적 반복을 통해 바람의 형상을 음성적 특징으로 전달하는 연행언술의 특징을 보인다. 결국 '베젼병문 큰길의 을씨년스런' 공간은 연행 행위의 극적 형상화로 이 텍스트의 공간성을 현장감 있게 인식할 수 있도록 한다. 이처럼 「구마검」의 서두 부분은 '바람타령' 같은 구술 연행성으로 독자의 지각을 자극하여 연행 공간을 의식하도록 유도하는 방식으로 구성된 것이다.[35] 금방울의 체현體現이 연극쇼셜 텍스트가 서술적 화자를 통해 연행 행위를 재현하는 특징은 전반부에서 인상적으로 드러난다. 잔병치례가 많은 외아들 만득이를 걱정하는 최씨의 행위 역시 서술적으로 재현되는데, 특히 아들을 애지중지하는 최씨 부인의 행실을 주어섬기는 대목은 원문에서 조차도 따로 구분하여 압운이 맞춰진 언문풍월 양식으로 재현되면서 신문에 게재된다. 시가의 삽입이라는 텍스트 중심으로 이 특징을 부연할 수 있지만, 「구마검」이 금방울이라는 연행자(배우)의 연행 행위로 구성되는 과정을 확인해 보면, 이 장면은 청관중(독자)과의 연행적 소통 과정에서 나타나는 공·현존 현상으로 이해할 필요가 있다. 즉 최 씨의 행위가 이처럼 리듬감 있게 재현되는 것은 여기에 연행자의 곡절이 더해지고 더늠이 발휘되면서 연행적 감각이 구축되며 이를 독자가 청관중의 입장에서 공감하게 되기

---

34 「구마검」, (1회), 『제국신문』, 1908.4.25.
35 이러한 상호 작용을 들뢰즈와 가타리는 구성agencement이라고 불렀다. 이 개념은 신체와 감정의 물리적이고 에너지적인 행위들이 언표 행위, 즉 말하거나 쓰는 주체의 행위를 통해 생산되는 기호들의 결합체로 변형되는 그물망을 말한다. 마리맥클린, 임병권 역, 『텍스트의 역학—연행으로서 서사』, 한나래, 1997, 126~129쪽; 이진경, 『노마디즘』 1, 휴머니스트, 2002, 3장 참조.

때문이다. 이처럼 「구마검」의 서술적 화자는 굿 연행 장면과 인물을 연행 행위로 구성하면서 시청각적 연행 감각에 기반한 경험을 둘러싼 배경으로 비재현적인 양상으로 당대 현실을 재컨텍스트화하고 있다.

연씨가 맛노라고 하로 쌘 흔날 업시 잔병치레로 유명흔 만득이가 경넊은 이후로는 안질한번 안이알코 잘자라니 최씨마음에 정쟝님은 텬신만십어 만득의 먹고입는 일동일졍을 모다 그 지휘흐는 디로 남의집 음식도 안이먹이고 싀다른 쳔씃도 안이입혀 본릭 구긔가 한바리에 시들쌕이 업던터에 얼마쯤 가입을 흐얏는디 그 명목이 썩만흐니

세간놋는디 손보기
음식보면 고시레흐기
싀그릇사면 쑤ㄱ으로쓰기
쥐구명을 막아도 토왕보기
닭을 잡아도 터쥬에빌기
긔삿기낫는데 삼신메짓기
쌈아귀만 울어도 살푸리흐기
쵹졉이만나와도 고스지는기

이와굿치 계반악징을 다부리는디 졍안슈그릇은 쟝독간에 써놀씨가 업고 고양메 쌀박은 언의산에 안이가는곳이 업스며 심지어 대소가 사이에 상변이 잇스면 빅일식 통치안이흐기는 예스로 흐더라[36]

이 텍스트에는 연행 행위와 등장인물의 대화가 구분 없이 서술적 화자의 발화 속에 공존하는 연행 형식이 발견된다. 예를 들면, 「구마검」에서 서술적 화자는 극적 시공간뿐만 아니라 등장인물의 행위도 재현하며, 또한 무당 금방울이 굿을 연행하는 과장된 행위를 하면서 여러 인물의 관계를 제시하기 위해 극적 공간의 안과 밖을 들락날락하는 행위나 다양한 인물로 빙의되는 과정을 다소 혼란스러운 인상을 주며 연행한다. 이 점은 이 소설 텍스트의 서술자가 목격자로서 서술자의 역할만을 하는 것이 아니라, 금방울의 연행자로서 몸과 연행 행위까지 구현하는 과정에서 확인할 수 있다. 특히 이 대목에서는 독연을 통해 연행자가 굿 연행을 이끌며 발화를 주도하는 행위로 표현된다. 금방울의 내력을 서술하는 연행 행위는 시간과 공간을 압축하기도 하고, 금방울의 심리까지도 재현하면서 연행자 주도의 연행 행위가 서술구조로 표현되는 부분이다. 그리고 금방울의 계략과 그의 구변에 넘어간 최 씨의 상태를 심리적으로 대비하여 동시에 보여주는 형식은 대화를 통한 직접 보여주기보다 훨씬 객관적으로 그 정황을 구현하는 연행 형식이 된다.

금방울의 소문이 엇더케 낫던지 남북촌 국직국직흔 집에서 단골안이 뎡흔 집이 업서셔 한달 슴십일 하로 열두시 언의날 언의쩍에 두군듸 셰군듸셔 의례히 불러와 몸덩이가 죠히장 갓흐면 이리뎌리 씨져지고 말앗슬터이러라

원릭 무당이라 ᄒᄂᆞᆫ것은 보기됴케 춤이나 잘츄고 목쳥됴케 소리나 잘ᄒᆞ고 슈다시럽게 짓거리기나 잘ᄒᆞ면 명예를 졀노엇어 예간다 뎌근다 ᄒᄂᆞᆫ 법인

36 「구마검」(6회), 『제국신문』, 1908.5.1.

딕 금방울이는 흔쩍 희먹고 살나고 하나님이 졈지히 늬셧던지 그 여러 가지
에 흔가지 남의밋헤 안이들쌘더러 남의 눈치 잘 치우고 남의말 넘겨집기 잘
ㅎ고 아양 능청 온갓지죠를 구비ㅎ얏ㄴ딕 함진히 마누라의 무당 됴화흔다
ㄴ 소문을 듯고 엇더케ㅎ면 흔번 어울녀들어 그집세간을 훌쥭 ㅎ도록 쌀아먹을쏘
ㅎ고 아라스 피득황뎨가 동양제국을 경영ㅎ듯 ㅎ던츳에 함진히 집에서 불은
다흔 말듯고 다른 볼일은 다 제쳐노코 다방골로 늬려와 함씨집 안방으로
드러오며 첫딕 앙큼시러온 가진말 흔번을 늬여놋ㄴ딕 최씨ㄴ 아달 참쳑을보고
셜우니 원통ㅎ니 ㅎㄴ즁에도 금방울의 말이 엇더케 쟈미가 잇눈지 오좀을 잘곰
잘곰쌀 디경이라

「구마검」의 서술적 화자는 금방울에 대해 비판적인 관점을 지니기도
하며, 연행자로서 금방울이 되기도 한다. 그래서 진혼굿을 벌이는 장면
에서 서술적 화자는 금방울을 관찰하기도 하고, 그 행위를 구현하기도
하는 행위자로서 이중성을 드러낸다. 즉 이 이중성은 자신이 비판적으
로 서술하는 내용인 금방울의 굿을 스스로 연행하면서 비판적 실체를
구현해 내는 형식으로 구성된다. 또한 이 장면에서 서술적 화자는 연행
현장에서 예민하게 반응하는 완벽한 청관중으로서의 면모도 보여준다.
이 연극소설 텍스트에서 서술적 화자로 재현된 목격자로서의 청관중은
최 씨와 초취·재취 부인과 함진해를 애정과 증오의 관계로 연결하는
금방울이라는 만신 무당과 같은 공간에 공존하게 되었다. 이렇게 「구마
검」이 굿 연행을 보는 자와 보여지는 자, 듣는 자와 들려지는 자 사이의
관계를 통행할 수 있었던 것은 연행의 현장성이 개입된 텍스트이기 때
문에 나타난 현상이다.

여보아라 최씨야 우리를 그러케 박디ᄒ고 무사훌쥴 알앗더냐 네ᄌ식디려
간것을 원통타 말아아아 별셩마마게 호소ᄒ고 네ᄌ식을 잡아왓다아

　상하로소 녀인들이 셔로 슈군슈군ᄒ며

　에ᄀ 뎌것보아 죠취지취두마님이 모도 오셧네

　그런데 그게 무슨 소릿가 령감다려 ᄒᄂ 말삼이 이상도 ᄒ지

　그리닛가 되아기를 그마님이 디려갓구려 누가 그되쁫이나힛슬가 경읽어
가두면 다시 셰상에 못나오ᄂ쥴 아랏더니 경도 쓸디업셔

　이모양으로 공론이 불일ᄂ디 리씨박씨의 죽은녁이 함진희의 산녁을 다ᄬ
갓던지 함진희가 금방울의입만 물그럼이 건너다보고 두눈에 눈물이 핑돌며

　허허 무당도 헛것이 안이로군 늬가 볘젼병쥰에셔 회호리바람을 맛난것을
집안사름도

　보니가업고 아모다려도 리약이흔적도업ᄂ디 여합부졀로 말ᄒᄂ양을본즉
귀신이라ᄂ것이 잇기ᄂ 잇ᄂ걸

　ᄒ고 최씨다려 칙망을ᄒᄂ디 함진희 싱각에ᄂ 예사로ᄒᄂ 말이지마ᄂ 최
씨듯기에ᄂ 죽은마누라역셩이 십퍼런것갓더라³⁷

인용과 같이 서술적 화자는 연행자와 동시에 관찰자를 서술자의 목
소리와 행위로 함께 현존하는 이중화 상태로 구현한다. 또한 이 소설에
는 이를 함께 목격하고 마주 대하는 여타의 관찰자도 재현되고 있다. 이
처럼 연행 공간에 함께 공존하는 청중을 텍스트에 재현함으로써 그를
연행 행위와 현장의 범위에 포함시킨 것이다. 따라서 이 소설을 읽는 독

---

37 「구마검」(16회), 『제국신문』, 1908.5.14.

자들은 이 진혼굿을 구경하는 청중 가운데 한 사람으로서 현실과 일시적으로 대조를 이루는 텍스트 안의 공간에 참여하는 현장성을 경험하게된다. 결국 연극소설 「구마검」은 연행자와 관람자의 공·현존이 금방울의 몸을 빌어 굿 사설과 마을 사람의 몸을 빌어 참견과 수근거림이라는 방식으로 구현되는 연행적 정황을 구성하였다.

「구마검」은 근대계몽기 연회 양식인 굿을 비판적으로 인식한 계몽기현실에 대한 자기 반영적 표현 형식으로 삼아 텍스트 내부를 굿을 주관하는 연행자의 공간으로 재현한다. 그래서 먼저 죽은 함진해의 두 부인에 대한 빙의 과정을 연행하는 금방울과 굿을 구경하는 사람들의 공·현존 과정이 서술적 화자에 의해 목격되는 연행 공간으로 구성된다. 이현상은 당대의 사실적 공간을 연행 공간으로 인용하여 재현하는 과정에서 성취된 것이다. 「구마검」은 연행자(행위자)와 관람자의 실제 공·현존을 전제로 구성된 텍스트이다. 이 텍스트에서 금방울이 연행하는 굿은 관람자인 마을 사람과 최 씨 부인에게 영향을 미치고, 그리고 관람자가 이에 대해 하는 행동은 다시 행위자와 다른 관람자에게 영향을 미치는 연행의 구조가 잘 드러나 있다.

(2) 연행 주체 금방울의 무당굿 사설

사건의 필연적 전개에 방해가 되는 것처럼 보이는 이 수행적이고 연행적 기능이 살아 있는 서술 형식은 문학 이전 시대 연극이 전하는 미적감각인 것이다. 따라서 이 연극소설에서 굿 연행은 과정일 뿐만 아니라정서의 리얼리티를 전하는 지각 방식인 것이다. 청관중에 가까운 독자들, 이를테면 공동체적 체험인 무당굿 연행자의 목소리가 주는 물질성

materiality에 주목하게 된다. 그래서 몸을 그 리듬에 맞춰 덩실거리거나 가락과 음조에 흥미를 느끼는 것을 경험하는 것에 친밀감을 느낀다. 이렇게 문학 이전 연극의 체험 방식의 지각구조로 구성된 「구마검」은 당대 공연의 물질성이 잘 드러나 있다. 이는 배우이자 연행자인 금방울이라는 구체적인 실제 인물의 연행 행위로 텍스트가 구성되기 때문이다. 이처럼 텍스트의 전반부를 통해 확인되는 사항은 「구마검」이 무당이라는 공연자의 현존과 직접적이고 육체적인 경험에 의존하여 굿이라는 비지시적이며 수행적인 연행성으로 구축된 텍스트라는 점이다.

「구마검」은 비판적 현실의 리얼리티를 연행 과정 속에서 생성하면서 연행자와 관람자의 상호작용에서 스스로 자연스럽게 계몽적 담론을 전달하는 행위 이상의 의미가 생성되도록 유도한다. 이 현상은 연극소설 「구마검」의 전반부는 '금방울'이라는 만신의 연행 행위로 구성된 사실 속에서 유추할 수 있다. 그리고 이 텍스트는 70회 정도 오랜 기간 연재되는데, 일일 한 회 게재 내용이 모두 금방울을 재현하는 장면으로 근 일주일 가까이 금방울 연행으로 텍스트가 구성된다. 이 사실은 금방울의 행위와 그 인물됨이 이 텍스트에 기여하고 대변하는 의미가 크다는 것을 의미한다. 그런 의미에서 금방울의 별명을 중심으로 그녀의 내력을 전하는 이 표현 형식은 언어유희가 이루어지면서 묘사에 가까운 나열로 구체화된 부분을 살펴보겠다.

금방울의 별호 히데를 드르면 요절 안이홀사롬이 업스니 얼골이 누루퉁퉁 ᄒ야 금빗 갓다고 금이라 흔것도 안이오 키가 젹어 씩글씩글 굴너단기는 것이 방울 ᄀᆺ다고 방울이라 ᄒᆞᆫ 것도 안이라 그 무당의 입에셔 써러지는 말이

길흉간 쇠소리가 나게 맛는다고 소릭나는 쇠로 별호를 지을터인 딕 쇠에 소리나는 것이 허구만치마는 종로인경이라 ᄒ자니 넘오 투미ᄒ고 징이나 광가리라 ᄒ자니 넘오 상시러워 아담ᄒ고 어엽분 방울이라 ᄒ얏ᄂ딕 방울 중에도 납방울시우쇠방울 은방울 여러 가지 방울이 잇스되 썩 상등으로 딕접ᄒ노라고 금방울이라 ᄒ얏스니 금이라는 것은 쇠중에 일등될샏 안이라 그 무당의 성이 김가니 김은 즉 금이라고 이쯧뎌쯧 모도 취ᄒ야 금방울이라 ᄒ얏더라

이상의 예문은 금방울의 별호를 시작으로 얼굴색과 음색, 태도, 등이 구체적으로 나열된다. 금방울의 신체를 묘사하는 과정으로 구성된 이 텍스트는 금방울이라는 만신을 통해 부패하고 병든 현실을 연행인물을 통해 체현하는 연행적 관습이 발견된다. 즉 이러한 연행적 관습에 익숙한 대중 독자의 감각과 기억에 의지해 생리적으로 영향력 있는 경험 형식의 절반을 관객에게 이끌어내는 연행성이 텍스트의 서술 형식으로 표현된 것이다. 그래서 '금방울'이라는 별호는 김 씨 만신이 당대 유명한 무당이자 국사당으로 관객에게 익숙한 연행 과정을 이끌어내어 이 대상에게 비판적 거리를 유지하게 한다. 이 인물 사설을 통해 체현體現된 금방울은 사기꾼으로 이미지가 중첩된다. 금방울로 체현된 무당은 근대계몽기 현실로 현상학적 육체를 드러낸다. 즉 당대 현실 의미에 따라 드라마적 인물이자 부정적 인물의 사회적 역할과 혹은 근대계몽기의 상징적 질서가 함께 드러나면서 현실 그 자체가 된다.

근대계몽기 현실에 대한 비판적 정신은 바로 금방울이라는 무당을 체현하는 과정에서 생각되고 전달될 수 있다. 이 텍스트의 구체적materiality 연행의 특징 가운데 대표적인 것은 무당사설이다. 이 내용이 게재된 날에

독자는 굿 사설이 재현되는 연행 행위를 감상하는 경험의 효과와 만날수 있다. 금방울의 목소리로 체현되던 음성적·청각적 경험은 진혼굿 과정에서 역할 바꾸기와 같은 빙의로 체현되면서 연행 공간의 독특한 정서와 감각을 경험할 수 있다. 통사적으로 반복된 굿 연행의 청각적 경험뿐만아니라 진혼굿의 넋 위로하기와 빙의 과정을 보고 듣고 있는 독자(관객)에게 자연스런 연행적 미감의 감정적 효과를 유발할 수 있기 때문이다.

어허 괘심ᄒ다 최씨계쥬야 네 죄를 네몰를가 별셩힝차를 몰나보고 물로드러 슈살부졍 불로드러 화살부졍 거리거리 셩황부졍 아참져녁 쥬왕부졍 사름죽어 그릇씨져 악살부졍 쇠텅갓치 슛흔부졍을 안이 범흔것이 업고나 안져셔 삼쳔리오 셔셔ᄂ 구만리라 너의인간은 몰나도 닉야 엇지속을소냐 어허 괘심ᄒ다 네죄를 싱각거던 네아달 듸려간것을 원통타 말아라

「구마검」이 연행자와 관객 간의 상호 행위가 발생하는 연행 공간의 역할이 재현되는 이 장면은 연행 공간을 통해 공동체 경험 형식을 확산시키는 효과를 전달한다. 이 소설에 재현된 금방울의 목소리와 신체는 마치 빙의를 보여주듯이 관객과 배우의 상호소통이 가능하게 하는 기호다. 이로써 금방울이라는 고유한 신체를 통해 소설을 구성한 의미는 이 인물이 문제적 인간이지만, 이 인물이 보여주는 연행 행위는 실존한 사회와 그 사회 속의 개인의 삶과 공간을 보여주는 효과적인 지각 방식이기 때문이다. 따라서 금방울이라는 '굿' 연행자의 신체는 연행의 공동체가 함께 주의를 기울이는 살아있는 공동체 공간을 인지할 수 있도록 자극한다. 「구마검」 '소설'에서 금방울에 의해 재현된 굿은 신문 독자들에게 당

대 현실 경험에서 작동하는 지각 방식으로 작동할 수 있기 때문이다.

이렇게 금방울이라는 '굿' 연행자의 신체를 중심으로 연행되는 극적 관습이 재현되는 텍스트에서 연행자의 살아있는 몸은 관객을 포함한 연행의 공동체가 함께 주의를 기울이는 살아있는 공동체 공간으로 인식된다. 이를 통해 근대계몽기 현실의 관객들은 자신들이 속한 '굿' 연행 공간의 실제를 「구마검」 '소설'의 상상된 공간에서 목도하게 된다. 특히 「구마검」이 연행자와 관객 간의 상호 행위가 발생하는 연행 공간의 역할이 재현되는 이 장면은 연행 공간을 통해 공동체 경험 형식을 확산시키는 효과를 전달한다. 여기에서 텍스트에 재현되는 금방울의 목소리와 신체는 관객과 배우의 상호 행위를 체현하는 연행자의 몸의 존재를 알려주는 기호가 된다.

이해조는 살펴본 바처럼 「구마검」에서 금방울의 진혼굿 연행 과정을 사회적 행동 개념으로 이해하고 '연극소설'로 형상화한다. 따라서 이 텍스트 상당 부분은 연행자와 관람자 사이의 상호 영향을 고려하고 그 결과로 인해 행동하고 행동의 틀을 구성하는 과정으로 조직되었다. 따라서 「구마검」은 당대 풍속의 문제를 구체적으로, 그 대상의 연행성을 통해 혹세무민惑世誣民하는 속임수가 연행되는 과정에서 비판적 경험이 가능하도록 구성한 것이다. 흥미로운 사실은 무당의 행위를 단순하게 규정하지 않고, 몇 회에 걸쳐 나누어 무당의 연행 행위와 연행 현장의 감각이 사실적으로 드러난 부분을 연속으로 게재하면서 연행자와 관람자의 상호작용에서 독자 스스로 비판적 거리가 생성되도록 텍스트가 유도하는 구성 된 점이다.

1910년 7월 20일 『대한매일신보』 '논설'란에 게재된 「소설과 희대가 풍속에 유관」에 의하면, 한 나라의 풍속을 개량하기 위해 소설과 연극은 가장 먼저 개량할 대상이었다. 왜냐하면 평범한 부녀자와 아이마저도 좋아해 느끼고 깨달을 수 있어서 대중을 교화할 목적을 전달하기에 가장 적합했기 때문이다. 이 사실은 국민국가 이미지를 생산하기 위한 목적과 조우하며 연극의 사회적 기능과 그 효과를 인식한 대목으로 연행을 사회적 행동 개념으로 파악한 근대계몽기 시대 인식이 「구마검」과 동일한 선상에 있음을 의미한다.

　　금방울이 신옷을늬야입고 장단을 맛치어 춤한밧탕을 느르지게츄더니 미암한번을 셍돌며 왼손에 드럿던 방울을 쩔네쩔네흔들더니 숨흔번을 오려논에 시쫏듯 위-이- 쉬고셔 공슈를 쥬되 호구별셩이 금방옴듯시 최씨를 불녀셰고 슈죄를 ᄒᆞ는듸 셰샹부정은 모다모라다 함진희집에다 퍼부은듯이 쥬어셍긴다

　　어허 괴심ᄒᆞ다 최씨계쥬야 네 죄를 네몰를가 별셩힝차를 몰나보고 물로드러 슈살부정 불로드러 화살부정 거리거리 셩황부정 아참져녁 쥬왕부정 사름죽어 그릇씌져 악살부정 쇠텅갓치 슷흔부정을 안이 범흔것이 업고나

　　안져셔 삼천리오 셔셔는 구만리라 너의인간은 몰나도 늬야 엇지속을소냐 어허 괴심ᄒᆞ다 네죄를 싱각거던 네아달 듸려간것을 원통타 말아라

　　이씩 최씨와 로파는 번츠례로 나셔셔 손바닥을 마죠듸여 가삼압에 놉히들고 썩썩뷔비면서 입담이 마ㅣ 오됴케 비는듸

　　허ᄒᆞ고 사 합시사 인간이라ᄒᆞ는것이 쇠술로 밥을 먹어 아모것도 모릅니다 여러 가지 부정을 다쓰러바리셔 함시가즁울 참기름갓치 몱혀줍소사 입은덕도 만삽거니와 식로식덕을 입혀쥬샤 죽은자식은 연화듸로 인도ᄒᆞ

쥬시오 시로낫는 주손을 슈명쟝슈흥게 졈지히 줍시사[38]

　　모두 6회에 걸쳐 재현된 이상의 무당굿 사설 장면은 당대 연행성의
일면을 보여준다. 마치 이해조본 굿 연행본으로 보이는 이 텍스트는 전
통연극의 원형적 특징을 지닌 굿 장면을 통해 근대계몽기 혹세무민의
현실을 자기 반영적으로 표현한 형식적 특징으로 구성되었다. 그러나
이 텍스트가 구현한 연행성은 당대 독자들에게 인기 있는 연행성을 재
현함으로써 내용보다는 연행적 미학을 통해 소통한 증거이기도 하다.
즉 독자들은 이 장면의 무당굿 사설을 통해 위로받고 오락적인 즐거움
을 경험할 수 있기 때문이다. 따라서 이 텍스트에서 굿은 연행적 기능
측면에서 「구마검」의 주제의식을 표출하는 효과적인 매개 이전에 독자
와 효과적으로 소통하는 경험 형식인 것이다.

　　이러한 연행성이 굿을 주관하는 금방울의 연행 행위로 표현되면서
텍스트 내에서 긴장감을 형성하는 형식 요소이자, 이 텍스트의 구조로
구축된다. 금방울이 굿을 연행하면서 사설을 하거나 때로는 타령조로
함진해의 죽은 아들 만득이의 진혼굿을 하는 행위는 자연스럽게 연극소
설 「구마검」 텍스트의 플롯으로 유도된다. 아래 장면은 곧 불려 나온 아
들 만득이와 집안 귀신들의 넋두리를 늘어놓는 장면이다.

　　금방울이 쪼 한번 춤을츄다 여전히 미암을돌며 휘-이- 소리를 흥더니 황슈
　　봉산 세청미나리 곡죠갓치 노랑목을 련히너어가며 넉두리가 나오는딕

38　「구마검」(12~18회), 『제국신문』, 1908.5.9~16.

최싸마암에는

아마 만득이 넉이드러 왓거니

십어 졔가사라오나 다름업시 소원의일이나 무러보고 원통ᄒ 말이나 드러

셔더니 쳔만뜻바게 다시오랴니 싱각도 안이ᄒ엿던 귀신이왓더라

금방울의 두눈에셔 눈물이 더벅더벅써러지며

에그 나도라왓소 오 늬가 이집에 인연치고 시운진늬오 오

에그 한멈 나를 몰나보겟나 아

삼년석달 병드러 누엇슬ᄯ 단잠을 못다자며 지셩으로 구완히쥬던 자늬은

공 죽은넉이라도 못잇겟네 에[39]

죽은 아들의 진혼굿으로 마련된 이 사건은 「구마검」이 본질적으로 연
행마당을 현실적 공간으로 파악하고 있음을 보여준다. 이 진혼굿 과정
에서는 두 명의 전 부인과 관계된 애증이 드러나기도 하며, 그리고 굿과
관련된 여종의 사기와 사촌과의 관계 등이 밝혀지는 계기가 된다. 이처
럼 「구마검」에서 금방울의 굿 사설은 관련 사건들을 드러내도록 하는
매개가 되어 이 텍스트의 구성이 다층적으로 제시되기도 한다. 금방울
의 진혼굿이 연행되면서 당대 다양한 층위의 현실적 부조리가 제시되기
도 한다. 즉 금방울은 진혼굿 사설을 원형 그대로 반복하지 않고 복원하
여 변형하면서 매우 현실적인 텍스트로 구성한 것이다. 따라서 이 텍스
트는 금방울 굿 연행본과 같은 기능을 하는 텍스트로 볼 수 있으며, 이
과정에서 '연극소설' 텍스트의 플롯이 형성되는 것을 확인할 수 있다.

---

39 「구마검」(13회), 『제국신문』, 1908.5.10.

금방울은 다른 인물의 말을 옮기고, 그 행동을 흉내로 재현하며 굿을 연행한다. 이 대목에 오면 텍스트는 원래 서술적 화자가 금방울의 내러티브 구조로 바뀌는 현상을 보인다. 이는 서술적 화자가 본래 금방울 무당 연행자와 중첩되는 즉, 연행 행위를 재현한 현상이다. 금방울은 만득의 죽음을 호구별성을 모독한 때문이라 기만하고, 첫째 부인과 둘째 부인의 영혼을 탓하며, 굿을 연장해 함진해 집안의 재산을 탕진하도록 한다. 게다가 임지관이라는 인물과도 관계하며 함진해 집안을 철저히 파멸하도록 한다. 그래서 함진해 가정을 갖가지 술수로 속여 개인적 이익을 추구하는 인물로 재현되었다. 이들의 행실은 배뱅이굿의 가짜 무당 장면과 중첩된다. 게다가 이 인물은 창조된 허구적 인물이기보다 당대 현실 속에 존재했던 인물이 재현된 것이다. 즉 배뱅이굿의 가짜 무당과 금방울, 그리고 실존 인물인 무녀 진령군의 이미지가 중첩된 것이다. 따라서 이 소설 텍스트는 익숙한 무당굿 연행이 근대계몽기 현실 속에서 재구조화되면서 '진령군 이야기'가 '진령군 이야기하기'의 형식으로 자기 반영적 형식으로 표현되는 것을 확인했다. 즉 무당굿 사설은 「구마검」이 재현하는 극적 현실이면서 이 현실을 재현하는 과정에서 구축된 굿 연행이 연극소설 텍스트의 구조와 수사로 표현된 것이다.

(3) 함진해, 무당굿 연행을 관찰한 근대적 주체

「구마검」에서 굿 연행 경험세계에서 벗어나 함진해가 주체적 인식을 하는 장면을 계기로 문학 이전 연극의 특징이자 소설의 특징이며, 이 둘이 공존하는 방식에 대해 기술해 볼 수 있다. 함진해는 금방울의 속임수인 줄도 모르고 기울어진 집안을 일으켜 보고자 소문에 의지해 임지관을 찾아간다. 이 장면에서 서술적 화자는 전지적 시선으로 그의 갈등하는 심리상태까지 재현한다. 이 장면에 오면 독자는 청중의 일부로서 함께 공유했던 굿 연행을 수용하는 방식과 다른 국면을 맞이하게 된다. 독자는 청중의 속성이 아닌, 외아들을 잃고, 부인과 사촌과 가문으로부터 소외되고 외면당한 한 개인의 내면을 보게 된다. 소설 「구마검」은 이 장면을 계기로 혼자 엿보는 자로 소외된 근대 조선 일개 부르주아의 번민에 몰입하는 국면을 만난다.

> 함진히가 눈을 련히쓰스며 영은문을 향ᄒ고 마즌편 산근쳐 푸루슈럼ᄒ 나무밋이라고는 하나 늬여놋치안이ᄒ고 이리뎌리 아모리 슯혀보아도 사름이라고는 나무군하나 볼슈업는지라 속종으로
>
> 허허 쏘속앗구 번연히 무당이라는것이 헛것인쥴 짐작ᄒ면서 집안에서 하도 써들기에 고 집을 못ᄒᆯ쑨안이라 엇던말은 여합부졀로 맛기도ᄒ닛가 젼슈히 안이밋을슈도업셔 오늘도 여긔를 나오는길인듸……[40]
>
> 함진히가 삼슌구식을 못면ᄒ고 루듸 졔스에 궐향을 번번히ᄒ니(五十七) 타셩들이 듯고보아도 그집안 그디경된것을 가이업스니 그리쓰니 다만 한마듸식이라도 흉볼겸걱졍ᄒᆯ겸 ᄒ거던 흠 을며 원근족 함씨의 종즁에셔야 슈십듸 종가가 결단이낫스니 엇지 남의일보듯ᄒ고 잇스리오 팔도 함씨대종회를 열고 관즈슈듸로 모혀드는듸 이셔 함일셩이는 그 스촌에집에를 일졀 발을 싿어 다시현영을 안이ᄒ고 다만치산을 알들히ᄒ야 형셰도 졈졈나아지고 아들삼형뎨를 열심히 가라쳐 남부러안이ᄒ고 지늬는터이나 다만 마음에 계련

---

40 「구마검」(31회), 『제국신문』, 1908.5.30.

되여 잇치지 못ᄒᆞᄂᆞᆫ바ᄂᆞᆫ 경셩큰집의 일이라 ᄌᆞ긔ᄂᆞᆫ 안일굴법히도 셔울인편 곳 잇스면 종종소식을 탐지ᄒᆞᆫ즉 듯ᄂᆞᆫ말마다 한심ᄒᆞ고 긔막힌 일쑨이러니 하로ᄂᆞᆫ 종회ᄒᆞᄂᆞᆫ 통문이 셔울로셔 ᄂᆞ려왓ᄂᆞᆫ지아 곰곰싱각ᄒᆞᆫ즉

아모리 ᄉᆞ촌이라도 타인보다도 더 미워 다시ᄃᆡ면을 마자 작뎡을 ᄒᆞ얏지마ᄂᆞᆫ 팔도일가가 모도 종회를ᄒᆞᄂᆞᄃᆡ ᄂᆡ도리에 안이가볼슈 업다[41]

연극소설 「구마검」은 서두에서 서술적 화자가 금방울과 동일시되어 진혼굿을 주재하는 연행 행위로 재현되었다. 당대 독자들은 청자로서 이 소설의 화자를 관습적으로 연행자로 인식할 수 있다. 그래서 독자는 금방울의 진혼굿을 보는 청관중으로서 이 텍스트와 대면한다. 연극소설 「구마검」의 초반은 확실히 발화 방식이나 서술적 화자에 의한 재현이라는 점에서 무당굿 연희의 지각구조를 전달하는 방식으로 구성되었다. 그래서 이 소설은 연행을 필사한 연행본처럼 굿 연행이 재현된 텍스트로 파악할 수 있다. 그런 연행적 서술 부분을 보면, 「구마검」은 분명 금방울의 굿을 매개로 구성된 텍스트다. 바로 이 점이 독서물로서 소설에 낯선 독자와의 관계를 친밀하게 하는 데 기여하는 것이다.

그런데 이 소설은 굿을 구경하던 청중의 하나로서 함진해를 재현하다가 결국, 소외된 청중으로 만들면서 연행적 구조를 하나의 사건이자 현실적 상황으로 매개하는 전지적 서술자에 의한 소설 구성 방식으로 전환하는 것을 확인할 수 있다. 후반부에 오면, 이 소설의 화자는 목격자로서 그리고 청중으로서 함진해와 동일시된다. 함진해가 경험하고 목

---

41 「구마검」(57~58회), 『제국신문』, 1908.7.8~9.

격한 사건들에 의한 서사구성 방식은 결국 근대계몽기 사회의 풍속을 관찰한 주체의 시선이다. 당대 현실을 비유적으로 매개하는 효과로 보인 무당굿과 지관의 행패 에피소드는 관찰자인 함진해의 경험 방식을 통해 연행적 상황으로 재현되면서 알레고리 혹은 은유를 형성한다. 그런데 이때 연재의 형식으로 구성된 이 소설 텍스트 전반에 형성된 의미는 금방울 굿의 연행성, 현장 감각에 의한 것이다.

금방울 굿의 연행성은 연극소설 「구마검」이 가장 오랜 방식으로 제례의식에서 행해지던 무가의 극적 수행 형식의 관례에 근거한 당대 대중의 현실을 재현하는 방식이었다. 「구마검」의 서사구조 전체는 앞서 살펴본 연행적 논설 텍스트와 유사한 지각구조 안에서 구성되었다. 그러나 서사의 구체성과 긴 시간 연재되었다는 점이 연행 텍스트의 완결된 서사구조를 지닌 텍스트라는 점은 분명히 다르다. 「구마검」 전반부 서사는 무당의 연행을 통해 천연두 치료를 위한 마마배송굿이나 죽은자를 위로하는 진오귀굿의 연행 행위로 구성되었다. 이는 당대 현실을 현재적인 상황을 재현하는 전략으로 볼 수도 있다. 바로 여기에서 이 소설이 극적인 객관화를 실현하는 방식을 확인하게 된다. 그런 맥락에서 '연극소설'이라는 대비적인 양식명은 문학적 개념으로 소설을 이해한 표제이기보다 무당굿이라는 사회극을 매개로 구성된 텍스트의 형식미학, 지각구조를 분명히 이해할 필요가 있다. 이 소설은 사회극 형식으로서 무당굿의 존재와 상호 텍스트적인 관계를 형성한다.[42] 연극소설 「구마

---

42 '고대의 제의나 움직임을 포함하는 원무, 그리고 무용, 가면, 상연, 그림은 드라마가 토착의술과 샤머니즘에서 치유 행위의 핵심이라는 사실을 증명한다.' 수 제닝스는 제의연극의 사회적 기능을 근거로 놀이, 드라마, 춤, 제의와 같은 활동의 단어가 연극과 연관되어 있다고 보았다. 고대 그리스 사회에서는 연극을 보는 것으로써 사회의 안전과 평온을

검」에서 금방울의 무당굿의 연행은 신문연재라는 텍스트 존재 방식을 고려해 보면, 현재적 상황 제시를 효과적으로 표현할 수 있는 방식이다.

「구마검」의 장면 구축과 구성은 표면적으로 서술적 화자의 중개에 의해 재현되는 방식이다. 그리고 굿 연행 등을 목격하고 서술하며 연행자와 동일시하기를 반복하는 이 소설의 화자는, 연행자이자 서술자이며 또한 엿보는 자의 역할을 수행하면서 독자의 영역까지도 접근하였다. 결국 굿과 같은 구체적 연행으로 청중에 가까운 독자에게 보다 더 친밀하고 깊은 반응을 유도할 수 있었다. 따라서 이해조는 연행 행위가 '소설' 텍스트와 상관관계 속에서 자신만의 근대적 텍스트 양식을 구현하면서 작가라는 지위도 구성할 수 있었던 것이다. 그런데 이러한 텍스트 구성 방식의 의미를 찾아본다면, 문학 이전 연극, 즉 연극 텍스트는 오직 상연이나 연행뿐인 것을 목격하고 이를 구성하는 방식으로 이해할 수 있다. 따라서 이해조가 소설 「산천초목」뿐만 아니라 당대 연극장과 연행 형식 등을 자주 재구성하여 소설 텍스트에 당대의 현실로 묘사하기를 즐겨 하였던 것은 문학 이전의 연극, 극작가 이전의 구술 연행자 혹은 채록자로 기억하는 것도 의미가 있다. 그의 이러한 텍스트 구성 행위는 연행 행위를 지속적으로 목격하고 채록하는 과정에서 얻어진 결과이며, 근대계몽기 극작술가로서 면모로 수용할 수 있다.

　　나는 밤낮보고 밤낮 들어도 싫지 아니한 것은 연흥사 구경이더라. 속담에

유지한다는 믿음이 있었는데, 이 현상은 연극의 치료적 역할이 고대 그리스에서도 확인할 수 있다는 의미이다. 수 제닝스, 이효원・엄수진・이가원 역, 「회복 탄력성의 연극－제의와 소외 집단의 애착」, 클레어 슈레더 편, 『제의연극－개인의 성장과 집단 및 임상 실제에서 극적 제의의 힘』, 울력, 2017, 276쪽 참고.

원님도 보고 환자도 탄다는 일체로, 연극도 구경하고 부인석의 갈보 구경도 실컷 하겠더라. 에 참, 갈보도 많이는 모여들어. 아마 장안 갈보가 취군 나팔 소리만 들으면 나 모양으로 신이 절로 내리는 것이더라[43]

소설 속에서 관객의 목소리로 연흥사구경이 밤낮해도 싫지 않다고 고백한 것은 자신이 연행에 지속적인 관심을 두었음을 반영한 것이며, 당대인들의 관심을 증명하는 요소이기도 하다. 이해조는 비슷한 시기에 『제국신문』뿐만 아니라『황성신문』, 『매일신보』, 친일 기관지인『국민신보』에서도 기자로 재직하였다. 그 이유 때문인지 그는 다양한 호號를 지니고 있다. 또한 다양한 소설을 게재한 그는 1912년『매일신보』에 판소리를 필사해 연재하는 작업을 하였다. 명창 광대가 직접 구술하면 그가 이를 속기하였고, 여기서 다시 음란하고 저속한 표현들을 바로잡아 텍스트들을 재정비하는 방식이었다. 이해조가 신소설을 저술하고 게재하는 판소리 산정刪定 텍스트를 지속적으로 생산한 것은 근대계몽기 연행성과 텍스트 생산 관계를 조망할 수 있도록 한다.[44] 이처럼 근대계몽기 초 신문에서 신소설 작가를 대표로 한 기자가 연행의 필사 과정에서 극 텍스트를 구성하고자 하는 점에 주목한 것이다. 즉 근대적 인간과 사회의 구성을 연행성을 통해 텍스트에 구현하는 작업을 한 것이다.

---

43 이해조, 『이해조 소설선』, 창작과비평, 1996, 221쪽.

44 이해조 산정의 의미를 논했던 기존의 연구들은 대체로 가장 많은 인기를 끌었던「옥중화」에 주목하여 이해조의 작품이 얼마만큼의 근대적 변모를 가능케 했는가에 초점을 두었다. 그런데 이 경우에 산정은 단순히 구술 텍스트를 교열하는 수준을 넘어 개작의 의도를 지닌 것으로 이해될 수 있다. 이를 토대로 기존의 연구는 이해조를 합리적인 개작자로 보거나 반대로 개작의식이 투철하지 못했던 혹은 의의와 한계를 동시에 지닌 인물로 평가하였다. 엄태웅, 「이해조 산정 판소리의『매일신보』연재 양상과 의미」, 『국어문학』 45, 국어문학회, 2008, 168쪽 참조.

『매일신보』에 연재가 예정된 「연의각」을 홍보하는 아래의 광고에 의하면, 이해조는 명창 광대로 하여금 직접 구술케 하고, 이를 채록해 본인이 음란하고 비루한 용어들을 정리하여 연재했음을 밝히고 있다. 즉 연행을 목격하고 이를 필사한 지적인 청중으로서 연행 텍스트를 구성하는 과정에 참여한 극작술가 같은 것이다.

> 죠션ㅈ릭로 전히오ᄂᆞᆫ 타령중 춘향가 심청가 박타령 토ㅽ타령 등은 본릭 유지한 문장지사가 츙효와 졀의 묘혼 취지를 포함ᄒᆞ야 징악챵션ᄒᆞᄂᆞᆫ 큰 긔관으로 져슐ᄒᆞᆫ 바인딕 (…중략…) 본 긔쟈가 명챵 광딕 등으로 ᄒᆞ야곰 구슐케 ᄒᆞ고 츅조츅조 산졍ᄒᆞ야 임의 츈향가(獄中花)와 심쳥가(江上蓮)ᄂᆞᆫ 익독ᄒᆞ시ᄂᆞᆫ 귀부인 신ᄉ졉각ᄒᆞ의 박슈갈치 ᄒᆞ심을 밧엇거니와 ᄎᆞ호브터ᄂᆞᆫ 박타령(燕의 脚)을 산뎡 개지홀 터인딕 츈향가의 취지ᄂᆞᆫ 렬힝을 취ᄒᆞ얏고 심쳥가의 취지ᄂᆞᆫ 효힝을 취ᄒᆞ얏고 이번에 게지ᄒᆞ난 박타령은 형뎨의 우익를 권쟝ᄒᆞ기 위흠이니 왕왕[45]

이해조는 당대 유명했던 명창들의 연행 구술을 속기하는 과정에서 신소설이라는 연행 텍스트를 생산했다. 산정된 판소리 연행 텍스트는 종래 신소설이 『매일신보』의 1면에 배치되던 관행을 바꾸고 게재되었다. 이전까지 신소설이 배치되었던 지면의 성격을 감안하면, 이는 당대 독자들의 성격 때문에 발생한 상황이기도 하다. 즉 이해조는 근대적 관점으로 다양한 광대들의 연행본이 난무하는 가운데서 그것을 선별해

---

45 「燕의脚(박타령朴打令) 豫告」, 『매일신보』, 1912.4.27.

고치고 다듬어 판소리 연행 텍스트들을 근대적 텍스트로 정리했던 것이다. 이해조는 판소리 텍스트를 읽고 목격하면서 선택한 연행기호들을 통해 계몽기 근대 국민국가 질서에 부응하는 열행, 효행, 우애 담론의 텍스트로 구성하였다. 따라서 그의 판소리 산정刪定 작업에는 판소리 연행 이후 형성된 의미구조와 자신의 의식이 보태어져 형성된 메타적 텍스트가 포함되어 있다. 이런 일련의 판소리 산정 작업 과정에 대한 경험은 문학 이전 시대의 드라마의 패러다임과 구성 방식을 이해할 수 있는 것이다.[46] 따라서 이해조는 이 과정을 통해 반복적인 율격을 지닌 구술적 연행성, 즉흥적 공연성, 공동체의 연극 인식을 신문 매체에 수용하는 경험을 했다. 이러한 경험을 근거로 판소리 산정을 통해 연행을 텍스트로 향유할 수 있다는 극에 대한 인식의 지형도를 확대하는 작업을 한 것이다.[47] 따라서 근대문학 이전 시대 연극의 패러다임을 우리는 신문의 연행성 속에서 만날 수 있는 것이다.[48]

---

46 이해조 산정 텍스트.

텍스트 / 저자 표기	구술 연행자	게재일
〈옥중화(춘향가 講演)〉/ 解觀子 刪正	명창 박기홍 調讚	1912.1.1~3.15
〈강상연(심청가 講演)〉/ 解觀子 刪正	명창 심정순 구술	1912.3.17~4.26
〈燕의 脚〉(朴打令 講演 禁轉載) / 解觀子 刪正	명창 심정순 구술	1912.4.29~6.7
〈兎의 肝〉(토끼타령) / 解觀子 刪正	명창 곽창기・심정순 구술	1912.6.9~7.11

47 이해조의 판소리 산정 이후 판소리 극 텍스트를 둘러싼 다양한 문화 형태들이 이해조의 그것에 강하게 견인되었다는 해석을 가능하게 한다. 따라서 판소리 산정의 동인과 지향을 모색하는 과정은 이 시기 극작법의 변화 과정을 확인할 수 있는 계기가 될 수 있을 것이다. 엄태웅, 앞의 글, 168쪽 참조.

48 이해조가 판소리를 산정하여 판소리 텍스트를 당대 현실에 맞게 번역하고 각색하며 편집하는 역할을 수행하는 점에서 극작술 연구와 같은 맥락에 있다. 이처럼 이해조가 이 텍스트를 구성한 활동은 문학감독 또는 조언자advisor 역할을 한 18세기 독일에서 생겨난 각본 작가가 직업한 방식과 유사하다. 또한 각본작가가 연극이 상연되기 전에 다양한 과업을 수행하는 상주 비평가라는 점에서도 유사하다. 즉 공연을 위한 대본을 고르고 준

4. 신문과 연행 텍스트 구성의 메커니즘

근대계몽기 신문은 연극개량 담론을 통해 연극이 삶을 관객에게 직접 보여주는 양식이라고 역설[49]했으며, 이어서 신문은 개연성이 충실한 텍스트 생산을 지향했다.[50] 이 과정에서 삶의 모습은 주로 대화를 통한 사람들 사이의 커뮤니케이션에 의해 보여지는 것이라는 점이 주지되었다. 이 현상은 '새연희新演劇'에 필요한 덕목으로 부상했다. 그래서 연극은 등장인물 사이의 의사소통을 직접 보여주면서, 다시 이보다 상위 층위에 있는 작가(또는 연출가)가 관객과 소통하는 양식으로 부각되었다.

사실적 재현성을 요구한 근대 매체인 신문은 근대계몽기 연행의 현장성과 즉각성을 연극의 개념으로 구성하기도 하였지만, 당대의 극적 현상을 사실적 재현의 형식으로 수용하기도 하였다. 이러한 환경에서 '새연희'에 필요한 덕목으로 사실적 재현 텍스트가 부각되는 시기에 신문은 현실을 재현한 '연극쇼설' 텍스트 유형을 구성하는 방식과 생산을 보여준다. 1908년 〈은세계〉 공연 즈음 신문소설을 각색한 연극이 공연

비하며, 극의 역사와 해석에 관해 연출가와 배우들에게 조언을 하고, 강의와 프로그램 노트, 논평 등을 준비하여 관객을 교육시킨다는 점은 이해조가 당대 연행에 관심을 갖고 연행 행위를 소설 텍스트에 구현하여 독자에게 인식시킨다는 점에서 유사하다. 게다가 이러한 모든 일을 성취하는 과정에서, 이상의 극작술 연구가에 대한 내용은 M. S 배랭거 의 『연극 이해의 길』(이재명 역, 평민사, 1992, 297쪽)을 인용하였음을 밝힌다.

49 "력ᄉ상에ᄂ 잇던 거륵ᄒ 사ᄅᆷ이던지 그 언힁과 그 ᄉ실만 긔록ᄒ엿거니와 연희쟝에ᄂ 그러치 아니ᄒ야 쳔고이샹의 인물이라도 그 얼골을 보ᄂ 듯ᄒ며 그말을 듯ᄂ듯ᄒ야 그 졍신을 십 샹팔구나 엇을 거시라" 「협률샤 구경」, 『제국신문』, 1902.12.16.

50 원각샤에셔 쟝ᄎ 안쥬군에사ᄂ 리쇼ᄉ의 젼일 악형을 당ᄒ던 일노 새연희를 꿈인다고 대한신 문에 게재ᄒᆫ바─어니와 다시드른즉 그 리쇼ᄉ를 쳥ᄒ야 젼후ᄉ실을 일일히 탐문ᄒᄂ즁이 라더라. 「ᄉ실탐문」, 『대한매일신보』, 1909.5.27.

텍스트로 활용되거나 소설과 판소리 저본 등이 소설로 다시 게재되는 현상을 볼 수 있다. 공연에 앞서 신문소설로 먼저 연재하여 대중들에게 텍스트를 익히게 하는 효과를 만들고 이를 익숙한 서사물의 연행 레파토리로 학습시켜 공연하는 방식은 이 시기 독특한 연극 시스템으로 지적되었다.[51] 이 같은 현상을 반영하고 있는 기록들을 일별해 보면 다음과 같다. 편의상 게재일 순서로 배열하였다.

(가)

廣告 / 弄球室 主人 著述 / **滑稽小說 禽獸會議錄**

▲本 小說은 新体文壇의 演劇的 小說로 空前絶後의 一大禽獸會議를 開催하고,[52]

(나)

이인직씨가 編述ᄒᆞᆫ 獨魂聲을 演劇ᄒᆞᆯ 次로 警視廳에 請認ᄒᆞ얏다더라[53]

(다)

再昨日下午十時量에 新門內圓覺社에셔 小說驅魔劒을 實地演劇ᄒᆞᄂᆞᆫᄃᆡ 盲人三名을 雇人(雇金은 每名五十錢式)ᄒᆞ야 誦經의 貌를 行ᄒᆞᄂᆞᆫᄃᆡ 層階를 上ᄒᆞ다가 其中一名이 失足〇地ᄒᆞ냐 右股를 傷ᄒᆞᆷ으로 該盲人이 其誣欺事를 詰問退去ᄒᆞ얏다더라[54]

---

51 이러한 공연 방식에 사용된 극 텍스트에 대해 이두현은 '소설연극', '소설극'이라 칭했다. 이두현, 『한국 연극사』, 학연사, 1973, 223쪽 참조.
52 『대한매일신보』, 1908.3.5.
53 「獨魂請認」(잡보), 『황성신문』, 1909.7.8.
54 『대한민보』, 1909.7.27.

(라)

긔쟈가 명창 광디 등으로 ᄒ야곰 구슐케 ᄒ고 축조축조 산졍ᄒ야 임의 츈향가(獄
中花)와 심쳥가(江上蓮)ᄂ 이독ᄒ시ᄂ 귀부인 신ᄉ졈각ᄒ의 박슈갈치 ᄒ심
을 밧엇거니와 ᄎ호브터ᄂ 박타령(燕의脚)을 산뎡 개지ᄒ 터인듸[55]

이 텍스트들은 연극소설로 분류된 텍스트들로 저자는 안국선, 이인
직, 이해조의 순서로 잘 알려진 신소설 작가들이다. (가)의 경우 안국선
이 저술한 것으로, 이 광고는 '신체문단의 연극적 소설'이라는 다소 복
합적이며, 새로운 형식을 지향한 인상을 준다. 안국선의 「금수회의록」
이 연극소설로서 지닌 장르적 특징은 '골계滑稽'라는 연극적演劇的 수행
성을 명시한 것에서 확인할 수 있다. 안국선이 자신의 연극적 소설 「금
수회의록」의 수행 형식으로 골계 형식을 사용한 것은 그의 소설을 통해
확인할 수 있다. 그의 소설 「금수회의록」은 산대극이 잡상을 형용하여
인형극이나 탈춤극을 재현한 형식과 유사하다. 등장인물의 병렬적 등장
과 제시적 대사 등이 그 예라 할 수 있다. 이와 유사한 유형의 연극소설
은 『대한민보』의 「병인간친회록」에서도 발견된다.

(나)의 경우는 이인직이 편술編述한 「독혼성」이다. 편술이라는 글쓰기
형식에 미루어 볼때 「독혼성」 텍스트는 설화적 속성이 발견된다. 이를
연극으로 올리기 위해 이인직은 「은세계」의 경우처럼 원각사에서 명창
배우들과 함께 창극 형식의 연행 대본을 구성했던 것과 대동소이하게 당
시 극적 수행 형식으로 편술했을 것이다. 따라서 정확한 대본의 형식과

---

55 『매일신보』, 1912.4.27.

실체를 알 수 없는 「독혼성」의 경우 「은세계」와 유사한 텍스트로 보인다.

먼저 (다)의 경우는 소설 「구마검」을 실제처럼 연극實地演劇한다고 광고한 기사를 통해, '사실적 연극'이라는 의미로 연극의 재현성을 강조하고 있다. 실제로 『제국신문』에 연재된 「구마검」에도 연재 초기에, 최 씨 부인이 판수를 불러 경을 읽게 했던 부녀자의 일상이 기술되었다. 이 신문 광고기사는 그런 당대 부녀자들의 일상을 연극 공연에서 재현하기 위해 맹인 3명을 고용하여 경을 낭송하는 장면을 연습하던 중 한 명이 다리를 다쳐 문제가 생겼다는 사실을 전한다. 이 광고에서 드는 의문은 소설 「구마검」이 연극소설과 차이, 그리고 텍스트 생산 과정에서 선후가 다른지 등이다. 실제로 공연된 기록과 관객 반응을 확인할 바가 없기에, 역시 이 책에서는 연극소설 「구마검」을 중심으로 연극과 소설 텍스트의 공존을 파악할 수밖에 없다. 연극소설 「구마검」은 대중에게 호응을 받는 공연 양식을 재현하는 차원에만 머무르는 것이 아니라, 연행성이 서술구조나 구성의 전략으로서 소설 텍스트 생산에 관여하는 방식을 잘 보여주기 때문이다. 그리고 이는 신문소설을 통해 독자에게 극적 이미지를 환기하는 기재가 된 현상을 증명한다. 또한 '소설'을 매개로 '실지연극'으로 상연한다는 개념을 통해 소설과 연극이 신문을 매개로 생산되는 상호 밀접한 연관성을 공유하는 메커니즘을 확인할 수 있다. 따라서 이 시기 소설에는 극적 경험 감각에 의한 연행성이 소설의 언어와 서술구조로 재현된 현상을 자주 목격한다.

이상의 단편적 기록을 통해 이인직이나 안국선이 편술이나 저술과 같은 글쓰기의 모호한 형식을 내세운 것이나 이에 비해 이해조의 글쓰기가 보다 분명한 차이가 있음에도 이들은 공통점을 지닌다. 그 공통점은 넓은 의미에서 '골계'와 같은 구술적인 연행성을 매개로 소설 텍스트를 구성하는 방식이다. 특히 이해조는 (라)처럼 판소리를 산정刪定하는 방식으로 명창광대의 구술을 기록하고 편집하여 개작함으로서 연행 텍스트를 구성한 경험이 있다. 그의 경험은 개작으로 자주 이해되는데, 이 연행 텍스트는 일종의 채록본, 이본을 구성하는 행위이다. 그리고 연극소설이자 소설연극은 판소리를 산정한 경험을 근거로 근대문학 이전 시대의 드라마적 글쓰기 패러다임을 보여준다.

이처럼 이해조의 판소리 산정 작업과 이인직의 설화 편술의 방식은 근대계몽기 신문에서 연행성을 매개로 구성된 텍스트의 구성 방식과 유사하다. 이 현상은 공동체가 구술적 연행문화를 통해 소통하고, 치유받는 문화를 근거로 형성된 지각구조를 근거로 확인할 수 있다. 근대계몽기 신문은 이러한 지각구조의 패턴, 연희 양식을 매개로 계몽 담론을 생산했던 단형 텍스트에 재현된 연행성을 통해 감각적으로 소통하는 공간이었다. '소설연극'과 '연극소설' 텍스트는 모두 전문적 청중인 신문기자에 의해 재현된 것들이다. 근대계몽기 신문은 이들이 기록한 연행자와 연행 행위는 텍스트에서 사실적인 현장이 되었고, 연행 형식은 표현형식이 되었다. 작가로서 위치보다는 연행을 필사한 기자로서의 입장을 자주 피력하던 연행 텍스트는 연행자를 서술적 화자의 모습으로 재현하면서 연행 텍스트를 매개로 자신과 신문의 입장을 대변하는 방식으로 연극소설 혹은 연행 텍스트를 구성했다. 이 과정에서 근대적인 주체를 통하여 저자의 모습도 형성할 수 있었다.[56]

---

[56] 절대성을 지닌 완결구조의 희곡을 이상적 극 텍스트로 보는 서구의 전통적인 희곡론은 의사소통구조를 다른 장르와 차별화하면서 작가를 닮은 중재자의 결핍을 인정하였다

1908년 이후 눈에 띄게 신문은 연극의 개량을 담론화하면서 그 첫 요건으로 텍스트의 필요성을 거론했다. 즉 이전의 단형서사 텍스트가 표현의 수행 형식이라는 차원에서 연행성이 발견되었다면, 쇼설연극·소설극류의 연행 텍스트는 근대계몽기 현실을 연행적으로 파악하여 텍스트에 연행을 재현하는데, 이때 재현되는 연행성은 자기 반영성으로 텍스트의 완결된 구조와 표현 형식으로 구축된다. 따라서 '연극쇼설', '쇼설연극' 텍스트는 신문소설의 극화劇化라는 텍스트 생산 구도를 형성하였고, 그 구체적 수행 형식은 텍스트의 현장성과 당대성을 사실적 재현의 형식으로 구성되는 특징이 나타난다.

5. 신문'소설'의 구술드라마적 속성

근대계몽기 텍스트들은 독자들의 성격 때문에 적어도 구연口演되었거나 구연이 가능한 연행 방식으로 읽혀져야 했다.[57] 역설적이지만, 연

(이상란, 『희곡과 연극의 담론』, 연극과인간, 2003, 50~55쪽 참조). 그런데 작가보다는 실제로 연희를 구현하고 해석하며 실천하는 연행자 주도적인 근대계몽기 연극의 경우는 텍스트에서 서술적 자아가 화자로서 연행하는 형식이 재현되었다. 따라서 이러한 극작술을 재현하는 청자로서 필사자의 태도는 작가의 목소리를 대변하기도 하며, 수용자의 목소리를 대변하거나 조절하면서 극적 형상화를 형성할 수 있었다.

57 이를 잘 보여주는 사실이 언문풍월 글쓰기를 모집하는 광고이다. 『언문풍월諺文風月』은 1917년 4월 15일 『천도교회월보』 81호에 현상모집이 광고되어 동년 8월 16일에 고급서해古今書海에서 발행된 '언문풍월' 작품집이다. (이하, '언풍집'으로 약칭) 이 언문풍월은 '국문풍월', '국문칠자시', 또는 '한글풍월'이라 일컬어졌으며, 1901년 9월 『황성신문』 제220호에 처음 선보이기 시작하여 1910년대를 풍미하였고, 그 후 잠시 자취를 감췄다가 1930년대

행을 통해 서사를 향유했던 극적 관습은 근대계몽기 신문 텍스트 생산의 토대가 되었다. 그러나 연재소설에 오면 소설의 호흡이 길어지면서 서술자로서 작가의 주도하에 텍스트가 구성된다. 따라서 신문에 게재된 연재소설의 연행성은 구성과 장면에 따라 재현 형식을 부분적으로 선택하게 되었다. 그 과정에서 연재소설의 연행성은 텍스트 전반에 재현되기 보다는 전체 구성의 일부로 재현되었다. 이들은 연행을 현실 그 자체에서 현실적 공간을 형상화하는 매개로 인용되기도 하였다. 이는 원래 연행본이 지닌 즉흥성이 소설에 오면 정태적情態的 상황을 재현하기 위해 연행기호로 사용되는 방식과 같다. 이 논리적 모순점이 연행에서는 극적 미감으로 수용될 수 있었으나 텍스트로 오면, 플롯의 형성을 통해 더 구조적이며 논리적으로 전개되기 위한 매개로 그 연행성이 수사로 전환된 다. 그러나 본질적으로 연행 양식인 판소리나 산대극의 연행성이 전개될 잠재성이 텍스트의 장면이나 구성의 한 과정으로 남는다.

연희 양식의 표현 형식이 이 시기 '소설'의 특징으로 수행될 수 있었던 요소는 대화를 중심으로 한 발화 형식 때문이었다. 그리고 이 발화의 연행성은 인물의 유형에 따라 재현 형식으로 적용되었다. 즉 비판적 세태를 상징하는 인물의 발화 습관이나, 현실적 장면을 재현하는 경우와 다수의 목소리를 재현하는 경우에 적용되었다. 먼저 전자의 경우는, 무당이나 구세대 등 비판적 인물을 구체화하는 표현 형식을 통해 연행적 발화로 표현되었다. 후자의 경우는, 근대계몽기 세태를 다양한 인물군

후반에 다시 나타나, 「한글풍월 당선자 발표」(『동아일보』, 1940.7.27)를 끝으로 또 사라진, 한시 양식을 패러디한 일종의 변종 장르이다. 「언문풍월모집광고」, "우리칙사의셔 부인 사회와 로동 사회의 학문과 지식을 널이기위ᄒ여 언문풍월을 발간ᄒ려ᄒ오니 우리형뎨자 민는 긔간을 일치마시고 속속히 지여보ᄂᆞ시오."

으로 재현하면서 이들의 대화가 하나의 의미를 형성하도록 하는 의미 없는 대화인 경우가 많음을 확인할 수 있다.

연행성이 '소설' 텍스트의 구성 문법이 된 것은 대개 세 가지 유형이다. 먼저, 서술자의 목소리가 마치 강담사나 재담꾼, 판소리 창자처럼 등장해 서사를 전달하는 연행자의 모습이 극적 화자로 재현되는 텍스트가 있다. 두 번째로는 이와 다르게 서술자의 개입은 전혀 없으며 등장인물의 대화로만 구성된 탈춤의 익숙한 재담 위주 극 텍스트가 있다. 세 번째는 산대극에서 등장인물들이 등장하며 일대 장광설을 풀어 놓는 구조로, 여러 등장인물의 등·퇴장에 따른 에피소드 나열 중심인 극 텍스트가 있다. 이들은 각기 다른 구조와 형식을 취한 듯 보이지만, 모두 극적으로 재현 가능한 연행의 문법과 구문으로 이루어져 있다. 이 소설들은 소설 양식의 범주 안에 있으나 연극적, 연극, 풍자, 골계의 세부적 양식 구분을 통해 당대 극적 양식을 인식하고 있다.

한편, 이러한 현실과 다른 측면에서 근대연극에 필요한 서사 확립을 위해 소설이라는 텍스트 본체가 필요하다는 인식도 등장했다. 이 시기 독자의 속성이 관중의 속성과 유사한 점을 고려한다면, 이 소설들은 극-텍스트로 번역될 가능성을 갖는 대상이다. 이렇게 '소설연극'이자 '소설극'이라는 방식으로 극 텍스트가 생산되었던 것은 당시 공연이 소설 텍스트와 밀접한 관계 속에서 인식된 대상이었기 때문이다. 따라서 연행 텍스트를 연극소설·소설연극·골계연극이라는 개념으로 규정하는 것이 가능했다. 이들이 신문 매체를 만나면서, 극적 관습을 토대로 한 텍스트 생산이 가능했으며, 신문을 통해 이 일련의 과정을 습득한 대중들은 극 텍스트와 극장, 작가라는 새로운 연극 체계에 대해 독자로서 재인식하는 과정을 경험했을 것이다.

신소설과 연극소설, 골계소설의 차이점은 무엇인가. 그간 신소설과 그이전의 단형서사는 대화자를 정확히 명기하면서 근대희곡이 지문과 대화를 명확히 한 점의 유사성을 근거로 무대 상연의 전제를 기호화한 것으로 해석하여 희곡의 전 형태로 보려 했다. 그러나 신소설이 내포하였거나 재현한 극적 특징 혹은 극적 관습은 독자의 구술적 연행에 의한 공동체의 경험 방식과 관련이 있다. 즉 연행자의 매개에 의해 서사를 향유하던 관습은 신문에 텍스트를 생산하는 과정에서 반영해야 할 독서와 텍스트 생산의 체계였다. 따라서 이 과정에서 신문기자들은 연행 현장을 재현하면서 연희와 연행성을 언어로 모사하며, 연행이 아닌 텍스트를 생산했다.

이러한 텍스트가 생산될 수 있었던 것은 근대계몽기 신문이 미디어 역할을 이행함에 있어 공동체에게 익숙한 연희 양식을 가장 친숙한 의사소통 방법으로 수용한 흔적 속에서 찾을 수 있었다. 특히 의사소통의 매개로서 일상의 영역에서 친숙한 연행 방식은 신문의 지식인들에 의해 극적 진술 방식으로 선택되었다. 그래서 연행 텍스트들은 계몽과 보도를 위한 수단으로 사용하는 과정 속에서 생산되었다. 근대 공간인 신문에 근대적인 방식이 아니지만, 당대에 실재했던 공론장을 경험하는 방식이 근대 공간에 공존하는 공간의 다층성을 이해하는데 터너의 사회극을 떠올려 봤다. 터너에 의하면 하나의 문화 공동체가 소유한 제의 혹은 연극을 통해 공동체는 '틀flam'을 형성하고 '흐름flow'을 만들어내며, 여러 가지 사회적인 문제들을 '반성reflection'함으로써 그 공동체를 안정시키고 유지·보전할뿐만 아니라, 때로는 변화·혁신을 이끌 수 있는 것이 사회극이다.[58] 그리고 해당 사회문화적 관례로서 연극과 극적 공간이 사회소통 기능을 할 수 있다는 연행성 이론과 의미를 같이 한다.

당대 사회문화를 감각적으로 기술하는 방식으로서 연행성은 그 다양성이 '연극'적으로 재현하는 근대적 방식으로 동일시되는 요구 속에 존재했다. 그리고 미디어로서의 기능을 하는 연극은 새로운 시대에 새로운 헤게모니를 성취하는 것이 필요했던 입장에서 매우 유용한 도구였다. 그런 점에서 연행성이 근대적 정체성과 헤게모니를 성취하기 위한 탐구대상이자 수행대상임을 인식한 상징적인 인물이 이인직이다. 이인직은 일본에서 일어난 연극개량론을 경험하였고, 이를 대한제국 말기 신문과 공연을 통해 근대계몽기 이후 헤게모니를 성취하려 한 것으로 보인다. 또한 그가 연극의 대본을 구성하고 연극을 올리기도 하였고, 이를 기반으로 대중을 움직이려 한 일련의 움직임은 이를 입증한다. 게다가 그의 신소설 작가로서 활동을 염두에 두고 볼 때, 연극 자체의 개량보다는 연극에 필요한 텍스트를 통해 개화사상을 전달하려 한 의도가 있었다. 그러나 이 시기 신문을 통해 이인직 이전이나 동시대에 연행성을 필사하는 김교제나 이해조 등이 그 가치와 역할에 눈뜨고 있었다는 사실을 확인할 수 있다. 신문의 연극소설은 이러한 연행 텍스트의 내용과 형식을 당대 사회를 보는 구조적 틀로 공유되었다. 그래서 자주 신문의 연극소설은 연희 양식의 특징을 매개적으로 구성한다. 이들 소설이 연행 텍스트로서 속성을 구비하게 된 것은 구술언어가 문자언어로 재현되는 과정에서 형성된 문학 이전 시대의 구술 연행적인 텍스트 생산의 배경을 간과할 수 없다.

---

58 빅터 터너, 김익두 · 이기우 역, 『제의에서 연극으로』, 현대미학사, 92~93쪽 참고.

/ 제6장 /

결론

　이 책은 근본적으로 연극 양식을 규범적으로 이해하고 규정하는 것에 대한 의문에서 시작하였다. 모든 극적인 현상들을 규명해 줄 수 있을 것 같은 '연극'이란 개념은 그것이 지닌 특징들 중 일부에만 관여하며, 많은 것들을 결여·배제하고 있다. 특히 이 책에서 주목한 근대계몽기 신문 공간은 '극劇'이란 주어진 환경과 영역에서 유동적인 경계들의 윤곽을 그릴 수 있는 도구적인 것으로 이해해야 할 필요가 있었다. 따라서 행동의 과정 중에서 비로소 의미가 스스로 생성된다는 상호소통적인 매개로 근대계몽기 연극은 연행성 개념으로, 사회적 행동 개념이자 당대 문화예술의 중요한 틀로 기술해 볼 수 있다.

　근대계몽기 신문에서 확인한 연행성은 당대 연행자와 관객의 몸이 공·현존하는 공간의 특징을 잘 보여주었다. 특히 연행자의 몸을 통해 구현되었던 연행 행위가 텍스트에 구현되면서 연행성의 구체적 특징을 확인할 수 있었다. 신문의 텍스트들은 근대계몽기 현존했던 신체와 공간을 둘러싸고 있는 담론의 실체로서, 이를 쫓아가며, 이 시기 연행성을 고찰해 보았다. 특히 연극계몽 담론은 서구 근대사회에서 기획한 '연극' 개념을 통해 당대 세계를 인식하고자 했다. 이 과정에서 '춘향가, 심청가, 박첨지, 무동패, 잡가, 타령' 등의 양식이 음탕하고 황당한 기예技藝라고 비판받기 시작하였다. 근대연극 개념을 수용한 이후 공연은 쓰여진 희곡을 대외적으로 공표하고 예증해 보이는 것으로 이해되었다. 음악과 춤이 첨가되거나 지배적 위치를 점하는 부분에서도 '텍스트'는 관객의 지적·정서적 작용에 의해 추追체험될 수 있는 내러티브적, 사유적 총체성이라는 의미에서 결정적인 요소이다. 그러나 이 같은 인식이 근대적인 이상과 국가관, 국민의식과 민족의식이 필요했던 근대계몽기에 욕망되었던 텍스트 개념이었으며, 이를 수행하는 것은 신문에서 구성해낸 대중적인 연행 현장이었다. 근대계몽기 신문에서 대중은 독자로서 신문 편집인인 지식인들과 만나고 있었다. 그것은 독자 대중의 연행적 행위와 그것을 실현하는 몸으로서 신문 지식인들이 상상한 국민대중의 몸이라는 근대적이고 계몽적인 시각과 만났다.

근대계몽기 신문 텍스트에 재현된 연행성은 국민국가주의와 민족주의 환영을 만들기 위한 공공 영역의 모델로 작동했다. 이 공간에서 생산된 신문 텍스트의 연행은 텍스트와 이벤트 등의 다층적인 의미를 지닌 문화적인 현상을 재현할 뿐만 아니라, 당대 독자들에게 친숙한 지각 방식으로 구성되었다. 따라서 이 책은 근대계몽기 역사적 구성체의 실체들과 마주하면서 그 가운데 연행성이 당대 극적 환경을 증명할 뿐만 아니라, 어떤 것에 관해 틀을 구성하고 구분하는 매체로서 속성과 인식의 틀로서 기능하는 것을 살펴보는 과정이 되었다. 왜냐하면 이 시기 신문은 근대계몽기에 달성하고 도달하려 한 근대적 인간과 사회의 구성을 연행성을 통해 소통하고 구성한 지각의 메커니즘을 보여주는 공간이었기 때문이다.

근대계몽기 신문 텍스트는 현상학적 육체인 관객과 연행자의 몸이 공·현존하는 특수한 방식으로, 근대계몽기 현실의 드라마적 인물, 정체성, 사회적 역할, 혹은 상징적 질서를 구성하였다. 따라서 이 책은 근대계몽기 연행성으로 구성된 신문 텍스트를 드라마 텍스트의 역사적 실체로 규정할 수 있는 가능성도 발견하였다. 드라마 텍스트를 '역사적이며 문학사적인 현상을 위한 텍스트'로 규정한 스쫀디의 말을 빌리지 않아도 연구 과정에서 근대계몽기 연행성은 이 시기 형성되고 있던 텍스트를 분석하고 규정할 수 있는 방법론을 제공하기 때문이다. '모든 형식적인 것은 주제적인 것과는 반대로 그것의 미래적 전통을 가능성으로서 자체에 내포하고 있다'는 이 말은 근대계몽기기 연행성이 익숙한 독자의 감각, 경험 형식과 만나는 상황을 고려하는 과정에서 이 시기 텍스트 저자가 연행성에 관심을 갖고 이를 의미 있는 사건이나 표현 행위로 구성할 수 있다는 것을 의미한다. 또한 이 과정에서 연행자와 관람자 사이의 상호 영향을 고려하고 그 결과로 인해 행동하는 틀이 구성된다면, 근대계몽기 이후 연행성이 극작 과정과 관계하며 나아가 우리시대 드라마 텍스트를 이해하는 데도 반성적인 깊이를 제공할 수 있다. 이 책은 시대적 한계에 멈추지 않고 연행의 전이적 힘이 작용하는 과정에 주목했다. 그 결과 극 텍스트로서 연행적 텍스트가 한 사회의 리얼리티를 제공하기도 하지만, 나아가 미래적 가능성도 마련하는 시대적 인식의 틀로서 기능하는 것을 고찰하는 과정이 되었다.

근대계몽기 신문 텍스트의 연행성은 단순히 기록되거나 채록된 대본이나 사설로서 고정적 의미만을 지니지 않는 데 그 의의가 있다. 즉 텍스트의 가치는 그것이 연행을 통해서 연구되어야 하는데, 연행된 실체임을 입증하는 과정이 반영되었기 때문이다. 신문이 보고하는 형식을 구성하면서 그리고 현실을 사실적으로 재현하는 과정에서 발견된 연행 텍스트의 환경과 구성 요소는 스스로 연행된 실체임을 증명하였다. 연행 텍스트의 이중적 구조를 통해 텍스트는 연행자, 연행의 내용, 관중을 연행演行, performance의 필수요건으로 인식하고 있음을 확인할 수 있었다. 또한 한글판과 국한문판의 비교를 통해 드러난 연행의 상황과 연행성의 개입이 텍스트의 형식과 구조를 전환시키는 과정도 드러났다. 이로써 근대계몽기 신문의 텍스트가 문학적으로 혹은 형식적으로 공연과 상호 관계적임을 증명할 수 없었던 상황은 연행성을 원리로 재현된 텍스트의 실체를 통해 보완될 가능성을 발견하였다.

이 책에서는 텍스트에 연행자를 복원시키고 연행 행위를 인용하면서 신문 텍스트 생산에 유기적으로 관여한 연희와 연행 현장의 관찰자로서 신문기자들이 관여한 현상에 주목하였다. 그 결과 근대계몽기 신문이 어느 시대보다도 연행성을 사회의 소통 형식이자 실천 형식으로 구축하고 적극적으로 연행성을 구성하는 과정을 만날 수 있었다. 이를 통해 근대계몽기 연극 환경과 극적 관습을 확인하였고, 이를 매개하여 텍스트로 구성한 저자들도 확인하였다. 이 시기 신문 편집기자들은 다양한 연극 양식과 극적 환경 속에서 '극마당'을 산책하며 독자나 청중, 관객에게 극 양식을 선별해 주고 소개해 주는 일을 하였다. 특히 김교제나 이해조와 같은 신문기자가 연행 현장을 재현하고 연행자와 연행 행위를 모사模寫하면서 근대계몽기 연극 공간에 대해 증언하고 중개해 준 것은 드라마 텍스트 작가의 면모를 보여준다. 그래서 근대계몽기 신문에는 마치 18세기 독일에서 생겨난 각본작가dramaturg처럼 드라마 텍스트 저자들이 등장하였고, 동시대에 신문기자들에 의해 한편에서는 연극계몽 담론을 통해 독자들에게 강의되듯이 수많은 연극광고 프로그램과 논평 등이 함께 공존하였다. 근대계몽기 대한제국 시기에도 연극계몽 담론의 유포와 당대 현존했던 연희 양식을 재현하고 있는 텍스트 생산은 연희와 연희 현장과 관계되어 있었다. 또한 신문에서 기자들은 아직은 청중에 가까운 관객을 교육시킨다는 점에서 각본작가와 유사한 역할을 하였다. 즉 포괄적인 의미에서 신문기자는 연행 텍스트를 생산하면서 연행 현장에 대한 관찰자이자 근대적 주체로서 연희를 수용한 극작술 연구자로서 역할을 수행한 것이다.

이상으로, 이 책에서 분석한 텍스트들은 근대계몽기에 반복적이며 개방적 연행 환경에서 재생산되고 확산·변형된 과정 속에서 탄생한 것 가운데 하나일 뿐이다. 이 텍스트들은 유일한 형태로서 작품이 아니라 연행의 현장성이 반영된 연행본의 성격이 짙기 때문에 많은 전통연희 양식의 이본異本의 형식이라 판단할 수 있다. 그렇기에 이 연구는 근대계몽기 연행을 대체하는 과정에서 탄생한 메타언어적 재구축물로서 텍스트를 확인하는 과정이었다. 따라서 근대계몽기 연행 텍스트 연구는 극작술 연구의 하나의 대안적 과정이었으며, 연행 텍스트 기술記述 연구의 의의를 찾아볼 수 있었다.

연행성을 극적 특성이자 근대계몽기 사회의 소통기재로 파악한 신문에서 연행 텍스트는 내용과 형식의 완결성이 있는 작품이라기보다 생산의 현장성과 현재성·일시성이 발견되는 수행적 결과물로서 의미를 지닌다. 특히 근대계몽기 극적 구조의 변화를 보고하고 있으며, 계몽기 사회의 모방이라는 측면에서 연행성이 활용되었다. 그리고 근대계몽기 담론의 형태를 구성한 연행 텍스트의 연행기호들은 다시 텍스트가 '연행'하는 행위로 바뀔 수 있는 구체적 특질로 확대 재생산된 경향이 있다. 단형의 텍스트 형식으로 근대계몽기 연행 텍스트에서 반복적으로 발견되는 연행기호의 반복과 확산은 신문의 연재 형식으로 게재된 '연극소설' 텍스트에서 확인할 수 있었다.

연행 텍스트는 근대계몽기에 소통의 매개로서 그리고 현실을 재현하는 시대적 언술체로서 기능하면서 신문에 지속적으로 게재되었다. 신문의 지속적이고 반복적인 연행 텍스트 생산과 '소설'의 재인식, 그리고 재현 형식의 발견이라는 근대계몽기 텍스트 생산 여건은 당대 독자의 독서 습관에도 큰 영향을 받았다. 어떠한 작가도 독자 없이는 존재의 의미가 없듯이 어떠한 이야기도 이야기를 들어줄 수용자가 없다면 무의미하기 때문이다. 따라서 근대계몽기 텍스트 향유 관습 때문에 연희 양식의 수행 행위인 연행성은 근대계몽기 텍스트의 소재로서 그리고 구성 원리로서 재현되었다.

특히 『대한매일신보』의 국한문판 '잡보'란과 국문판 '시사평론'란은 시정의 이야기를 재현한다는 차원에서 연행 텍스트가 지속적으로 생산되었던 지면이었다. 같은 맥락에서 수용자 층이 익숙한 연행 형식으로 텍스트를 생산한 현장은 '독자투고'란에 재현되었다. 이 텍스트들을 통해 연행의 텍스트화에서 의미를 전달하는 극적 언술 방식으로서 연행의 문법적 구조를 살펴볼 수 있었다. 이 문법적 구조는 연행자가 공유한 극적 재현 양식과 레퍼토리를 통해 확인된다. 우리의 전통연행에서 중심이 되는 것은 '배우 자신의 육체'와 '발화 방식'이다. 연행 텍스트에서 가창 연행 양식은 바로 '배우의 육체'인 소리와 리듬의 기호이다. 따라서 연행 방식과 그 유형을 통해 곧 배우의 움직임, 외양, 발화 양상 등 중요한 연행기호를 확인할 수 있었다. 이 과정에서 근대계몽기의 전통적 연희 양식은 수많은 연행자와 관객의 호흡으로 형성되는 '퇴적암' 같은 담론의 구성체로서 근대계몽기에 신문기자라는 담론의 생산과 유포자를 만나면서 신문의 언어와 지각구조로 선택되었다. 그 결과 신문은 연희 형식의 다가적多價的 가치를 연극으로 일률적으로 편재하기 시작했고, 다성적多聲的 가치는 근대적 가치의 개연성을 부여하기 위한 재현 수단으로 전환하는 현상을 보였다.

참고문헌

1. 1차 자료

『대한매일신보』

『황성신문』

『제국신문』

『대한민보』

『매일신보』

『서북학회월보』

『해보신문』

『권업신문』

2. 2차 자료

강명관·고미숙,『근대계몽기 시가 자료집』, 성균관대 출판부, 2000.

김영민·구장률·이유미,『근대계몽기 단형 서사문학 자료 전집』상·하, 소명출판, 2003.

김영희,『전통공연예술 관련 기사 자료집』1, 보고사, 2006.

단국대 공연예술연구소,『근대 한국공연예술사 자료집』1(개화기~1910), 단국대 출판부, 1984.

안광희,『한국 근대연극사 자료집(1898~1922)』1, 도서출판 역락, 2001.

최원식·정해렴 편역,『안자산 국학론선집』(『조선문학사』제32절 희곡, 한일서점, 1922), 현대실학사, 1996.

3. 국내 논저

1) 단행본

강등학,『한국민요의 현장과 장르론적 관심』, 집문당, 1996.

강명관,『조선시대 문학예술의 생성 공간』, 소명출판, 1999.

권보드래,『한국 근대소설의 기원』, 소명출판, 2000.

권순종,『한국희곡의 지속과 변화』, 중문, 1991.

권영민 외,『화세계/구의산』(한국신소설 6), 서울대 출판부, 2007.

김상선,『근대 한국문학 개설』, 중앙출판인쇄주식회사, 1981.

김세철 · 김영재, 『조선시대의 언론문화』, 커뮤니케이션북스, 2000.

김영민, 『한국 근대소설사』 I, 솔출판사, 1997.

_____, 『한국 근대소설의 형성 과정』, 소명출판, 2005.

_____, 『한국의 근대신문과 근대소설』 2, 소명출판, 2008.

김용수, 『한국연극 해석의 새로운 지평』, 서강대 출판부, 1999.

김원중, 『한국 근대 희곡문학 연구』, 정음사, 1986.

김익두, 『한국희곡/연극이론 연구』, 지식산업사, 2008.

김재철, 『朝鮮演劇史』, 東文選, 2003.

김종진, 『중국 근대연극 발생사』, 연극과인간, 2006.

김진영, 『고전소설과 예술』, 박이정, 1999.

김형태, 『대화체 가사의 유형과 역사적 전개−조선조 및 개화기의 대화체 가사에 대한 통시적 접근』, 소명출판, 2009.

김효, 『연극의 계보학−연극학에서 공연학으로』, 연극과인간, 2009.

류정아, 「축제의 연행론적 분석」, 『축제와 문화적 본질』, 연세대 출판부, 2009.

민병욱, 「조일재의 〈병자삼인〉 연구」, 『한국 극작가, 극작품론』, 삼지원, 1996.

박영산, 『구비전승 문예의 비교 연구−한국의 판소리와 일본의 조루리를 중심으로』, 한국학술정보, 2007.

사진실, 「조선 후기 재담의 공연 양상과 희곡적 특성」, 『한국 서사문학사의 연구』 V, 중앙문화사, 1995.

_____, 『전통연희의 전승과 근대극』, 태학사, 2017.

서연호, 『한국 근대희곡사』, 고려대 출판부, 2007.

서인석, 「「구운몽」 후기 이본의 변모 양상」, 『서포문학의 새로운 탐구』, 중앙인문사, 2000.

설성경, 『춘향전의 비밀』, 서울대 출판부, 2001.

심상교, 『한국 공연예술의 새로운 미래』, 연극과인간, 2006.

신동호, 『호열자, 조선을 습격하다−몸과 의학의 한국사』, 역사비평사, 2004.

신두환, 『조선 전기 민족예악과 관각문학』, 국학자료원, 2006.

안확, 『조선문학사』, 한일서점, 1922.

왕국유, 『송원희곡고』, 소명출판, 2014.

우수진, 『한국 근대연극의 형성』, 푸른사상, 2011.

유민영, 『한국 현대희곡사』, 홍성사, 1982.

_____, 『한국 현대희곡사』, 새매, 2006.

윤광봉, 『韓國의 演戱』, 半島出版社, 1992.

_____, 『한국 연희시 연구』, 박이정, 2006.

윤석달, 『명창들의 시대』, 작가정신, 2006.

이남인, 『후설과 메를로-퐁티 지각의 현상학』, 한길사, 2013.

이두현, 『한국 연극사』, 학연사, 1973.

_____, 『한국 신극사 연구』, 서울대 출판부, 1990.

이미원, 『연극과 인류학』, 연극과인간, 2005.

이상란, 『희곡과 연극의 담론』, 연극과인간, 2003.

이승희, 『한국 사실주의 희곡, 그 욕망의 식민성』, 소명출판, 2004.

이재선, 『한국 개화기소설 연구』, 일조각, 1972.

_____, 「한말의 신문소설」, 『춘추문고』, 한국일보사, 1975.

이진경, 『근대적 시공간의 탄생』, 푸른숲, 2002.

_____, 『노마디즘』 1, 휴머니스트, 2002.

이해조, 『구마검 외』(한국신소설선집 5), 서울대 출판부, 2007.

임성래, 『신문소설이란 무엇인가』, 국학자료원, 1996.

_____, 『조선 후기의 대중소설』, 보고사, 2008.

임재해, 『꼭두각시놀음의 이해』, 한국학술정보(주), 2003.

임형택 외, 『전환기의 동아시아문학』, 창작과비평사, 1985.

전경욱, 『탈춤과 판소리의 연행문학적 성격 비교』, 학고재, 2003.

_____, 『한국의 전통연희』, 학고재, 2004.

정병욱, 『한국의 판소리』, 집문당, 1993.

정충권 외, 『전통구비문학과 근대공연예술-연구편』, 서울대 출판부, 2006.

천정환, 『근대의 책읽기-독자의 탄생과 한국의 근대문학』, 푸른역사, 2003.

최기영, 『대한제국시기 신문 연구』(증판), 일조각, 1996.

최남선, 『조선상식문답』, 동명사, 1947.

최원식·정해렴 편역, 『안자산 국학론 선집』, 현대실학사, 1996.

한원영, 『한국신문 한세기』, 푸른사상, 2002.

한효, 『조선연극사 개요』, 한국문화사, 1996.

황호덕, 『근대네이션과 그 표상들-타자 교통번역 에크리튀르』, 소명출판, 2005.

2) 학위논문

고은지, 「계몽가사의 문학적 형상화 방식과 그 의미—양식적 원리와 표현기법을 중심으로」, 고려대 박사논문, 2004.

구장률, 「근대 지식의 수용과 소설 인식의 재편」, 연세대 박사논문, 2009.

김기란, 「근대기 희곡 장르의 형성과 정착 과정 연구—극작법을 중심으로」, 연세대 석사논문, 1996.

_____, 「한국 근대계몽기 신연극 형성 과정 연구—연극성을 중심으로」, 연세대 박사논문, 2004.

김동식, 「한국의 근대적 문학 개념 형성 과정 연구」, 서울대 박사논문, 1999.

김아름, 「마마배송굿의 특성 연구」, 한양대 석사논문, 2008.

김주현, 「개화기 토론체 양식 연구」, 서울대 석사논문, 1989.

성무경, 「가사의 존재 양식 연구」, 성균관대 박사논문, 1997.

심형철, 「근대전환기 중국의 소설론 연구」, 서울대 박사논문, 1997.

이승원, 「근대계몽기 서사물에 나타난 '신체' 인식과 그 형성화에 관한 연구」, 인천대 석사논문, 2000.

주현식, 「탈춤연행의 반성성 연구」, 서강대 박사논문, 2010.

천정환, 「한국 근대소설 독자와 소설 수용 양상에 대한 연구」, 서울대 박사논문, 2002.

최영묵, 「조선 봉건사회 해체기의 민중커뮤니케이션 양식에 관한 연구」, 한양대 석사논문, 1987.

홍순일, 「판소리 창본의 희곡적 연구」, 충남대 박사논문, 2002.

3) 학술논문

고미숙, 「대중가요의 선구, 20세기 초반 잡가 연구」, 『역사비평』 24, 역사비평연구소, 1994.

권도희, 「20세기 관기와 삼패」, 『여성문학연구』 16, 한국여성문학학회, 2006.

_____, 「기생의 가창활동을 통한 근대에의 대응」, 『한국시가연구』 32, 한국시가학회, 2012.

_____, 「대한제국기 황실극장의 대중극장으로의 전환 과정에 대한 연구—희대·협률사를 중심으로」, 『국악원논문집』 32, 국립국악원, 2015.

김기란, 「조선시대 무대 공간의 연행론적 분석—산대를 중심으로」, 『한민족문화연구』 20, 한민족문화학회, 2007.

_____, 「협률사 재론」, 『현대문학의연구』 32, 한국문학연구학회. 2007.

_____, 「집단기억의 무대화와 수행적 과정의 작동 메커니즘」, 『드라마연구』 30, 한국

드라마학회, 2009.

김방옥 「퍼포먼스론」, 『한국연극학』 13-1, 한국연극학회, 1999.

김영민, 「동서양 근대소설의 발생과 그 특질 비교 연구」, 『현대문학의연구』 21, 한국문학연구학회, 2003.

김영주, 「조선왕조 초기 공론과 공론 형성 과정 연구-간쟁, 공론, 공론수렴 제도의 개념과 종류, 특성」, 『언론과학연구』 2-3, 한국지역언론학회, 2002.

김윤식, 「개화기 문학 양식의 장르 문제」, 『동아문화』 12, 서울대 동아문화연구소, 1973.

김주현, 「계몽기 연극개량론과 단재 신채호」, 『어문학』 103, 한국어문학회, 2009.

김준오, 「개화기 소설의 장르적 문제」, 『한국문학론총』 8·9합집, 한국문학회, 1986.

김중하, 「개화기 토론체소설 연구」, 『관악어문연구』 3-1, 서울대 국어국문학과, 1978.

김진영, 「판소리계 소설의 희곡적 전개」, 『고전희곡연구』 1, 한국공연문학학회, 2000.

김창화, 「극작술연구 방법론」, 『디자인研究』 6, 상명대 디자인연구소, 1998.

김형기, 「서양연극 및 공연 이론-'연극성' 개념의 변형과 확장」, 『한국연극학』 23, 한국연극학회, 2004.

_____, 「다매체 시대 연극의 탈영토화와 연출가연극-춤연극-매체연극」, 『한국연극학』 34, 한국연극학회, 2008.

남상식, 「'그림연극'과 새로운 감성의 탐색-윌슨과 미술적 퍼포먼스의 무대」, 『한국연극학』 33, 한국연극학회, 2007.

박영주, 「연행문학의 장르 수행 방식과 그 특징」, 『구비문학연구』 7, 구비문학연구학회, 1997.

박진태, 「극작술을 통해 본 민속탈놀이의 연극미학」, 『민족문화논총』 34, 영남대 민족문화연구소, 2006.

_____, 「지역과 역사를 넘어서-전통과 현대의 공연예술-극작술을 통해 본 민속탈놀이의 연극미학」, 『민족문화논총』 34, 영남대 민족문화연구소, 2006.

백현미, 「근대계몽기 한국연극사의 전통 담론 연구 II」, 『공연문화연구』 18, 한국공연문화학회, 2009.

사진실, 「조선 후기 재담의 공연 양상과 희곡적 특성」, 『한국 서사문학사의 연구』 V, 중앙문화사, 1995.

서종문, 「'-歌'와 '-打令'의 問題」, 『국어교육연구』 15, 국어교육학회, 1983.

신아영, 「한국 근대희곡의 연극성 연구를 위한 방법론적 고찰」, 『이화어문논집』 15, 이화여대 한국어문학연구소, 1997.

에리카 피셔-리히테, 심재민 역, 「몸의 한계제거(탈경계화)」, 『연극평론』 16, 연극평론가협회, 2006.

심재민·이경미, 「현대 공연예술의 수행성과 그 의미」, 『한국연극학』 31, 한국연극학회, 2007.

안혜경, 「가정신앙에서 남·여성의 의례적 위치」, 『실천민속학연구』 7, 실천민속학회, 2005.

양세라, 「개화기 서사 양식에 내재된 연극성으로서의 유희 연구(1)」, 『현대문학의연구』 22, 한국문학연구학회, 2004.

_____, 「한국 희곡 극작법 연구를 위한 방법론 모색―한국연극의 놀이적 양식을 반영한 「골계절영 신화」 텍스트 연구」, 『드라마연구』 1, 한국드라마학회, 2005.

엄태웅, 「이해조 산정 판소리의 『매일신보』 연재 양상과 의미」, 『국어문학』 45, 국어문학회, 2008.

우수진, 「개화기 연극개량론의 국민화를 위한 감화기제 연구」, 『한국극예술연구』 19, 한국극예술연구학회, 2004.

_____, 「협률사와 극장적 공공성의 형성」, 『한국근대문학연구』 20, 한국근대문학연구학회, 2009.

이경미, 「현대 공연예술의 수행성과 그 의미―사건으로서의 '몸'과 '공간'」, 『한국연극학』 31, 한국연극학회, 2007.

_____, 「동시대 연극에 부응하는 새로운 희곡―글쓰기의 수행적 가능성」, 『드라마연구』 30, 한국드라마학회, 2009.

이상우, 「근대계몽기 연극개량 담론과 서사문학에 나타난 국민국가 인식」, 『어문논집』 54, 민족어문학회, 2006.

이상희, 『조선조 사회의 커뮤니케이션 현상 연구』, 나남, 1993.

이승원, 「근대계몽기 서사물에 나타난 '신체' 인식과 그 형성화에 관한 연구」, 인천대 석사논문, 2000.

이재선, 「개화기 서사문학의 세 유형」, 『한국어문논총』, 형설출판사, 1976.

이주영, 「개화기 언문풍월 양식의 국어교육적 함의」, 『고전문학과교육』 2, 한국고전문학교육학회, 2000.

임재해, 「구비문학의 연행론, 그 문학적 생산과 수용의 역동성」, 『구비문학연구』 7, 구비문학연구학회, 1997.

정인숙, 「〈서신전송가(西神餞送歌)〉에 나타난 두신(痘神) 전송(餞送) 의례와 그 의미」, 『한국시가연구』 38, 한국시가학회, 2015.

조만호, 「탈춤 자료 읽기에 대한 반성적 제안」, 『어문학연구』 8, 상명대 어문학연구소,

1999.

채백, 「개화기의 신문잡지종람소에 관한 연구」, 『언론과정보』 3-1, 부산대 언론정보
　　연구소, 1997.

최성희, 「나는 공연한다, 고로 존재한다—퍼포먼스 연구 인문학으로 가르치기」, 한국
　　연극학회 퍼포먼스 세미나 3회 발제, 2010.4.8.

최영주, 「연극성의 실천적 개념」, 『한국연극학』 31, 한국연극학회, 2007.

허용호, 「〈꼭두각시놀음〉의 연행기호학적 연구 시론」, 『구비문학연구』 6, 한국구비문
　　학회, 1998.

홍순일, 「판소리의 연극적 연행 양상—≪김연수창본≫〈심청가〉를 중심으로」, 『고전
　　희곡연구』 4, 고전희곡연구학회, 2002.

4. 국외 논저

가메이 히데오, 김춘미 역, 『메이지문학사(明治文學史)』, 고려대 출판부, 2006.

드로시 B 샤이머, 김방옥 역, 「아리스토텔레스를 통해서 본 아시아 연극」, 『연극평론』
　　3, 1997.

이진경, 『노마디즘』 1, 휴머니스트, 2002.

루츠 무스너·하이데마리 울 편, 문화학연구회 역, 『우리는 어떻게 행동하는가—문화
　　학과 퍼포먼스』, 유로, 2009.

리차드 셰크너, 이기우·김익두·김월덕 역, 『퍼포먼스 이론』 II, 현대미학사, 2001.

마에다 아이, 유은경, 이원희 역, 『일본 근대독자의 성립』, 이룸, 2003.

마리맥클린, 임병권 역, 『텍스트의 역학—연행으로서 서사』, 한나래, 1997.

마틴에슬린, 원재길 역, 『드라마의 해부—극작법 서설』, 청하, 1987.

메를로-퐁티, 류의근 역, 『지각의 현상학』, 문학과지성사, 2002.

M. S 배랭거, 이재명 역, 『연극이해의 길』, 평민사, 1992.

만프레드 브라우넥, 김미혜 역, 『20세기 연극—선언문, 양식, 개혁 모델』, 연극과인간,
　　2000.

빠뜨리스 파비스, 신현숙·윤학로 역, 『연극학 사전』, 현대미학사, 1999.

빅터 터너, 김익두·이기우 역, 『제의에서 연극으로』, 현대미학사, 1996.

다우슨, S.W, 천승걸 역, 『극과 극적 요소』, 서울대 출판부, 1984.

수 제닝스, 클레어 슈레더 편, 이효원·엄수진·이가원 역, 「회복 탄력성의 연극—제의
　　와 소외 집단의 애착」, 『제의연극—개인의 성장과 집단 및 임상 실제에서 극적
　　제의의 힘』, 울력, 2017.

수잔 손택, 이재원 역, 『은유로서의 질병』, 이후, 2002.

스가이 유키오, 서연호・박영산 역, 『근대 일본연극 논쟁사』, 연극과인간, 2003.

안느 위베르스펠트, 신현숙・윤학로 역, 『연극 기호학』, 문학과지성사, 1988.

_____, 황종득 역, 『연극 분석의 핵심 용어』, 대구효성가톨릭대 출판부, 2000.

에밀부르다레, 정진국 역, 『대한제국 최후의 숨결』, 글항아리, 2009.

월터 J. 옹, 이기우・임명진 역, 『구술문화와 문자문화』, 문예출판사, 1995.

위르겐 하버마스, 한승완 역, 『공론장의 구조 변동』, 나남, 2001.

제베데이 바르부, 임철규 역, 『역사심리학』, 창작과비평사, 1983.

주디스 버틀러, 조현준 역, 『젠더 트러블』, 문학동네, 2015.

츠베탕 토도로프, 최현무 역, 『바흐친─문학사회학과 대화 이론』, 까치, 1987.

G. P. 베이카, 최규석 역, 「劇作術」, 『희곡문학』 1, 희곡문학사, 1949.

코모리 요이치, 정선택 역, 『일본어의 근대』, 소명출판, 2003.

퍼시벌 오웰, 조경철 역, 『내 기억 속의 조선, 조선 사람들』, 예담, 2001.

폴 발레리 외, 심우성 편역, 「퍼포먼스가 실현하는 것」, 『신체의 미학』, 현대미학사, 1997.

하인즈 가이거, 임호일 역, 『예술과 현실 인식』, 지성의샘, 1996.

한스-티즈 레만, 김기란 역, 『포스트드라마 연극』, 현대미학사, 2015.

효도 히로미, 문경연・김주연 역, 『연기(演技)된 근대─'국민'의 신체와 퍼포먼스』, 연극과인간, 2008.

황견, 이장우 역, 『고문진보』, 을유출판사, 2008.

Erika Fisher-Lichte, *The transformative power of performance : a new aesthetics*, trans. Jain, Saskya Iris. New York : Routledge, 2008.

Richard Schechner, *Performance Studies : An Introduction*, New York: Routledge, 2006.

새 천 년이 시작된 지도 벌써 몇 해가 지났다. 식민지와 분단국가로 지낸 20세기 한국 역사의 와중에서 근대 민족국가 수립과 민족 문화 정립에 애써온 우리 한국학계는 세계사 속의 근대 한국을 학술적으로 미처 정리하지 못한 채 세계화와 지방화라는 또 다른 과제를 안게 되었다. 국가보다 개인, 지방, 동아시아가 새로운 한국학의 주요 대상이 된 작금의 현실에서 우리가 겪어온 근대성을 다시 한번 정리하고 21세기에 맞는 새로운 모습으로 탈바꿈시키는 것은 어느 과제보다 앞서 우리 학계가 정리해야 할 숙제이다. 20세기 초 전근대 한국학을 재구성하지 못한 채 맞은 지난 세기 조선학·한국학이 겪은 어려움을 상기해 보면, 새로운 세기를 맞아 한국 역사의 근대성을 정리하는 일의 시급성은 아무리 강조해도 지나치지 않다.

우리 근대한국학연구소는 오랜 전통이 있는 연세대학교 조선학·한국학 연구 전통을 원주에서 창조적으로 계승하고자 하는 목표에서 설립되었다. 1928년 위당·동암·용재가 조선 유학과 마르크스주의, 그리고 서학이라는 상이한 학문적 기반에도 불구하고 조선학·한국학 정립을 목표로 힘을 합친 전통은 매우 중요한 경험이었다. 이에 외솔과 한결이 힘을 더함으로써 그 내포가 풍부해졌음은 두말할 나위가 없다. 연세대학교 원주캠퍼스에서 20년의 역사를 지닌 매지학술연구소를 모체로 삼아, 여러 학자들이 힘을 합쳐 근대한국학연구소를 탄생시킨 것은 이러한 선배학자들의 노력을 교훈으로 삼은 것이다.

이에 우리 연구소는 한국의 근대성을 밝히는 것을 주 과제로 삼고자 한다. 문학 부문에서는 개항을 전후로 한 근대계몽기 문학의 특성을 밝히는 데 주력할 것이다. 역사 부문에서는 새로운 사회경제사를 재확립하고 지역학 활성화를 위한 원주학 연구에 경진할 것이다. 철학 부문에서는 근대 학문의 체계화를 이끌고 사회과학 분야에서는 학제 간 연구를 활성화시키며 근대성 연구에 역량을 축적해 온 국내외 학자들과 학술 교류를 추진할 것이다. 이러한 연구들은 일방성보다는 상호 이해와 소통을 중시하는 통합적인 결과물의 산출로 이어질 것이다.

근대한국학총서는 이런 연구 결과물을 집약적으로 정리하기 위해 마련한 총서이다. 여러 한국학 연구 분야 가운데 우리 연구소가 맡아야 할 특성화된 분야의 기초 자료를 수집·출판하고 연구성과를 기획·발간할 수 있다면, 우리 시대 연구자들뿐만 아니라 학문 후속세대들에게도 편리함과 유용함을 줄 수 있을 것이다. 새롭게 시작한 근대한국학총서가 맡은 바 역할을 충분히 할 수 있도록 주변의 관심과 협조를 기대하는 바이다.

2003년 12월 3일
연세대학교 원주캠퍼스 근대한국학연구소